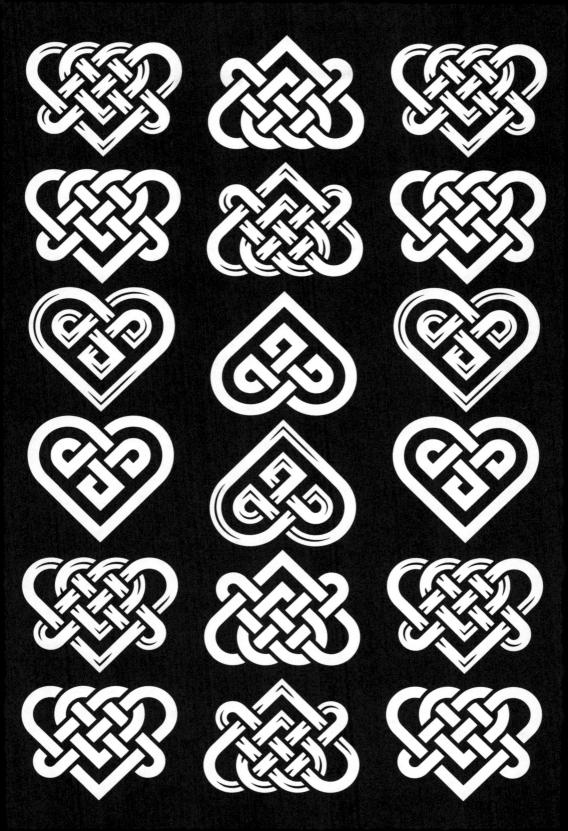

THE WITCH'S HEART
Copyright © 2021 by Genevieve Gornichec
Todos os direitos reservados.

Design original de capa e ilustração
© Adam Auerbach

Imagens do miolo © Dreamstime, © 123RF

Tradução para a língua portuguesa
© Fernanda Castro, 2022

Diretor Editorial
Christiano Menezes

Diretor Comercial
Chico de Assis

Gerente Comercial
Giselle Leitão

Gerente de Marketing Digital
Mike Ribera

Gerentes Editoriais
Bruno Dorigatti
Marcia Heloisa

Editora
Nilsen Silva

Editora Assistente
Talita Grass

Adaptação de Capa e Proj. Gráfico
Retina 78

Coord. de Arte
Arthur Moraes

Coord. de Diagramação
Sergio Chaves

Designer Assistente
Natália Tudrey

Finalização
Sandro Tagliamento

Preparação
Marcela Filizola

Revisão
Carolina Rodrigues
Graziela Reis
Laís Curvão
Retina Conteúdo

Impressão e Acabamento
Leograf

DADOS INTERNACIONAIS DE CATALOGAÇÃO NA PUBLICAÇÃO (CIP)
Jéssica de Oliveira Molinari — CRB-8/9852

Gornichec, Geneviere
 No coração da bruxa / Genevieve Gornichec ; tradução de Fernanda
Castro. — Rio de Janeiro : DarkSide Books, 2022.
 336 p.

 ISBN: 978-65-5598-166-7
 Título original: The Witch's Heart

 1. Ficção norte-americana 2. Mitologia nórdica I. Castro, Fernanda

22-1008   CDD 813

Índices para catálogo sistemático:
1. Ficção americana

[2022]
Todos os direitos desta edição reservados à
DarkSide® *Entretenimento LTDA.*
Rua General Roca, 935/504 — Tijuca
20521-071 — Rio de Janeiro — RJ — Brasil
www.darksidebooks.com

GENEVIEVE GORNICHEC

No Coração da Bruxa

Tradução
fernanda castro

DARKSIDE

Para o vovô

No Coração da Bruxa
Genevieve Gornichec

UITO TEMPO ATRÁS, QUANDO OS DEUSES ERAM JOVENS, E Asgard, recém-feita, uma bruxa surgiu vinda do limite dos mundos. Ela conhecia muitos feitiços antigos, mas era especialmente versada no *seid*, uma magia que permitia que a pessoa vagasse para além do corpo e adivinhasse o futuro. Isso atraiu muita atenção do deus Odin, o mais elevado dos Aesir. Quando soube das habilidades da bruxa, ele ofereceu compartilhar o conhecimento das runas, caso ela lhe ensinasse o *seid* em troca.

Ela ficou insegura, a princípio, porque já escutara o suficiente a respeito de Odin para deixá-la hesitante, mas também sabia que ele não compartilhava os próprios segredos de modo leviano, o que significava que o conhecimento que tinha do *seid* deveria, de fato, ser de muita valia para ele. Então a bruxa engoliu as suspeitas e aceitou a oferta daquele deus sombrio de apenas um olho.

Conforme praticavam o *seid* juntos, a bruxa sentia-se cada vez mais tragada para além do que já viajara, até que esbarrou em um local mais escuro do que o próprio início dos tempos. E sentiu medo. Os segredos ali contidos eram enormes e terríveis, e por isso ela não ousou prosseguir — para desgosto de Odin, que tinha certeza de que o conhecimento que mais buscava estava escondido ali e que somente a bruxa parecia capaz de alcançá-lo.

A bruxa também ensinava magia aos rivais dos Aesir, os chamados Vanir — uma raça irmã de deuses cuja morada ela atravessara a caminho de Asgard. Os Vanir não conseguiam pensar em nada além de ouro para recompensar os préstimos da bruxa, ainda que ela não desse valor a isso.

Mas, quando Odin percebeu que a mulher transitava entre Asgard e Vanaheim, enxergou ali uma oportunidade. Ele virou os Aesir contra a bruxa e a chamou de Gullveig, a "cobiçadora de ouro". Eles a transpassaram com lanças e a queimaram três vezes, e três vezes ela renasceu — pois era muito antiga e muito mais difícil de matar do que parecia. A cada vez que ela era queimada, Odin tentava forçá-la a descer até o lugar escuro para encontrar o que ele desejava saber, e toda vez a bruxa resistia. Quando descobriram o tratamento dispensado a ela pelos Aesir, os Vanir ficaram furiosos, e assim foi declarada a primeira guerra no cosmos.

Na terceira vez em que renasceu, Gullveig fugiu, embora tenha deixado algo para trás: o seu coração transpassado por uma lança, ainda fumegando na pira.

Foi assim que *ele* o encontrou.

Algum tempo depois, ele a rastreou até a floresta mais profunda e escura na fronteira mais distante de Jotunheim — a terra dos gigantes, os inimigos mais ferozes dos Aesir. Essa floresta era conhecida como Bosque de Ferro, pois suas árvores cinzentas e retorcidas eram tão densas que não havia trilha entre elas e tão altas que bloqueavam o sol.

No entanto, ele não precisou se aventurar por ali, pois encontrou a bruxa na margem do rio que separava o Bosque de Ferro do restante de Jotunheim. Ela olhava para a vegetação fechada acima da água e para as montanhas além. Estava sentada em uma manta rústica de lã, com uma capa nos ombros e um capuz na cabeça. O sol brilhava, mas a bruxa repousava à sombra, com os dedos entrelaçados no colo, encostada no tronco de uma árvore.

Ele a observou durante algum tempo, mudando o peso do corpo de um pé para o outro, coçando o nariz e ouvindo o estranho gorgolejar do rio e o assobio dos pássaros canoros. Depois caminhou até a bruxa com as mãos para trás. Via apenas a metade inferior do rosto dela, mas a pele parecia rosada — tenra, recém-cicatrizada, *nova*. Quando chegou mais perto, percebeu que a pele das mãos era semelhante. Ela parecia estar descansando em paz. E parte dele não quis perturbá-la.

Outra parte, porém, sempre achara o conceito de *paz* bastante tedioso.

"Quanto tempo vai ficar parado aí?", murmurou ela com uma voz áspera. Parecia estar sem beber algo havia eras. Ele imaginou que respirar a fumaça da própria pira três vezes seguidas poderia causar esse efeito.

"Você é uma mulher difícil de encontrar", respondeu ele. Verdade fosse dita, ele não sabia muito bem o que fazer. Tinha vindo para devolver o que ela deixara no salão de Odin — e para mais alguma coisa, embora não soubesse exatamente o quê.

Algo o atraíra para o Bosque de Ferro naquele dia, com o coração dela enfiado no bornal que ele carregava. E tinha a sensação de que era algo importante, especial e *interessante*, pois ele ficava entediado com muita facilidade.

E agora lá estava, seduzido pela possibilidade de um pouco de diversão, torcendo para que a bruxa não o decepcionasse.

Ela não respondeu de imediato, optando por analisar o desconhecido que a abordara. O sol brilhava atrás dele, de modo que a bruxa não conseguia distinguir as suas feições — apenas uma capa verde-escura de viagem acompanhada de capuz, sapatos de couro e calça marrom e uma silhueta de cabelos selvagens.

"Realmente admiro o seu trabalho", disse ele, puxando conversa. "Sabe, essa coisa de semear o caos por onde quer que passe. Fazer com que seres poderosos briguem por seus talentos. É impressionante, de verdade."

Um momento se passou antes que ela dissesse:

"Não era a minha intenção."

"Então qual era?"

Ela não respondeu.

"Bem, caso esteja planejando repetir a dose", disse ele, "eu *adoraria* assistir, e quem sabe participar, contanto que não seja pego. Mas aviso de antemão que não faço, sob circunstância alguma, uma promessa da qual eu não possa fugir na base da conversa. Não costumo ser tão direto quanto a isso, então considere-se uma mulher de sorte. Estou avisando como amigo."

"Amigo?" A palavra soava desconhecida para ela.

"Sim, acabei de decidir." Ele inclinou a cabeça. "Sou o seu primeiro amigo? Veja só que grande conquista para você."

Ela ignorou a pergunta.

"Parece uma decisão bastante unilateral da sua parte."

"Bem, vejo que não está exatamente cercada de admiradores." Ele a analisou. "Você me parece nada mais do que uma bruxa inofensiva das florestas remotas; faz muito tempo que não ouço alguém falar assim. Fico surpreso por saber que os Aesir conseguiam ao menos entender o seu sotaque. Quem é você? De onde veio?"

"Não sei", respondeu ela após um momento, inclinando a cabeça para enxergá-lo melhor, mas sem deixar que o estranho a visse muito bem. "Eu poderia fazer a mesma pergunta, e você provavelmente também não saberia a resposta."

"É mesmo?" Ele se agachou e olhou para ela. Agora ela via que o homem tinha um rosto pálido e anguloso, um nariz pontudo e um pouco arrebitado, que lhe dava uma aparência maliciosa, e cabelo de um louro escuro na altura dos ombros, que ficava entre ondulado e encaracolado. Os olhos eram verdes feito grama, e o sorriso era travesso.

A bruxa confirmou com um aceno de cabeça.

O sorriso dele vacilou um pouco.

"E como você poderia saber disso?"

"Eu sei das coisas", disse ela. "Você deve ter ouvido."

"Eu *posso* ter ouvido que foi o fato de você saber das coisas que fez com que fosse apunhalada e incinerada diversas vezes. Talvez, de agora em diante, devesse apenas se fazer de desentendida."

"Ora, aí não seria divertido", respondeu ela, mais ou menos de brincadeira, a mão alcançando institivamente o corte vertical entre os seios — bem onde haviam apunhalado o seu coração.

"Esse é o espírito!" Ele riu e remexeu no bornal. Após um momento, sacou um embrulho de pano e o ofereceu à bruxa.

Ela o pegou e ficou sobressaltada ao sentir o embrulho pulsando de forma rítmica nas mãos.

"O seu coração", explicou ele. "Por algum motivo, eu ia devorá-lo. Mas decidi que talvez fosse melhor entregar a você."

"*Devorá*-lo?", perguntou ela, fazendo uma careta. "Por quê?"

Ele encolheu os ombros.

"Não sei. Para ver o que acontecia."

"Você teria consumido o coração de uma bruxa, o que não deve fazer nada bem para a saúde", disse ela com rispidez, franzindo a testa conforme desembrulhava o órgão. "Parece ter se recuperado bem do fogo. Mas..."

"Mas ainda tem um buraco no meio", completou ele. "Você foi apunhalada. Talvez o coração fique curado por inteiro se colocá-lo de volta no lugar certo. Ande, faça isso agora, não vou olhar."

"Isso pode ficar para depois." Ela o cobriu outra vez e ergueu os olhos para o estranho. "Obrigada."

"Por nada." Ele se sentou, esticou uma perna e apoiou o cotovelo no outro joelho. "Bem, suponho que não esteja mais atendendo por Gullveig. Como chamam você agora?"

"Não sei direito." Ela o espiou de esguelha enquanto ele arrancava um longo fiapo de grama do chão e o colocava na boca, deixando-o ali, balançando preguiçosamente. A bruxa notou o pontilhado de sardas no nariz e nas bochechas e também percebeu como o sol atrás dele coloria o contorno dos cachos com um laranja berrante.

Ela ainda não tinha muita certeza do que pensar a respeito daquele homem. Era difícil decidir quanto podia revelar a ele.

"Você não sabe o seu próprio nome?", indagou ele, surpreso.

Ela deu de ombros.

"Pensei que eu fosse gostar de viajar, e então as pessoas me chamariam por um nome relacionado à natureza das minhas andanças." Ela lançou um olhar para o rio, na direção dos matagais acinzentados do Bosque de Ferro. "Embora eu ainda possa decidir descansar aqui por mais um tempo."

"E, caso fique, como vai *se* chamar?"

Ela refletiu por um instante antes de responder:

"Angrboda."

Ele franziu o nariz e deixou cair o fiapo de grama.

"O quê? '*Proclamadora de tristezas*'? Ora, esse é um nome esquisito. Por que eu desejaria a sua amizade se isso é tudo que pretende fazer?"

"Foi *você* quem decidiu que éramos amigos", disse ela. "Além do mais, não é para você que vou proclamar as tristezas."

"Todas as bruxas são enigmáticas assim?"

"Não sei dizer se *conheci* outras bruxas, embora ache que algumas também tenham vivido nesta floresta tempos atrás." Ela contemplou mais uma vez o outro lado do rio, baixando o tom de voz quase em reverência. "Dizem ter existido aqui uma bruxa que deu à luz os lobos que perseguem o sol e a lua, e que ela criou vários outros desse modo."

"Certo. Ouvi histórias sobre eles quando era mais jovem. A Antiga e as suas crianças-lobo."

"Ouviu essas histórias em Asgard?"

"Bem, não sou *de* Asgard. De qualquer forma, todo mundo conhece as histórias por essas bandas."

"Você é um gigante", disse ela. Foi um palpite, mas ela não fez soar como uma pergunta. "Gigante" era um termo impróprio — um nome, não um adjetivo, pois os gigantes muitas vezes não eram maiores do que uma pessoa comum. E, embora o visitante sem dúvida estivesse vestido como um Aesir, nem sempre havia traços físicos que permitissem distinguir um deus de um gigante.

Mas aquele homem, viajando sozinho e sem disfarces... Havia algo selvagem nos seus modos, algo nos olhos que evocava florestas profundas e noites de verão. Algo indomado, livre de rédeas.

Ele não pode ser um deus, pode?

O estranho deu de ombros diante da dedução.

"Algo do tipo. De qualquer modo, parece estar bem deserto por aqui agora. Sem lobos... sem mãe-bruxa..."

"É verdade." Ela olhou mais uma vez para o outro lado do rio, sentindo uma pontada no peito vazio. "Mas talvez tenha sido eu. Talvez fosse eu a mãe deles."

"Mas você não se lembra?" ·

"Não." Ela balançou a cabeça.

O silêncio se abateu entre os dois, e o estranho se remexeu. Ela teve a sensação de que ele odiava quando as conversas morriam — tinha o ar de quem apreciava ouvir o som da própria voz.

"Bem", falou ele, por fim, "quero que saiba que tomarei como missão pessoal ignorar todas as suas profecias deprimentes e fazer o que eu sentir vontade."

"Você não pode simplesmente *ignorar* uma profecia."

"Pode, caso se empenhe o bastante."

"Acho que não é bem assim que funciona."

"Humm." Ele pôs os braços atrás da cabeça e se encostou na árvore antes de responder com arrogância: "Bem, talvez você não seja tão inteligente quanto eu".

Ela lhe lançou um olhar de esguelha, curiosa.

"Então como é que eles chamam *você*, ó, Astuto?"

"Eu conto se me mostrar seu rosto."

"Mostro o meu rosto se prometer não se afastar com horror."

"Falei que contaria o meu nome. Não posso prometer mais que isso. Mas, confie em mim, tenho um estômago forte. Afinal, eu ia devorar o seu coração."

"O meu coração não é assim tão cheio de coisas vis, garanto a você." A despeito disso, ela ergueu o capuz, revelando olhos azul-esverdeados com pálpebras pesadas e os resquícios castanhos do cabelo queimado. Aquelas não eram as cores de Gullveig, mas Angrboda imaginava que era melhor deixar *aquele* nome específico e todas as suas associações para trás e nunca voltar a mencioná-los.

Era uma nova fase na sua existência. Ela manteria a bruxaria apenas para si de agora em diante, muito obrigada. Nada de *seid*, nada de profecias, nada de se envolver em problemas. O que tinha vivido já bastava para várias encarnações.

"E eu aqui pensando que haveria alguma ogra horrível escondida aí embaixo." Ele ergueu as mãos e dobrou os dedos para imitar garras. "Angrboda, fêmea de troll, tão feia que os homens recuam de terror ao contemplar o seu rosto."

Ela revirou os olhos.

"E qual é o *seu* nome? Ou pretende quebrar a promessa?"

"De forma alguma. Sou um homem de palavra, Angrboda. Sou o irmão de sangue do próprio Odin", disse ele com altivez, levando a mão ao peito.

Ah, aí está, pensou ela. Durante o seu tempo em Asgard, a bruxa não se lembrava de Odin ter tomado um gigante como irmão de sangue. Mas sabia que aquilo podia muito bem ter acontecido séculos atrás — Angrboda se lembrava muito pouco do tempo em Asgard e quase nada da época anterior. Talvez o estranho visitante apenas não estivesse presente no salão onde ela fora queimada.

Ou talvez estivesse lá para assistir, extasiado. Como todos os outros.

"E não posso *acreditar*", prosseguiu ele, "que você mancharia o meu bom nome insinuando que não cumpro os meus juramentos..."

"Eu teria de saber o seu nome para poder manchá-lo, não é?"

"Você está manchando a *ideia* do meu bom nome."

"A ideia do seu nome em si ou a ideia de que seja um bom nome?"

Ele piscou para ela, e sua boca formou uma exclamação muda.

"Inventarei um nome para você se não me disser qual é", ameaçou ela.

"Ahh, muito interessante." Ele passou os braços em volta dos joelhos, como uma criança empolgada. "O que tem em mente?"

"Você não vai gostar, é certo. Vou chamá-lo pelo pior nome que eu conseguir pensar e depois vou usar a minha magia de bruxa para fazer com que todos o chamem assim também."

"Magia de bruxa? Ah, estou com *tanto* medo."

"Não me *obrigue* a fazê-lo comer isso", advertiu Angrboda, erguendo o coração envolto no pano.

"Humm, talvez eu devesse ter feito isso desde o princípio." Ele se endireitou e lançou a ela um olhar malicioso e predatório. "Talvez ganhe os seus poderes. Ande, devolva-o para mim."

Ela tirou o coração do alcance quando ele tentou pegá-lo, dizendo na sua voz mais sinistra:

"Ou talvez algo muito, muito pior vá acontecer."

"Como você sabe?"

"Não sei. Só estou dizendo."

"Bem, suponho que não posso culpá-la por querer manter o seu coração depois de tudo que aconteceu."

"Não vou me separar dele tão cedo, disso tenho certeza." Ela repousou o coração no colo e baixou os olhos para o embrulho. *Nunca mais.*

Alguns momentos se passaram. Quando ela ergueu o rosto, ele estava lhe oferecendo um sorriso torto. Ela correspondeu com hesitação — não fazia ideia de como estava o seu sorriso, se era grotesco, impróprio ou simplesmente assustador.

Mas o sorriso dele apenas ficou mais largo, entregando todos ou nenhum dos seus pensamentos.

"O meu nome", disse ele, "é Loki Laufeyjarson."

"Você usa o nome da sua mãe em vez do nome do seu pai?", perguntou ela, pois Laufey era um nome feminino.

"Uso. E não consigo acreditar que você não me conheça depois de todo o tempo que passou em Asgard. Os deuses são sempre *muito* sérios, e às vezes as coisas ficam muito chatas, então costumo me divertir para animar, sobretudo à custa dos outros, mas isso não vem ao caso. Afinal, o que eles podem fazer se sou a pessoa mais espirituosa que existe?"

"E a mais humilde também, sem dúvida", observou Angrboda, mantendo um semblante franco.

Loki a estudou por um instante, tentando decidir se ela estava brincando. Quando viu que a expressão dela não mudou, o seu sorriso irônico alargou-se em uma risada apreciativa.

"Sabe, Angrboda", disse ele, "acho *mesmo* que seremos ótimos amigos."

Angrboda fixou morada no extremo leste do Bosque de Ferro, no ponto onde as árvores se agarravam de forma precária às montanhas íngremes que faziam fronteira com Jotunheim. Ela acabou esbarrando em uma clareira junto à base de uma dessas montanhas, encontrando um afloramento de rochas que, por sua vez, levava a uma caverna grande o suficiente para que pudesse se acomodar. Ao entrar, percebeu um buraco esculpido na rocha logo acima, sob o qual estavam os restos de uma lareira.

Era tudo estranhamente familiar. Como se o local estivesse esperando por ela.

Angrboda reconstruiu a lareira, convertendo-a em um modelo de toras compridas e alinhadas, cercadas por pedras que ela recolhera na floresta. A caverna em si era tão ampla quanto qualquer salão modesto de Jotunheim: grande o suficiente para ser mobiliada e com bastante espaço para armazenamento na parte dos fundos, onde o teto era mais baixo. Durante o dia, o interior da caverna era iluminado pela luz do sol que entrava pela abertura; à noite, Angrboda mantinha a lareira acesa na escuridão total do novo lar.

"Uma caverna?", perguntou Loki, piscando, assim que ela lhe mostrou o local pela primeira vez. "Por que não construir um salão?"

"Estou me *escondendo*. Um salão seria óbvio demais."

Loki apenas deu de ombros. Angrboda percebeu que ele não fez comentários em relação a *de quem* ela estava se escondendo — ainda que Loki fosse um deles. Ela sabia que deveria estar preocupada desde o instante em que ele revelara sua associação com Odin, mas alguma coisa fazia com que acreditasse que Loki não era o que parecia, e era esse instinto que a impedia de fugir para outra caverna sempre que ele partia da sua.

Após aquele primeiro dia, os dois passaram a se encontrar de vez em quando, nas ocasiões em que Loki passava pelo Bosque de Ferro. Ele tinha um talento nato para mudar de forma, o que Angrboda logo descobriu, e podia viajar de Asgard até o Bosque de Ferro em pouco tempo ao assumir a forma de pássaro. E não aparecia apenas para trocar gracejos, ele ficava, às vezes, por uma ou duas noites, roncando de um jeito cômico com o rosto virado para o chão, usando a capa enrolada como travesseiro.

E ela raramente dormia.

Angrboda não sabia dizer quanto tempo havia se passado desde que os dois tinham se conhecido perto do rio, mas o seu cabelo castanho-claro e acinzentado havia ficado comprido, liso e fino. Ela costumava prendê-lo em uma trança pouco volumosa que caía sobre o ombro ou enrolá-lo em um coque frouxo junto à nuca. A pele pálida de moradora de caverna havia se curado depressa das queimaduras, fazendo com que parecesse uma mulher muito mais jovem, mas as olheiras escuras permaneciam.

Ela também havia devolvido o seu coração ao lugar a que pertencia, abandonando o próprio corpo apenas o suficiente para anestesiar a dor, mas permanecendo ali o bastante para que pudesse mover as mãos. Ela abrira a ferida no ponto onde fora transpassada pela lança, e por isso continuava com uma cicatriz vertical e elevada entre os seios.

Mas ainda sentia como se faltasse algo. Como se aquele buraco no coração ainda não estivesse totalmente cicatrizado.

De qualquer maneira, ela se virava bem. Havia um riacho que se ramificava a partir do rio onde conhecera Loki, e a sua correnteza serpenteava perto o bastante da caverna para que não fosse incômodo passar a fim de buscar água ou lavar as poucas peças de roupa. Ela também acumulara uma pilha modesta de peles para dormir, mas não havia comida suficiente por ali. Os animais eram escassos no Bosque de Ferro.

Certo dia, ao verificar as armadilhas que posicionara entre as árvores e ver que não haviam lhe rendido nada, Angrboda caminhou até o riacho a fim de pescar. Ficou sentada por horas junto à margem, extremamente entediada e sem uma mísera mordida na isca. Estava quase cochilando encostada em uma árvore quando uma flecha passou zunindo de repente, cravando-se no tronco a poucos centímetros do seu rosto.

Após uma pausa, Angrboda, chocada, investigou os arredores com os olhos bem abertos, procurando a fonte do projétil.

Outro gigante emergiu das árvores no outro lado do riacho: uma mulher de ombros largos, vestida com calças e uma túnica curta de lã, com um arco nas mãos, uma sacola nos ombros, uma aljava vazia no quadril e um punhado de coelhos gordos pendurados no cinto.

"Você não é um coelho", disse a mulher, parecendo um tanto desapontada.

"Você quase me matou", respondeu Angrboda, piscando sem parar.

"O que está fazendo *aqui*, afinal? Não sabe que este lugar está morto?" Embora não parecesse mais velha do que Angrboda, a mulher a observava como se a bruxa ancestral fosse nada além de uma criança travessa.

Angrboda não gostou daquilo e, em retorno, apenas a encarou em silêncio.

"Por que não tira minha flecha dessa árvore e vem dividir uma refeição comigo?", perguntou a mulher depois de avaliar a bruxa por mais um momento. "É o mínimo que posso fazer depois de quase acertá-la".

"Já passei por coisas piores", falou Angrboda, deixando de lado a vara de pescar improvisada. O riacho estava mais raso do que o normal naquela estação, e ela precisou pular apenas algumas pedras para chegar ao outro lado.

Enquanto Angrboda acendia a fogueira, a outra giganta esfolava com habilidade dois dos coelhos. Ela se apresentou como Skadi, filha de Thiazi, acrescentando com orgulho que era conhecida em Jotunheim como "a Caçadora" devido às habilidades com arco e flecha e armadilhas. Era bonita à sua maneira, com cabelo grosso e claro separados em duas tranças sob o gorro forrado de peles. Tinha mãos fortes e habilidosas, e os olhos eram glaciais de tão azuis.

Skadi apenas assentiu quando Angrboda se apresentou, e exibiu em seu semblante apenas um leve indício de confusão diante do nome.

"Então, você mora aqui perto?", perguntou Angrboda enquanto Skadi fervia a carne de coelho em uma panelinha de ferro que havia retirado da sacola.

A giganta balançou a cabeça.

"Moro nas montanhas, só que mais ao norte e mais para o interior. De onde você é? Mal consigo entender o seu sotaque."

"Sou bastante velha", respondeu Angrboda com sinceridade. "Mais velha do que pareço. Se você veio das montanhas, onde estão os seus esquis?"

"Ainda não está nevando. Deixei os esquis pelo caminho."

"E o que traz você aqui? Não há nada além de presas pequenas nestes bosques, e essas já são escassas o suficiente. As montanhas com certeza fornecem um território de caça melhor para você."

Skadi usou a faca para mexer o conteúdo da panela, sorrindo para Angrboda por cima do fogo.

"Vim por causa de uma história que contamos aqui em Jotunheim. Dizem que a bruxa que deu origem à raça dos lobos ainda está por algum lugar desta floresta. Ela é uma das gigantas ancestrais do bosque. Supostamente, todas elas viveram aqui no Bosque de Ferro há muito, muito tempo. Venho para cá às vezes quando estou caçando, mas nunca encontrei ninguém. Então vi fumaça subindo pelo sopé da montanha hoje cedo e não resisti em dar uma olhada. Mas acredito que tenha sido apenas você, certo?"

"Certo, foi isso mesmo." Angrboda fez uma pausa, escolhendo as palavras seguintes com cuidado. "Eu *sou* uma bruxa, mas com certeza não aquela que você procura."

"Uma bruxa", repetiu Skadi. "Que tipo de bruxa?"

Angrboda respondeu com um dar de ombros.

"O que você consegue fazer?"

"Suponho que nada muito impressionante", ponderou Angrboda. "A minha casa nem mesmo tem móveis." Ela não tinha sequer uma panela para cozinhar ensopado. Até podia ser uma bruxa, mas Angrboda não era uma artesã quando se tratava das ferramentas e mobílias necessárias para tornar a nova vida mais confortável.

Skadi fez uma pausa e a observou — em parte com suspeita, mas em parte com aquele olhar de *você-é-meio-estúpida*, assim como Loki havia a olhado ao visitar a sua residência pela primeira vez. Angrboda a encarou também, puxando a capa para manter o tecido apertado contra os ombros. Já estava anoitecendo.

"Humm", murmurou Skadi, por fim, voltando a mexer a comida com uma expressão que deixava claro que o preparo do ensopado não estava nos seus pensamentos. "Você deve saber fazer *alguma coisa* já que se considera uma bruxa. Ouvi falar de bruxas capazes de praticar o *seid*. Como Freya. Você pode fazer isso?"

"Você conhece Freya?", indagou Angrboda com cautela.

"Ouvi fofocas. Escutamos coisas quando trocamos mercadorias. Você ficou sabendo da guerra?", perguntou Skadi, confundindo a expressão distante de Angrboda com ignorância. "Entre os Aesir e os Vanir?"

Angrboda confirmou com a cabeça. Durante uma de suas visitas, Loki contara o que havia acontecido depois que ela fugira de Asgard.

"Fiquei sabendo", respondeu a bruxa, "embora mal conheça os detalhes. Na verdade, ouvi dizer que nem mesmo houve guerra, apenas uma declaração e depois a trégua. Mas como foi que chegaram à trégua?"

"Uma troca de reféns", disse Skadi. "Njord dos Vanir e os seus filhos Frey e Freya em troca de dois homens dos Aesir. Mimir foi um deles."

Angrboda ergueu as sobrancelhas — aquele era outro nome familiar.

"Mimir? O conselheiro mais valioso de Odin? Esses reféns Vanir devem ser bem importantes para justificarem tal perda."

"Ah, não se preocupe", falou Skadi em um tom sombrio. "Os Aesir dificilmente jogam limpo. Odin conseguiu trazê-lo de volta no fim das contas — a cabeça, pelo menos..."

Angrboda estremeceu.

"Ainda assim, só o fato de aceitarem uma transação desse tipo... E esses Vanir? O que há de especial neles?"

"Njord é alguma espécie de deus oceânico, mas a filha, Freya, é considerada a mais bela das mulheres, e dizem que foi ela que ensinou o *seid* ao próprio Odin."

"É mesmo?" *Ótimo. Deixe que digam isso*, pensou Angrboda. *Logo ninguém se lembrará de mais nada sobre a bruxa queimada três vezes, e então ficarei em paz.*

"Sim", prosseguiu Skadi. "Freya vive entre os Aesir agora. Ouvi dizer que ela tem o próprio salão e tudo."

Angrboda se mexeu e puxou a capa para ainda mais perto. Freya — uma jovem mulher antes da guerra — havia sido a primeira em Vanaheim a implorar para que Gullveig lhe ensinasse o *seid*, e Angrboda só se lembrava disso porque a garota era tão incrivelmente bela quanto surpreendentemente persuasiva. O rosto de Freya e o rosto de Odin eram os únicos de que ela se lembrava com clareza da época como Gullveig.

"Mas, e então, você consegue fazer o mesmo que Freya?", perguntou Skadi.

"Sim e não", respondeu Angrboda devagar, na esperança de desviar a conversa para longe do *seid*. "Mas tenho outras habilidades úteis."

Skadi pareceu contemplativa. Despejou o ensopado em uma pequena tigela de madeira que carregava consigo e a entregou para Angrboda, enquanto ela própria comeu direto da panela.

"Estou tentando pensar em um jeito de ajudar você", afirmou Skadi. "Quero mesmo fazer isso. Mas sou mercadora. Esta é uma transação comercial, e a natureza do negócio é que você deve produzir uma coisa em troca de outra coisa. E então, o que você consegue fazer?"

Angrboda fez uma pausa a fim de refletir sobre aquilo. Além do *seid*, o que mais era capaz de fazer? Ela não se lembrava muito da época anterior... exceto pela magia. A magia era tão parte dela quanto a própria alma, e tão clara na sua mente quanto o desjejum que comera pela manhã.

"Sei fazer poções", respondeu a bruxa. "Embora não tenha acesso aos ingredientes no momento." Ela gesticulou em direção às árvores grossas e estéreis que as rodeavam. "Não há muito com o que trabalhar por aqui."

Skadi sorriu.

"Uma das minhas parentes tem um jardim enorme. Posso trocar a minha caça por qualquer planta que desejar. Depois eu poderia entregar as plantas a você em troca das poções, e trocar as poções com outras pessoas por qualquer coisa que você estiver precisando... ao custo de uma porcentagem, é claro."

"É claro", repetiu Angrboda, grata por Skadi ter se mostrado favorável à ideia de imediato. "Afinal, você estaria fazendo a maior parte do trabalho. Pode ficar com o que quiser dessas trocas; as minhas necessidades são poucas." Ela fez uma pausa. "Embora eu deva perguntar o que você ganha com essa história. Estou muito distante de qualquer rota comercial. Ou de qualquer tipo de rota, para falar a verdade."

Skadi deu de ombros.

"Você não está errada quanto a isso. Mas tudo depende da qualidade das suas poções. Se forem boas, posso fazer barganhas melhores, e então as viagens valerão a pena. Que tipo de coisa sabe fazer?"

"Unguentos curativos, por exemplo, e amuletos para curar doenças", disse Angrboda, tomando um gole do ensopado, que estava delicioso, sobretudo porque ela andava vivendo à base de coelhos esqueléticos e carbonizados em gravetos sobre o fogo já fazia um bom tempo. "E poções para afastar a fome, especialmente úteis no inverno."

Skadi ficou impressionada.

"Por essas eu conseguiria um preço alto. Contanto que funcionem."

"Confie em mim", disse Angrboda, quase sorrindo. "Elas funcionam."

No fim das contas, Angrboda estava certa: Skadi barganhava as poções em Jotunheim e recebia tanto em troca que costumava aparecer na caverna da bruxa com utensílios domésticos — facas, colheres, lençóis, lã, uma panela, um machado para lenha — e caça, que ela mesma havia capturado ou que havia trocado pelo caminho. No arranjo delas, Skadi lhe trazia grandes caixas de madeira repletas de pequenos potes de cerâmica com tampa, bem embrulhados em lã para que não quebrassem durante o trajeto, e Angrboda os enchia com as poções, então os devolvia para Skadi, que por sua vez lhe dava uma nova caixa de recipientes vazios.

Alguns dos itens trazidos pela giganta levavam a bruxa a crer que as poções circulavam por lugares além de Jotunheim. Skadi chegou a afirmar que tinha contatos que negociavam com os anões em Nidavellir, com os elfos sombrios de Svartalfheim e até mesmo com os humanos de Midgard. Os itens vindos de Midgard incluíam tecidos finos dos quais Angrboda jamais ouvira falar.

"Este aqui se chama seda", informou Skadi ao chegar com um corte de tecido especialmente bonito e brilhante. "Os humanos atravessam vastos oceanos em seus barcos a fim de fazer comércio. Este tecido viajou um bocado."

"Não tenho onde usar toda essa elegância", comentou Angrboda, maravilhada ao correr os dedos pela seda. Ela acabou trocando o tecido com Skadi por algo muito mais precioso: um pote do melhor mel que Angrboda já provara, o qual ela guardava como se fosse um dragão.

Além de ensinar para Angrboda a forma *adequada* de montar armadilhas para capturar animais, Skadi começou a rebocar com o trenó algumas toras de madeira das montanhas mais altas deixando-as do lado de fora da caverna da bruxa. Assim que juntou uma pilha grande de toras, ela declarou que as duas iriam construir alguns móveis.

"Não sei fazer isso", disse Angrboda, com pouca convicção. *Sem dúvida eu poderia descobrir como juntar alguma coisa através de magia, mas não seria nada bonito.*

"Eu ensino a você. Tenho as ferramentas", falou Skadi, tirando-as da sacola. "Acredite em mim — nós, mulheres da montanha, sabemos fazer *de tudo*."

E então Skadi construiu para ela uma mesa com dois bancos e também o estrado de uma cama, que foi posicionado contra a parede e forrado com cobertores e peles sobre as duas camadas de linho que Angrboda havia costurado e recheado com palha à guisa de colchão. Logo depois, Skadi fez uma mesa menor e um armário para guardar as poções. Mas a melhor criação da Caçadora foi a última: uma cadeira pesada para colocar junto ao fogo, esculpida com um padrão de espirais. Angrboda cobriu o assento com peles para torná-lo mais confortável.

Skadi também trouxe velas grandes para iluminar a caverna escura — especialmente a mesa de trabalho, que ficava contra a parede da caverna, de modo que Angrboda precisava ficar de costas para a lareira enquanto misturava as poções. As velas chegaram bem a tempo, pois a longa escuridão do inverno já estava a caminho. Angrboda passava a estação encolhida no fundo da caverna, sobrevivendo à base de suas poções para afastar a fome, cozinhadas de qualquer jeito a partir das poucas ervas que conseguia encontrar no Bosque de Ferro. As poções funcionavam bem, mas o sabor deixava muito a desejar — os ingredientes estavam longe de serem ideais.

Mas agora Angrboda tinha Skadi para fornecer as plantas que tornariam os preparos palatáveis, e, de qualquer maneira, a bruxa não precisava mais das poções para afastar a fome — graças a Skadi, ela também tinha um estoque de carne-seca e algumas cabras para ordenha. As cabras haviam chegado bem alimentadas, pelo que Angrboda agradecia, pois existia pouco o que pastar nas montanhas e florestas da extremidade do mundo.

Talvez as coisas sejam diferentes este ano, esperava Angrboda. *A cada primavera, o Bosque de Ferro parece um pouco mais verde. Mas talvez seja apenas a minha imaginação.*

No seu tempo livre, Loki ainda vinha atazaná-la. Ela gostava daquele arranjo, pois apreciava sua companhia, embora às vezes o achasse um pouco cansativo. Tranquilidade e silêncio eram os únicos companheiros dos quais ela dependia, e Loki não tinha interesse em tranquilidade e *muito menos* em silêncio. Fora isso, ele mesmo não parecia assim tão confiável, e um dos seus passatempos favoritos era reclamar de como Angrboda havia se tornado desinteressante após deixar as suas raízes como Gullveig para trás.

Contudo, Loki ficou um tanto estupefato ao entrar na caverna certo dia e encontrá-la completamente mobiliada, e Angrboda apreciou a expressão de surpresa conforme ele olhava ao redor.

"Você chegou bem a tempo do jantar", disse ela, mexendo a panela de ensopado no fogo.

"Agora você tem até uma mesa? Está realmente subindo na vida, não é?", exclamou ele. "E onde conseguiu todas essas coisas? Tem até mesmo uma porta! Achei que *jamais* arrumaria uma."

Angrboda deu de ombros. Ela não queria nada muito chamativo para marcar a entrada da caverna — que se parecia mais ou menos com uma pilha de rochas coberta de musgo, projetada para fora da base da montanha e com fumaça subindo pelo buraco escondido da chaminé —, mas decidira que de fato precisava de algo que servisse de porta, então Skadi pregara um punhado de tábuas e fizera um painel para cobrir a boca da caverna.

Angrboda havia tentado não ficar alarmada com o fato de que, ao tirarem as medidas da abertura, as duas tinham encontrado um conjunto antigo de dobradiças de ferro já instaladas no local. A própria Skadi parecera perturbada com a descoberta, mas não comentara nada, exceto para declarar que as dobradiças continuavam funcionais antes de prender o novo painel a elas.

"Ando fazendo barganhas", respondeu Angrboda para Loki. "Poções em troca de objetos. É bastante lucrativo."

"E está barganhando com quem?", perguntou ele, arqueando uma sobrancelha. "Não me diga que também arrumou novos amigos. Estou impressionado."

"E devia mesmo estar."

"Como andam as coisas por aqui?" Loki cutucou um coelho que pendia do teto. "Entediantes? Rotineiras?"

"Mais ou menos."

"Vejo que agora você tem um jardim", falou ele, com um sorriso sarcástico.

"Tenho mesmo", respondeu ela, sorrindo e ignorando a condescendência nas palavras dele. No início daquele ano, Skadi trouxera algumas sementes para ela, além de ferramentas de jardinagem e até mesmo um chapéu de palha simples, com abas largas, então Angrboda começara a trabalhar. E a bruxa estava bastante orgulhosa do jardim; cultivava o suficiente para se manter alimentada com raízes frescas, repolho e ervas para tempero.

"Que coisa maravilhosamente doméstica", comentou Loki, irônico. "O que você está cozinhando?"

"Ensopado de coelho."

"Você por acaso come alguma coisa que não seja coelho?"

"Se não quiser o meu ensopado de coelho, pode ir embora."

"E pensar que você já foi uma bruxa poderosa e intrigante."

"*Ainda sou* uma bruxa poderosa, e você faria bem em não se esquecer disso." Ela serviu o ensopado em tigelas e passou uma porção para Loki. Eles se sentaram à mesa nova, em bancos opostos. "Como vão as coisas com os deuses?"

Ele começou a tagarelar, pausando apenas para comer. E, conforme Angrboda ouvia, tentava não se surpreender com a amargura que transparecia na voz de Loki enquanto ele contava as novidades de Asgard.

Em uma noite de chuva, pouco tempo depois, Angrboda estava sentada na sua cadeira junto ao fogo quando Loki apareceu na entrada da caverna, encharcado e trôpego. Ele fechou a porta, de costas para ela, com os ombros curvados e tremendo. O capuz estava levantado, e ela não conseguia ver o seu rosto.

"Loki?", perguntou ela, hesitante, ficando de pé. "O que veio fazer aqui tão tarde?"

Ele se arrastou até se sentar no banco, apoiando a cabeça na mesa. A sua respiração parecia ofegante e úmida, e os punhos estavam cerrados com tanta força que os nós dos dedos tinham ficado brancos.

Alarmada, Angrboda chegou mais perto e se sentou no banco ao lado dele, colocando a mão com cuidado no seu ombro. Loki se contorceu, erguendo a cabeça apenas o suficiente para revelar uma pequena mancha de sangue no tampo da mesa. Angrboda empalideceu e fez menção de retirar o capuz dele, mas Loki apoiou a testa entre os braços e não se mexeu.

"O que foi que você fez?", perguntou ela.

"Nada", disse ele, com a voz abafada e estranha. "Por que acha que fiz alguma coisa?"

"Porque 'coisas' é o que você costuma fazer. Pelo tempo que nos conhecemos, tenho a impressão de que você seria incapaz de manter a boca fechada nem que fosse para salvar a própria vida." Ela franziu ainda mais a testa ao notar o sangue escorrendo pelos antebraços de Loki. "O que aconteceu?"

"*Nada*."

Ela pôs a mão no ombro dele outra vez.

"Deixe-me ver seu rosto."

"Não." Loki se empertigou, com as feições ainda escondidas pelo capuz. Agora Angrboda podia ver o sangue encharcando a frente da túnica. "Deixe-me em paz."

"Para começo de conversa, você não teria vindo até aqui se quisesse *mesmo* ficar em paz."

"Eu não tinha outro lugar para ir", respondeu ele, baixinho.

Angrboda removeu o capuz dele, mas Loki virou o rosto para longe. Ela conseguia sentir o ombro dele tremendo de modo febril sob a sua mão. Ela se aproximou ainda mais e disse:

"A menos que me mostre, não vou conseguir ajudar."

Por fim, ele se virou para que a bruxa visse a fonte do sangue: a boca de Loki era uma bagunça mutilada, com um barbante grosso costurado de forma tosca na pele, sem muita preocupação em manter a uniformidade. Ele havia arrancado mais ou menos metade dos pontos, e o cordão ensanguentado pendia em um dos lados.

Angrboda engoliu em seco ao analisar primeiro as feridas e depois aqueles olhos verdes, vítreos e injetados de sangue que a encaravam com impotência.

A bruxa não disse mais nada. Ela pegou sua faca — um presente recente de Skadi, uma lâmina estreita com cabo de chifre e uma bainha grossa de couro presa no cinto — e aparou o barbante dependurado o mais rente possível ao rosto dele, então, com seus dedos ágeis, começou a puxar com gentileza os pontos. Loki estremeceu ao toque dela, os olhos lacrimejando, mas permaneceu em silêncio. Quando terminou, Angrboda o fez colocar um pano seco na boca para estancar o sangramento e avisou que voltaria logo. Ele encarou o nada com olhos vidrados e apenas assentiu.

A chuva havia diminuído um pouco. Angrboda encheu dois baldes no riacho e despejou um deles na panela acima do fogo. Quando a água ficou quente, ela umedeceu um retalho limpo de linho e o passou silenciosamente na boca de Loki. Dessa vez, ele nem mesmo se encolheu.

"Devo perguntar o que eles fizeram com você", falou ela, por fim, "ou o que *você* fez a *eles* para merecer isso?"

"Fiz uma pequena ofensa e depois a consertei, como sempre faço. Mas, nesse meio-tempo, simplesmente *não* consegui manter a boca fechada." Ele revirou os olhos. "Como você sempre diz."

Angrboda deu-lhe um sorriso vago e prosseguiu limpando os seus lábios.

"Que surpresa! Que ofensa foi essa que você fez?"

"Conhece a esposa de Thor, Sif? Bem, Thor havia saído para beber com os outros deuses, e eu entrei escondido nos aposentos do casal enquanto Sif dormia e cortei o seu cabelo. Ela nem se mexeu quando fiz isso, mas, de manhã, dava para ouvi-la gritando por toda Asgard. E logo depois dava para *me* ouvir gritando enquanto Thor corria atrás de mim, ameaçando quebrar todos os ossos do meu corpo caso eu não consertasse aquilo."

Angrboda piscou e gesticulou para que ele segurasse o pano à boca.

"E por que exatamente você faria uma coisa dessas com Sif?"

"Foi mais uma brincadeira com Thor do que com ela. Ele amava o cabelo da esposa." Loki deu de ombros, mas a sua voz soou de um jeito estranhamente martirizado quando acrescentou: "Achei que seria engraçado".

"Questiono esse seu senso de humor", comentou Angrboda com severidade. Ela atravessou a sala indo até o armário de poções, onde começou a trabalhar em um bálsamo curativo. "Entre outras coisas. O que aconteceu depois?"

"Perdi uma aposta. Fui até os anões em busca de um novo cabelo para Sif e consegui mais dois itens na barganha. Então fui até outros anões e apostei que eles não conseguiriam fazer itens tão bons quanto os que eu tinha no primeiro conjunto, mas os deuses acabaram gostando mais do segundo. Não fosse pela minha esperteza sem limites, eu nem teria uma cabeça agora."

"Como assim?"

"Apostei a *minha cabeça*. Mas eles não podiam ficar com o meu pescoço, entende? Então decidiram apenas costurar a minha boca usando um furador."

Angrboda proferiu um cântico rápido sobre o bálsamo que repousava no potinho de cerâmica, depois se virou e olhou de esguelha para Loki.

"Foi uma aposta estúpida, e a solução foi ainda mais estúpida."

"Não completamente. Agora os Aesir têm coisas boas, graças a mim."

"Que tipo de coisas boas?"

"Bem, agora Thor tem um martelo de cabo curto, do qual espero fazer bom *proveito*, e um cabelo dourado *de verdade* para Sif. Odin tem uma lança que nunca erra o alvo e um anel mágico. E Frey tem um javali de ouro e um navio que pode ser dobrado e carregado para qualquer lugar e que sempre atrai um vento favorável."

"Parecem presentes grandiosos. Pode abaixar o pano agora."

"Sim... Bem, mas isso não impediu que Thor e Frey me segurassem enquanto os anões costuravam minha boca." Ele observou Angrboda com a cautela de uma criança que é apresentada a um prato novo no jantar conforme a bruxa andou até ele e enfiou o dedo no pote de barro. Quando ela espalhou parte do conteúdo verde pastoso nos lábios dele, Loki fez uma careta. "É essa coisa que você vende para a sua amiga Skadi? As pessoas negociam *bens* de verdade por isso?"

"Isso vai curar as feridas mais depressa do que elas fariam por conta própria. Mas você ficará com cicatrizes. Serão piores no lado em que você rasgou o rosto como se fosse um animal. E este bálsamo está fresco e mais potente porque fiz especificamente para *os seus* ferimentos, então vai funcionar mais rápido do que os potes *dessa coisa* que negocio com Skadi para que ela distribua a qualquer pessoa."

"Nossa, agora me sinto *muito* melhor."

"E deveria mesmo. Você está em boas mãos se me permite dizer."

"Você não devia ser tão humilde."

Ela revirou os olhos.

"Eu tento. Muito de vez em quando, consigo."

"Eu tinha certeza de que conhecer uma bruxa viria a calhar algum dia. Quando posso tirar isso da cara?"

"Quando parar de sangrar." Angrboda espalhou o restante do bálsamo pela boca de Loki com mais força do que pretendia, fazendo-o estremecer. "Um pouco de gratidão seria ótimo."

"Gratidão? Não faço ideia de onde você poderia encontrar *algo assim*. Talvez devesse negociar um pouco mais desse troço fedorento com a sua amiga Skadi e ver se ela arruma algo do tipo para você."

"Pare de mexer a boca ou vai desfazer tudo que fiz." Angrboda suspirou, colocou o pote na mesa e cruzou os braços. "Sinto que essa não será a última vez em que precisarei livrá-lo de problemas."

"Você não está me livrando de problemas. Está me consertando. Eu me livrei dos problemas *por conta própria*."

"E me pergunto qual deve ser a tarefa mais difícil." Angrboda pegou um pano novo e enxugou as gotas de sangue fresco que se formavam nos lábios de Loki, escorrendo por cima do bálsamo. "Está vendo? Você começou a sangrar outra vez de tanto falar. Devia apenas ficar de boca fechada por um tempo e deixar que as feridas se curem."

Loki estendeu a mão, segurou o pulso de Angrboda e ofereceu a ela um sorriso torto.

"Pouquíssimo provável."

Foi aquele sorriso, ainda que sangrento e distorcido, que a fez parar. A mão dela ficou imóvel, com o pano apertado em um dos cantos da boca de Loki.

"Obrigado", disse ele, os olhos semicerrados e a expressão estranhamente suave.

Ela se remexeu e se afastou dele, indo reunir todos os trapos ensanguentados ou sujos de outra forma em um dos baldes.

"Você é um homem bastante irritante, Loki Laufeyjarson."

Ele deixou escapar um som bastante ofendido diante daquilo.

"Ora, como assim?"

Angrboda pegou o balde.

"Vou até o rio para lavar isso. Tem mais água no outro balde para você se limpar."

"Eu *poderia* ficar um pouco lá fora na chuva e me poupar do trabalho." Ele arrancou os sapatos de couro enlameados e as meias de lã encharcadas e os atirou em um monte na entrada da caverna.

"Eu preferia que não fizesse isso", respondeu ela, crispando os lábios ao pensar em toda a lama seca que precisaria varrer da casa na manhã seguinte.

Loki começou a desenrolar as longas tiras de pano que envolviam suas panturrilhas — uma vestimenta comum para os homens.

"Estou mesmo irritando você, não é?"

Angrboda ignorou a pergunta, carregando o balde até a porta da caverna e olhando para o lado de fora com a testa franzida. A chuva caía com mais força do que antes.

"Talvez eu deixe para lavar isso amanhã", disse ela. Quando Angrboda se virou, teve logo de desviar o olhar , pois Loki havia acabado de despir a túnica ensanguentada, segurando-a entre o polegar e o indicador enquanto afundava o tecido no segundo balde.

"Não é assim que se lava roupa." Ela suspirou e pôs o balde no chão, depois se apressou até Loki e pegou a túnica, arriscando um vislumbre na direção dele ao fazer isso. A pequena porção de músculos no corpo era visível apenas porque ele era magro. Angrboda disse a si mesma para não ficar olhando e dirigiu a atenção para a túnica, que colocou aberta sobre a mesa para esfregar as manchas de sangue com um retalho de pano.

"A minha calça também está suja", falou Loki com inocência, fazendo menção de alcançar os cordões da peça de roupa.

Angrboda ergueu a mão para detê-lo.

"Você não precisa tirá-la agora."

"Então você quer essa sujeira na sua cama?"

"Quando foi que a minha cama entrou no assunto?"

"Eu também poderia usar um dos seus vestidos para dormir. Gosto bastante de vestidos. A menos que você só tenha um. E esse está me parecendo um tanto sujo. Você dorme com isso?"

Angrboda decidiu não questionar os comentários sobre o vestido.

"Por que a minha roupa de dormir seria da sua conta? E não creio que você esteja com a impressão de que vai passar a noite na minha cama, sendo ela a *minha* cama."

"Então suponho que precisaremos dividir." Loki encolheu um dos ombros. Para alívio de Angrboda, ele ainda estava de calça. "Estou *machucado* e cruzei *mundos inteiros* para chegar aqui. O mínimo que você pode fazer é me oferecer um lugar decente para descansar, Angrboda, Bruxa de Ferro."

Ela deixou escapar um pequeno sorriso, pois o nome lhe soava bem. "Estou sendo nomeada em função do meu local de residência, então?"

"Não, estou nomeando você em função da sua disposição de aço."

"Que gentileza a sua." Ela terminou a tarefa e pendurou a túnica ensopada para secar nas costas da cadeira. "Sua calça não está suja o suficiente para precisar ser lavada, mas tentarei tirar as manchas. A calça também não precisa sair do seu corpo para que eu faça isso."

"Tudo bem." Ele se deixou cair na cama. "Estou com fome."

"Então fique de pé e faça a sua comida. Por acaso sou sua mãe?"

"Não, e agradeço por isso." Ele se esparramou e colocou as mãos atrás da cabeça, dobrando um joelho e apoiando o tornozelo da outra perna por cima. "Se você fosse a minha mãe, eu teria um sotaque rústico como o seu. Não, a minha mãe era uma pessoa excêntrica."

"Deve ser de família", comentou Angrboda, sentando-se ao lado de Loki para esfregar uma mancha de sangue na calça dele. "E por que você usa o nome dela em Asgard? Por que não assume o nome do seu pai?"

"Bem, ela era mais parecida com os Aesir do que o meu pai. Ou pelo menos acho que era." Ele fez uma careta. "Não sei. Talvez ela fosse um deles. Ele, no entanto, com certeza era um gigante. Dessa parte eu me lembro."

Angrboda fez uma pausa na tarefa.

"Você não sabe?"

Loki a encarou, estranhamente sério. O bálsamo estava fazendo seu trabalho: ela via casquinhas começando a se formar sob a pasta verde.

"Não me lembro de muita coisa antes de Asgard. E não me diga que *você* se lembra de muita coisa antes de Gullveig."

"Não, e isso é algo que me incomoda faz um bom tempo", disse ela, terminando de limpar a última mancha na calça. Não estava bonita, mas a sujeira era menos perceptível agora. Angrboda entregou a ele o último pano limpo. "Aqui, já pode limpar a boca."

"Talvez não seja importante, então", falou Loki, obedecendo e, em seguida, jogando o pano manchado de verde no balde que já transbordava. "Não importa realmente de onde viemos, não é? Estamos aqui agora. Somos quem somos. O que mais podemos ser?"

Angrboda se levantou e adicionou o próprio pano à pilha de roupa suja, sentindo-se de súbito esgotada. Pôs mais lenha no fogo, pegou o seu pente de osso em cima da mesa, desfez a trança e sentou-se na cadeira para desembaraçar o cabelo. Enquanto passava o pente, ouvia Loki se remexendo na cama, mas nenhum dos dois falou mais nada.

"Você nunca para quieto?", perguntou ela quando já estava terminando a tarefa. Como ele não respondeu, ela se virou e o encontrou esparramado sobre uma pilha de peles, roncando de forma pouco convincente.

Angrboda ficou de pé e foi até a cama, planejando tomar uma das peles para passar a noite acomodada na cadeira, pois ainda não dormia por muito tempo. Porém, ao se aproximar, viu que Loki tremia e então se sentiu relutante em tomar qualquer coisa dele.

Após ficar ali parada por um momento, ela tirou o cinto, o quadrado de pano que tinha amarrado na cintura como um avental e o agasalho de lã, permanecendo apenas com o vestido de linho que pretendia lavar. Se estivesse sozinha naquela noite, não teria trocado de roupa — mas, após um olhar de esguelha para o "adormecido" Loki, Angrboda tirou um novo vestido de linho de um baú que Skadi fizera para ela e trocou-se com discrição.

Pouco tempo antes, ela chegara ao Bosque de Ferro apenas com as roupas do corpo. Angrboda se considerava afortunada por ter o tempo os meios necessários a fim de costurar para si algumas roupas sobressalentes com tecidos de qualidade, como a lã quente e o linho grosso que Skadi adquirira para ela. Parecia que os fornecedores de plantas de Skadi também cultivavam linho e criavam um monte de ovelhas e aparentemente tinham muito tempo livre para tosquiar, fiar e tecer.

Aquilo era ótimo para Angrboda, que achava tais atividades frustrantes e tediosas, ao passo que muitas mulheres as consideravam produtivas e catárticas. *Benditas sejam*, pensava ela com frequência. *Eu trocaria de bom grado os meus produtos pelas mercadorias delas.*

"Achei que você não quisesse dividir", murmurou Loki conforme a bruxa se esgueirou para a cama ao lado dele. Ele fez beicinho. "É porque estou machucado e com frio?"

Angrboda suspirou internamente e ficou grata por ter mudado de roupa com alguma modéstia, já suspeitando de que ele pudesse estar acordado. Na sua experiência, quando Loki estava dormindo *de verdade* — geralmente de bruços sobre a mesa —, o ronco era muito mais detestável.

"Talvez seja porque você é patético e eu sinta um instinto irresistível de cuidar de gente patética", respondeu ela, baixinho. "É quase como a sua necessidade de continuar falando mesmo quando deveria parar e raciocinar um pouco."

Como resposta, Loki se ajeitou de modo a criar o menor espaço possível entre eles sem que seus corpos se tocassem. E em poucos minutos ele já estava dormindo, deixando-a acordada para escutar os seus roncos. Deixando-a acordada para sentir um tremular estranho no peito, uma agitação indesejada. Era como se algo estivesse despertando, algo que faria bem em continuar adormecido nos recônditos mais remotos da sua mente, onde então seria incapaz de incomodá-la.

Mas Loki não sabia ser nada além de um incômodo.

Um barulho alto a despertou, acompanhado pelas imprecações sussurradas de Loki.

Angrboda se sentou e esfregou os olhos para acordar, mas se sentiu consideravelmente mais acordada ao ver a bagunça que Loki havia feito nos utensílios de cozinha.

"Eu estava tentando preparar o desjejum", choramingou ele, percebendo que ela o observava. Para alívio de Angrboda, a túnica havia secado durante a noite e ele agora a usava de novo.

"Com o quê?", perguntou ela, saindo da cama.

"Ah", disse ele. "Carne-seca de algum animal e ovos, acho. Era tudo que você tinha na despensa. E eu estou *faminto*. Você é uma péssima anfitriã."

Angrboda ignorou o comentário, afinal ela não só o havia curado, mas também lavado suas roupas e permitido que ele compartilhasse sua cama durante a noite.

"Como estão os ferimentos?"

"Ora, estou falando, não estou?"

"O que não me serve como indicativo de nada importante." Ela se aproximou dele e examinou sua boca. O olhar de Loki ficou suave outra vez, como acontecera na noite anterior. Algo no peito de Angrboda começou a vibrar — o coração, percebeu ela —, e a bruxa amaldiçoou aquilo.

"Viu?", comentou ele, baixinho, apontando para as cicatrizes. "Tudo curado."

Angrboda estremeceu e se afastou dele, meio claustrofóbica de repente. Loki estava ocupando espaço demais — tanto na caverna quanto na sua cabeça.

"Beba alguma coisa. Vou colher frutas para o desjejum." Ela viu o sol brilhando por entre as frestas da porta e imaginou se tratar de uma manhã de calor, então decidiu abrir mão do agasalho de lã, embora ainda tivesse colocado o cinto e amarrado o avental por cima. Depois serviu uma caneca de cerveja e a deslizou sobre a mesa na direção de Loki.

Ele tomou um gole e disse:

"Essa aqui está muito melhor do que o normal. Você fez de um jeito diferente?"

Angrboda enrubesceu de leve ao pegar a cesta. Ela não precisava ser informada de que Skadi era uma cervejeira melhor do que ela, tanto era assim que a bruxa havia parado de produzir a própria bebida a fim de consumir a da amiga.

"Não. Eu a consegui em uma troca. Beba o quanto quiser."

"Não precisa pedir duas vezes", exclamou Loki conforme ela saiu e fechou a porta.

A chuva havia cessado em algum momento durante a noite. Angrboda inspirou profundamente o ar fresco do outono, sentindo-se melhor logo de imediato.

Desde que ela chegara ao Bosque de Ferro após ser queimada, a floresta ficava sempre mais verde a cada primavera, e Angrboda não podia deixar de notar que o verde parecia estar se espalhando a partir da área onde ela estabelecera residência. Talvez o Bosque de Ferro estivesse demostrando gratidão por ter de novo uma habitante.

À medida que se afastava da caverna, as árvores iam se tornando mais densas, e a floresta ficava mais escura. Não havia nada em Jotunheim a leste da caverna de Angrboda, pois ela fazia fronteira com as montanhas no limite daquele mundo. Mas Skadi vinha do norte, e Angrboda agora ia para o sul, seguindo a linha das montanhas, tentando encontrar plantas cujos frutos ela ou os bichos ainda não tivessem tocado. Logo ela se viu em território desconhecido; até mesmo Skadi era incapaz de rastrear vestígios animais naquela área, e por isso era inútil tentar montar armadilhas por ali. Mas como a bruxa já havia feito a limpa dos frutos nos lugares costumeiros, imaginou que valeria a pena ao menos dar uma olhada.

Era como se as árvores estivessem se fechando sobre ela. Várias vezes pensou ter escutado passos atrás de si — mas, quando se virava, não havia ninguém.

Ela continuou andando, mas não conseguiu afastar a sensação de que estava sendo seguida. Quase achou que tinha ouvido alguém sussurrando atrás dela, repetindo algo que ela não era capaz de entender — e então uma cacofonia de vozes, rindo e cantando, veio carregada pelo vento até ela...

Mãe-Bruxa.

Assustada, Angrboda tropeçou em uma pedra e cambaleou para o lado, e a cesta saiu voando. Depois que tirou os galhos e folhas secas do cabelo solto, tateou em busca da cesta e viu que havia caído no meio de uma clareira. Olhando para baixo a fim de ver o que a fizera tropeçar, ela percebeu uma pequena rocha e então notou que havia mais de uma, formando um círculo com uma abertura estreita, todas enterradas pela metade no matagal.

Uma fundação, pensou Angrboda. *Para uma casa.*

Olhando mais adiante, viu que outro círculo de fundações se encontrava nos arredores da clareira, mais visível do que aquele no qual ela tropeçara. Bem no centro, havia outro anel de pedras não tão compactadas, que Angrboda presumiu já ter abrigado uma lareira.

O vento aumentou, e ela pensou ter ouvido vozes mais uma vez — mulheres sussurrando, crianças rindo, o uivo de um lobo. As vozes pareciam tão distantes quanto uma memória desbotada, mas Angrboda poderia jurar que...

"Pensei que estivesse colhendo frutas", falou Loki atrás dela, e a bruxa sobressaltou-se e levou a mão ao peito, surpresa. Ao perceber quanto Angrboda havia se assustado, ele lhe ofereceu um sorrisinho torto. "Estou interrompendo alguma coisa?"

Foi só a minha imaginação. Angrboda ordenou que os batimentos voltassem ao ritmo correto.

"O que está fazendo aqui?"

"Vim ver por que você estava demorando tanto."

"Ah." Ela nem sequer havia escutado enquanto Loki a seguia. Angrboda ficou de cócoras e analisou mais uma vez as fundações, franzindo a testa.

Loki se agachou ao lado dela e virou o rosto na mesma direção para a qual a bruxa estava olhando. Depois, crispou o lábio superior e disse:

"Quer dizer, *imaginei* que tudo que você fazia durante o dia era ficar observando pedras, mas..."

"Alguém vivia aqui", comentou ela, baixinho.

Confuso, Loki ficou de pé e depois voltou a se agachar.

"Ah. Entendi. Talvez a sua magia de bruxa tenha assustado os moradores. Ou talvez tenha sido o seu rosto, Angrboda, fêmea de troll."

Ela lhe deu uma cotovelada nas costelas, e ele fingiu cair para trás e agarrar o peito.

"E se também fossem fêmeas de troll?", perguntou ela, tímida, indicando a clareira com um gesto.

Loki arqueou as sobrancelhas e se sentou.

"As Jarnvidjur?"

Por algum motivo, a palavra fez um arrepio percorrer o corpo de Angrboda.

"Essas são... as mulheres que viviam aqui com os lobos? Aquelas das histórias?"

"Ora, são."

Angrboda se ergueu, lançando um último olhar para a clareira antes de se virar e ir embora. Ela escutou Loki se levantar para segui-la, alheio à sua inquietação ante a descoberta das ruínas conforme reclamava durante todo o caminho de volta à caverna.

"Mas e o *desjejum*?"

Depois disso, Loki se foi por um tempo, deixando-a sozinha para lidar com os próprios pensamentos.

Angrboda não voltou à clareira. Tinha medo de que, se o fizesse, ficasse apenas ali sentada, ouvindo aquelas vozes murmuradas ao vento e esperando que algo acontecesse, esperando que as memórias despertassem dentro dela e explicassem por que sentia tanto apego por aquele lugar antigo.

Ainda assim, manteve-se longe. Sem Loki para tirá-la outra vez do devaneio, ela temia virar uma estátua ao passar tantas horas contemplando as pedras, exatamente como ele dissera, até que se transformasse em uma.

Certa noite, algum tempo depois, Loki entrou e veio se sentar junto dela, parecendo preocupado. Angrboda puxou um lado do cobertor de lã que mantinha nas costas e o usou para cobrir os ombros dele. A proximidade fez seu coração perder o ritmo das batidas, e ela o amaldiçoou por isso. Lá estava, aquela sensação vertiginosa e claustrofóbica de novo — mas, desta vez, Angrboda não podia fugir.

Loki não percebeu. O seu olhar estava fixo no fogo, mas o dela mirava a sua boca. As feridas dele já estavam curadas, mas, como Angrboda previra, as cicatrizes eram piores de um lado.

"Isso não deixa você com medo?", perguntou ele.

"O quê?"

"O fogo. Não fica assustada? Depois de tudo que aconteceu?"

"Não." Angrboda balançou a cabeça.

"Não doeu?"

"Posso contar um segredo?"

"Depende. Preciso prometer que irei guardá-lo?"

Angrboda se inclinou na direção dele, ignorando a sensação de aperto no peito ao se aproximar, e baixou a voz para dizer:

"O processo de cura foi pior do que ser queimada. Porque, quando eu estava queimando, eu podia deixar meu corpo para trás. Não senti nada. Também foi assim que devolvi meu coração ao lugar."

"Mesmo? Ouvi dizer que isso fazia parte da natureza do *seid*. Mas você não havia renunciado a essas coisas depois de tudo que passou como Gullveig?"

Angrboda deu de ombros.

"Sim, mas não fui muito longe." *Ou então correria o risco de alertar Odin sobre o meu paradeiro*. Aquela era uma das muitas razões pelas quais jurara evitar o uso do *seid*. Se fosse longe demais, ela correria o risco de esbarrar em Yggdrasil, a árvore que conectava os Nove Mundos, o eixo do universo. Naquele momento, a árvore era o meio de transporte do próprio Odin, e por isso ela não ousava chegar muito perto.

Quando Loki não fez mais comentários, Angrboda virou-se para ele e mudou de assunto.

"Mas, então, o que está acontecendo? Você só vem aqui quando fica entediado ou preocupado, e hoje parece que é o segundo caso."

"Isso não é verdade." Loki cerrou os lábios, como se tentasse ficar de boca fechada, mas as palavras começaram a jorrar de qualquer maneira. "Porém... Ora, recentemente, um construtor veio até Asgard montado em um cavalo. Ofereceu-se para construir um muro, desejando obter Freya em pagamento. O sol e a lua também, mas todo mundo sabe que Freya é o verdadeiro prêmio."

"De fato", murmurou Angrboda. "Com certeza os Aesir não concordaram com isso."

"Humm, pois é, só que concordaram", falou Loki, remexendo-se, desconfortável. "Com algumas pequenas alterações. Uma cortesia deste que vos fala."

"E quais foram essas alterações?"

"Bem, foi sugerido que o construtor terminasse o trabalho em menos tempo, o que ele acatou, desde que pudesse usar o cavalo para ajudá-lo. Os Aesir ponderaram sobre a oferta e pediram a minha opinião. Falei para aceitarem; de que me importa? Precisávamos de um muro, e o forasteiro estava disposto a construí-lo. Não enxerguei nenhum problema."

"Então qual *é* o problema?"

"O *problema* é que o garanhão do construtor tem uma força sobrenatural, e o muro já está quase concluído. Os Aesir estão prestes a perder a aposta e afirmam que a culpa é minha e que agora preciso consertar as coisas. Ou pelo menos foi o que Odin falou enquanto mantinha o pé em minha garganta e ameaçava a minha cabeça. Portanto, agora preciso tomar uma atitude, e até já sei o que fazer. É só que... não vai acabar bem. Estou com um pressentimento. Mas é melhor do que ser morto."

"Talvez a única solução seja manter a boca fechada da próxima vez, antes que alguém a feche *por* você", comentou Angrboda com suavidade. "De novo."

Loki sorriu para ela, a luz do fogo dançando nos seus olhos.

"Eu gostaria muito de vê-los tentar."

Pouco tempo depois que ele foi embora, enquanto Angrboda recolhia lenha, uma égua aproximou-se dela e encostou o focinho no seu ombro. A bruxa ficou tão assustada com o toque que quase deixou cair o monte de gravetos que carregava nos braços como se fosse uma criança.

"Ora, olá", falou ela, distraída. Logo depois lhe ocorreu questionar o que uma égua estaria fazendo na sua floresta e como podia ter se aproximado sem fazer barulho, então Angrboda apenas fez uma pausa e encarou o animal.

O animal a encarou também com uma miséria abjeta.

"Ah", disse Angrboda. "O que o traz aqui em tal forma, Loki?"

Estou em apuros, respondeu a égua na sua mente.

"Que tipo de apuros?"

Você vai descobrir em alguns meses.

Angrboda refletiu.

"Loki...", disse ela. "Por favor, não me diga que você tomou a forma de uma égua e seduziu o garanhão sobrenatural do construtor para que ele não conseguisse terminar o muro de Asgard a tempo de coletar os prêmios."

Um instante de silêncio se passou.

A égua balançou a cauda com irritação. *E eu aqui pensando que você não fazia mais essas suas profecias mágicas.*

"Não preciso de magia para somar dois e dois. Ande, venha comigo", respondeu ela, acariciando o focinho da égua no que esperava ser uma atitude reconfortante antes de guiá-lo de volta para a casa.

Angrboda acabou não passando aquele inverno sozinha. Em vez disso, fez com que Skadi negociasse mais feno do que qualquer outra coisa e cuidou da égua.

Agora que nevava lá fora, Skadi viajava mais rápido do que nunca entre o Bosque de Ferro e as terras de Jotunheim propriamente ditas. A mulher sentia-se em casa sobre um par de esquis — mesmo com as renas e um trenó a reboque.

Certa vez, quando Angrboda a convidou para almoçar antes que partisse de novo montanha acima, Skadi ficou surpresa ao encontrar a égua prenha encolhida em um canto, ruminando com tristeza o feno como se aquela fosse a última coisa que desejasse fazer.

"Então era *por isso* que você estava precisando tanto de feno", comentou Skadi. "Onde foi que você arranjou um cavalo?"

Angrboda deu de ombros, acariciando a crina da égua.

"Ela se aproximou de mim um belo dia na floresta, precisando de ajuda. Quem sou eu para recusar?"

"Então você vai ficar aqui entocada com um cavalo durante todo o inverno, alimentando-o e limpando a sujeira dele?"

A égua deixou escapar um relincho que soou quase como a risadinha de Loki.

"Essa é a ideia", respondeu Angrboda, impassível.

Skadi suspirou.

"Você é uma mulher estranha, Angrboda, mesmo para uma bruxa. Tem aquelas poções para mim?"

"Aqui estão." Angrboda entregou para Skadi uma grande caixa de potes de cerâmica, o forro de lã embalando com segurança as pequenas fileiras organizadas.

"Quando as trilhas forem soterradas pela neve, não poderei ver você", falou Skadi. Ela lançou um olhar de esguelha para a égua e depois voltou a encarar Angrboda. "Tem *certeza* de que juntou provisões suficientes para aguentar o inverno?"

"É claro. Você se superou, Skadi, garanto que sim. Nós ficaremos bem."

Skadi lhe deu um abraço repentino, depois afastou-se e colocou as mãos nos ombros dela.

"Trate de se cuidar."

"Você também", respondeu Angrboda, e em seguida trancou a porta.

Então essa é Skadi, falou Loki.

"Essa é Skadi." Angrboda acariciou a testa da égua. "Então... somos você, eu e as cabras." As cabras tinham um abrigo próprio do lado de fora — que Skadi construíra a certa distância, junto da latrina —, mas Angrboda imaginou que teria de trazê-las para a caverna quando ficasse muito frio. "Teremos um longo inverno."

Vou ficar preso aqui por muito mais tempo do que isso, comentou Loki, mal-humorado. *Não poderia simplesmente... preparar uma poção ou um cântico e me livrar disso mais cedo?*

Angrboda sorriu.

"Vou ver o que consigo fazer."

E assim Loki e Angrboda passaram o inverno na caverna, e as poções da bruxa mais uma vez fizeram a sua mágica: em vez de levar quase um ano, a égua deu à luz um potro cinza no início da primavera. Skadi apareceu assim que as trilhas pela montanha ficaram livres, trazendo novas peles, caça de grande porte e plantas da estação para que Angrboda usasse nas preparações, e as duas pudessem retomar o acordo comercial.

A giganta ficou admirada com o potro, pois ele tinha oito patas, e ela nunca vira nada parecido. Loki e Angrboda se divertiram com o espanto; àquela altura, já estavam acostumados ao filhote.

Angrboda ficou surpresa ao ver que mais das árvores cinzentas do Bosque de Ferro agora portavam brotos primaveris, e, na clareira bem em frente à entrada da caverna, havia grama o suficiente para a égua pastar enquanto o potro galopava alegre ao redor. Com frequência, Angrboda moía as plantas e misturava as poções do lado de fora a fim de poder observá-los.

Era o início do outono quando Loki contou a ela que levaria o potro de volta para Asgard como um presente para Odin. O seu nome era Sleipnir, e ele viria a ser conhecido como o maior dos cavalos entre deuses e homens.

Angrboda tentou argumentar. Ela queria ficar com o potro; percebeu que nutria certo carinho por Sleipnir, apesar das suas peculiaridades. Mas Loki recusou. Ele não explicou o porquê, apenas citou o fato de que Odin era o Pai-de-Todos e que por isso merecia uma montaria como aquela, dizendo que a bruxa não o faria mudar de ideia.

Na manhã em que ele decidiu partir, Angrboda estava costurando na sua cadeira quando uma lufada repentina fez com que desviasse os olhos da agulha a tempo de ver o ar rodopiando ao redor da égua como um tornado. Quando o vento se dissipou, Loki estava de volta, curvado, abatido e nu em pelo.

"Um pequeno aviso teria sido bom", falou Angrboda, desviando os olhos para o outro lado.

"É, suponho que sim." A voz dele estava rouca devido ao pouco uso, mas ele parecia bastante aliviado. "Você por acaso não teria algumas roupas sobrando, teria?"

Mais tarde, enquanto descansavam na clareira ao meio-dia, Angrboda tentou dissuadi-lo outra vez da ideia de se separar de Sleipnir.

"Você nem mesmo vai a lugar algum. O que alguém como *você* iria fazer com um cavalo?", perguntou, agora totalmente vestido. Angrboda havia improvisado depressa uma túnica a partir das suas roupas e por acaso tinha em mãos uma calça que andara remendando para ele. Mas, por enquanto, Loki teria de andar descalço.

"Não estou dizendo para *eu* ficar com ele", respondeu a bruxa. "Estou dizendo para *nós* ficarmos. Ele é uma graça."

Como que pegando a deixa, Sleipnir trotou até ela e aninhou o focinho em sua mão. Angrboda sorriu, então fez carinho na crina do potro.

Mas Loki apenas a olhou, balançou a cabeça e levou o potro embora, com o queixo erguido. Angrboda ficou observando até ele desaparecer de vista. O buraco no seu coração agora parecia estar sempre presente — após meses na companhia de Loki e, logo depois, de um filhotinho, a caverna parecia mais fria e escura na ausência dos dois.

Contudo, pelo visto Loki decidira não se demorar muito em Asgard; para surpresa de Angrboda, ele voltou antes do anoitecer.

Ela estava tirando a mesa do jantar quando Loki entrou. Recém-transformado em homem, ele parecia cansado e abatido pelos meses e meses que passara como égua, mais do que parecera ao ir embora naquela manhã quando havia tentado passar a impressão de ser forte.

Para o bem dele, Angrboda esperava que aquele esforço tivesse durado por todo o caminho até Asgard.

"Odin gostou do presente?", perguntou ela, virando-se para Loki.

"Gostou", respondeu ele. Loki havia trocado as roupas com as quais partira pelos trajes habituais de Asgard, e ela tentou não se ofender.

Angrboda se sentou na beirada da cama e o analisou. Loki apoiou o corpo na mesa, os braços cruzados, parecendo determinado a não olhar para ela. À luz do fogo, suas olheiras pareciam ainda mais fundas.

"Venha cá", disse ela, erguendo a ponta da grande manta de lã que colocara nos ombros e gesticulando para que Loki fosse ficar ao seu lado na cama. Ele se aproximou com relutância, depois se sentou. Ela posicionou a manta de forma a cobrir os dois, e ele estremeceu e puxou ainda mais o tecido, encarando o fogo.

O silêncio entre eles poderia ter durado mil anos.

"Pensam que eu não sei o que andam dizendo a meu respeito", falou ele, enfim. "Levo para eles um grande presente e sou recompensado com..." Loki fez um gesto com a mão, desistindo de descrever.

"E você *liga* para o que eles dizem?", perguntou Angrboda. "Por quê?"

Loki balançou a cabeça.

"Você mora em uma caverna. Não entende o que é viver com um bando de..."

"Sim, sei como é, sim." Ela se esticou e pousou a mão na dele. "Sei como é se sentir excluído."

"E como foi isso para você?", falou Loki com amargura, afastando a própria mão. "Ah, é mesmo. Você foi apunhalada e incinerada diversas vezes. E agora fica aqui sozinha, escondida na extremidade do mundo. Prefiro ser considerado repulsivo e digno de vergonha vivendo no meio de todos do que ser solitário como você."

"Foi disso que te chamaram? Repulsivo e digno de vergonha?", perguntou Angrboda, ignorando as ofensas dirigidas a ela. Embora as memórias como Gullveig fossem bastante vagas, ela se lembrava de sentir como se não pertencesse — e, no momento em que eles tinham dado as costas para ela, *ateado fogo* ao seu corpo, ela sentira muitas coisas. Mas a emoção da qual se lembrava com maior clareza não era medo nem raiva, mas a sensação de ter sido usada.

Imaginou que Loki estivesse sentindo a mesma coisa. Era algo que Angrboda não desejaria ao pior inimigo — muito menos ao homem diante dela, que fazia com que o seu coração três vezes carbonizado palpitasse de forma tão irritante. A ideia de que ele pudesse estar sentindo tanta dor fez o peito dela queimar de fúria.

"Mais ou menos isso", respondeu Loki, dando de ombros. "Mas acabei de decidir que não me importo."

"Então não vai voltar?"

"Ah, vou voltar, sim. Só vou ficar melhor em *não* me importar com eles."

"Você é um idiota", falou Angrboda, cerrando os punhos sobre o colo. "Vai ser a mesma coisa se você voltar. Não sei como ajudá-lo se insiste em retornar para Asgard. Não vai acabar bem." Ela lhe lançou um olhar suplicante. "Isso vai continuar se repetindo, Loki. Digo isso apenas porque eu... eu me importo com você."

Ela desejou poder retirar aquelas palavras — Loki sempre lhe parecera do tipo que fugia na primeira alusão a sentimentos, e ela também não era a pessoa mais interessada em discutir esses assuntos —, mas suas palavras eram verdadeiras o suficiente, e por isso a bruxa as deixou pairando no ar entre eles.

Loki a encarou com uma desconfiança repentina.

"Espere. Você... não me acha repulsivo? Você não acha que... o que eu fiz, o que eu *posso* fazer, seja algo...?"

Angrboda revirou os olhos.

"Se esse fosse o caso, acha que eu teria passado o inverno inteiro literal e metaforicamente limpando a sua sujeira?"

"Eu... Bem, quer dizer..."

"Você parece ter perdido o jeito com as palavras, Loki, o Astuto."

Ele a fitou com um ar aborrecido.

"Todos os outros..."

Ela pôs um dedo nos seus lábios.

"De agora em diante, ao cruzar aquela porta, você deve parar de se importar, como disse que faria, ou então vai levar esses seus sentimentos incômodos para outra freguesia. Fui clara?"

"Está dizendo que é incômodo saber que eu *tenho* sentimentos ou que devo separar sentimentos incômodos específicos e deixar *esses* do lado de fora?"

Angrboda refletiu por um momento.

"A segunda opção."

"E quem vai determinar isso?"

"Suponho que você mesmo."

Loki esticou a língua e fez menção de lamber o dedo dela, mas Angrboda o afastou e olhou feio para ele. Loki apenas sorriu.

"Você ouviu ao menos uma palavra do que acabei de dizer?", questionou ela.

"Ouvi."

"E o que foi que eu disse?"

"Sentimentos do outro lado da porta. Farei isso com uma condição: que eu possa trazer comigo aqueles que forem *mais* incômodos."

"Isso não é condição nenhuma", reclamou Angrboda, zangada e um tanto ofendida. "Você não estava mesmo me escutando, não é?"

"É claro que estava", respondeu Loki com suavidade, tirando uma partícula invisível de sujeira da calça. Ele fez uma pausa e escolheu com cuidado as próximas palavras, algo que a bruxa não recordava tê-lo visto fazer até então. "Imaginei que você pudesse abrir uma exceção para esses sentimentos específicos, por mais incômodos que sejam... porque dizem respeito a você."

Angrboda olhou para ele. Loki a encarou e, pela primeira vez, parecia absolutamente sério.

"O que foi? Eu também me importo com você", disse ele. "Por mais que odeie admitir. Ter coisas importantes torna a vida mais complicada, não acha? Na minha opinião, é melhor não se importar com nada. Mas aí você apareceu. É algo que acho bastante incômodo, de verdade."

Angrboda foi pega de surpresa por aquela resposta, pois presumira que ele tentaria mudar de assunto. De repente, era *ela* quem não se sentia pronta para tal conversa, mas ali estavam eles, e fora Angrboda quem provocara aquilo.

"É mesmo?", questionou ela, tentando manter a voz calma. "Isso é alguma brincadeira para você, Loki? Você me encontra, aparece vez por outra para me incomodar e para insultar a minha hospitalidade, zomba de mim por eu ser desinteressante..."

Loki abriu a boca para falar alguma coisa, mas Angrboda o interrompeu:

"E mesmo assim, de algum modo, eu acredito em você", concluiu. "Pode até ser todo cheio de gracejos e espertezas, Loki Laufeyjarson, mas existem certas coisas que nem mesmo você é capaz de esconder."

Como o jeito com que olha para mim.

"Alguns *sentimentos*, você quer dizer", falou ele, suspirando. "Creio que *preciso* melhorar em esconder isso. Mas, por enquanto..."

Angrboda percebeu que não conseguia ficar parada sob o olhar dele e então se levantou. Colocou mais gravetos na lareira. Voltou a se sentar sob a manta ao lado dele. Loki chegou mais perto, e a bruxa virou o rosto para olhá-lo outra vez.

"Se sou mesmo um tédio tão grande, por que ainda está aqui?", perguntou ela, devagar.

"Você não é um tédio. Sou cheio de gracejos, lembra? Mesmo assim. O fato de você continuar voltando significa algo." Ela colocou a mão no ombro dele, sem conseguir encarar os olhos de Loki, com medo de que as palavras lhe faltassem.

"O que mais você quer de mim?", perguntou ela. *Custa caro trancar todos os meus sentimentos incômodos no fundo de um coração amaldiçoado.*

"Quero você inteira", respondeu ele com suavidade, roçando o nariz no dela. "Eu quero tudo."

O referido coração amaldiçoado parecia ter saltado e se agarrado pelas proximidades da sua garganta, e Angrboda olhou com raiva para Loki antes de virar o rosto.

"Você vai partir meu coração nesses esquemas com os deuses", falou ela com aspereza.

"Partir o seu coração? Jamais faria isso", disse Loki, afrontado. "Fui eu quem o devolvi para você, lembra?"

"Verdade", concordou Angrboda, "mas..."

Ele a calou com um beijo, que ela retribuiu sem nem pensar direito — como se fosse algo por que estivesse esperando havia um milhão de anos —, e ela *sabia* que Loki sentia o mesmo, pois, assim que seus lábios se tocaram, foi como se alguma comporta dentro dela se abrisse, como se a emoção a inundasse na forma de uma onda que não podia ser contida, não importava o quanto tentasse. E, era preciso admitir, ela não estava tentando com muito afinco.

Angrboda não sabia que tipo de emoção havia sido libertada, mas, apesar do desejo reprimido que estivera crescendo no seu peito, parecia que a excitação vinha acompanhada de ansiedade.

O que eu estou fazendo?

De algum modo, ela não teve forças para se importar. Fechou os olhos ao passar os braços pelo pescoço de Loki, sentindo as mãos dele nos seus quadris, puxando-a para mais perto e inclinando o corpo dela

— com gentileza e também insistência — até que se deitasse. Era como se as mãos de Angrboda tivessem vida própria, despindo a túnica verde de Loki e a deixando de lado. Uma das mãos dele subia pela coxa da bruxa, enrolando o vestido e o erguendo até a cintura enquanto a beijava com tanto ímpeto que Angrboda não conseguia se mover para levantar.

E, de alguma forma, algo naquela ação provocou um lampejo — talvez fosse o medo de ser *usada* outra vez, mas, de súbito, Angrboda sentiu uma pontinha de arrependimento por ter deixado que as coisas chegassem àquele ponto.

Ela se afastou.

Loki recuou, confuso.

"O que foi?"

Ela se apoiou nos cotovelos e, em vez de tentar discutir a tensão naquele momento específico, disse a primeira coisa que lhe veio à mente:

"Eu estava falando sério, sabe? Você vai partir meu coração."

"É claro que não", retrucou ele com petulância, de joelhos em cima da cama, agora vestindo apenas a calça. "Se a sua profecia mágica está dizendo isso, então ela está fazendo um péssimo juízo do meu caráter."

Angrboda deu de ombros e não olhou para ele.

Loki se inclinou para a frente e a beijou, com menos força dessa vez, correndo um dedo pela linha do maxilar de Angrboda e se afastando de novo. Depois ofereceu para ela aquele mesmo olhar de pálpebras pesadas que fizera o coração da bruxa rodopiar em algumas ocasiões anteriores, dizendo com a voz rouca:

"Acha que eu seria capaz de retribuir a gentileza desse jeito?"

"Não sei", murmurou ela. Mas a resposta não importava. Não de verdade. Não mais.

Ela queria aquilo tanto quanto ele.

E, se houvesse a mínima chance de Loki estar sendo sincero quanto aos sentimentos por ela, então os dois lidariam com aquilo quando chegasse a hora.

Angrboda se sentou, estendeu as mãos e desamarrou o cordão da calça dele com a mesma diligência com a qual arrancara os pontos dos seus lábios meses antes — só que dessa vez ela foi devagar, não por consideração a Loki, mas para vê-lo se contorcer. Ele ainda estava de joelhos, e a sua respiração foi ficando mais rápida conforme ela prosseguia. Quando ela ergueu os olhos para ele, a própria boca se retorceu de um jeito ao qual a bruxa não estava acostumada.

"Você está sorrindo", observou Loki, surpreso.

A expressão de Angrboda voltou a ficar neutra, e ela hesitou.

"Eu estava?"

"Sim."

"Humm."

"Eu gostaria de fazê-la sorrir de novo."

"Eu gostaria de vê-lo tentar." Angrboda tirou o vestido pela cabeça e o jogou de lado, de modo que nada mais a cobria, exceto pelo cabelo longo que cascateava pelos seios, escondendo-os.

Loki a encarou ao se acomodar sobre ela e afastar o seu cabelo. Ele não perguntou sobre a cicatriz no peito — talvez tivesse entendido a origem, ou talvez estivesse distraído demais para comentar o assunto. Ou para comentar qualquer coisa, na verdade.

"Parece que você perdeu de novo o jeito com as palavras, Astuto", repetiu ela pela segunda vez naquela noite, mas agora as palavras ficaram presas na garganta, enviando um arrepio de excitação pelo corpo.

Loki pareceu se recompor, mas os seus olhos não a deixaram enquanto ele terminava de tirar a calça e a chutava para longe. Ele a encarou nos olhos e lhe ofereceu um sorriso torto.

"Não acho que vou precisar de palavras", disse ele, voltando a beijá-la.

Darei a você tudo de que precisar, decidiu Angrboda naquele momento. *Afinal de contas, você devolveu o meu coração.*

Angrboda estava mais cansada do nunca, mas ainda assim não dormia. A cada vez que começava a cochilar, era despertada pelos lábios de Loki em alguma parte do seu corpo ou, ainda, por seu próprio coração que palpitava loucamente no peito. Quando amanheceu, ele estava esparramado parcialmente por cima dela, roncando sobre seu cabelo.

O fogo havia quase apagado, e a luz do sol entrava pelo buraco da chaminé. Angrboda quase adormecia outra vez quando ouviu uma batida forte na porta, acompanhada por Skadi bradando:

"Angrboda! Está de pé? Já amanheceu há horas!"

"Acorde", sussurrou Angrboda para Loki, sacudindo-o. Ele ergueu a cabeça ainda grogue e piscou para a bruxa. Por insistência dela, Loki rolou para longe e se levantou, resmungando consigo mesmo.

Angrboda o empurrou em direção à despensa nos fundos da caverna e gesticulou para que ele ficasse agachado atrás de um baú e algumas cestas.

"É só até ela ir embora. Por favor, sei que vai ser um desafio, mas tente manter a boca fechada."

Loki produziu um ruído indignado, mas obedeceu.

Skadi bateu outra vez.

"Olá?"

"Mais um segundo!", respondeu Angrboda, atirando alguns gravetos nas brasas moribundas da lareira para fazer parecer que estava acordada havia mais tempo.

"Preciso mijar", reclamou Loki em um sussurro baixo por trás do baú.

"Vai ter que segurar até ela ir embora", sibilou Angrboda ao se enrolar em um dos cobertores e chutar as roupas descartadas dos dois para baixo da cama.

Quando abriu a porta, foi saudada não apenas por Skadi, mas também por outra giganta, que carregava uma cesta cheia de plantas. Angrboda apertou ainda mais o cobertor ao redor do corpo e ergueu o queixo. Só lhe restava imaginar o que aquilo parecia — deixar que Skadi a visse tão indecente era uma coisa, mas uma desconhecida também?

Skadi estava vestida, como sempre, com túnica e calça masculina. Devido ao clima excepcionalmente quente daquele outono, ela trocara o cafetã habitual por roupas mais leves de lã e abandonara as peles, embora ainda usasse o gorro e as botas de couro e bico fino, feitas para caçar.

"Bom dia", disse Angrboda.

Skadi a olhou dos pés à cabeça e ergueu uma sobrancelha.

"Noite difícil?"

"Pode-se dizer que sim", respondeu a bruxa, penteando o cabelo emaranhado pelo sexo para trás da orelha no que esperava ser um gesto casual. "Tem algo que eu possa fazer por vocês?"

"Trouxemos alguns dos ingredientes de que você precisa", falou a outra mulher, que observava Angrboda com um semblante de reprovação. Era jovem e muito bonita, mas o seu humor não parecia combinar com a aparência.

"Angrboda, essa é a minha prima, Gerda", disse Skadi. "Ela mora perto das montanhas, onde tem um enorme jardim e cultiva diversas plantas. A mãe dela é uma excelente tecelã, e o pai é dono de centenas de ovelhas. A maior parte das ervas e tecidos que troco com você eu consigo com a Gerda, e ela estava interessada em finalmente te conhecer."

"Ainda que eu tenha confundido uma longa peregrinação com uma caminhada curta", resmungou Gerda, enxugando o suor da testa e arrumando o cabelo castanho-claro que estava solto. Ela era um pouco mais baixa que Skadi, mais redonda, pálida e suave, e vestia trajes muito mais refinados. Não fosse pelos leves vestígios de sujeira embaixo das unhas, Angrboda teria pensado que a garota nunca vira um dia de trabalho na vida.

Skadi apenas sorriu.

"Gerda, esta é Angrboda, a bruxa de quem lhe falei."

"É um prazer", disse Angrboda.

"Encantada", respondeu Gerda, que parecia mais interessada em espiar por cima do ombro da dona da casa. "Tem um homem aí dentro?"

"Talvez. Ou quem sabe uma mulher", retrucou Angrboda, encarando a outra com um olhar gelado. "Há algum problema nisso?"

"Ele é seu marido?", perguntou Gerda, devolvendo o olhar.

"Como você sabe que é um 'ele'?", questionou Angrboda, plácida.

As feições de Skadi se contraíram de leve, mas ela não disse nada.

Gerda parecia confusa.

"Se vai se deitar com um homem, deveria estar casada com ele. Mas presumo que não seja casada, bruxa, caso contrário não estaria morando em uma caverna."

Angrboda se virou para Skadi.

"Que companhia mais encantadora a sua."

"Ela é parente", explicou Skadi com um dar de ombros. "Mas você sabe que faço negócios com qualquer pessoa."

"Até mesmo com feiticeiras desavergonhadas, ao que parece", observou Gerda.

"Basta entregar as plantas a ela, Gerda." Skadi suspirou, esfregando as têmporas, e Gerda lhe obedeceu com um resmungo.

Angrboda pegou a cesta com cuidado, segurando-a contra o peito para evitar que o cobertor escorregasse e revelasse a sua nudez.

"Obrigada."

Mas então Skadi franziu a testa, divisando algo logo acima da cesta — e Angrboda percebeu, sobressaltada, que a atenção da amiga fora atraída pela cicatriz no seu peito. A bruxa ajeitou a cesta de forma a cobrir a marca. Ocupada em observar com desgosto os arredores da clareira, Gerda não percebeu.

Skadi lhe lançou um olhar questionador. Angrboda retribuiu com outro que obviamente dizia: *explico depois*.

Em seguida, Angrboda as convidou a entrarem e comerem alguma coisa, mas as duas mulheres recusaram e foram embora. Assim que fechou a porta, a bruxa ouviu um grande suspiro de alívio às costas, seguido pelo som de urina atingindo um jarro vazio de cerâmica.

"Você vai sobreviver?", perguntou ela com languidez na direção dos fundos da caverna ao depositar as plantas na mesa, desenrolar o cobertor e o atirar de volta à cama.

"Para sua sorte", respondeu Loki assim que terminou, caminhando até ela. "Esteja certa de que praguejei o seu nome durante todo o tempo em que aquelas duas estiveram paradas à porta."

Angrboda bufou e começou a organizar as plantas.

"Talvez não devesse ter bebido tanta cerveja ontem à noite."

"Foi o meu primeiro dia como homem depois de *meses* como cavalo", disse Loki. Ainda nu, ele se esticou da maneira preguiçosa e autoconfiante dos felinos antes de se aproximar de Angrboda por trás e enlaçar a sua cintura. "Sempre anda por aí sem roupa? Talvez eu devesse visitá-la com mais frequência."

"Pelo contrário, costumo estar totalmente vestida, mesmo morando sozinha."

"Isso é uma pena."

"Talvez eu ficasse mais inclinada à nudez se você *de fato* me visitasse com mais frequência."

"Então talvez eu faça isso." Ele soprava as palavras contra a têmpora da bruxa. "Foi uma boa noite."

"Foi mesmo", respondeu ela, virando-se para encará-lo.

Eles se beijaram, mas Loki se afastou após um momento para dizer:

"Talvez a prima de Skadi esteja certa. Talvez eu *devesse* me casar com você."

"*Pff*... E o que faz você pensar que eu o aceitaria?", indagou Angrboda, mas o seu coração estava aos pulos.

"Bem, você já me recebeu. De todas as formas que existem, devo acrescentar, mas tenho certeza de que podemos encontrar mais algumas."

Angrboda refletiu sobre o assunto ao passar os braços por cima dos ombros dele, descobrindo que o seu medo prévio de ser usada havia se dissipado o suficiente para que pudesse brincar com o tema em tons de falsa seriedade:

"Mas você já se aproveitou de mim por iniciativa própria. Agora seria o seu *dever* se aproveitar de mim no papel de marido."

"Em geral não sou do tipo que assume essas responsabilidades, mas acho que consigo lidar com essa obrigação em particular", respondeu ele, no mesmo tom sério.

"Os Aesir não têm responsabilidades? Como deuses dos homens e tudo mais?"

"Err...", disse Loki. "Só me tornei irmão de sangue de Odin por falta de algo melhor para fazer. Imaginei que os deuses fizessem coisas interessantes. Foi em grande parte por causa do tédio."

Angrboda ergueu as mãos e ajeitou o cabelo rebelde dele para trás das orelhas.

"Ou foi por causa da solidão?"

"Talvez", respondeu Loki com astúcia. "Tédio e solidão muitas vezes andam juntos."

"Entendo."

Loki pressionou os lábios e correu um dedo ao longo da cicatriz no peito da bruxa, e Angrboda ficou tensa, ansiosa devido à lembrança dos lábios ásperos que sentira na noite anterior.

"Mas é um preço pequeno a pagar pela liberdade", disse ele, meio perdido em pensamentos, "uma liberdade da qual não desfruto como antes. Pelo menos, é como me sinto nos últimos tempos vivendo entre os deuses."

Angrboda acenou com a cabeça em concordância.

"Eu me canso do controle", prosseguiu Loki, pondo a outra mão nas costas dela e puxando-a para si. A bruxa manteve os braços em volta dos ombros dele. "Mas não quero estar sozinho."

"Sei."

"E você nunca tentou me controlar."

"Nunca tentei."

"E você se importa comigo."

"Talvez contra o meu próprio bom senso, mas me importo."

"Você não liga para o que faço, contanto que volte."

"Eu não colocaria exatamente nessas palavras..."

Loki encostou a testa na dela.

"Então, quer ser minha esposa?"

Angrboda o puxou para mais perto. Tanta coisa havia acontecido e tão depressa — mas ela não podia negar o que sentia por Loki, mesmo antes, embora parte dela ainda estivesse convencida de que ele iria recuar de repente e revelar que tudo não passava de uma piada.

Mas, quando Loki continuou a olhar para ela, a bruxa percebeu que poderia se acostumar com aquela estranha expressão de suprema sinceridade no rosto dele e soube a sua resposta.

"Eu ficaria honrada", disse por fim.

Após mais alguns dias longos e noites curtas ao lado dela, Loki partiu outra vez. Angrboda estava mais do que acostumada com isso; afinal, ele era um visitante esporádico havia muitos anos. Mas parte dela havia esperado que as coisas fossem diferentes agora, embora essa parte logo tenha se resignado ao fato de que Loki era Loki e de que fazia o que queria, e a bruxa parou de concentrar as energias em esperá-lo e passou a canalizá-las para a arrumação dos estoques de inverno.

Havia também certa coisa que precisava dizer a Loki, o que só servia para tornar a espera ainda mais difícil.

Enquanto ele permanecia fora, Angrboda havia ficado inquieta no decorrer do outono. O inverno já se aproximava do Bosque de Ferro quando Skadi apareceu para uma última visita, antes que as passagens pelas montanhas a isolassem por causa da neve.

"Então você vai passar o inverno sozinha?", perguntou ela, depositando um grande saco de carne-seca ao lado da mesa.

Espero que não, pensou Angrboda, entregando uma caneca de cerveja para a amiga.

"Parece que sim. Eu e as cabras."

"E o bebê", disse Skadi. "Ou estou errada?"

Por instinto, Angrboda levou a mão até a barriga, que mal começava a inchar.

"Como soube?"

Skadi tomou um gole da caneca.

"Sou uma pessoa observadora. Embora eu nunca tenha *observado* qualquer homem por aqui... Quem é o pai do bebê?" Ela sorriu, mas apenas de leve. "Espero que não seja um lobo."

Não do jeito que você está pensando.

"Não. Ele é meu marido."

Skadi a encarou com um olhar demorado e insondável.

"Você tem marido?"

"Tenho."

"E onde ele está?"

"Fora."

"Entendi", falou Skadi, desconfiada. Ela parecia um pouco ofendida. "E ele vai voltar antes do inverno?"

Angrboda deu de ombros.

Skadi suspirou.

"Você não pode ficar aqui."

"Ficarei bem, garanto a você. Além do mais, tenho comida suficiente para mim aqui dentro."

"É mesmo?", falou Skadi, olhando outra vez para a sua barriga. "Mas suficiente para dois, caso o seu marido volte?"

Angrboda não tinha como responder àquilo, pois andara temendo a mesma coisa. O seu apetite havia crescido um pouco, mas, se Loki voltasse para passar o inverno com ela, havia chances de que o estoque não fosse suficiente para alimentar ambos.

Skadi pareceu satisfeita.

"Está resolvido: você vai para as montanhas comigo. O meu pai irá recebê-la. Ele tem um interesse especial por magia. Você só precisa ignorar as ocasionais tolices dele; é o tipo de pessoa que você acaba gostando depois de um tempo, prometo. Nos últimos tempos ele tem saído para resolver algumas incumbências bobas, então talvez nem precise encontrá-lo de imediato."

Angrboda observou a amiga com calma, suprimindo o crescente estado de alerta. E se não estivesse na caverna quando Loki se dignasse a aparecer? Ela não o veria até que as passagens derretessem na primavera?

"E como chegaríamos lá?", perguntou a bruxa. "Não tenho esquis nem sapatos de neve, e estarei lenta."

"Você pode viajar no trenó."

"Não haverá espaço para mim no trenó se levarmos todos os suprimentos de volta para a montanha."

"Vamos levar só o que couber ao seu lado no trenó. Essa sua caverna é gelada e seca o suficiente para que a comida não estrague até você voltar."

"E as cabras?"

"Ficarão bem até a primavera. São animais. Pense comigo", disse Skadi. "Esperar aqui durante todo o inverno é o que você realmente deseja, correndo o risco de comprometer a saúde do seu bebê?"

Angrboda se largou pesadamente no banco.

"Você tem razão. É claro que tem. Eu estava sendo tola. É só que eu..." Ela tamborilou os dedos nas coxas, depois apontou para o abdômen. "Ainda não estou muito acostumada a isso. Gostaria de ter alguém com quem compartilhar essas coisas."

"Não é esse o objetivo do casamento?", zombou Skadi. "Que belo marido você tem..."

Angrboda se remexeu no banco e encarou as próprias mãos, pois não podia negar que pensava o mesmo.

"Bem, você tem a mim", disse Skadi.

"Não é a mesma coisa. Você não é o meu marido."

Skadi dirigiu um olhar mordaz à bruxa.

"Ah, sim. Sou só uma amiga. Que importância tenho?"

"Não foi isso que eu quis dizer..."

"Claro que não." Os olhos de Skadi cintilaram. "Espere um pouco. Ele não sabe, não é?"

Angrboda balançou a cabeça.

"Ainda não estive com ele."

Skadi bateu com a caneca na mesa e se levantou.

"Reze para que eu nunca encontre com esse seu marido, ou vai ser pior para ele. Ande, separe o máximo que puder carregar e vamos andando." Ela fez uma pausa. "Mas não pegue muita coisa. Você está grávida. Escolha itens leves. Pronto, vou pegar o saco que acabei de trazer e levá-lo de volta ao trenó; é o mais pesado."

"Logo você também vai querer amarrar as minhas botas", refletiu Angrboda.

"Basta esperar, minha amiga", disse Skadi. "Em pouco tempo, *alguém* precisará fazer isso por você."

Angrboda guardou os vestidos de lã mais pesados na cesta de viagem e vestiu a capa e o capuz. Depois seguiu Skadi até o lado de fora e fechou a porta da caverna, empilhando pedras, gravetos e grama seca na frente da abertura para que o lugar ficasse bem escondido assim que a neve caísse.

Quando Angrboda estava quase terminando, um falcão veio se empoleirar em um galho de árvore próximo à sua cabeça e a encarou. A bruxa olhou para Skadi — que estava ocupada reorganizando os suprimentos no trenó e resmungando sozinha — e depois voltou a atenção para a ave, sussurrando:

"Já era hora."

Descul-pe, disse Loki. *Aconteceu essa situação com um gigante e algumas maçãs douradas. Situação na qual posso ou não ter me envolvido...*

"Estou de partida para o inverno", falou Angrboda. Ela não estava com paciência para ouvir as suas travessuras, mesmo sabendo que ele estava se coçando para contar. Se ele tivesse aparecido apenas meia hora antes, a bruxa teria passado o inverno inteiro enrolada nos seus braços. Mas agora era tarde demais, e, caso Loki se revelasse em forma de homem, Skadi provavelmente o espetaria com um dos esquis.

Loki pareceu sentir o ar ameaçador emanado pela Caçadora, pois se manteve na forma de falcão. *Posso ver que está de partida. Para onde está indo, afinal?*

"Para as montanhas."

Argh. E por que desejaria *ir até lá?*

"Fui convidada. E Skadi prometeu cometer alguma violência contra o meu marido ausente por me deixar sozinha no inverno. Se eu fosse você, continuaria como ave."

Desculpe, disse ele, planando para pousar no seu ombro. *Irei visitá-la, então.*

Angrboda negou com a cabeça.

"O tempo estará muito ruim. Faça um favor a si mesmo e permaneça em Asgard durante o inverno." A notícia sobre o bebê estava na ponta da língua, mas a bruxa se conteve — ela não havia imaginado transmitir assim a novidade para ele. Loki podia ser até bastante expressivo na forma animal, mas no fundo Angrboda queria ver o rosto dele ao ouvir a notícia, para que assim pudesse avaliar com maior precisão a maneira como ele se sentia em relação ao assunto.

Afinal, depois da conversa com Skadi, Angrboda estava parcialmente desesperada para saber se havia cometido um erro ao concordar em se tornar esposa de Loki. A reação dele à gravidez seria bastante reveladora.

"Estarei de volta assim que as passagens ficarem liberadas", acrescentou ela.

O falcão assentiu e deu uma bicada afetuosa na bochecha dela, antes de voar para longe. A essa altura, Skadi já estava pronta para partir — ela gesticulou para que Angrboda viesse se sentar no trenó e se certificou de que a amiga estivesse bem embrulhada nas peles.

A viagem levaria dois dias, e cada quilômetro a transportaria para mais longe de casa. E Angrboda percebeu que o último inverno com Loki — mesmo em forma de égua — fora curto demais, e que os invernos antes daquele mal haviam sido memoráveis. Aquele seria o inverno mais longo de sua vida.

Elas passaram a noite no amplo salão do gigante Gymir, e Angrboda mais uma vez teve o prazer de desfrutar da companhia de Gerda, que era filha de Gymir, e da esposa dele, Aurboda. Embora Skadi tivesse se referido a Gerda como sua prima, os pais das duas eram parentes distantes.

Gerda pareceu não notar a gravidez de Angrboda, e Skadi tampouco comentou o assunto. Na manhã seguinte, elas partiram outra vez após oferecerem alguns suprimentos em troca da hospitalidade. Pelo menos agora o trenó estaria mais leve.

No outro dia, elas encontraram Thrymheim, o salão pertencente a Thiazi, pai de Skadi, vazio — exceto por algumas renas pastando ao lado dos armazéns, domesticadas o suficiente para permanecerem soltas. Ao contrário do salão dos pais de Gerda, não havia criados nem cães de guarda latindo junto ao portão.

"Meu pai e eu não precisamos de muita coisa", explicou Skadi depois que Angrboda chamou atenção para o fato. "Aqueles que vivem perto o bastante para nos perturbar... Bem, eles pensam duas vezes."

Skadi não pareceu particularmente surpresa com a ausência do pai. Enquanto descarregava o trenó e levava o conteúdo para um dos armazéns, ela murmurava de modo sombrio para si mesma, mencionando algo sobre perseguições a gansos selvagens, maçãs douradas e uma busca pela imortalidade.

Angrboda captou a parte que envolvia maçãs douradas, mas decidiu manter em segredo o que Loki havia lhe contado.

Porém, ela não precisou esperar muito para descobrir o que as tais maçãs tinham a ver com o pai de Skadi — pois, quinze dias após a chegada de Angrboda, Gerda estava à porta, irritada e congelando. Assim que a convidaram para entrar e lhe serviram uma caneca de cerveja com o objetivo de aquecê-la, ela contou que havia escutado dos pais, que escutaram de outras pessoas, que o pai de Skadi, Thiazi, fora assassinado pelos Aesir após raptar a deusa Iduna e as suas maçãs douradas da juventude eterna.

"O que aconteceu?", perguntou Angrboda, pois Skadi estava atordoada demais para falar.

"Thiazi capturou primeiro um homem chamado Loki, e o ameaçou até que este concordasse em encontrar uma maneira de levar Iduna para ele. E o homem de fato conseguiu", começou Gerda.

Angrboda estava quase contente pelo marido ter indicado seu envolvimento na situação; caso contrário, a bruxa poderia ter se assustado de maneira visível e se denunciado à menção do nome dele.

"E então, a fim de recuperar Iduna", prosseguiu Gerda, "Loki chegou planando por esta mesma sala e transformou Iduna em uma noz, segundo dizem, e em seguida voou de volta para Asgard."

Eu não sabia que ele era capaz de projetar as suas transformações em outras pessoas, pensou a bruxa, imaginando se aquela parte da história era verdadeira.

"Mas Thiazi o seguiu em forma de águia, e os Aesir atearam fogo no seu corpo e o mataram quando ele chegou." Gerda abaixou a cabeça para encarar a sua caneca. "Sinto muito, prima."

Skadi não derramou uma única lágrima. Apenas cerrou os punhos em cima do colo e olhou para as outras duas. Angrboda pôs a mão no seu ombro, e ninguém falou mais nada por um tempo.

"Quem é esse tal de *Loki*?", perguntou Skadi com a voz baixa.

"O irmão de sangue de Odin, reconhecido como parte dos Aesir", disse Gerda. "Ele é um gigante como nós três. Dizem que costuma deixar os deuses o tempo todo em apuros e depois tirá-los disso, assim como fez agora."

"Isso faz dele um traidor", cuspiu Skadi. "Os deuses nos odeiam. Eles nos desprezam. Por que *alguém* iria querer se juntar a eles?"

"Pelos benefícios, suponho", falou Gerda. "Deve haver uma compensação ao se casar com um Aesir ou ao virar parente deles como fez esse homem."

"Esse Loki vai entrar na lista de homens cuja garganta cortarei se algum dia cruzar o meu caminho", disse Skadi. Ela se virou para Angrboda e acrescentou: "Assim como o inútil do seu marido".

A bruxa achou por bem não mencionar que eles eram a mesmíssima pessoa.

"Ah, então você agora é casada?", comentou Gerda para Angrboda. "Por que não cobre o cabelo como fazem as mulheres casadas?"

"Foi um desdobramento recente", admitiu Angrboda, embora na verdade tivesse esquecido daquele costume. "Não tive tempo de costurar nada para cobrir a cabeça."

Gerda pareceu insultada com aquilo.

"A minha mãe tem vários lenços sobrando. Trarei um para você da próxima vez que nos encontrarmos."

Já estava escurecendo. Àquela altura, Skadi havia convidado Gerda para passar a noite, e a prima aceitara a oferta. Logo depois, Gerda adormeceu sobre uma pilha de peles no canto, deixando a bruxa e Skadi sozinhas para conversar junto ao fogo no meio do salão.

"Você está bem?", perguntou Angrboda depois de um tempo.

Skadi balançou a cabeça.

Angrboda se aproximou e foi se sentar no banco ao lado dela, segurando sua mão.

"Sinto muito pela sua perda, minha amiga." *E eu gostaria de poder dizer que também sinto muito pela participação do meu marido na morte do seu pai.*

"Vou vingá-lo", disse Skadi, tremendo. As lágrimas começaram a brotar dos seus olhos, para imenso alívio de Angrboda — ela estivera mais preocupada com o fato de Skadi *não estar* aos prantos. "Quando as passagens derreterem, irei até Asgard carregando espada, escudo e toda a armadura que guardo comigo, *e vou vingá-lo.*"

"Talvez eles prefiram compensá-la em vez disso."

"E talvez eu prefira atravessá-los de ponta a ponta antes que eles consigam proferir uma única palavra." As lágrimas agora escorriam pelo rosto de Skadi. Ela se virou para Angrboda e disse: "Onde você conseguiu essa cicatriz? Foram eles, não foram? Eles fizeram isso com você?".

"Sim", respondeu Angrboda, baixo. "Mas isso foi em outra época. Em outra vida."

"Isso não existe. E o tempo não importa, a menos que você o esteja contando." Skadi suspirou. "Irei sozinha, logo depois de levar você de volta ao Bosque de Ferro. E não há nada que possa fazer para me impedir. Isso é algo que eu *preciso* fazer."

"Eu entendo", falou Angrboda, mas era apenas uma meia-verdade — ela entendia que a perda do pai de Skadi necessitava de algum tipo de reparação, algo que os deuses forneceriam, Angrboda tinha certeza. Mas o conceito de *vingança* era algo que ela não conseguia entender muito bem.

Não totalmente.

Não ainda.

E assim Angrboda passou o inverno enrolada com Skadi perto do fogo, ouvindo as histórias da mulher, pois ela mesma tinha pouco o que contar. Skadi havia feito várias viagens nos seus esquis e conhecido quase todas as pessoas que moravam a uma semana de jornada de Thrymheim. Ela também sabia quase tudo sobre elas. No entanto, durante o sono, Angrboda a ouvia murmurar ou chorar pelo pai. E, se havia algo para se fazer no inverno era dormir, portanto a bruxa ouvia mais emoções vindas de Skadi naquele período do que quando a amiga estava acordada.

Para sua surpresa e seu alívio, Skadi estava tão ocupada com o luto que não voltou a tocar no assunto da cicatriz no peito de Angrboda. Ver a amiga sofrendo daquele jeito teria lhe causado mais dor caso a bruxa não estivesse tão consumida de animação pela criança que se desenvolvia dentro de si — uma animação que Skadi compartilhava vez por outra, mas não na maior parte do tempo.

Quando a primavera chegou e as passagens foram liberadas, Skadi cumpriu a promessa e levou Angrboda de volta ao Bosque de Ferro. Assim que escavaram a entrada da caverna e verificaram que os suprimentos continuavam lá, Skadi foi descarregar o trenó.

Angrboda estava mais do que feliz em voltar para casa. Era como se tivesse passado muito, muito tempo longe. Ela pôs a mão na barriga e sentiu o bebê chutar, deixando escapar um raro sorriso.

"Como posso retribuir tudo isso?", perguntou ela para Skadi. Havia sido uma estação difícil, e Angrboda *realmente* duvidava de que teria atravessado o inverno com a mesma saúde caso tivesse permanecido no Bosque de Ferro.

Apesar de toda a severidade, de forma abençoada, o inverno fora curto. Angrboda estava com apenas seis meses de gravidez ao retornar para a caverna, e sua barriga ainda não era muito aparente. *Um outono prolongado, um inverno curto, uma primavera adiantada. O melhor que qualquer uma de nós poderia esperar.*

Skadi apenas balançou a cabeça em resposta à oferta.

"Foi suficiente que você estivesse lá comigo. Eu teria perdido o juízo e deixado a dor me consumir caso não estivesse ao meu lado. Estamos quites."

Angrboda mudou o peso do corpo de um pé para o outro.

"Bem... ainda pretende vingar seu pai?"

O olhar de Skadi endureceu.

"Pretendo."

"Boa sorte, então. E, caso precise ser curada, sabe onde me encontrar."

Skadi acenou com a cabeça e saiu, e Angrboda se perguntou se aquela seria a última vez que veria a amiga.

Não demorou muito para que Loki aparecesse à porta, mas, àquela altura, a bruxa já estava ocupada com a limpeza, dando apenas um beijo rápido nos seus lábios quando ele entrou na caverna em vez do abraço longo e apaixonado que havia imaginado durante todo o inverno. Ele pareceu surpreso, como se esperasse uma recepção mais calorosa que *aquilo*, e ficou piscando para ela de onde estava na soleira da porta.

"Você engordou", comentou ele, observando-a andar de um lado para o outro.

Ela passou por ele, a boca franzida.

"Não que eu me importe", acrescentou Loki, depressa, as palmas erguidas em sinal de rendição. "Fica bem em você."

"Ah, folgo em saber", retrucou Angrboda. "E, para a sua informação, eu *não* engordei."

"Bem, até onde consigo ver..."

"Pense, Loki. Pense com muito, *muito* empenho."

Após alguns momentos, a boca de Loki formou um "O". Angrboda cruzou os braços.

"Então... quem é o pai?", perguntou ele, meio de brincadeira, mas ela notou uma gota de suor na sua testa.

Angrboda lhe lançou um olhar gelado.

"Ora, não sei... talvez o meu marido?"

"Então suponho que seja uma péssima hora para mencionar que os Aesir me obrigaram a tomar uma esposa do povo deles." O olhar de Loki estava fixo na barriga dela. "Quando foi que isso aconteceu?"

"Suspeito que na noite em que você retornou após entregar o seu filho de oito patas para o Pai-de-Todos", respondeu Angrboda. Mas então o seu cérebro voltou alguns passos, e ela se eriçou. "Uma esposa?"

Loki caminhou até ela e pousou as mãos nos quadris da bruxa, analisando a protuberância no corpo.

"A barriga já não devia estar maior?"

"Por que fizeram você tomar uma esposa?" Angrboda sentia que precisava se sentar, pois seu coração estava batendo com tanta força que ela temia que a cabeça pudesse explodir.

"Sigyn está *muito* maior que isso, e ela engravidou *no mínimo* uma lua inteira depois de você. Talvez mais." Então ele percebeu o modo com que a bruxa o encarava e disse: "Desculpe, qual era a pergunta?".

"O assunto era a sua esposa em Asgard", falou Angrboda com os dentes cerrados ao se sentar pesadamente no banco.

"Ah", disse Loki. Ele se sentou ao lado da bruxa e se inclinou para trás contra a borda da mesa, com a coxa e o ombro pressionados contra os dela, cruzando uma perna na altura do tornozelo. Quando falou, dirigiu as palavras seguintes à parede da caverna. "Certo. Eles me fizeram casar com ela. Acho que estão tentando me manter na linha. Falei para eles que eu já tinha uma esposa em Jotunheim, mas não consideraram válido. Portanto, não reconhecem você como minha esposa e por isso me fizeram tomar outra."

"Eles *fizeram* você se casar com ela", repetiu Angrboda, descrente. "A mim parece que ninguém pode obrigá-lo a *fazer* nada que você não queira."

Loki se virou para encará-la — um olhar intenso e firme, destinado a avaliar suas reações.

"Não é minha intenção esconder nada de você."

Angrboda apoiou os punhos cerrados nos joelhos.

"Você a ama?" E, após um longo e terrível silêncio, ela passou para a próxima e inevitável pergunta: "Você *me* ama?".

"Eu..." Ele suspirou, levantou-se do banco e ajoelhou-se diante dela, segurando as mãos da bruxa. "Posso te contar uma coisa?"

Angrboda permaneceu olhando fixamente para as mãos entrelaçadas dos dois, sem dizer nada. Ele nunca havia *pedido permissão* para falar. Loki perguntando se podia falar era o mesmo que um peixe perguntando se podia nadar.

Mas ele parecia estar organizando os pensamentos, algo que Angrboda raras vezes o vira fazer, uma vez que as palavras jorravam em fluxo contínuo de sua boca. Ela ficou aflita o suficiente por aquela mudança de comportamento para fazer contato visual com ele, embora precisasse piscar para conter as lágrimas de frustração.

"Acho que você foi a razão pela qual pensei ser capaz de amar alguém", disse ele. "Por que eu devolveria o seu coração apenas para parti-lo? Suponho que isso deva significar alguma coisa, não é?"

"Você *supõe*?", murmurou ela, enxugando os olhos.

Loki estendeu a mão e limpou uma lágrima que ela ainda não havia alcançado, então suas palavras se tornaram suaves e roucas devido àqueles sentimentos que ele andara tão determinado a esconder logo de início.

"E realmente detesto ver você chorar e odeio ainda mais ser o causador das suas lágrimas."

"Antes de *você* aparecer, eu também não tinha certeza se poderia amar", respondeu Angrboda, tentando não soar tão amargurada quanto se sentia. Em seguida, ela suavizou o que dissera ao acrescentar: "Sempre fiquei bem sozinha. E ainda fico. Mas sou alguém melhor quando você está aqui".

"Bem, fico aliviado em saber que você não passa o tempo inteiro padecendo de amor e morrendo de saudades de mim." Algo no tom de Loki fez a bruxa sentir que ele estava mais do que pronto para se desviar do assunto sobre amor e sentimentos. E ela estava feliz em fazer a vontade dele quanto a isso.

Angrboda revirou os olhos.

"Quem morreria de saudades de você?"

"Quem não morreria?", perguntou Loki, altivo.

"Aparentemente, *eu* não."

"Sigyn morreria. É provável que ela esteja fazendo isso agora, neste exato momento."

"Não sou Sigyn", falou Angrboda, e foi como se algo obscuro e terrível florescesse nas profundezas do seu peito quando o nome da outra mulher saiu de seus lábios.

"É claro que não é", disse Loki. "Você mora em uma caverna."

"Como assim?" Angrboda olhou ao redor, fingindo espanto.

Ele deu um tapinha na mão dela para insinuar condescendência. Angrboda teve de admirar a habilidade de Loki em manter uma expressão séria ao dizer, em um tom empático:

"Pensei que você soubesse."

Angrboda levou a mão ao peito.

"Eu estaria perdida sem você."

"Sim, eu sei. Todos estariam. De qualquer forma, você *mora* em uma caverna. Além disso, Sigyn *obviamente* demonstra mais consideração por mim do que você." Loki a encarou com falsa suspeita e bateu um dedo na própria testa. "O sarcasmo anterior foi registrado."

"Ela *obviamente* está meio confusa. Mas suponho que você tenha *mesmo* algumas qualidades redentoras."

"Eu estaria mais do que interessado em ouvi-las."

"Bem, para começar, você devolveu o meu coração." Angrboda apertou as mãos dele e as colocou sobre o seu abdômen. "E me deu mais ainda."

"Está chutando", disse ele, surpreso.

"Deve significar que ela gosta de você. Ela também tem soluços."

"Como sabe que é 'ela'?"

"Não sei. Considere um pensamento positivo da minha parte."

"Não me importo de qualquer maneira, contanto que eu não precise limpar a sua sujeira."

"Ah, é mesmo?"

"Sim. Acho que vou... segurar a bebê, ou algo assim, ou talvez tente fazê-la rir. Mas, no momento em que começar a pingar excrementos, vou devolvê-la a você."

"Você é completamente inútil."

"Bebês só fazem chorar e criar bagunça, e não se pode colocá-los em lugar algum porque eles acabam rolando de qualquer ponto em que sejam colocados."

Angrboda soltou uma exclamação indignada.

"Se for para colocá-la de qualquer jeito em cima de mesas e bancos, talvez eu nem deixe você segurar a bebê."

"E a cabeça deles é grande. Muito grande." Loki ergueu as mãos a um palmo de distância uma da outra. "*Desse tamanho.* A cabeça é tão grande que até você, mesmo com a largura desses seus quadris, vai ter problemas em empurrá-la para fora."

"Com licença: a largura desses meus *o quê*?"

Loki piscou, abriu a boca e voltou a fechá-la.

Angrboda o encarou com as sobrancelhas erguidas, esperando que ele repetisse a última afirmação.

"E, se tentar colocar um bebê sentado", prosseguiu ele após um instante, "a cabeça simplesmente tomba por ser *tão grande*. Bebês são muito inconvenientes."

"*Você* é inconveniente."

"Eu sei. E, no entanto, preciso lidar com isso às vezes. Bebês nem isso precisam fazer."

Angrboda balançou a cabeça para ele.

Loki sorriu ao se inclinar para beijá-la — e com certeza foi um beijo melhor do que aquele que haviam trocado quando ele entrara. Um beijo digno.

"Agora podemos avançar para a questão de eu não ter visto você durante todo o inverno?"

"Eu estava começando a achar que você nunca pediria", respondeu ela.

Eles terminaram na clareira do lado de fora da caverna, enrolados em um cobertor. A noite de primavera estava naturalmente quente, mas Angrboda não conseguia se lembrar da última vez que dormira ao relento. Ela sempre ficava surpresa ao recordar quantas estrelas existiam. Por alguma razão, pensara haver somente vazio para além das montanhas que cercavam o Bosque de Ferro — e talvez isso fosse parte do motivo pelo qual a bruxa raras vezes se aventurava do lado de fora após escurecer, por medo daquele buraco, por medo de perceber como estava distante na borda do mundo.

Contudo, o céu contava uma história diferente.

"Existem tantas estrelas assim em Asgard?", perguntou ela para Loki. Eles estavam de frente um para o outro, deitados de lado. A barriga dele pressionava a dela, com os membros entrelaçados.

"Praticamente", respondeu ele. "São apenas estrelas. São iguais em qualquer lugar, juro a você." Loki apontou para duas estrelas específicas, cintilando com mais força do que as outras. "Mas aquelas ali são novas."

"Como você sabe?"

"Bem, lembra da sua amiga Skadi?"

"É claro que lembro da minha amiga Skadi." Angrboda se sentou com dificuldade. Ela temia o pior, uma vez que não ouvia notícias de Skadi desde que a mulher partira para vingar o pai. A bruxa ficou surpresa ao escutar o nome da giganta nos lábios de Loki — mas então lembrou que ele já a havia encontrado em várias ocasiões, como quando ela trouxera feno para a caverna enquanto ele era um cavalo, ou quando ela veio visitar naquela primavera e se maravilhou com o filho dele, Sleipnir, e, é claro, no outono passado, quando Loki viera ver Angrboda e ela estava de saída para o inverno. "Você tem notícias de Skadi?"

"Fique calma. Ela está bem", falou Loki, e a bruxa voltou a se deitar ao seu lado. "Ela veio até Asgard exigindo sangue, mas... acabou chegando a um acordo com os Aesir. Ela tomou um marido entre eles e exigiu que alguém a fizesse rir, o que somente eu fui capaz de fazer, por minha conta e risco." Ele apontou para as estrelas. "Depois Odin pegou os olhos do pai dela e os transformou em estrelas. Estão bem ali, está vendo?"

Mas Angrboda não olhava as estrelas. Estava se lembrando da história que Gerda havia contado sobre o destino do pai de Skadi. Recordou-se da dor, da raiva e do desejo de vingança da amiga. Como resultado, tinha dificuldade de acreditar no que estava ouvindo.

"Ela tomou um *marido*? Foi *essa* a reparação? Isso é ridículo!"

"Sim. O nome dele é Njord, um dos Vanir. Um deus dos mares. Fez parte dos reféns negociados na guerra. Ele é pai de Frey e Freya. E por que isso é ridículo? Um marido é mais do que uma compensação justa."

"Ela não queria um marido", grunhiu Angrboda. Por algum motivo, a notícia do casamento de Skadi a deixou mais irritada do que gostaria de admitir. Um novo sentimento se contorceu em seu peito — algo parecido com inveja, não muito diferente do que sentira ao falar o nome de Sigyn pela primeira vez. "Como foi que a convenceram a se casar? É um absurdo."

"Bem, foi isso o que aconteceu."

A bruxa comprimiu a mandíbula, a sensação desconhecida no peito latejando de raiva.

"E ele a trata com gentileza, esse tal marido? Esse Njord?"

"Os Vanir tratam todo mundo com gentileza, pelo menos na maior parte do tempo. Mas, pela última notícia que ouvi, as coisas não estavam indo bem para o casal; ele odeia as montanhas; ela odeia o mar. Com certeza não demorará muito até que o casamento termine."

"É uma pena", disse Angrboda, que não sentia pena alguma.

"Você acha? Eles parecem incompatíveis."

"Estou apenas feliz por ela estar viva." Angrboda suspirou e se acalmou um pouco. Skadi mal havia escondido sua fúria quando Angrboda revelara ter um marido, e agora Angrboda estava zangada com a amiga pelo mesmo motivo. Ela decidiu que era melhor deixar aquilo para lá.

"Skadi foi obrigada a escolher o marido somente pelos pés. Ela estava torcendo para conseguir Baldur, o próprio filho de Odin, o mais jovem e belo dos deuses. Ele ainda nem tem barba e já estão todas suspirando por ele, deusas e gigantas." Loki revirou os olhos e sorriu para a bruxa, ajeitando o cabelo dela atrás da orelha. "E se Skadi tivesse me escolhido?"

Angrboda bufou, fazendo pouco caso.

"Seria mais fácil ela chutar você onde dói do que propor casamento, principalmente se descobrisse que foi com você que me casei... desconfio que as coisas seriam diferentes, em virtude do que que Skadi andou murmurando que faria com o meu marido, caso o encontrasse."

"Bem, o pagamento de Skadi pela morte do pai foi dobrado: um marido e uma barriga cheia de risadas, e eu fui pessoalmente responsável pela parte das 'risadas' na barganha", disse Loki. "Os meus testículos já sofreram o suficiente pelo bem dela, *muito obrigado*. Eu os amarrei a uma cabra para fazê-la rir. Skadi tem um senso de humor bastante doentio, não acha?"

Angrboda olhou surpresa para ele.

"Por que... por que você amarraria seus testículos a uma cabra?"

"Eu estava contando uma história", respondeu Loki, na defensiva.

"Eu gostaria de uma reencenação, por favor."

"Não. Isso significaria amarrar meus testículos às *suas* cabras, e as *suas* cabras são antissociais e malvadas."

"Elas não são."

"São, sim."

Angrboda pressionou os lábios, incapaz de esconder por completo seu divertimento.

"Você contou uma história verdadeira?"

"Talvez."

"O que significa que você amarrou os testículos a uma cabra em mais de uma ocasião."

"Não é algo de que me orgulhe", falou Loki com um ar solene.

Em seguida, Angrboda percebeu algumas cicatrizes menores no braço dele... depois no ombro... depois no peito.

"De onde veio isso?", perguntou ela, cutucando uma das marcas.

"Ah", respondeu ele. "São de quando o pai de Skadi se transformou em águia e me arrastou por todos os cantos do mundo até que eu concordasse em lhe trazer Iduna e suas maçãs."

"E você concordou."

"Não tive escolha exatamente. E depois disso todos os deuses envelheceram sem as maçãs, e eu ri deles, mas então ameaçaram me matar caso eu não recuperasse os frutos, o que acabei fazendo. Problema resolvido. Mas estou certo de que estão começando a desconfiar de mim. Você devia ver a forma com que me olham às vezes."

"Isso o incomoda?", arriscou Angrboda. "Que não confiem em você?"

"Não particularmente", disse ele, dando de ombros.

"Não ainda. Você vive entre eles. Um dia, o preço de viver entre aqueles que lhe oferecem desconfiança será cobrado." A bruxa fez uma pausa. "Você é sempre bem-vindo aqui. Sabe disso, certo?"

"Eu sei. E agradeço por você não perguntar o motivo de eu não ficar."

"Sei que você não sabe. É por isso que não pergunto."

Loki suspirou.

"Então... Por que mesmo Skadi quer causar danos físicos ao seu marido?"

Angrboda mudou de posição.

"Por ele não estar presente."

"Ah", disse ele.

Os dois ficaram em silêncio por um tempo, observando as estrelas.

"Andei pensando em criar um encantamento", falou Angrboda alguns instantes depois.

"Que tipo de encantamento?"

"Bem, antes de mais nada, dizem que Odin é capaz de enxergar os Nove Mundos a partir da sua cadeira. Não é verdade?"

"É verdade", respondeu Loki, devagar. "E não é só algo que dizem. Ele pode *mesmo*, caso deseje."

"Quero esconder este lugar. Para que apenas aqueles que já estiveram aqui sejam capazes de encontrá-lo." Angrboda o encarou. "Para que fique seguro."

Loki arqueou uma sobrancelha.

"Que interesse alguém teria em encontrar você?"

Angrboda se aprumou.

"Sempre tive medo de que os Aesir viessem atrás de mim. Mas agora estou ligada a você, e logo teremos uma criança com a qual nos preocupar também. Isso exige medidas mais substanciais."

"Mas eles não sabem que você é *você*. Apenas que tenho uma esposa em Jotunheim."

"Mas, se continuar aprontando e depois desaparecendo, eles vão começar a se perguntar para onde você foi. É apenas questão de tempo antes que alguém o siga até aqui."

"Você está paranoica. De todo modo, o que eles fariam contra você se a encontrassem?"

"Você esquece as próprias palavras: eles me apunhalaram e me incineraram diversas vezes." *E há ainda a coisa que Odin deseja que eu lhe revele, e o lugar onde eu precisaria ir para alcançar tal coisa.* O pensamento a fez estremecer. *Ele me queimou três vezes e faria tudo outra vez. E tenho muito pelo que viver agora.*

Ela se preparou mentalmente. Não chegaria a tanto, porque Odin nunca a encontraria depois que lançasse o feitiço de proteção.

Loki parecia cético.

"Então você acha que pode realizar um feitiço capaz de escondê-la até mesmo do Pai-de-Todos, aquele que *tudo* vê?"

"Você se esquece de novo, meu amor." Angrboda deu um meio-sorriso e baixou a voz, correndo um dedo pela bochecha dele. "Seja lá o que tenham contado a você, eles me queimaram por um motivo."

"Humm." Loki se inclinou sobre ela, sorrindo. "Talvez um dia valha a pena para mim ter uma bruxa como esposa."

"Não vou livrar você de nenhum tipo de problema que tenha em mente."

Ele a beijou.

"Não tenho nada *em mente*, mas estou certo de que inventarei algo em breve. Nunca demoro muito."

"Então, como eu disse, você não terá a minha ajuda."

"Tem certeza disso?", perguntou ele, beijando seu pescoço, depositando uma trilha de beijos pela cicatriz entre os seios dela.

"Absoluta", respondeu ela com firmeza, "e qualquer tentativa de me fazer mudar de ideia seria em vão."

Os beijos continuaram descendo.

"Vou manter isso em mente."

À medida que a noite avançou depressa — como as noites que passavam juntos costumavam fazer, transcorrendo com rapidez em uma névoa de paixão —, Angrboda descobriu que nem mesmo estava assustada diante da consciência de que era provável que Loki fosse capaz de convencê-la a fazer o que ele bem quisesse. Bastava um beijo, um carinho, bastava *uma palavra* e ela era dele por inteiro. E, ainda que o talento de Loki com as palavras fosse algo pelo qual ele não cansava de se gabar, seu toque não exigia qualquer ostentação: tais ações falavam por si.

Angrboda ficou mais surpresa por *não estar* surpresa, aflita nem incomodada devido ao fato de se importar tão profundamente com Loki, sensações que poderia ter sentido em alguma época anterior.

Eles continuaram deitados ali até mais tarde, a brisa fresca contra os corpos úmidos. Angrboda ficou acordada, pois a criança dentro dela chutava com animação, enquanto Loki adormeceu em seus braços. A bruxa correu os dedos pelos cachos suados do marido. Ele parecia enganosamente em paz dormindo.

Ela percebeu, naquele momento, que faria qualquer coisa por ele, e percebeu isso com uma ferocidade repentina que fez seu coração disparar. Qualquer coisa por ele — qualquer coisa pela criança dentro dela, pressionada entre os pais e evidentemente incomodada pelo pulso acelerado da mãe. Qualquer coisa por eles. *Qualquer coisa.* E, por algum motivo, aquilo a assustava, como se o pensamento em si fosse uma promessa que ela sabia não poder deixar de cumprir.

Loki permaneceu com ela enquanto os dias ficavam mais longos e as noites ficavam mais curtas. Mas logo partiu de novo, falando sobre Sigyn e os Aesir, e a sua ausência incomodou Angrboda de um jeito que não acontecia antes.

Ela aproveitou aquele tempo para trabalhar no feitiço. Costurou três saquinhos usando alguns retalhos de couro e os preencheu com pedrinhas, sobre as quais entalhou runas e entoou cânticos durante nove dias e nove noites. Depois disso, ela dispôs os saquinhos em um triângulo amplo ao redor da caverna e da clareira. Os dois primeiros foram colocados em ocos de árvore, e ela marcou os troncos com runas para disfarçá-los.

O último saquinho foi depositado o mais alto possível por trás da caverna, a fim de que o triângulo tivesse lados iguais. Angrboda precisou escalar as rochas para posicioná-lo, o que foi um desafio no estado em que se encontrava, ainda que a subida não fosse íngreme. Mas ela conseguiu esconder o pequeno saco em um buraco na face da pedra, disfarçando-o do mesmo modo que fizera com as árvores.

Assim que os amuletos estavam todos no lugar, ela de imediato se sentiu mais calma. Teria apenas de torcer para que tal ponto cego passasse despercebido a Odin — assim como o fato de que, se ele estivesse procurando a localização de Loki, o marido dela às vezes estaria fora de vista.

Por alguma razão, a bebê parecia gostar de dormir durante o dia e acordava e se debatia durante a noite, para crescente desconforto de Angrboda. A bruxa tirava cochilos sempre que possível e trabalhava à luz do fogo, tecendo e misturando poções e costurando. Nos últimos dias, ela precisara ajustar as roupas para que coubessem na sua atual silhueta, inclusive cortando, na parte da frente dos vestidos, uma fenda que poderia ser presa com um broche — e que seria útil para amamentar a criança.

E então veio uma noite na qual Angrboda acordou de um sono breve e agitado, sentindo uma dor que contraía a sua barriga. Foi tão forte que, por um momento, ela não conseguiu se mover.

Quando enfim se ergueu para ficar sentada, sentiu algo úmido e, franzindo a testa, abaixou-se para tatear a cama, o vestido e a parte de dentro das coxas.

A mão saiu molhada de sangue. No mesmo instante, a bruxa percebeu que a bebê não estava se movendo. Angrboda tentou recordar a última vez em que a criança *havia* se mexido, mas, como não acontecia durante o dia, ela não conseguia se lembrar.

Um pânico repentino tomou conta da bruxa. A gravidez de Angrboda estava avançada o suficiente para que a criança pudesse sobreviver fora do útero, mas algum instinto lhe dizia que o que estava acontecendo ali era *errado*, que a conexão que ela partilhava com aquela vida crescendo dentro dela estava aos poucos sendo interrompida.

A bebê estava morrendo, e, com o tempo que levaria para dar à luz, poderia ser tarde demais para salvá-la.

A sua mente disparou. Tinha alguma poção para ajudar? Qualquer coisa? Algum feitiço? Angrboda podia sentir as roupas de cama ficando cada vez mais encharcadas, e um gemido estrangulado escapou de seus lábios enquanto ela lutava contra as peles e os lençóis, apoiava-se na parede da caverna, enrolava-se em torno de si mesma na cama. E ela pensou e pensou, mas não encontrou nada.

Os batimentos cardíacos estavam acelerados, o que tornou a sua única opção ainda mais óbvia conforme ela deixou o ritmo a embalar em um transe, estável como a batida de um tambor.

Tum-tum, tum-tum, tum-tum...

Ela afundou sem nem mesmo pensar, trocando o corpo como uma cobra troca de pele, formando nos lábios palavras que ela não tinha ideia de como sabia.

Palavras sagradas. Um cântico. Convocando a bebê de volta, sua filha. Conforme estendia a mão, Angrboda quase podia sentir Yggdrasil, quase podia deslizar a ponta dos dedos pelo tecido que conectava o universo — por sorte, a criança não tinha ido tão longe, mas Angrboda com certeza teria se arriscado a usar a Árvore do Mundo caso fosse necessário.

Angrboda sentiu a presença da filha e agarrou-se a ela na sua mente, ordenando que a criança retornasse para o seu corpo. E, conforme a bruxa repetiu as palavras sem parar, a sua própria dor começou a diminuir. Depois, finalmente, ela sentiu a criança chutando.

Angrboda teria chorado de alívio se não estivesse tão apavorada.

De manhã, ela se viu ainda enrolada na cama, a camisola suja, as peles e cobertores ao seu redor embolados e manchados. Ela se sentia entorpecida pelo choque, mas pelo menos a criança parecia bem.

Naquele dia, ela demorou bastante tempo para reunir forças e sair da cama, pegar um pouco de água para se limpar e comer. Foi mais ou menos nessa hora que ela se deu conta de que ainda estava perturbada demais para chorar.

Os sonhos começaram naquela mesma noite.

Tendo passado a maior parte do dia acordada, mas de cama, Angrboda colocou novas toras no fogo da lareira após o jantar, acendeu algumas velas para iluminar ainda mais o lugar e se acomodou na sua cadeira a fim de consertar o punho de um dos seus vestidos mais velhos. Ela logo se distraiu e, antes que percebesse, havia adormecido.

Mais tarde, seria incapaz de dizer se estivera acordada ou dormindo quando sentiu a presença. Algo rondando. *Chamando* por ela, de uma maneira semelhante à que usara para chamar a própria filha. Proferindo palavras que ela conhecia, mas não reconhecia. Gesticulando para que chegasse mais perto. Puxando-a para fora do corpo, empurrando-a para baixo.

Alguém percebeu o que eu fiz.

E esse alguém queria algo dela.

Angrboda afundou cada vez mais e sentiu-se roçar nas fronteiras daquele lugar sombrio — a voz da pessoa parecia empurrá-la em direção ao local, forçá-la a olhar para além da borda, a mergulhar de cabeça nas profundezas daquele vazio insondável.

Não. Tinha consciência do que existia lá embaixo, havia descoberto no seu tempo como Gullveig, nos dias de *seid* — se descesse até lá, voltaria com coisas que não desejava saber.

Coisas que não *deveria* saber. Coisas que *ninguém* deveria saber.

Ela dissera aquilo a Odin quando se recusara a descer até lá para ele e havia queimado por isso. Três vezes. *Não pode ser Odin outra vez*, pensou ela, pois não conseguia reconhecer a voz; a pessoa havia se escondido dela, e por isso não tinha a presença distinta de Odin na sua mente. Teria o domínio dele sobre o *seid* crescido tanto a ponto de poder mascarar a si mesmo por completo?

Não, pensou ela outra vez. *Deixe-me em paz*. A bruxa resistiu, fez força para se afastar e sentiu o cântico recuar. Sentiu a sua surpresa.

E então sentiu a fúria.

Angrboda acordou de repente quando o pesado vestido de lã escorregou do seu colo e caiu em uma pilha aos seus pés. O peito arfava e as mãos tremiam enquanto ela deslizava pela cadeira e se dobrava com dificuldade para pegar a costura. Ao conseguir içar de novo o corpo para o assento, descobriu que estava cansada demais para continuar costurando, mas não o suficiente para ignorar o risco de cair outra vez no sono, então não sabia muito bem o que fazer.

Em uma das primeiras vezes desde que decidira fazer do Bosque de Ferro o seu lar, Angrboda desejou desesperadamente não estar tão sozinha.

Certa manhã de verão, Angrboda desceu até o riacho, o que era um desafio em seu estágio avançado de gravidez, e ficou sentada ali por um bom tempo, aproveitando a calmaria e o som reconfortante da água corrente, até ouvir um farfalhar entre as folhas. Gerda emergiu das árvores do outro lado do riacho, carregando um cesto preso nas costas. Quando Angrboda se endireitou com nervosismo e a cumprimentou, as primeiras palavras que saíram da boca de Gerda foram:

"Você soube que Skadi se casou?"

"Soube. Algum tempo atrás. Quer me fazer companhia? Eu tinha planejado entrar na água, mas não consigo reunir forças."

A oferta tinha sido feita por educação e não por amizade, mas, mesmo assim, Gerda saltou algumas poucas pedras até o outro lado e se sentou na margem junto a Angrboda.

"Trouxe algo para você, como prometido."

Ela remexeu na sua cesta e tirou de lá uma peça de linho cru, tecido com capricho.

"É uma cobertura para a cabeça", falou Gerda ao oferecer o pano para a bruxa. "Cheguei à conclusão de que os lenços da minha mãe são refinados demais para o seu gosto. Os dela são todos de seda, tingidos ou brocados com fios de ouro e faixas de tecelagem em padrões. Você é uma mulher muito mais simples que ela — sem querer ofender."

Angrboda teve de admitir a verdade daquilo.

"Obrigada, Gerda. É uma bela peça, e vou usá-la com alegria."

"E se quiser torná-lo um pouco mais sofisticado para ajudar a segurar na cabeça", acrescentou Gerda, "também andei experimentando o tear." Da bolsa, ela puxou uma longa tira de lã, trançada em espirais e caracóis de azul e verde, realçados em amarelo. "Mas também pode usar como cinto. Ou cortar e usar como enfeite para um vestido."

"O seu trabalho é primoroso", falou Angrboda, maravilhada ao segurar a faixa e correr os dedos sobre o padrão firmemente entrelaçado. "Muito obrigada por isso. Guardarei com carinho."

Gerda sorriu.

"Não tem de quê. E ainda tem mais." Em seguida, ela tirou do cesto alguns fardos de linho, macios, mas pesados. "São cueiros para o seu bebê. A minha mãe fez de presente — as suas poções curaram a doença do meu pai no outono passado, e ela é eternamente grata por isso. Quando Skadi nos contou que você estava grávida, a minha mãe insistiu em fazer algo especial."

"Por favor, agradeça a ela por mim", disse Angrboda, com sinceridade. "São presentes generosos."

"É o mínimo que eu podia fazer", respondeu Gerda, desconfortável, sem encará-la nos olhos, "depois de ter sido tão indelicada com a sua pessoa. Peço desculpas."

"Eu não fui lá muito educada. Também peço desculpas. Mas sinto que devo perguntar... foi Skadi que mandou você até aqui?"

"É claro que foi. E não tem de quê." Gerda colocou os panos de volta no cesto. "Vou levar isso para a sua... humm... *caverna* quando você estiver pronta. Além disso, Skadi mandou avisar que está bem e que logo virá visitá-la, mas que vai ficar em Asgard por enquanto e... Está tudo bem com você?"

Os punhos de Angrboda estavam cerrados, e o seu rosto ficara branco. A primeira contração acabara de chegar.

"Não é um pouco cedo para isso?", perguntou Gerda, em pânico, ajudando Angrboda a caminhar na direção de casa. "Está... está acontecendo *agora mesmo* ou... ou... devo ir buscar...?"

Não tão cedo quanto antes. Assim é melhor. As contrações eram pequenas e espaçadas, e Angrboda descobriu que não havia posição na qual se sentisse confortável, então ficou apenas perambulando de um lado para o outro da clareira.

"Não há tempo de ir a lugar algum."

"Se há tempo para você ficar andando desse jeito, há tempo de ir buscar alguém", falou Gerda com a voz estridente, acrescentando que já vira a mãe supervisionar partos, mas que ela mesma nunca fizera nenhum. Angrboda balançou a cabeça. Gerda se sentou na entrada da caverna e começou a fazer carinho nas cabras para se distrair enquanto Angrboda seguiu andando.

Gerda ficou ao seu lado, e, tarde da noite, as contrações tornaram-se tão dolorosas que Angrboda não aguentava mais ficar de pé. Ela levou um tempo para encontrar uma posição na qual se sentisse confortável para parir — após muitas arrumações frenéticas por parte de Gerda e instruções cansadas por parte de Angrboda, a jovem acabou pondo cobertores sobre uma pilha de peles, e Angrboda meio se inclinou e meio se agachou por cima dos tecidos.

Muito mais tarde naquela noite, Gerda, trêmula, ajoelhou-se diante dela, pronta para capturar o bebê a qualquer momento com um cobertor enrolado nas mãos. Ela deixou que Angrboda segurasse os seus ombros em busca de apoio, sem dizer nada sobre as unhas da mulher, que marcaram sua pele com vergões em meia-lua, e sem fazer qualquer outro comentário que não as palavras de conforto que uma jovem inexperiente era capaz de fornecer. Em consideração à garota, Angrboda reprimiu os gritos o máximo que pôde. Mas a mera expressão de dor no seu semblante já parecia suficiente para assustá-la.

Porém, conforme o trabalho de parto avançava, Gerda parecia ficar mais confortável no repentino papel de parteira. E, quando a criança enfim nasceu, bem cedo pela manhã, Gerda a pegou, bateu nas suas costas para limpar os pulmões e cortou o cordão umbilical. Quando Angrboda ouviu o primeiro lamento escapando da boca da criança, ela se recostou, aliviada, nos cobertores.

"Uma menina", disse Gerda, limpando a recém-nascida rosada e enrugada e colocando-a nos braços da mãe. Ela embolou os cobertores que haviam aparado um pouco da sujeira do parto e se recostou para observar mãe e filha. "Ela é linda."

"É sim. Olhe só para ela." Angrboda sentiu os olhos se encherem de lágrimas ao embalar a bebê, que havia parado de chorar — o que fez a bruxa entrar em pânico por uma fração de segundo, até perceber que a menina a observava maravilhada, e não com os olhos azulados de uma recém-nascida.

Ela tem os olhos do pai, pensou Angrboda, contemplando a criança com igual espanto. *E me olha como se estivesse surpresa por estar aqui.*

É possível que uma bebezinha como ela já pareça tão sábia?

"Seu marido tem cabelo escuro?", perguntou Gerda, porque a bebê havia nascido com a cabeça cheia de fios pretos e felpudos, e o cabelo de Angrboda eram de um castanho bem mais claro. O de Loki também era claro, mas Gerda não tinha como saber.

Angrboda balançou a cabeça.

"Não tenho certeza de onde veio essa cor."

"Você já tem um nome para ela?"

"O nome dela é Hel." Era um nome no qual vinha pensando por algum tempo — havia lhe ocorrido na noite em que convocara a alma da filha de volta do além, um nome que ficou na sua mente, quase como se Hel tivesse dado seu próprio nome.

Ela pôs a criança no peito para mamar, mas Hel parecia satisfeita em apenas continuar observando a mãe, fascinada.

"Ela não é uma bebê *normal*, é?", perguntou Gerda. "Não está chorando."

"Ela parece muito preocupada com a sua nova condição vivente", concordou Angrboda. *Acho que há algo de curioso nela, mas não é curioso de um jeito ruim.*

Ela é absolutamente perfeita.

Gerda foi a primeira a notar o problema, tão absorta estava Angrboda com o rostinho pensativo da filha.

"Há algo de errado com as pernas dela..."

A giganta tinha razão. Hel continuava mexendo os membros, mas as pernas tinham a cor errada — eram brancas e pálidas, não rosadas como o restante do corpo, e a pele era rígida e fria. Conforme os segundos passavam, as pernas pareciam ficar *azuis*.

De repente, Hel começou a chorar de novo, mas dessa vez era um grito estridente de dor, e tudo em relação à noite em que Angrboda quase a perdera voltou à tona. Na sua felicidade, a bruxa praticamente havia se esquecido daquilo.

Angrboda disse para Gerda:

"Vá até o meu armário. *Rápido*, pegue o frasco cor-de-rosa que está bem na frente. Depressa!"

Gerda se pôs em movimento no mesmo segundo, tropeçando, e em seguida agarrou o frasco e o levou até Angrboda, que o abriu e derramou o conteúdo na garganta da filha, murmurando cânticos quase inaudíveis de forma frenética. Hel tossiu, mas acabou engolindo e então começou a se acalmar. A cor não voltou às pernas, mas elas também não ficaram mais rígidas. Em pouco tempo, Hel observava a mãe outra vez, parecendo muito contente em mamar.

Naquele instante, Angrboda ergueu os olhos para Gerda, que a encarava com um alarme evidente.

"O que foi que *aconteceu*? O que você deu a ela?"

"Eu não sei. Eu não sei", sussurrou Angrboda. As pernas da filha permaneciam frias, mas ainda se moviam. "Foi uma poção de cura. Não a reestabeleceu totalmente. Não sei o que foi, mas fiz com que parasse. Por enquanto."

"Ela parece bem agora", disse Gerda, com a voz trêmula. "Quer dizer... as pernas já eram assim quando ela nasceu. Eu não quis dizer nada porque a menina parecia bem, mas, se estavam assim o tempo todo, por que foi que ela entrou em pânico? Por que ficou pior de repente?"

"Talvez porque tenha percebido. Ela estava aquecida enquanto se mantinha dentro de mim e conseguia mover as pernas. Talvez apenas não tivesse notado ainda." Angrboda acomodou Hel mais perto de si. "E talvez aconteça de novo. Parecia que a carne estava morrendo, sendo devorada de algum modo, mas farei uma poção melhor. Para preservá-la. Para isso *parar*."

O que aconteceu é culpa minha. Tem de ser. Se ela estava morta, eu a trouxe de volta. Foi alguma coisa no modo como a salvei naquela noite, alguma coisa em relação aos cânticos.

Ou talvez alguma coisa em relação a mim.

Gerda engoliu em seco e recolheu os cobertores sujos, colocando-os do lado de fora da porta.

"Vou lavar tudo isso amanhã. Não consigo encontrar a trilha até o riacho no escuro."

Depois ela tirou os cueiros do cesto e os entregou a Angrboda, que embrulhou Hel assim que a menina terminou de mamar, mantendo os panos frouxos o bastante para que pudesse checar com facilidade as pernas da filha. Em seguida, Gerda ajudou a bruxa a se limpar e a deitar na cama.

A giganta acabou adormecendo debruçada na mesa, e Hel pegou no sono nos braços de Angrboda algum tempo depois. Mas a mãe, apesar de todo o cansaço, não conseguia dormir.

Isso é culpa minha, pensou ela. *Continuo retornando. Não posso ser morta, não pelo fogo ou por uma lança transpassada no coração. Não é uma inversão que uma mãe renascida tantas vezes geste uma filha meio morta?*

Será que guardei toda a vida para mim em vez de passá-la adiante como deveria? Ou eu não tinha o suficiente para dar?

Mas Hel parecia dormir tranquila, segura e amada. E, ainda incapaz de desviar os olhos do rosto perfeito da filha, Angrboda percebeu que, no fim das contas, talvez o seu coração estivesse curado.

Gerda insistiu em ficar alguns dias para cozinhar e limpar. Angrboda imaginou que a garota tivesse tarefas domésticas a cumprir na própria casa, mas estava cansada demais para discutir. E, quando Gerda finalmente a deixou, retornou uma semana depois com Skadi a tiracolo. Angrboda quase caiu no choro — não apenas por ver a sua amiga mais querida, mas também pelas muitas jarras de cerveja que Skadi trouxera para reabastecer os estoques da bruxa.

A dona da casa as convidou para jantar, e Gerda mais uma vez insistiu em preparar a comida. Angrboda estava exausta pela privação de sono — tanto por causa da recém-nascida quanto pelo medo dos cânticos misteriosos nos seus sonhos — e permitiu que a outra fizesse o que queria.

"Então devo procurar um homem de cabelo escuro para castrar", falou Skadi, à guisa de elogio, tão logo contemplou Hel. "Onde *está* esse seu marido?"

"Não se preocupe com isso", disse Angrboda, embalando a filha adormecida. "Conte-me sobre Asgard."

Skadi deu de ombros e tomou um gole de cerveja.

"Presumo que Gerda tenha lhe contado o que aconteceu."

"Não foi necessário", disse Gerda. "Ela já sabia. Como foi *mesmo* que ficou sabendo, Angrboda?"

"Como vão as coisas com o seu marido?", perguntou Angrboda, tentando mudar depressa de assunto.

Skadi e Gerda trocaram um olhar desconfiado, mas então Skadi disse: "Nós nos separamos. Levei apenas uma noite para perceber que jamais conseguiria viver junto ao mar; as gaivotas e as ondas são muito barulhentas. Ainda assim, fiquei por nove noites. Depois Njord ficou por outras nove no meu salão, mas ele não conseguiu dormir com os uivos dos lobos. Nós nos separamos de forma amigável, e ainda irei vê-lo de vez em quando. É um bom homem e ainda é meu marido. E sempre serei bem-vinda em Asgard." Ela bebeu outro gole de cerveja. "Sou reconhecida entre os deuses agora. Existem humanos de Midgard que oram para mim durante suas caçadas."

"Deve ser incrível", falou Gerda, sonhadora. "Ser cultuada."

"Não é nada demais", comentou Skadi, porém em um tom que sugeria que com certeza era.

Skadi e Gerda passaram a noite na caverna, parecendo não ligar para Hel acordando em intervalos de poucas horas a fim de mamar, ainda que a criança não chorasse muito. Depois que as amigas foram embora, Angrboda começou a se sentar do lado de fora, alimentando as cabras enquanto segurava Hel presa no peito por uma faixa de tecido e mantendo um olhar atento à chegada do seu marido preocupante, mas sem criar muita esperança.

Ela estranhou que a ausência de Loki a incomodasse cada vez menos após o nascimento de Hel. Preocupar-se com ele, imaginar todos os motivos pelos quais não viera visitá-la — tudo isso consumia certa quantidade de tempo e energia que a bruxa não podia nem estava disposta a gastar. Da sua parte, que Loki fizesse o que bem entendesse — ela agora tinha uma filha para criar.

Duas luas cheias se passaram antes que Angrboda voltasse a ver Loki.

As noites começavam a ficar mais frias. Loki entrou quando ela estava dormindo, curvada ao redor de Hel, que fora colocada em um nicho entre pilhas de peles para que não conseguisse rolar da cama e para que assim a mãe também não pudesse rolar e sufocá-la por acidente.

Não que Angrboda se movimentasse muito durante o sono. Não que Angrboda *dormisse* tanto mesmo antes de Hel nascer, mas sem dúvida estava dormindo quando Loki entrou; ela foi despertada pelo som da porta abrindo e fechando.

Ele tirou os sapatos e colocou mais lenha no fogo, depois atravessou o cômodo e observou a cama, em silêncio — como se, pela primeira vez, não soubesse bem o que fazer.

Angrboda virou a cabeça para olhá-lo.

"Já não era sem tempo."

"Eu não podia sair", respondeu Loki, parecendo de fato arrependido. Ele passou com cuidado por cima dela e foi se posicionar do outro lado de Hel, de modo que a bebê ficasse entre os dois. "Sigyn teve a criança na semana passada. Se eu fosse embora, nunca parariam de me recriminar."

"Quem?"

"Asgard inteira."

"Como ela está? E a criança?"

"Estão saudáveis. É um menino."

"A nossa é uma menina."

Loki observou a bebê que ainda dormia, parecendo um tanto incerto.

"Que nome deu a ela?"

"Hel."

"Hel? Que raio de nome é esse?" Loki riu, e a bebê reagiu ao som. Ela contorceu o rosto para chorar, mas, ao abrir os olhos e dar de cara com ele, as feições relaxaram, e ela o encarou com frieza, sustentando o olhar.

"Ela costuma fazer isso", disse Angrboda. "Gosta muito de encarar as pessoas. Às vezes acho que consegue enxergar dentro da minha alma."

Mas Loki encarava a bebê também, e todo o seu semblante havia mudado. Ele estava tão admirado quanto Angrboda no dia em que ela nascera, e Hel, por sua vez, parecia enamorada pelo pai — tanto que, de repente, a menina abriu um sorriso largo para ele, com a pequena língua rosada pendurada para fora.

"De vez em quando ela meio que sorri sem motivo", comentou Angrboda, surpresa, "mas esse é o primeiro sorriso *de verdade*. E é para você."

Loki não prestava a menor atenção à bruxa. De súbito, estava sorrindo para Hel de um jeito que Angrboda nunca o vira fazer antes, e ele estendeu um dedo para que a menina pudesse segurá-lo entre as mãozinhas.

Naquele momento, Angrboda percebeu estar testemunhando um caso de amor à primeira vista.

Mas então Hel, que tentava enfiar o dedo na boca, chutou com alegria o cobertor, que caiu aos seus pés, e os olhos de Loki se arregalaram.

"Por que as pernas dela...?"

"Ela consegue sentir. Veja." Angrboda apertou um dos dedinhos do pé da filha, e ela se encolheu. Em seguida, Angrboda viu as palavras jorrando mais rápido do que seria capaz de detê-las, contando a Loki tudo sobre a noite em que Hel quase fora perdida.

"Você consegue fazer isso?", perguntou ele quando a história terminou. "Trazer de volta os mortos?"

"Não sei dizer se ela estava morta", falou Angrboda, ainda incerta. "Mas, sim, eu a salvei."

"E você acha que tem algo a ver com as pernas dela?"

"Não sei, mas as pernas estão mortas. Carne morta, mas que cresce com ela. Tentei poções e unguentos, nada prejudicial a Hel, porque eu jamais faria isso, a pior coisa que fazem é *não funcionar* mas nada parece capaz de reverter a situação. Se eu continuar tentando, talvez consiga reanimá-las, mas, por enquanto, o máximo que posso esperar é impedir que as pernas apodreçam ainda mais..."

Loki se inclinou e a silenciou com um beijo.

"Nós somos esquisitos. A bebê é esquisita. Ela se encaixa perfeitamente, não acha?"

"Isso é... anormalmente amável da sua parte."

"Tenho os meus momentos."

Hel parecia determinada a não fechar os olhos até estar certa de que o pai não iria a lugar algum. Mas ela acabou dormindo, aninhada entre os dois, sem uma preocupação sequer no mundo. Como uma bebê de verdade, pensou Angrboda.

"Por quanto tempo você vai ficar?", sussurrou a bruxa, pouco antes de pegar no sono.

"O máximo que eu puder", sussurrou ele em resposta e a beijou outra vez. E então pareceu a Angrboda que tudo ficaria bem, ainda que apenas por um tempo.

Nos dias que se seguiram, Loki passou a maior parte das horas com a bebê, sentado no banco com os cotovelos apoiados nas pernas e Hel entre eles, estendendo os braços de cada lado da menina para evitar que ela caísse, as mãos segurando a sua cabeça. Aquela era a posição ideal para encarar Hel e fazer com que ela o encarasse também. Loki parecia disposto a se separar dela somente quando a criança precisava comer — ou, como prometido, sempre que ela sujava os cueiros.

Pelo menos Angrboda fora capaz de coagi-lo a descer até o riacho e lavar os lençóis sujos da filha, o que era mais do que esperava dele. A bruxa até suspeitava que, nas vezes em que havia tirado um cochilo breve ou saído para lavar as próprias roupas ou cuidar do jardim, Loki talvez tivesse trocado ele mesmo os panos de Hel por uma ou duas vezes. Como resultado, ela passara a se perguntar se algum dia o marido deixaria de surpreendê-la. Ela duvidava bastante.

"Ainda não se cansou dela?", perguntou Angrboda enquanto varria o interior da caverna. O lenço que Gerda havia feito acabara se provando bastante útil para manter o cabelo longe do rosto, e a bruxa rapidamente se acostumou a usá-lo todas as manhãs. Ela descobriu que gostava mais da faixa trançada por Gerda como cinto e a usava por cima de outro cinto de couro liso do qual pendia a faca decorada com cabo de chifre.

"Ela consegue colocar *o punho inteiro* na *boca*. Queria ser capaz de fazer isso. Que talento! Eu me pergunto se conseguiríamos lhe ensinar alguns truques."

"Ela não é um animal, Loki."

"Ela tentou colocar o pé na boca, mas não gostou do sabor e fez uma careta. Provavelmente por causa de todas essas coisas verdes que você vive passando nela." Loki adorava narrar constantemente para Angrboda tudo que ela já sabia que Hel fazia. Ela supunha que era algo melhor do que ele não se importar com a menina.

"São unguentos para impedir *que a carne dela apodreça*", explicou Angrboda pela milionésima vez. "Não são só *coisas verdes*."

Loki a ignorou.

"Mas acho que isso de 'carne morta' deve ser o motivo para os seus pés terem um gosto ruim. Não é mesmo, Hel?"

Angrboda continuou varrendo.

"Se você diz..."

"Ela balbuciou. Isso significa 'sim'."

"E como é o 'não'?"

"Quando ela arrulha."

"De novo: se você diz..." Angrboda deixou a vassoura de lado e sentou-se junto a Loki no banco, estendendo os braços. "Bem, se já terminou de monopolizar a minha filha..."

"A *nossa* filha, muito obrigado. Hel, quer que a sua mamãe bruxa velha e fedorenta segure você agora? Sinta-se livre para arrulhar e permanecer comigo para sempre."

Hel balbuciou.

Um instante se passou.

"Tudo bem", disse Loki, entregando a bebê para Angrboda. "Ela deve estar com fome. Com certeza é a única explicação. Ou então está prestes a ter uma diarreia explosiva e deseja me poupar, abençoado seja seu pequeno coração."

"Ou talvez apenas seja mais apegada a mim." Angrboda deu um risinho, então soltou a frente do vestido para amamentar a criança — ela havia puxado a fenda no decote para baixo, fornecendo um acesso mais fácil para a filha que se mexia — e, ao fazer isso, notou que ela e Loki haviam permanecido bastante vestidos mais ou menos desde que ele chegara.

"Duvido muito", zombou Loki. "Desculpe, Boda, mas *eu* sou o favorito dela."

"Por que ela precisa ter um favorito?"

"Porque eu quis assim, e ela é minha filha."

"É minha filha também, não se esqueça disso."

"Suponho que sim, mas..."

"Você *supõe*?"

"Ela se parece mais comigo do que com você. O que significa que sou o favorito."

"Como se ela pudesse controlar a própria aparência."

"Sou um metamorfo, ela também pode ser! E, se ela me viu e resolveu que gostaria de se parecer mais comigo do que com você, pois sou o favorito?"

"Ela já se parecia com o pai *antes* de você nos agraciar com a sua presença."

"Mais evidências para apoiar o meu argumento."

"Nem sei como discutir com você."

"Sou o melhor em discussões, então é um esforço inútil da sua parte."

Mais tarde, quando conseguiram colocar Hel para dormir — ou melhor, quando Angrboda o fez, já que Loki atrapalhava mais do que qualquer coisa no que se tratava de acalmar a filha para que ela adormecesse —, os dois se sentaram do lado de fora da abertura da caverna, enrolados em um cobertor. O verão estava quase terminando, e, com o seu fim, vinham também as primeiras brisas frescas do outono.

Sem querer assustar o marido com qualquer assunto sério enquanto ele estava tão entretido com a bebê, Angrboda havia guardado no peito as próprias ansiedades com relação à pessoa que cantava em seus sonhos, uma presença que ela ainda podia sentir a cada vez que caía em um sono profundo o bastante. Mas aquele medo estava começando a pesar sobre ela.

"Eu ando sonhando", contou ela para Loki, sentada com a cabeça apoiada no ombro dele, os braços do marido enlaçando a sua cintura.

"Parabéns", respondeu Loki, seco.

Angrboda se afastou e o encarou.

"Sonhos nos quais eu deixo o meu corpo."

Ele franziu a testa.

"De propósito?"

"Não. É... é como se eu estivesse sendo arrastada, como se alguém estivesse me procurando. Alguém deseja algo de mim, e não sei o que é."

"Bem, por que não se deixa ser levada e então descobre o que essa pessoa quer?", sugeriu Loki.

"Porque não sei o que vai acontecer se eu fizer isso."

Loki refletiu por um momento. Parecia pouco preocupado com aquilo, prestes a dispensar o assunto. Mas é claro que não enxergava motivos para entrar em pânico — ele não fazia ideia da gravidade do que ela insinuava.

Ela teria de lhe contar a verdade sobre o *seid*. Raras vezes Angrboda falava sobre o assunto com Loki — ou mesmo com Skadi e Gerda, por sinal —, receando que, assim como Odin, ele acabasse ficando interessado demais. Temendo que, caso qualquer palavra sobre a esposa-bruxa de Loki e as suas habilidades chegasse aos ouvidos de Asgard, Odin pudesse virar o irmão de sangue contra ela.

Não é que não confiasse em Loki a esse respeito, mas sabia, por experiência própria, como Odin podia ser persuasivo e até que ponto ele estava disposto a ir para obter o que queria.

"Loki... Quando saio do meu corpo, estou conectada a tudo. Sou parte de todos os mundos e parte da Yggdrasil, a Árvore do Mundo. Sou capaz de enxergar todas as coisas e, se eu realmente quisesse, poderia aprender coisas que não deveriam estar sob meu alcance." Ela fez uma pausa dramática. "Coisas que ainda não aconteceram. Entende o que estou dizendo?"

Loki se endireitou.

"É mesmo?"

Angrboda confirmou com a cabeça.

"Essa é a natureza do *seid*. Por favor, não me peça para contar mais detalhes."

"Por que não?" Ele ofereceu à esposa um olhar intrigado. "É assim tão complicado?"

"Não, é só que... saber o futuro é perigoso, e é algo que já me colocou em apuros antes." Ela lhe deu um olhar significativo.

Loki ergueu as mãos.

"E é aí que eu e Odin nos diferenciamos por completo. Saber o futuro seria um fardo pesado demais. Seria apenas outra forma de controle. Não, obrigado."

Angrboda suspirou de alívio.

"Então acha mesmo que Odin está de novo atrás de você?", perguntou Loki.

"Não *sinto* como se fosse ele. Não se parece com ninguém que eu conheça." Angrboda balançou a cabeça. "Mas, se *for* Odin, então sei exatamente o que ele deseja. Para onde ele quer que eu vá. Não sei como explicar isso. Existe um... *lugar sombrio*, bem no fundo de tudo, um local onde eu nunca estive e que abriga um conhecimento pelo qual nunca me aventurei antes. Um conhecimento que me apavora. Seja lá o que essa pessoa deseja saber, não é nada que *deva* saber. *Ninguém* deveria saber."

Loki encolheu os ombros.

"Talvez sejam *apenas sonhos*. Já pensou nisso? Talvez você seja capaz de ter sonhos que não significam nada, assim como o resto das pessoas."

"É mais que isso. Eu sei que é. Posso *sentir* que estão me puxando enquanto durmo. Há uma voz entoando cânticos na minha cabeça. Desde que... desde que chamei Hel de volta."

Loki pareceu cético, mas falou:

"Então talvez realmente *seja* Odin. Parece o tipo de coisa que ele faria." Ele se mexeu. "Odin pratica o *seid* mesmo sendo uma forma de magia considerada feminina, e ninguém diz nada. Mas eu dou à luz um *único* cavalo de oito patas e ninguém me deixa em paz."

"*Ainda* estão comentando sobre isso?"

"É uma boa história", admitiu Loki.

"Sim, só que à sua custa. Eles continuam desconfiados de você?"

Loki deu de ombros.

"Não é como se eu pudesse culpá-los."

"Nada de bom pode vir da sua permanência naquele lugar. Você sabe disso."

"Sou irmão de sangue de Odin. Não posso simplesmente *ir embora*. Além disso, a única maneira de eu me *manter* entretido em Asgard envolve fazer travessuras. É por isso que eles não têm muito amor por mim."

"Bem, você é amado aqui. Não é suficiente?"

Ele ofereceu a Angrboda um olhar insondável, beijou-a na têmpora e depois a puxou para mais perto.

"Por quanto tempo acha que seremos capazes de continuar com isso?"

"Continuar com o quê?"

"Com esse nosso arranjo."

Angrboda se afastou e encarou Loki.

"Você está se referindo ao nosso casamento?"

"Eu *quero dizer* que estou começando a achar que você estava certa. Sobre a segurança de Hel. E também sobre a sua."

"Completei o feitiço para esconder este lugar", falou Angrboda. "Estamos perfeitamente seguras. Não precisa usar isso como desculpa. O que foi que deu em você?"

"Preciso voltar algum dia", declarou Loki, soando como se ir embora fosse a última coisa que desejasse fazer. Ele olhou por cima do ombro para a entrada da caverna. Angrboda seguiu seu olhar, procurando a pilha de peles sobre a qual a filha deles dormia profundamente.

"Então vá", disse Angrboda. "Não ligo. Apesar de que Hel com certeza sentirá a sua falta. Temo que a menina fique entediada tendo apenas a mim para encarar o dia inteiro."

"Acho que não. Você tem um rosto muito interessante."

"Você pode ir embora *agora mesmo* se quiser. A menos que prefira ficar sentado aqui e continuar me insultando."

"Não considero a palavra 'interessante' um insulto."

"Eu sei. Mas o seu tom sugeriu o contrário." Angrboda se afastou dele, encolhendo as pernas e apoiando os braços cruzados nos joelhos. "Ela é bonita, essa sua outra esposa?"

"Sim", admitiu Loki. Ele estendeu a mão e a acomodou na bochecha de Angrboda, correndo o polegar pela olheira escura. "Mas você também é. Ainda que pareça não ter dormido pelas últimas nove eras."

"Acabei de contar sobre os sonhos. Junte isso a uma filha recém-nascida e um marido como você e dificilmente ficará surpreso."

"Você já não dormia antes, a menos que eu a deixasse cansada."

Angrboda revirou os olhos e se afastou da mão dele.

"Você fica me assistindo dormir?", perguntou Loki.

"Só quando estou muito entediada."

Ele passou a mão pelo próprio cabelo e lançou à bruxa um olhar sedutor. "É porque sou bonitão, não é?"

"Ah, sim", respondeu Angrboda. "É de fato deslumbrante. Mal consigo tirar os olhos de você."

"Causo esse efeito nas pessoas", comentou Loki com arrogância. "É uma maldição."

"Acho que você está mudando de assunto."

Loki suspirou.

"Sigyn é boa e leal. Mas você tem mais... dignidade. *Gravitas*."

Angrboda ergueu as sobrancelhas.

"Você acha que tenho tal qualidade como 'gravitas'?"

"Com certeza. Foi uma das primeiras coisas em você que me intrigou, Angrboda, Bruxa de Ferro." Ela fez uma careta ao ouvir o apelido, e ele a olhou de um modo estranho. "Você... nunca parou e pensou sobre si mesma, não é?"

"Não. Eu deveria?"

"Talvez." Loki se sentou na mesma posição que ela, passando os braços ao redor das pernas. "Penso em mim mesmo com frequência. Mas é porque não me entendo. Nem um pouquinho."

"Ninguém entende."

"*Você* entende."

"Quase nada."

"Essa é uma questão que eu gostaria de debater, mas talvez em outro momento." Loki olhou para o céu. "Quando o meu filho nasceu, pensei que algo em mim fosse mudar. Pensei que algo fosse *acontecer* comigo. Mas não aconteceu. As semanas se passaram, e eu... não senti nenhuma conexão com o bebê. Sei que Sigyn está decepcionada comigo e mal posso suportar isso. Então fui embora."

Angrboda ouviu em silêncio.

"E durante todo esse tempo", prosseguiu ele, ainda sem fazer contato visual, "comecei a pensar que talvez houvesse algo ainda mais errado comigo do que eu imaginava,que talvez eu fosse ainda mais esquisito do que dizem que sou."

"Você se tornou pai", falou Angrboda. Tudo bem que Loki havia gerado Sleipnir, mas a bruxa duvidava que ele nutrisse qualquer sentimento pelo primogênito. "É uma transição. Você precisa de tempo para se ajustar. A conexão virá, e tudo ficará bem. Você estava com medo. Talvez o medo estivesse impedindo você de se conectar ao seu filho."

Loki soltou uma risada zombeteira ao som da palavra "medo", mas depois ficou pensativo.

"Pode ter sido isso. Sei que eu estava apreensivo em voltar aqui e conhecer a nossa criança. Tive medo de olhar para ela e sentir... nada. Eu não queria que *você* também ficasse desapontada comigo. Não quero que as coisas mudem entre nós."

Ele enfim olhou para Angrboda, e a bruxa devolveu o olhar, dizendo:

"Isso é porque eu te amo, e você me ama. E, mesmo enquanto digo essas palavras, elas me aterrorizam, mas sei que são verdadeiras. Mais do que qualquer coisa, sei disso. E você também sabe."

Loki respirou fundo, depois soltou o ar devagar.

"Você não está errada. Mas não creio que os deuses me considerem capaz de experimentar um sentimento feito o amor. É como você disse: eles não confiam em mim. Talvez seja porque nunca converso com nenhum deles do jeito que estou conversando com você agora, do jeito que *sempre* converso com você. A minha existência parece uma grande atuação. Ela *é* uma atuação."

"Você não pode acreditar nisso", respondeu Angrboda, mas na verdade ela mesma não tinha certeza.

"Mostro apenas um rosto para eles, que é tudo que conhecem e tudo que usam para me julgar. Isso e as minhas ações, que eles... desaprovam, para dizer o mínimo."

"E eu já conheci todos esses seus rostos?"

Loki franziu os lábios em um sorriso sombrio.

"Receio que não."

"Ótimo, então. Mais um motivo para não escutar uma palavra do que eles dizem", falou Angrboda com veemência. "Já não disse isso para você?"

Loki suspirou.

"*Enfim*. No momento em que contemplei o rosto de Hel pela primeira vez, percebi que, não importa o que digam, talvez algo de bom possa *realmente* vir de mim. Ela é a prova viva disso."

Angrboda não respondeu por um longo tempo. Mas, quando o fez, ela disse em um sussurro:

"Senti exatamente a mesma coisa."

Loki foi embora novamente pouco depois disso, mas não ficou longe por muito tempo.

Angrboda tinha a sensação de que ele estava evitando as aparições de Skadi de forma deliberada. A amiga agora vinha visitá-la com mais frequência do que o habitual, pois o inverno se aproximava e Angrboda precisava preparar suas provisões. A bruxa tranquilizou Skadi avisando que o marido *estaria* por perto naquele inverno — tinha certeza disso agora que Hel havia nascido. Loki não se afastava mais do que uma ou duas semanas desde o instante em que conhecera a filha. E, uma vez que Angrboda não estaria no alto das montanhas com Skadi durante aquele ano e sendo Loki um metamorfo, ele poderia ir e vir o quanto quisesse mesmo no auge da estação.

E foi exatamente o que fez.

Ele voltou certo dia com uma pequena estatueta de lobo que ele esculpira para Hel. Não era tão versado com as mãos quanto com as palavras, mas Hel de imediato enfiou o brinquedo na boca e começou a babá-lo. E, quando os primeiros dentes apareceram, a menina passou a morder a estatueta, parecendo irritada o tempo inteiro.

"Você já teve a impressão de que, dentro da própria cabeça, ela é como uma pequena adulta?", perguntou Loki para Angrboda certa noite, no início do inverno, enquanto os dois observavam a filha dormir.

"Como assim?"

"Ela parece frustrada o tempo todo. Como se já quisesse ser independente e ficasse zangada por ser muito pequena."

"Talvez seja normal para bebês", ponderou a bruxa. Mesmo para uma criança como a nossa."

"Hel também parou de morder desde aquela vez em que fez você sangrar enquanto amamentava. E ela chorou porque estava arrependida de ter machucado a mãe. Agora ela só morde aquele lobo que fiz para ela. É como se *soubesse*. E fica parada quando você passa aquela coisa verde nas pernas dela. Que tipo de bebê *fica parado*?"

Lá pela metade do inverno, Hel começou a se sentar sozinha, como acabaram descobrindo os seus pais certa noite após terminarem de fazer amor em frente à lareira e se depararem com a menina sentada na pilha de peles. Hel os encarava como se os dois tivessem perdido o juízo, brandindo de forma confusa a estatueta de lobo repleta de baba. Loki e Angrboda olharam um para o outro e depois de volta para a criança, que balbuciava com uma voz aguda.

No fim do inverno, Hel já engatinhava, e eles passavam metade dos dias perseguindo-a pela caverna. Os dois começaram a mantê-la presa junto ao corpo em uma faixa de tecido, enquanto se aventuravam do lado de fora, para que ela não engatinhasse e se perdesse entre as folhagens densas e retorcidas — que, para a satisfação de Angrboda, estavam ainda mais verdes naquela primavera do que no ano anterior.

Perto do fim da estação, Angrboda descobriu outra gravidez, e, dessa vez, não precisou esperar seis meses para compartilhar a notícia com Loki. A novidade foi recebida de forma morna por ele, mas Angrboda estava preocupada demais com Hel para dar importância ao fato.

"*Quando é* que poderei cortar fora as bolas do seu marido e usá-las para alimentar as cabras?", perguntou Skadi, aparecendo no início do verão e mais uma vez notando a condição de Angrboda, independentemente do quão sutil fosse.

"Eu ainda gostaria de ter mais alguns filhos com ele", respondeu Angrboda de forma mansa, arrumando os potes de cerâmica repletos de poções em uma caixa para Skadi. "Depois disso, ele é todo seu."

Skadi pegou Hel, agora com um ano, no colo.

"Tem certeza de que não anda concebendo essas crianças por conta própria?"

"Ele esteve aqui durante o inverno."

"Prove", falou Skadi, desconfiada como sempre.

"A primeira palavra dela foi 'papai'", respondeu Angrboda, gesticulando para a filha. Hel se animou ao ouvir 'papai' e olhou em direção à porta, parecendo desapontada quando Loki não entrou por ali.

"Pff...", disse Skadi. Era como se tivesse ficado com raiva de repente, abraçando Hel ainda mais forte, pois se apegara à menina no decorrer das visitas. "Essa pobre garotinha. Talvez eu devesse ficar por aqui até ele chegar e então cortar as bolas dele. Não deveria, pequenina?"

"Eu preferiria que não fizesse isso." Angrboda passou a caixa para a amiga. "Sei como ele é, só isso. Estamos bem sem ele."

"Eu gostaria que você tivesse *mesmo* concebido essa criança por conta própria", murmurou Skadi, trocando Hel com relutância pela caixa de poções. "Uma coisa é ficar totalmente sem pai e não saber o que está perdendo, o que, na sua situação, não seria muito, mas ter um pai que só aparece quando quer? E com Hel tão apegada a ele..."

"Hel sabe que as coisas são do jeito que são. Nós estamos *bem*."

Skadi se levantou e caminhou até a porta, mas então parou e se virou.

"Você me promete uma coisa?"

"Depende."

"Prometa", falou Skadi, com cautela, "que não está deixando seu marido vir apenas para usá-la e depois ir embora."

Angrboda franziu a testa, sentindo os batimentos cardíacos saltarem diante das palavras da amiga — ao que parecia, antigas tensões custavam a sumir.

"Acredita mesmo que eu faria isso?"

"Parece que sim, porque você já faz."

"Não é o caso", respondeu Angrboda, a voz gelada. "Eu prometo."

Skadi balançou a cabeça, carrancuda.

"Não era um assunto que eu queria abordar; sabia que você ficaria com raiva. Mas talvez devesse direcionar essa raiva para o seu marido e não para mim."

"Não foi ele a sugerir o que Gerda insinuou no dia em que nos conhecemos ou o que você está insinuando agora."

"Se é como diz, então ele é o culpado de fazer isso com você", disparou Skadi. "Ele é seu marido de verdade ou você é apenas um brinquedo?"

"Você esgotou oficialmente as suas boas-vindas por hoje, minha amiga", respondeu Angrboda com frieza, trocando Hel de braço. "Não sabe como são as coisas entre nós. Esses são assuntos entre marido e esposa, ninguém mais."

"Esses assuntos *passam a ser* da minha conta quando comprometem o seu bem-estar", rebateu Skadi, acrescentando com acidez, "*minha amiga*."

"O meu bem-estar não está comprometido. Portanto, não é da sua conta."

"Então peço desculpas pela preocupação. Obviamente, não tenho nada com que me preocupar." Skadi se aprumou, e assumiu um tom de voz distante. "Obrigada pela hospitalidade. Devo voltar em breve com as mercadorias que você solicitou. Tenha mais poções prontas até lá."

Em seguida, a giganta saiu batendo a porta. Hel ergueu os olhos e ofereceu à mãe um olhar frio que deixou Angrboda ciente por completo de si mesma.

"Béé", disse a menina. Era um ruído que ela havia aprendido com as cabras, mas que de alguma forma conseguia soar reprovador.

"O quê?", respondeu Angrboda na defensiva.

"Béé, béé, *béé*."

"Ela passou do limite!"

Hel voltou a enfiar a estatueta de lobo na boca e não falou mais nada sobre o assunto. Angrboda teve a sensação de que havia acabado de perder uma discussão para uma criança de colo e, estranhamente, nem mesmo se sentiu surpresa com aquilo.

Afinal, Hel também era filha de Loki.

Foi somente na metade do outono que Angrboda voltou a trocar mais do que apenas cortesias civilizadas com Skadi, depois que a giganta passou a visitá-la com mais frequência para trazer os suprimentos de inverno. Skadi parecia cada vez mais perturbada sempre que as duas se encontravam, até que Angrboda por fim teve de perguntar, exatamente, qual era o problema.

"Você engravidou na primavera, não foi?", indagou Skadi.

"Sim, no fim da primavera. E daí?"

"E daí que você tem certeza de que a criança continua viva na barriga? Você não parece muito maior do que estava alguns meses atrás."

"Posso sentir o coração dele batendo. Ele está vivo."

"Então sabe que é um menino?"

Angrboda apenas deu de ombros.

Loki voltou a aparecer no início do inverno, pouco antes da primeira nevasca forte, e expressou o mesmo tipo de dúvida de Skadi. Porém, ele logo se distraiu com Hel e não voltou a mencionar o fato para Angrboda.

Àquela altura, a bruxa estava convencida de que Hel entendia cada palavra murmurada para ela. E, quando começou a falar, a menina não proferia sílabas aleatórias, mas sim frases completas — a primeira delas, é claro, foi um questionamento sobre o paradeiro do pai. A pergunta levou Angrboda a oferecer uma explicação simplificada sobre Asgard e os Aesir, à qual Hel respondeu enfiando a estatueta de lobo de volta na boca e, bem literalmente, remoendo a explicação.

Angrboda teve a impressão de que Hel havia perguntado apenas por perguntar — ela sempre falava de maneira distraída com a filha, sobretudo por falta de outra pessoa com quem conversar, de modo que Hel devia saber dos detalhes sobre o paradeiro de Loki. Mas, depois de a criança ter perguntado de forma direta, Angrboda passou a conversar cada vez mais com Hel, que, da sua parte, apenas encarava a mãe sem nem piscar. Mas havia certa satisfação no seu silêncio, como se a menina estivesse feliz por ter a mãe dirigindo-se a ela como uma adulta.

Aquilo mudava sempre que o pai aparecia, momento no qual Hel instantaneamente voltava a ser criança, agarrando-se e choramingando nos calcanhares de Loki. Tal comportamento deixava Angrboda louca, e a sua paciência foi testada ainda mais quando todos acabaram confinados juntos para o inverno.

Pela primeira vez, ela desejou que Loki simplesmente *fosse embora*.

"Ela está ficando crescida demais para andar amarrada nesse tecido", falou a bruxa para Loki certo dia, enquanto ele carregava Hel para lá e para cá por razão nenhuma além de capricho seu. "Ela não me deixa carregá-la desse jeito desde que começou a andar."

"Isso é porque ela *gosta mais de mim*. Não é mesmo, Hel?"

A menina assentiu com entusiasmo.

"Viu só."

Angrboda dirigiu um *olhar* para a filha. Hel piscou com inocência, mastigando a estatueta de lobo. Agora, parecia que Angrboda só tocava na menina quando era hora de amamentá-la, e mesmo isso vinha diminuindo de frequência, uma vez que ela já andava beliscando tudo que a mãe comia. A menina também ficava choramingando para que o pai lhe desse comida durante as refeições.

"Pare de alimentá-la com isso", esbravejou Angrboda para Loki enquanto ele buscava o pote de mel que a bruxa mantinha escondido em um dos seus baús. Ela sabia exatamente o que ele pretendia fazer, pois Hel havia se recusado a comer o ensopado de coelho; a menina agia assim quando sabia que escaparia incólume, que era quando Loki aparecia com maçãs frescas e bolos de aveia trazidos de Asgard.

"Mas ela adora!", protestou Loki, sentando-se à mesa e colocando o potinho de mel ao lado do próprio jantar. Ele retirou do bornal um punhado de bolos de aveia embrulhados em linho e os colocou em uma tigela rasa de madeira para Hel. Ao lado, a menina lambeu os beiços, os pezinhos mortos balançando com alegria no banco ao observar o pai besuntando os bolos no mel.

"Se continuar dando essas coisas para ela, Hel não vai querer comer mais nada", disse Angrboda. "E depois vai ficar tão cheia de energia que não vai conseguir dormir."

Hel achou graça na mãe e mascou uma fatia de maçã que Loki havia cortado para ela. A menina ficou observando com avidez enquanto o pai preparava o jantar especial, e os seus olhos se arregalaram de alegria quando Loki depositou a tigela à sua frente. Quando Hel terminou, o rosto, as mãos e todo o corpo estavam pegajosos de tanto mel.

"Ora essa, você não dá comida para essa menina?", provocou Loki.

Mais tarde, foi Angrboda quem precisou limpar as camadas grudentas de mel de uma criança agitada, que gritou por tanto tempo que chegou a ficar azul. Aquilo já acontecera antes, nas várias vezes em que Hel se esforçava demais por fúria ou animação. Mas ela se recuperava com bastante rapidez e não apresentava outros sinais de doença, então Angrboda não dava muita importância.

Certa noite de inverno, já bem tarde, depois que Loki colocou Hel no seu pequeno ninho de peles na cama — pois, enquanto o pai estava em casa, apenas ele tinha permissão de colocá-la para dormir —, o marido veio até Angrboda, sentada na sua cadeira junto ao fogo. Ele se acomodou no colo da bruxa como se fosse uma criança e, depois que ela revirou os olhos, pareceu preocupado pela esposa não ter embarcado em qualquer que fosse a brincadeira que tivesse em mente.

"Está zangada comigo?", perguntou ele.

"Estou."

"Por quê?"

"Você deve colocá-la para dormir na hora em que eu *disser* para colocar."

"Ah, é só isso?"

"*Só?* Isso é importante!"

"Ela não estava cansada!"

"Ela não estava cansada porque *você* ficou perturbando e agitando a menina. Nós temos uma rotina. Você está estragando tudo. Você não me *escuta*."

A voz de Loki ficou fria.

"Se eu quisesse ser repreendido, voltaria para Asgard e passaria cinco minutos com qualquer pessoa de lá."

"Então volte para Asgard se os dois lugares são tão parecidos. Embora eu não consiga enxergar como isso possa ser nem remotamente possível, uma vez que Asgard é o centro do universo e o Bosque de Ferro é apenas uma floresta semimorta nos limites do nada."

Ele ficou de pé.

"Não preciso ouvir isso de você."

"Então qualquer pessoa tem permissão para criticá-lo, mas, quando sou eu, é inadmissível?"

"Sim", respondeu Loki com naturalidade, voltando para a cama e se enrolando em torno de Hel, obviamente sem nenhuma intenção de partir.

Angrboda ficou sentada na cadeira por mais algum tempo, com a cabeça fervendo antes de cair em um sono agitado.

Ela despertou com Loki sacudindo-a de maneira frenética, e as primeiras palavras que lhe vieram à mente ao ver a expressão do marido foram:

"Aconteceu alguma coisa com Hel?"

Loki apontou.

"O seu vestido está todo molhado."

Angrboda baixou os olhos para o próprio colo antes de dizer em voz baixa:

"Ele ainda é tão pequeno..." Mas, mesmo ao falar aquilo, podia sentir as contrações. Ela se perguntou como a dor não a havia acordado antes de Loki.

Ela se abaixou devagar até o chão — podia ouvir Loki fazendo alguma coisa, mas não era capaz de escutar os passos dele. Ela ouviu a porta abrir e fechar e se perguntou se o marido havia ido embora. Mas descobriu que realmente não se importava com o que ele fazia desde que não acordasse Hel, o que só pioraria tudo.

Se Angrboda não conseguisse nem mesmo acalmar *a si própria*, não tinha a menor esperança de conseguir acalmar a filha.

Não é como da outra vez, pensou a bruxa, relembrando com apreensão a última vez em que acordara e se vira em trabalho de parto prematuro. *Ele ainda está vivo aqui dentro.*

E está querendo sair.

Loki havia deixado a caverna para buscar um balde de neve, que em seguida colocou para derreter no fogo. Depois ele se afastou outra vez, voltando para o lado dela com uma pilha de tecidos e cobertores que retirara de um dos baús da despensa. Ele devia ter tirado aquele tempo para se recompor, pois Angrboda estava agora surpresa com a compostura do marido.

Ele dispôs os cobertores por trás da bruxa para que ela se deitasse, e os dois ficaram se olhando. A respiração de Angrboda ficou difícil, as contrações cada vez mais intensas, e o semblante de Loki tornou-se pesaroso conforme ele enxugava o rosto da esposa com um pano úmido.

"É provável que ele não sobreviva", falou Loki baixinho, colocando a mão na barriga dela. "Ele teria mais chances se fosse maior, mas..."

"Não diga essas coisas", ralhou Angrboda. "Não agora. Traga para mim um pedaço de pano daquela pilha."

Loki obedeceu e sentou-se de novo aos pés dela, subindo o vestido da bruxa até a cintura.

"Estou apenas sendo realista. Já estive no seu lugar, não esqueça, embora eu suponha que a minha experiência como égua possa ter sido um tanto diferente." Ele forçou um sorriso, apoiou as mãos nos joelhos dela e os afastou para espiar entre eles. "Isso pode acabar mais cedo do que você pensa. Já está empurrando?"

Angrboda havia permanecido em trabalho de parto por quase um dia inteiro antes de Hel enfim decidir fazer uma aparição, mas ela não comentou o fato, pois tinha enfiado um pano na boca para abafar os gritos. De tempos em tempos, Loki olhava por cima do ombro da bruxa, para se certificar de que Hel ainda estava dormindo, antes de voltar a encarar Angrboda e oferecer o pouco que os pequenos carinhos e palavras de consolo eram capazes de fornecer — ela acabou segurando as mãos dele e arranhando a pele conforme apertava os próprios dedos. Loki não disse uma palavra nem mesmo recuou.

Menos de uma hora mais tarde, a segunda criança deles nasceu.

Angrboda sabia que havia algo errado só de olhar para o rosto de Loki conforme ele aparava a criatura que ela acabara de parir: um lobo cinzento com os olhos ainda fechados. Ele era quase do tamanho de Hel ao nascer — muito maior do que um lobo comum parido em uma ninhada.

"É um lobo", disse Loki, atestando o óbvio enquanto cortava o cordão umbilical com uma faca. Em seguida, segurou o lobo em um cobertor como se não tivesse muita certeza do que fazer, e uma dúzia de emoções diferentes passou por seu rosto, uma após a outra.

Angrboda não parou para identificá-las — ela estendeu os braços, tendo olhos somente para o filho. Loki lhe entregou o embrulho com um movimento lento e rígido. Ele agora parecia cansado, atordoado e mais do que um pouco incerto. Da sua parte, Angrboda enxugou o filhote e o colocou junto ao peito, onde ele emitiu um pequeno ganido e começou imediatamente a mamar.

"Bem", disse Loki, observando Angrboda e sentando-se ao lado dela. "Você acha isso esquisito? Eu acho isso esquisito. Por que ele é um lobo?"

"Nós somos esquisitos. Ele é esquisito. Isso te incomoda?", perguntou Angrboda com tranquilidade, sem olhar para cima.

"Nem um pouco. Só estou... confuso."

"Pode-se dizer que fiquei ainda mais confusa quando você apareceu aqui em forma de égua e deu à luz um cavalo de oito patas."

Loki não tinha como argumentar contra aquilo.

Mas ele foi poupado de quaisquer comentários, pois ouviu-se um pequeno grunhido no canto da caverna. Hel se içou para fora da cama e veio engatinhando até onde eles estavam sentados ao lado do fogo.

"Hel, venha conhecer o seu novo irmão", disse Loki, jogando um cobertor sobre a metade inferior de Angrboda e puxando a filha para o colo. "Ele é como o brinquedo que eu fiz para você, está vendo?"

Hel pareceu intrigada, babando na estatueta de lobo. Loki afastou para longe do rosto da menina, os cachos desgrenhados pelo sono.

"Qual o nome dele?" Hel quis saber após decidir que já passara uma quantidade de tempo suficiente encarando o irmão caçula. O fato de ele ser um lobo não parecia perturbá-la em nada.

Afinal de contas, a garota tinha pernas de carne morta. Angrboda lembrou a si própria que, mesmo antes de Hel falar, era preciso algo incrível para surpreendê-la.

"Fenrir", respondeu Angrboda.

"'Habitante do pântano'?", indagou Loki com uma careta. "Mas por quê?"

"Apenas gosto da forma como soa. Você não gosta?"

"Bem, acho que sim..."

"Orelhas peludas", disse Hel, esticando-se para tocar a cabeça do irmão com a mãozinha imunda, fazendo uso de uma gentileza que não seria comum para uma criança daquela idade. "E nariz molhado. Por que ele decidiu se parecer desse jeito?"

Os pais da menina apenas se entreolharam. Em algum momento, Loki enfim colocou Hel para dormir outra vez. Àquela altura, já amanhecia, e Fenrir já havia adormecido aninhado no peito de Angrboda. Loki jogou os cobertores sujos do lado de fora da caverna e se sentou atrás da bruxa, com uma perna de cada lado dela. Então recostou a cabeça no ombro da esposa, correndo as mãos para cima e para baixo nos seus braços, sem dizer nada.

"Hel tem razão", falou Angrboda com suavidade para ele. "Mesmo que Fenrir não tenha decidido. Ele é um lobo, certo, mas... acima de tudo, ele é um gigante como nós, apenas em forma de lobo. Me pergunto se ele teve algum controle sobre isso."

"Metamorfose espontânea dentro do útero?", indagou Loki, passando os braços em volta da bruxa e sorrindo. "Creio termos atingido um novo nível de esquisitice. Mas você não me falou uma vez que, no passado, talvez tenha dado à luz outros lobos e que apenas não se lembrava?"

"É o que me pergunto." Angrboda se virou o máximo que pôde e olhou para o marido. "Você *está* chateado?"

"Não. Lobos são interessantes, e as pessoas têm medo deles. Será emocionante ter um filho que é um lobo. Talvez possamos treiná-lo para comer aqueles de quem não gostamos."

"*Loki.*"

"*Boda.*"

"Você não vai treinar nosso filho para devorar ninguém."

"Escuto esse seu tom irritante, mas não ouço as palavras que você diz."

"Nada de comer gente", repetiu Angrboda, cansada, recostando-se nele. Loki beijou o seu ombro.

"Não posso fazer promessas em nome do nosso filho."

Durante o resto do inverno e a primavera seguinte, tornou-se evidente que Fenrir se desenvolvia entre o ritmo de um filhote real de lobo e o de uma criança típica. Ele abriu os olhos após apenas alguns dias, e eram da mesma cor verde dos de Loki, sem deixar dúvidas quanto ao parentesco. Ele também desmamou depois de poucos meses, o que foi ótimo para Angrboda, pois, ao contrário de Hel, Fenrir a mordia durante a amamentação.

Angrboda entendeu que a filha havia sido um tipo raro de criança. De fato, Fenrir parecia totalmente desprovido de empatia — o que muitas vezes o colocava em conflito com a irmã, que parecia sentir tudo em excesso, ainda que o semblante relaxado da menina demonstrasse indiferença.

Quando Fenrir ainda mal tinha um ano, a sua cabeça estava na altura do joelho de Loki. Aquilo levou Angrboda a concluir que o caçula não pararia de crescer sob nenhuma perspectiva imaginável. O filho já tinha a boca cheia de dentes afiados e gostava de roer ossos. Ainda assim, Angrboda ponderava se algum dia ele seria capaz de falar e *como* isso seria possível. Ela também refletia sobre o comentário de Loki na noite em que o filho nascera, a respeito de "metamorfose espontânea no útero", refletindo se Fenrir *realmente* havia herdado a natureza mutante do pai. Mas, até o momento, Fenrir não exibira tais habilidades. Ele apenas havia nascido lobo.

Na época em que Fenrir completou 2 anos, a sua cabeça já batia quase nos quadris de Angrboda, embora ainda tivesse a aparência de um filhote de cachorro que crescera demais. A partir dessa idade, ele saía e voltava com a própria comida, que não dividia nem com a mãe nem com a irmã — o que Angrboda achava bom, pois as suas armadilhas só conseguiam capturar um número limitado de caça.

A única coisa positiva que aconteceu foi que Fenrir aprendeu a falar, embora não em voz alta como Hel. Em vez disso, a voz dele aparecia na cabeça dos outros. Era uma voz fininha, de criança, e ele falava pouco e sobre coisas simples, como a comida, o clima e as cabras.

Mas, desde o primeiro momento em que Angrboda ouviu a palavra "mamãe" — a voz infantil soando confiante na sua cabeça — e se virou para dar de cara com Fenrir olhando para ela e abanando o rabo, a bruxa sentiu esperança, sorriu e abraçou o filho. Tinha *esperança*, apesar do fato de ele costumar morder tanto ela quanto Hel por nenhum motivo aparente.

Fenrir parecia estar pelo menos tentando controlar os instintos animalescos e ficava frustrado quando não conseguia, o que o deixava ainda mais agressivo. Angrboda desejava imensamente poder ajudá-lo, mas não sabia como. Ela desejava *ter sido* — ou pelo menos que *se lembrasse* de ter sido — a bruxa que criara os lobos que perseguiam o sol e a lua ou então que pudesse encontrar essa velha mulher para lhe pedir conselhos.

Em vez disso, ela recorreu aos conselhos do marido. Mas como Loki permanecia indo e vindo entre Asgard e o Bosque de Ferro, ele achava a ferocidade do filho divertida em vez de problemática. Ele não precisava lidar com Fenrir todos os dias.

"Esqueça os seus feitiços bobos; você estará segura o suficiente aqui com um *lobo de guarda*. Vai ser ótimo", falou ele certo dia. "Ainda acho que devíamos treiná-lo para devorar gente."

"Não", respondeu Angrboda.

"Mas ele quer devorar gente! Ele *adoraria* devorar gente. Não é verdade, Fenrir?"

Sim! O lobo abanou o rabo com entusiasmo, a língua pendurada para fora da boca.

"Viu? Excelente", disse Loki. "Nós apenas precisamos mantê-lo longe das cabras. Hel ficará de coração partido caso ele devore uma delas."

"Não ajudou em nada o fato de você ter nomeado as cabras", murmurou Angrboda. "Ela está muito apegada agora que todas têm nome."

Loki apenas sorriu com aquilo. Ele havia começado a chamar as cabras pelo nome dos Aesir, o que muitas vezes não correspondia ao sexo biológico dos animais. Fizera isso com o único propósito de narrar histórias sobre os deuses, das quais, na opinião da bruxa, apenas algumas eram de fato engraçadas.

Como esperado, Hel se mantinha tão apaixonada pelo pai quanto da primeira vez em que o vira. Às vezes, Angrboda tinha a sensação de que Hel era o único motivo pelo qual Loki voltava ao Bosque de Ferro, ainda que o marido jurasse não ser verdade. Mesmo assim, existia pouca coisa que Angrboda *não estivesse disposta* a tolerar para ver a filha com um sorriso no rosto e ao alcance da vista: Hel havia começado a vagar pela clareira com Loki e as cabras, e às vezes sozinha, apesar dos protestos da mãe. Foi então que Angrboda mostrou a eles os limites do encantamento que ocultava a casa, implorando para que não ultrapassassem as fronteiras do feitiço. Fenrir e Hel pareceram entender. Loki apenas respondeu com um sorriso torto.

Hel tinha 3 anos e meio agora e era tão ativa quanto qualquer criança deveria ser, embora parecesse se cansar com facilidade e ficar sem fôlego quando se esforçava demais. Certa vez, Loki fez a menina rir tanto que ela ficou sem conseguir respirar, e a ponta dos dedos ficou azul. Foi somente com uma das poções calmantes da bruxa que Hel voltou ao normal.

"Você precisa parar de deixá-la tão agitada", disparou Angrboda após o incidente.

"Está querendo dizer que preciso parar de ser tão engraçado?", respondeu Loki, sereno. "Improvável. Mas, pelo bem da nossa filha, vou tentar."

Angrboda costurou para Hel um par de meias compridas e grossas para usar sob os vestidos — não para esconder as pernas, mas para garantir que a pomada por baixo não acabasse saindo. Àquela altura, Angrboda havia aperfeiçoado a receita, e a carne das pernas de Hel seguia crescendo *junto* da menina, ainda que azulada e morta. Angrboda não sabia o que pensar daquilo, mas atribuiu o feito à esperteza da sua bruxaria.

Fazer isso deu à bruxa a sensação de orgulho, ainda mais considerando o tanto de tempo que se recriminava pela condição da filha.

Após o nascimento de Fenrir, Angrboda decidiu que já era hora de adicionar uma nova poção ao seu repertório: um contraceptivo. Ela não fazia ideia de como seria criar um lobo e, com Hel e Fenrir tão próximos em idade, não tinha o menor desejo de adicionar uma terceira criança à mistura tão cedo. Loki pareceu concordar com o plano, embora tenha deixado perfeitamente claro que aquilo não o afetava em nada — de qualquer forma, eles ainda se deitavam juntos quase todas as noites durante as suas estadias no Bosque de Ferro. Angrboda tentava não se deixar incomodar demais pela atitude do marido, mas falhava na maior parte do tempo.

Skadi avisou que tal poção provavelmente não venderia tão bem quanto o unguento curativo e os inibidores de fome que ela normalmente comercializava. A giganta explicou o que Angrboda já sabia: a maior parte das mulheres dos Nove Mundos queria o máximo possível de filhos. Ainda assim, Skadi concordou em trocar as poções contraceptivas, aqui e ali, para quem as desejasse.

"Tem certeza de que você não é a velha bruxa das histórias?", provocara Skadi da primeira vez em que tinha posto os olhos em Fenrir, quando ele ainda era apenas uma bolinha diminuta de pelos. "Tem certeza de que sua prole de lobos não está perseguindo o sol e a lua?"

"Não", respondera Angrboda. "Quer dizer, não tenho. Não, não tenho certeza."

Por acaso, Skadi tinha afinidade com lobos, algo que se tornou mais aparente à medida que Fenrir crescia. Ele era sempre o primeiro a ouvi-la chegar, disparando para recebê-la. Angrboda até deixava que ele fosse caçar com Skadi, desde que permanecessem nos limites do feitiço, que agora tanto Skadi quanto Gerda também conheciam. No momento em que retornavam, o filho-lobo da bruxa incitava lutas com a Caçadora, assim como faria com um companheiro filhote, e Skadi ria e entrava na brincadeira — no fim das contas, eles formavam um bom par.

Quando tais comoções ocorriam, Hel ficava observando a cena com a mesma expressão impassível que lhe era habitual, e às vezes Angrboda flagrava Skadi contemplando a menina como se estivesse vendo alguém conhecido.

A cada dia Hel se parece mais com o pai, pensava Angrboda com frequência, pois tinha certeza de que Skadi percebia a mesma coisa. Ela se perguntava quantas vezes Skadi encontrava Loki em Asgard, imaginava quando a amiga faria a conexão entre Hel e Loki e entre Loki e ela mesma. E, naturalmente, não pela primeira vez, Angrboda se perguntou como o comportamento do marido em Asgard diferia do seu comportamento no Bosque de Ferro.

"E eu já conheci todos esses seus rostos?"

"Receio que não."

Na sua mente, Angrboda via aquele sorriso, via a escuridão espreitando por trás dos olhos de Loki naquela noite — apenas uma noite de verão entre as muitas que passaram juntos, e ainda assim ela se recordava com nitidez daquela noite como a que plantara a semente da dúvida na sua alma: o olhar que Loki oferecera depois de chamar o casamento deles de "arranjo", perguntando por quanto tempo "seriam capazes de continuar com isso". E ele dissera aquelas coisas com a filha recém-nascida dormindo feliz a poucos metros de distância.

Parte de Angrboda havia superado a conversa, trancando-a no fundo da mente, onde poderia acessá-la apenas nos momentos mais sombrios. Mas outra parte da bruxa ainda não conseguia perdoá-lo.

Aquela também fora a primeira noite em que ela falara para Loki sobre os sonhos — os sonhos que continuavam a atormentá-la mesmo agora, ainda que não tivesse sucumbido ao cântico, ainda que não tivesse permitido ser arrancada do corpo. Cada noite que passava dormindo deixava os cânticos mais fortes, até que começou a sentir medo de pegar no sono, temendo que um dia fosse ceder às exigências de quem cantava e permitir ser levada.

E se ela *fosse* levada, o que aconteceria? Angrboda não queria descobrir. Pois, quanto mais o tal canto tentava atraí-la, mais familiaridade sentia e mais fortemente suspeitava se tratar de Odin disfarçado.

E, se aquele homem queria algo dela, Angrboda não desistiria sem lutar, mesmo que ele tentasse obrigá-la. Sobretudo porque temia que nada de bom resultaria caso Odin obtivesse o conhecimento perigoso que desejava. Era Angrboda a única que *podia* acessá-lo ou a única que ele não se preocupava em machucar a fim de satisfazer os seus objetivos? Seria Odin ainda incapaz de fazer isso sozinho nas suas viagens com o *seid*? Teriam Freya e as Nornes se recusado a ajudá-lo ou ele apenas não estava disposto a colocá-las em risco?

Eu me recuso a fazer o seu trabalho sujo. O coração três vezes incinerado da bruxa estava decidido a esse respeito. *Não depois do que os deuses fizeram comigo.*

Foi em uma noite insone no início do verão, por volta da época em que Hel tinha 4 anos, e Fenrir 2 anos e meio, que Angrboda se esqueceu de tomar a poção contraceptiva e, em poucos dias, teve a sensação de que o estrago já estava feito. Ao permanecer acordada à noite, com Loki cochilando por cima dela, Angrboda se lembrou das palavras de Skadi anos antes, falando sobre deixar o marido *usá-la*. A bruxa quase sentiu vontade de chorar.

Em vez disso, lançou um olhar para a cama onde Hel dormia. Fenrir estava encolhido no chão — Hel se recusava a dividir a cama com o irmão sem que a mãe estivesse presente. Angrboda sentiu um impulso de empurrar Loki para longe e subir na cama com os filhos para que um deles não precisasse dormir no chão, mas ela não queria acordar nenhum deles, então permaneceu onde estava.

Ela correu a mão pelo cabelo de Loki. Ele se mexeu, mas seguiu adormecido, respirando contra o seu pescoço e com a testa pressionada na sua bochecha, babando no seu ombro. Angrboda desceu a mão até o próprio abdômen e a deixou ali, por cima da pele solta e das estrias, consequências de ter carregado os dois primeiros filhos. A bruxa se perguntou que tipo de criança ela traria ao mundo daquela vez.

E, para a sua angústia, a pergunta veio embrulhada não em entusiasmo, mas em temor.

Loki foi embora pouco tempo depois, e Angrboda não voltou a vê-lo durante muitas voltas da lua. Foi o período mais longo que ele permaneceu afastado do Bosque de Ferro desde que Hel nascera. A cada dia que passava, Angrboda encontrava Hel mais deprimida e Fenrir mais irrequieto, entocado dentro de casa.

Por causa disso, a bruxa se via cada vez mais furiosa com Loki. Ela, sozinha, precisava lutar contra a ferocidade do filho e o desespero da filha. E não conseguia nem mesmo dormir, pois, nos sonhos, lutava contra os cânticos.

Ela também batalhava contra o próprio corpo — a falta de descanso a fatigava, e parecia que, assim como quando estava grávida de Fenrir, a nova criança dentro dela não queria crescer do jeito que um bebê humano faria. Mesmo após quatro ou cinco meses de gravidez, a bruxa ainda vomitava a maior parte do que comia. Fenrir não fazia perguntas, mas Hel estava assustada com a doença da mãe, e por isso Angrboda fazia o melhor que podia para disfarçar os sintomas.

Novamente, porém, ela não foi capaz de esconder a condição de Skadi — que, é claro, continuava lhe fazendo visitas para trocar mercadorias e, cada vez com mais frequência, apenas para conversar. Skadi admitia que não ligava muito para crianças, mas que os filhos de Angrboda eram uma exceção. Além de permitir que Fenrir a acompanhasse nas caçadas, Skadi levava Hel para a floresta em diversas ocasiões, mostrando à menina como montar uma armadilha.

"Pronta para ir, pequenina?", perguntava Skadi sempre antes de partirem, e Hel apenas assentia, dando um leve sorriso enquanto prendia às costas o cesto infantil que Skadi trouxera para ela no primeiro passeio que fizeram juntas. Durante as longas ausências de Loki, a giganta havia se tornado uma espécie de segunda mãe para Hel e a única a poder chamá-la de "pequenina". Ainda que de fato fosse uma criança pequena, Hel não gostava de ser lembrada desse fato e fervia de raiva sempre que Angrboda tentava chamá-la por qualquer diminutivo.

Montar armadilhas com Skadi fazia a menina se sentir adulta, ainda que Angrboda duvidasse de que tivesse apreço pela tarefa.

"Foi assim que o meu pai me ensinou", falou Skadi para Angrboda certa noite, depois que a dupla voltou para casa com dois coelhos e um esquilo, nos quais Hel se recusava a tocar. "Ela pode ser contrária à ideia de matar animais, mas..."

"Ela ainda é uma criança", disse Angrboda. "Os animais são os seus amigos mais preciosos. Ela não se importa de comer carne, mas não quer nem pensar de onde veio." Hel ainda virava a cara com desgosto sempre que a mãe precisava esfolar um coelho para o jantar.

"É verdade, mas os animais também são comida", respondeu Skadi.

"Se ela pudesse escolher, sobreviveria inteiramente à base dos bolos de aveia que o pai traz para ela", murmurou Angrboda antes de conseguir se conter — ela sabia que não devia mencionar o marido na presença de Skadi. Fenrir e Hel podiam não conhecer Loki como outra coisa além de "papai", mas a bruxa temia o dia em que um deles deixaria escapar o nome do pai durante uma das visitas da Caçadora. Angrboda tinha a sensação de que alertá-los sobre aquilo apenas faria com que esse dia chegasse mais cedo, já que não ficaria nada surpresa caso qualquer um dos filhos de Loki resolvesse desobedecer-lhe de propósito. A insistência para que permanecessem dentro dos limites do feitiço de proteção parecia ser o único aviso vindo dela que as crianças levavam a sério — e talvez fosse apenas porque Skadi também era bastante rígida sobre isso ao levá-los à floresta.

A bruxa se remexeu, desconfortável, desejando não ter mencionado Loki, ainda que não pelo nome. Felizmente, Skadi apenas revirou os olhos e, pelo menos daquela vez, não pressionou Angrboda sobre o assunto.

"Seja como for", disse a Caçadora, "a verdade é que montar armadilhas é uma habilidade útil para quem não deseja caçar. Além disso, você não desperdiça nenhuma parte do animal. A criatura nos entrega a sua vida, e nós a valorizamos. Hel ainda é muito pequena para entender isso, mas vai compreender um dia."

Angrboda cedeu ao argumento.

"Existe outra coisa incomodando você", observou Skadi após algum tempo.

"Está tão óbvio assim?"

"Há quanto tempo ele foi embora dessa vez?"

"Desde o início do verão", respondeu Angrboda com um suspiro. Pelo visto, elas teriam aquela conversa no fim das contas.

"E o que ele está *fazendo*?"

Angrboda encarou a sua caneca de leite de cabra, perguntando-se por quanto tempo seria capaz de manter o conteúdo no estômago.

"O que ele bem entender."

"Ainda pretendo matar esse homem", falou Skadi de modo exaltado, a mão apertando a própria caneca. "Um dia eu o mato."

"Você não fará nada disso."

"Não posso prometer", disse Skadi, oferecendo-lhe um olhar severo enquanto terminava a cerveja. Logo depois, sem que as duas trocassem muitas palavras além disso, a giganta foi embora.

Então, em uma noite chuvosa no meio do outono, quando as crianças já estavam dormindo e Angrboda se sentou na cadeira em frente ao fogo para desfazer as tranças e desembaraçar o cabelo após um longo dia, ela ouviu a porta abrir e fechar. A bruxa contraiu o maxilar, apertou o manto de peles sobre o corpo e se inclinou para colocar mais lenha na lareira, determinada a não cumprimentar Loki de modo caloroso.

Ele não merecia tanto.

"Uma estação inteira se passou desde que vi você pela última vez", comentou ela.

"Por que tem essa coisa verde em cima da mesa?"Ele quis saber, jogando a capa no banco. Ambos falavam em voz baixa, pois as crianças estavam dormindo.

A expressão de Angrboda endureceu conforme ela se levantou e caminhou até ele. Loki parecia o mesmo de sempre.

"Devo ter me esquecido de limpar. Preparei pela manhã. Fenrir estava mordendo e assustando as cabras. Quando Hel gritou com ele, Fenrir mordeu o braço da irmã e não quis soltar. Levei o resto da tarde para fazer com que Hel parasse de chorar."

"Ah...", disse Loki, virando-se para olhar na direção da cama. "Ela está bem?"

"Não. Ela não está. A mordida é profunda e vai deixar cicatrizes muito piores que as suas. Ela ficou histérica por uma hora inteira e depois apagou. O rosto e a ponta dos dedos ficaram azuis. Achei que ela realmente fosse morrer. Você sabe como ela se cansa com facilidade..."

Loki se sentou no banco e se encostou na mesa, apoiando os cotovelos e descansando o tornozelo por cima do joelho oposto.

"Suponho que valha a pena ter uma mãe bruxa. E uma esposa também."

Angrboda fez uma careta e pegou a capa de Loki a fim de deixá-la secando junto ao fogo, murmurando:

"Uma beleza de esposa mesmo."

"O que foi agora?" Loki puxou Angrboda para o colo quando ela retornou, mas a bruxa apenas lhe dirigiu um olhar fulminante. "Você está com raiva de mim *de novo*?"

"Você ficou fora por tempo demais dessa vez."

"Sigyn teve outro bebê. Eu não podia fugir logo depois. Trouxe um presente para você." De algum bolso invisível, ele retirou um colar de contas de âmbar polidas. "Pensei que pudesse usá-lo entre os seus broches se tivesse algum. Também posso trazer alguns broches para você da próxima vez se quiser fazer um vestido com avental para usar junto."

"Acho broches e vestidos com avental pouco práticos quando se precisa cuidar da casa e correr atrás de crianças", respondeu Angrboda. *Tal vestimenta se adequa melhor a mulheres de mais estirpe, como aquelas em Asgard.*

"Então as contas servirão como um belo colar para você."

Angrboda se inclinou para depositar as contas na mesa e disse:

"Obrigada. Mas isso não compensa o fato de que você *demorou demais*."

"Veja, me desculpe", murmurou Loki. Ele se inclinou para beijá-la, mas a bruxa se afastou, e Loki franziu a testa e ficou olhando para ela durante alguns segundos. "Ainda está brava por causa de Sigyn? Isso foi eras atrás. Se quer ficar com raiva disso, Boda, saiba que já perdeu há muito o momento certo."

"Não se trata de Sigyn", respondeu Angrboda, entredentes. *Já tenho o bastante com que me preocupar para perder tempo armando um esquema de vingança — sem dúvidas fadado ao fracasso — contra a outra esposa do meu marido. Embora eu tenha certeza de que Loki iria adorar me ver metida em tal empreendimento só por causa dele.* "Trata-se das suas responsabilidades como pai."

"E como marido?", perguntou ele.

"Hel está sofrendo sem você."

"E Fenrir?"

"Nem tanto."

Loki abaixou ainda mais a voz.

"Ele é selvagem, não é?"

"Não é", respondeu Angrboda com frieza. "Você não liga para ele e depois o acusa de selvageria? Devia se envergonhar."

"Ele é um *lobo*. E você disse que ele mordeu Hel. Parece selvagem para mim."

"Por acaso alguma vez já falou com ele?"

"É claro que sim. Ele é inteligente, mas..."

"Mas ele está *tentando*." A bruxa ficou de pé, acrescentando em um sussurro áspero: "O que é mais do que se pode dizer de gente da sua laia. O que há de tão bom em Asgard, afinal de contas, além da oportunidade de aprontar e contar mentiras para um público mais amplo?".

"Quando foi que menti para você?" Loki também se levantou, raivoso, os lábios cheios de cicatrizes se retorcendo em um sorriso de escárnio. "Diga uma vez."

"Você sempre fala que vai voltar logo. E então passa uma estação inteira longe."

"Talvez eu deva lembrá-la de que o tempo não é um grande problema para nós."

"Ele é quando se tem dois filhos pequenos precisando do pai."

"Também tenho dois filhos pequenos em Asgard. E uma esposa."

"Então me diga: você mente para Sigyn sobre o seu paradeiro?"

"Nem sequer uma vez", vociferou Loki. "Nunca menti para Sigyn sobre para onde vou. Falei uma vez para você que ela tem mais consideração por mim do que você, e isso nunca me soou tão verdadeiro. E, no entanto, ela sempre parece mais amargurada durante as minhas ausências, enquanto você tem sido indiferente até agora."

"Não é indiferença, meu amor. Não posso permitir que as crianças me vejam chorando por você assim como elas. Caso contrário, nós três estaríamos em um estado constante de tristeza. Isso não ajudaria em nada."

Loki pareceu achar graça.

"E ainda assim você *chora* por mim? Que tipo de mulher é você, então, para ficar sentada e me deixar fazer o que quiser?"

Angrboda lutou contra uma onda de raiva. Ela precisava se afastar de Loki antes que desse um tapa no seu rosto bajulador.

"Skadi já me fez essa pergunta em mais de uma ocasião. Ela me acha covarde, embora não admita. Ela acha que é um sinal de fraqueza que eu não saiba controlar você da mesma forma secreta e sutil com que uma esposa controla o marido."

"E o que você responde para ela?"

"Que você é o que é, e que eu aceito isso. Não é a mesma coisa que ser fraca." Angrboda cruzou os braços, encarando o fogo. "Ou ao menos espero que não, pelo meu próprio bem."

"Você não é fraca", disse Loki, aproximando-se por trás dela e enlaçando sua cintura, apoiando a cabeça no ombro da bruxa.

Angrboda mal reprimiu um suspiro.

"Você foi queimada três vezes e teve o coração apunhalado", murmurou ele contra o seu pescoço, "e ainda está de pé. E você me recebeu na sua casa e na sua cama durante anos, sem reclamar de nada até agora."

"Até as crianças."

"É. Até elas." Loki a soltou de repente, voltando a se sentar e passando a encarar o próprio colo, onde as mãos tremiam. Ele agarrou os joelhos para contê-las. "Não sei por que faço as coisas que faço. Não consigo evitar."

"É da sua natureza agir assim." Percebendo o gesto, Angrboda sentou-se ao lado dele e tomou as mãos de Loki entre as suas. "Eu me pergunto se mais alguém entende isso da mesma forma que eu."

"Os Aesir não entendem. Apenas Sigyn tenta entender. Acho que, se eu pedisse, ela me perdoaria por qualquer coisa, mas não quero fazer isso. Ela *confia em mim* para não mentir para ela." Ele fez uma careta. "Às vezes me pergunto se a confiança dela é em vão."

Um instante se passou, no qual Angrboda sentiu algo não muito diferente de empatia pela outra mulher.

"Conheço bem essa sensação."

Então Loki olhou para ela, e a sua expressão parecia mais suave à luz do fogo.

"E, mesmo assim, vocês duas continuam ao meu lado. Por quê?"

Angrboda pensou por um momento. Havia muitas coisas que ela poderia dizer: que Loki era o pai dos seus filhos, que ela o amava apesar de todo bom senso e que sabia que ele também a amava. Poderia dizer que, se Loki apenas *ficasse* com ela, a bruxa estaria contente em permanecer nos seus braços pelo tempo que ele quisesse — o que seria até a manhã seguinte ou por toda a eternidade. Era difícil saber quando se tratava de Loki.

E, no entanto, depois de todo aquele tempo, Angrboda não tinha certeza se aquilo pertencia à lista de razões pelas quais o amava tanto ou se, em vez disso, era um motivo para odiá-lo.

Mas, como acabaram ambos mudando de assunto da última vez em que haviam conversado sobre isso, ela preferiu responder:

"Isso não significa que eu não continue zangada, mas foi você, afinal, quem devolveu o meu coração."

"Humm", disse ele. "Pelo menos pude fazer algo certo por você."

"Bem... Fico me perguntando isso às vezes."

"Perguntando se foi certo ou não eu tê-lo devolvido?"

O silêncio da bruxa foi toda a resposta de que ele precisava.

"Venha", disse ele, por fim. "Vamos para a cama."

A tempestade tinha recomeçado, mas, dentro da caverna e apesar dos acontecimentos da noite, havia uma espécie de calmaria. Hel e Fenrir não tinham acordado com a conversa, e os pais sentiam-se gratos por isso.

Talvez tivesse sido resultado da discussão, mas Angrboda descobriu que o seu papel naquela noite não seria servir de travesseiro — em vez disso, ela se acomodou do seu lado da cama, e Loki fez o mesmo por trás dela e estendeu um cobertor de lã sobre os dois.

Antes de adormecer, ele passou a mão por cima da esposa, apoiando-se na protuberância inchada do seu ventre.

"Está pequena de novo. Acha que vai ser outro lobo?"

"Não sei", murmurou Angrboda, descansando a mão sobre a do marido. Loki beijou a sua testa e recostou a cabeça ao lado dela, enterrando o rosto no seu cabelo. E, pela primeira vez em tempos recentes, ouvindo as batidas do seu coração junto ao coração de Loki, Angrboda foi dormir.

Porém, ela não continuou adormecida por muito tempo.

A bruxa foi atraída pela voz.

As palavras a empurraram para baixo, para baixo e para baixo, rumo ao lugar mais profundo e escuro onde já estivera: um lugar tão vazio quanto os primórdios dos mundos, o início dos tempos.

Ela não tinha mais uma forma. Estava espalhada, a própria alma difundida como as ondas de um curso d'água, por todos os mundos, como a própria Árvore do Mundo. Por um instante, ela soube de tudo. Fazia parte de tudo.

E também podia enxergar tudo de onde estava.

Angrboda engasgou e se sentou depressa, tremendo violentamente, ofegante, coberta de suor frio. O fogo ainda não havia morrido por completo. Loki, que ainda dormia com os braços ao redor da esposa, também acordou.

Ele perguntou o que havia de errado, afastou o cabelo do rosto da bruxa, tentou abraçá-la. Ela o empurrou para longe. Nada a acalmava.

"O que aconteceu?", perguntou ele, de novo e de novo, até que a bruxa o encarou por fim, lutando contra as lágrimas. A expressão preocupada de Loki se transformou em alarme.

"Eu sei quem é", falou ela, a voz soando morta aos próprios ouvidos. "O homem nos meus sonhos. Sei o que ele quer. Eu vi." Ela soltou um suspiro profundo e trêmulo. "É Odin. Tem de ser."

Loki se aproximou da esposa, franzindo a testa.

"O que você viu?"

Angrboda balançou a cabeça e respirou fundo, trêmula, puxando os joelhos contra o peito e encarando as próprias pernas.

"Mas o que foi que você *viu*?", pressionou Loki.

"Vi como o fim começa." Enquanto as palavras saíam, a voz dela parecia um sussurro. "Vi tudo nos Nove Mundos. Vi os Aesir, os gigantes, as sombras, os anões e os homens. Vi a Yggdrasil e o dragão que masca as suas raízes. Vi um lobo tão grande que as suas mandíbulas podiam engolir exércitos inteiros, e também uma serpente enorme saindo da água. Vi o sol e a lua escurecendo conforme os lobos que perseguiam os astros finalmente engoliam a sua presa e vi um navio tripulado por almas mortas. Vi tantos rostos que não consigo me lembrar de todos, tantos nomes que não sei quais importam, tantos acontecimentos que nem consigo começar a ordená-los..."

Ela parou de forma abrupta e pressionou os lábios. Havia algo mais também. Mas Angrboda percebeu que não tinha coragem de descrever aquilo para Loki.

O marido estendeu a mão para tocá-la no ombro, mas desistiu quando Angrboda ergueu as mãos e agarrou o próprio cabelo. Em vez disso, ele foi para trás dela e a trouxe para o colo, onde a bruxa se encostou, tremendo. Loki empurrou as mechas de Angrboda por cima de um dos ombros e beijou o outro, abraçando-a.

Mas ele não soou tão seguro ao dizer:

"Foi apenas um sonho, Boda. Só isso."

"Eu gostaria tanto de acreditar nisso", murmurou ela. "Não contei nada para ele. Ele vai voltar. Ele vai voltar..."

Loki não respondeu, apenas beijou de novo o seu ombro, e Angrboda sentia a respiração dele e os lábios com cicatrizes na sua pele, mas aquilo não lhe trouxe conforto.

Os dois permaneceram sentados daquele jeito por um tempo, até que Loki se levantou para alimentar o fogo e conseguiu persuadi-la a se deitar de lado junto a ele, assim como haviam feito antes. Mas mesmo com os braços do marido ao seu redor, Angrboda temia que nunca mais fosse dormir.

Ele me arrastou e fez com que eu viajasse ao lugar mais oculto do cosmos, rumo àquela visão horrível do futuro, mas ele não conseguiu o que veio buscar. Não contei nada para ele.

E havia também coisas que ela escondera de Loki — coisas que não tinha coragem de dizer. *Coisas que ele não gostaria de saber.* Três coisas em particular.

A primeira era que o lobo que a bruxa vira — a enorme besta com hálito de fogo na mandíbula dentada — tinha olhos verdes e era surpreendentemente familiar, o que fez Angrboda estudar o próprio caçula, um filhote grande demais, que dormia de forma pacífica ao pé da cama.

Não pode ser... pode?

A segunda coisa era a morte. Tanta morte — foi nessa parte que ela se afastou, bem no final, para que não precisasse ver como tudo terminava. Ela não queria saber. *Bem, se realmente é Odin quem está me ordenando a acessar essas informações* — e ela agora tinha certeza de que era —, *então ele* quer *saber como vai morrer.*

E a terceira...

Angrboda rolou na cama com cuidado a fim de olhar para Loki. O marido se mexeu, mas não acordou. Ela passou a mão pela boca cheia de cicatrizes, roçou o nariz no dele e fechou os olhos.

Vi você liderar um navio cheio de almas mortas na batalha contra os deuses, ela quis dizer a ele. *Mas como algo assim poderia acontecer? Os mortos não obedecem a ninguém, e você se considera um dos Aesir...*

No sonho, foi ainda pior da segunda vez em que viu o rosto de Loki, e a memória fez o seu estômago embrulhar.

Vi você amarrado.

Não consigo lembrar o que você havia feito, ou mesmo se um dia cheguei a saber, mas você estava sendo punido por isso.

E você sentia dor. Sentia muita dor.

O que vai fazer para merecer tal coisa, Loki, e como posso impedi-lo?

Mas, de alguma forma, Angrboda sabia que não competia a ela se envolver naqueles acontecimentos, pois, no sonho, Loki não estava sozinho: havia uma mulher que o acompanhava enquanto ele permanecia amarrado — uma mulher que ela reconheceu claramente, de alguma forma, como sendo Sigyn. Mesmo agora que o rosto da mulher desvanecia da sua memória, Angrboda se lembrava das emoções que observara nela:

infelicidade, até mesmo luto. Braços estendidos, segurando uma tigela junto a Loki para aparar o veneno da serpente presa acima dele, as lágrimas descendo pela sua face a cada vez que a mulher precisava mover a tigela para esvaziá-la.

Na sua mente, Angrboda ainda ouvia os gritos de Loki conforme o veneno queimava seu rosto. E, no entanto, era Sigyn ao lado dele, a imagem da perfeita lealdade.

Mas eu nunca deixaria você sofrer desse jeito. O que me impediria de libertá-lo de tal destino?

O que acontecerá comigo, conosco, *para me impedir de estar também junto a você?*

Angrboda puxou o cobertor novamente sobre eles e se aninhou ainda mais nos braços do marido, sentindo o calor da pele dele contra a sua. Trovões estouravam lá fora, mas Loki não acordava. A bruxa invejou como ele se parecia sereno ao dormir — o único momento em que ficava *mesmo* em paz. E, no entanto, Loki não tinha ciência da mulher que agora o abraçava com tanta força, tão relutante em soltá-lo.

De fato, Loki não fazia ideia do quão seguro estava com Angrboda ao seu lado.

Uma parte da bruxa sabia que as coisas entre eles não durariam para sempre, pois para sempre era um tempo bastante longo, e o seu marido se entediava com facilidade. Ainda assim, a pergunta continuava a corroê-la:

Onde estarei quando esse terrível destino alcançar você?

Depois daquela noite, Loki pareceu hesitante em partir outra vez, fosse lá por quanto tempo. Hel e Fenrir haviam transbordado de alegria ao vê-lo na manhã seguinte ao sonho de Angrboda. Eles também pareciam não desejar perdê-lo de vista.

Angrboda passou os dias seguintes inquieta, sem conseguir articular as razões para isso. A princípio, ela suspeitou que fosse por causa da visão, mas sabia que parte de seu mal-estar vinha da gravidez. Não podia deixar de se perguntar qual forma o próximo bebê assumiria, e aquilo a preocupava.

A bruxa estava misturando poções, certa tarde, sob o olhar atento de Hel — que se dividia constantemente entre a mãe e o pai — quando Skadi e Gerda apareceram. Naquela hora, Loki estava brincando de cabo de guerra no chão com Fenrir, usando um osso grande como corda. Aquilo resultou no enorme filhote arrastando o pai pela caverna, até que, por fim, o lobo parou junto à porta. *Papai, Skadi está aqui — e tem alguém com ela!*

Angrboda ficou tensa, e ela e o marido trocaram olhares. Dois segundos depois, houve uma batida na porta, e Loki, ainda sentado no chão, largou o osso para que Fenrir o pegasse. Em seguida, ele se arrastou até a entrada da caverna e estendeu a mão para alcançar a maçaneta.

"Loki, não...", começou Angrboda.

"O quê? Não tenho medo dela", disse ele, e abriu a porta para dar de cara com Skadi. Hel gritou de alegria e correu para a giganta, Fenrir logo atrás — os dois passaram empurrando o pai ainda sentado, que pareceu ofendido.

Mas não mais ofendido do que Skadi, que ergueu a menina nos braços e acariciou a cabeça do filhote de lobo sem desviar a atenção dos olhos de Loki.

"O que *você* está fazendo aqui?", demandou ela.

Loki apontou por cima do ombro com o polegar e disse:

"Somos casados." Em seguida, saltou de pé uma fração de segundo antes de a bota de Skadi descer a fim de esmagar os seus testículos no chão.

"Ei!", choramingou Hel. "Deixe o meu papai em paz!"

"*Isso aqui?*", disse Skadi, ignorando a criança e gesticulando freneticamente para Loki. Ela encarou Angrboda com fúria. "Você é casada com *isso aqui*? Esse traste horroroso é o seu marido, pai dos seus filhos e amor da sua vida e por aí vai?"

"'Vida' é um conceito vago depois que a pessoa renasce três vezes do fogo", respondeu Angrboda, deixando as poções de lado. "É provável que 'amor da minha existência' seja um termo mais correto."

"Ahhh, e eu que pensava que você me tinha em *tão* baixa conta", falou Loki. Ele caminhou até a bruxa e fez uma verdadeira cena ao passar o braço em volta dela e beijá-la na testa.

Angrboda revirou os olhos e deu uma cotovelada brincalhona nele. Depois se virou para Skadi, que começava a tremer de raiva de verdade.

"Podem entrar, vocês duas, e compartilhar uma bebida conosco. Podem ficar para o almoço também se quiserem. Está congelando aí fora."

"Estamos bem cientes disso", falou Gerda, abaixando o capuz e passando por Skadi. "Ficaríamos muito gratas. Obrigada."

Para surpresa de Angrboda, Fenrir trotou até a donzela e depositou o osso aos seus pés, balançando o rabo com timidez. *Oi.*

"Ora, olá." Gerda não hesitou em se abaixar e dar um tapinha na cabeça do lobo. Fenrir lambeu o seu rosto, e a giganta sorriu e fez carinho atrás das suas orelhas.

"Em Asgard, eu poderia tê-lo castrado em nove ocasiões diferentes, Trapaceiro, se soubesse que era você o marido inútil da minha querida amiga", provocou Skadi, com um sorriso zombeteiro enquanto Loki se jogava em um dos bancos à mesa. Ela se sentou no banco de frente para ele e pôs Hel ao seu lado. Gerda serviu uma caneca de cerveja para cada um e seguiu de imediato para perto de Angrboda, desejando se manter fora daquele conflito em particular.

Loki devolveu o sorriso de escárnio para a Caçadora.

"Bem, você obviamente estava mal informada, já que as minhas bolas continuam onde deveriam estar. Fico surpreso que ninguém tenha tentado ainda cortar *as suas*."

"Ela merece coisa melhor do que você", disse Skadi, exaltada. "Qualquer uma merece."

"Gerda, quer me ajudar a preparar o almoço?", perguntou Angrboda com um ar cansado.

Gerda assentiu e ficou de pé em um salto, e as duas foram esfolar coelhos na entrada da caverna. Apesar de tudo que Angrboda poderia criticar na garota, ao menos ela era prestativa.

"As suas cicatrizes parecem ainda mais nojentas olhando de perto. Quase tão nojentas quanto o que sai da sua boca", dizia Skadi para Loki nesse meio-tempo.

"As minhas cicatrizes são *deslumbrantes*. Não tenho culpa por você ter mau gosto."

"*Pff*. Se tenho mau gosto, então *você* nem gosto tem."

"Por que insulta a minha esposa desse jeito?"

"Dizer que você não tem gosto não é um insulto para..."

"Ah, mas é sim. Você sabe, eu sinto o gosto dela o tempo todo. Aposto que você adoraria dizer o mesmo."

Angrboda se virou e ergueu as sobrancelhas para Loki. Depois olhou para Skadi, cujo rosto havia ficado muito vermelho.

"Não seja obsceno, Loki", falou Angrboda, interpretando o gesto da amiga como constrangimento.

Skadi manteve os olhos em Loki e disse, um pouco alto demais:

"Que tal sentir o gosto do meu punho garganta abaixo?"

"Não, obrigado", respondeu Loki, tão casualmente quanto alguém que recusa uma rodada de bebida. "Fazendo ameaças na frente das crianças, Skadi? Que tipo de *deusa* você é?"

"Ou, melhor ainda, que tal experimentar a minha faca de caça?" Skadi o ignorou e retirou a dita faca da bainha no cinto — do comprimento de seu antebraço e afiada como uma navalha —, espetando a lâmina no tampo da mesa. "Como acha que será o gosto *dela*, Trapaceiro?"

"Sem graça", respondeu Loki, observando com cautela a faca trêmula. "Não muito diferente do seu punho — ou de você inteira, por sinal."

"Parem com isso, vocês dois", gritou Angrboda para eles, mas ninguém lhe deu ouvidos.

"O que me faz lembrar", disse Skadi, enquanto Angrboda juntava os pedaços de coelho picado em uma tigela, "suponho que você não saiba da vida dupla que ele leva em Asgard, não é?" Ela lançou um olhar de esguelha para Hel, que escutava a conversa com muita atenção, os olhos verdes arregalados de um jeito cômico.

"Sim, eu sei", respondeu Angrboda, dando à amiga um olhar significativo. "Sei de tudo."

Skadi a encarou.

"Você... sabe?"

"E não foi o que acabei de dizer?" Angrboda se virou e percebeu que Gerda também a encarava. Mas a jovem desviou os olhos depressa, indo se ocupar em juntar todas as cartilagens de coelho em uma panela a fim de despejá-las mais tarde do lado de fora. Fenrir enfiou a cabeça na panela e tratou de devorar todo o seu conteúdo sem nem pestanejar.

"Se você sabe, então como pode suportar algo assim?", Skadi quis saber, recuperada da surpresa. Mas então, alguns instantes depois, ela se levantou devagar e perguntou: "Você está se sentindo bem? Está pálida".

"Estou bem", respondeu Angrboda, sem fôlego, com uma das mãos apoiada na pequena protuberância no seu ventre. "Não se preocupe."

Do outro lado da mesa, Loki franziu a testa e se levantou.

"Ela não anda dormindo bem."

"Ela nunca dorme bem, ou praticamente nem dorme, pelo que me conta. Mas não é de se admirar que você não tenha percebido."

"Para a sua informação, eu *percebi*, e isso me preocupa."

"Ah, certo. Porque você é um marido de qualidade."

"*Quietos*, vocês dois. Por favor." De repente, Angrboda sentiu uma onda de tontura e cambaleou. Segundos depois, os seus joelhos cederam. Skadi saltou para a frente e a aparou antes que atingisse o chão. A bruxa não conseguia ficar de pé, mesmo com Skadi tentando levantá-la.

De novo não, pensou Angrboda, fechando os olhos com força enquanto Skadi passava a mão sob os seus joelhos e a erguia, acomodando-a como se a bruxa fosse uma criança.

"Como pode já estar na hora com o bebê ainda tão pequeno?", perguntou Skadi, o pânico transparecendo na voz.

Pequeno, mas vivo. Angrboda manteve os olhos fechados ao sentir a criança se contorcendo dentro dela. A bruxa não entrou em pânico como quando pensara ter perdido Hel ainda no ventre. Fenrir, assim como aquele bebê, estivera bastante vivo quando ela entrara em trabalho de parto.

"Também não achávamos que Fenrir sobreviveria, e ela só o carregou por seis meses", falou Loki. Ele reuniu todas as peles e cobertores da cama e os colocou em uma pilha no chão em frente ao fogo.

"Foi menos tempo com essa criança", disse Angrboda, sem forças.

"Coloque Angrboda aqui, Skadi. Vou deixá-la confortável. Vá buscar um pouco de água no riacho." Loki apontou para a pilha que acabara de arrumar enquanto revirava os fundos da caverna e voltava com dois baldes e uma braçada de panos.

"Não me diga o que fazer", respondeu Skadi, mas colocou Angrboda sobre as peles mesmo assim.

Loki empurrou os baldes para ela no instante em que a Caçadora se levantou, e os dois ficaram se encarando por alguns segundos.

Angrboda puxou a barra da túnica de Skadi.

"Faça o que ele diz. Por favor. Não há tempo."

Skadi baixou os olhos para a amiga, em dúvida, mas pegou os baldes e voltou a encarar Loki.

"Estou disposta a fingir que você não é tão inútil quanto eu pensava."

Loki a encarou com frieza, demonstrando uma intensidade que Angrboda nunca tinha visto emanar do marido. Até Skadi recuou um pouco.

"E eu estou disposto", disse ele, com toda a seriedade, "a tomar essa sua concessão e arquivá-la junto às coisas com as quais não me importo, pois minha esposa está prestes a dar à luz." No instante em que Skadi abriu a boca para retrucar, ele acrescentou, gélido: "Você realmente não vai querer discutir comigo agora".

Skadi deu as costas para ele e saiu pisando firme, sem dizer mais uma palavra. Quando Loki se virou para Gerda, a garota falou depressa:

"Vou levar as crianças lá para fora." Hel havia começado a chorar, agarrando-se à perna de Gerda, enquanto Fenrir se escondia atrás da jovem e emitia um lamento agudo.

"Mantenha-os ocupados e *longe* daqui", exclamou Loki conforme Gerda conduzia a menina e o lobo pela porta. Alguns minutos depois, Hel voltou correndo e atirou os braços ao redor do pai, chorando. Ele abraçou a filha por um momento antes de fazê-la dar meia-volta, dizendo: "Por que você não vai contar para Gerda sobre as cabras e todas as coisas bobas que elas fazem? Mamãe vai ficar bem."

"Ela vai ficar bem", disse Skadi, entrando na caverna logo depois de Hel, carregando dois baldes cheios d'água. Ela os despejou no caldeirão sobre o fogo, pôs os baldes de lado e se agachou para ficar na altura da menina, suavizando a preocupação no próprio rosto a fim de oferecer um sorriso tranquilizador à criança. "E eu também gostaria de ouvir sobre essas cabras. Você vem comigo para deixarmos que a mamãe e o papai tenham um tempo a sós?"

O trabalho de parto terminou antes do anoitecer, mas, àquela altura, Angrboda não tinha forças nem mesmo para se sentar. Em vez disso, caiu para trás nos cobertores que Loki havia empilhado para ela e perguntou com a voz pesada, o peito arfando:

"E então? O que é?"

"Não tenho certeza", falou Loki, olhando sabe-se lá o que Angrboda tinha acabado de expulsar do corpo. Havia pouca sujeira e nenhuma placenta, mas não parecia ser aquilo que o incomodava.

"Como... como você não tem certeza?", perguntou Angrboda, lutando para se erguer e conseguir enxergar melhor o recém-nascido.

"Bem, está dentro de uma espécie de saco de algum tipo... Mas... o quê?" Em seguida, ele gritou e pulou para trás, com os olhos arregalados.

"O quê? O que há de errado?"

A pergunta foi respondida quando Angrboda sentiu algo subir deslizando pela sua perna, e, como não tinha energia de saltar para longe, ela se viu diante de uma pequena cobra que a encarava do topo do seu joelho — observando-a com os mesmos olhos verdes do pai, do irmão e da irmã, as íris brilhando contra o verde-escuro das suas escamas. Quando Angrboda riu de surpresa, a cobra guinchou e caiu no seu colo.

A cobra tinha quase o comprimento do braço de Angrboda, mas a largura de apenas dois dedos. Assim como Fenrir, o recém-nascido era maior do que a versão animal cuja forma correspondente ele havia assumido, mas menor do que Hel era quando nascera. Angrboda o segurou no colo e o aninhou, então a língua bifurcada do bebê roçou a sua bochecha. Ele tinha apenas um dente, que usara para abrir caminho pela bolsa em que havia nascido.

"Primeiro uma menina meio morta, depois um lobo, agora uma cobra", disse Loki. "Parece que os nossos filhos vão ficando cada vez menos normais. Nesse ritmo, o próximo será apenas uma gosma molenga com olhos."

"O que um bebê-cobra come?", perguntou-se Angrboda em voz alta.

"Não faço ideia." Loki foi se sentar ao lado da esposa, e os dois encararam o bebê-cobra, que agora contemplava o pai enquanto ondulava a língua com curiosidade. Assim como Fenrir, ele tinha um olhar de inteligência.

Um olhar que não apenas era familiar porque se parecia com o do pai, mas também porque Angrboda *já o vira antes*.

Na sua visão do fim dos mundos. *A grande serpente surgindo por entre as ondas...* Ela baixou os olhos para a pequena criatura no seu colo, que a espiava com tamanha inocência. *Não. Não pode ser... Não pode...*

"Boda?", Loki a chamou, esfregando a porção inferior das suas costas. "Você está bem?"

Angrboda saiu do devaneio. *Ridículo. No que estou pensando?*

"Estou, é claro", respondeu ela. A bruxa forçou um sorriso. "Como vamos chamá-lo? É a sua vez de escolher um nome."

Loki refletiu por um momento e estendeu o braço. A cobra deslizou para ele de modo tão desajeitado quanto um bebê arriscando os primeiros passos.

"Jormungand", falou Loki.

"Nós *não vamos* chamar o nosso filho de 'pedaço de pau mágico e incrivelmente poderoso'."

"Sim, nós vamos. É um nome ótimo. É *assim* que se inventa nomes, Boda. Basta sair grudando um monte de palavras umas nas outras até que signifiquem alguma coisa. Além disso, o nome dele não precisa ser tão deprimente quanto o seu. Não é mesmo, Jormungand?" A cobra se esfregou no queixo dele, e Loki sorriu, triunfante. "Viu?"

"Retiro o que disse no dia em que nos conhecemos. É *você* a *me* proclamar as tristezas", falou Angrboda. "E também retiro o que disse sobre você ter jeito com as palavras."

"Tenho jeito para inventar ótimos nomes para o meu bebê-cobra se é isso o que prefere dizer ao meu respeito."

"Tem *muitas coisas* que eu preferiria dizer ao seu respeito", murmurou Angrboda.

"Talvez ele goste de carne." Loki se esticou para alcançar uma tigela próxima e tirou de lá um pedaço de coelho, que Jormungand observou com curiosidade antes de deslocar a mandíbula a fim de engoli-lo direto da mão do pai. Mas o pedaço era grande demais para ele, por isso Loki retirou a faca de caça de Skadi do tampo da mesa e cortou a carne em porções menores e depois as ofereceu outra vez ao filho.

Dessa vez, Jormungand conseguiu abocanhar a carne, embora tenha demorado algum tempo para engolir. Em seguida, a serpente deslizou e foi se enrolar de volta no colo da mãe. Após empurrar os cobertores sujos para o lado e ajudar Angrboda a subir na cama, Loki falou para Gerda e Skadi que trouxessem as crianças de volta.

As duas mulheres se despediram deles pouco tempo depois, apesar das tentativas de Angrboda de fazer as amigas passarem a noite.

"Você tem um novo bebê", justificou Gerda, acenando. "Não queremos dar trabalho." No entanto, Skadi parecia indecisa, oferecendo um olhar significativo para Angrboda quando Loki estava de costas. A bruxa devolveu o olhar como se dissesse: *está tudo bem — pode ir*. E assim Skadi partiu.

Hel parecia impassível pelo fato de o seu segundo irmão ser um animal — talvez estivesse muito cheia e cansada para se importar, uma vez que o seu almoço tinha consistido em carne-seca da despensa, que Skadi a deixara comer até se fartar, e leite de cabra. Fenrir havia capturado alguns coelhos por conta própria para o jantar e, da sua parte, parecia desapontado que Jormungand não fosse outro lobo com o qual pudesse brincar.

Mais tarde, quando Angrboda e as crianças se amontoaram na cama, Hel veio se aninhar junto à mãe e passou o dedo sobre a cicatriz no seu peito, assim como costumava fazer ainda bebê, mas sem tirar os olhos da cobra enrolada sobre a barriga da bruxa. Na outra mão, a menina segurava a estatueta de lobo que Loki fizera para ela pouco depois da primogênita nascer. O brinquedo estava gasto e cheio de marcas de dente, mas Hel o amava mesmo assim e passara a esconder a estatueta pela caverna a fim de mantê-la em segurança. Angrboda a encontrava com frequência enfiada sob alguma pilha de peles quando trocava a roupa de cama.

A menina sussurrou:

"Mamãe, por que ele escolheu ser uma cobra?"

"Talvez logo, logo ele seja capaz de lhe contar", murmurou Angrboda em resposta, beijando a filha na testa. Um lampejo da grande serpente da sua visão brotou na memória de Angrboda feito um raio, e a bruxa o dispensou com a mesma rapidez.

Ela sabia que em breve chegaria o momento no qual teria de processar o que havia visto — tanto a serpente quanto o lobo, pois não era uma coincidência muito grande que agora tivesse não apenas um, mas dois filhos com a mesma forma das criaturas na sua visão? E então precisaria aceitar o que aquilo tudo significava para ela e para a sua pequena família.

Mas, naquela noite, ela só queria ser feliz.

Loki foi o último a ir para a cama, pois estivera cuidando do fogo e certificando-se de que duraria. Ele se deitou colado a Angrboda, de frente para ela e para as crianças, com o cotovelo dobrado e a cabeça apoiada na mão.

"Ele é encantador", disse Loki, contemplando Jormungand. "À sua maneira. Fico me perguntando se ele vai falar como Fenrir. Fico me perguntando se ele vai ganhar presas enormes e devorar pessoas. Seria incrível, não seria?"

Mais uma vez, Angrboda reprimiu as lembranças da visão e revirou os olhos em vez disso.

"De onde veio essa sua obsessão por devorar pessoas?"

"Tenho muitos inimigos. Por isso acho conveniente ter filhos que possam engolir uma pessoa inteira. E *aí* acabar com o problema."

"Às vezes", comentou a bruxa, seca, "eu gostaria que todos os nossos problemas pudessem se resolver com tanta facilidade na vida real quanto se resolvem na sua cabeça."

"Então somos dois", concordou Loki, puxando os cobertores sobre eles. Logo, todos haviam adormecido.

Loki não saiu muito durante aquele inverno, e Angrboda estava grata por isso — a estação foi longa e severa. Eles passavam a maior parte dos dias amontoados na cama com as crianças, sem querer desperdiçar muita energia se movimentando — ainda que os filhos parecessem não entender isso muito bem. Hel ainda desconfiava de Fenrir depois da mordida no braço dela, mas isso não impedia os dois irmãos mais velhos de correrem juntos pela caverna, gritando de alegria. E é claro que Loki os encorajava bastante para que ficassem cansados. Nos dias mais quentes, Jormungand deslizava para brincar com eles.

Em seguida, todos se jogavam outra vez na cama, e Loki lhes contava histórias enquanto Angrboda cochilava. Ela estava dormindo mais naquele inverno do que podia se lembrar e sabia que isso se devia em grande parte à presença do marido e dos filhos, que nunca ficavam a mais do que alguns metros de distância o tempo inteiro. Aquilo ajudava a fortalecer sua mente contra os cânticos, os quais a bruxa ainda podia sentir na periferia dos sonhos — ele parecia estar mantendo distância desde que quase a levara ao limite.

Como resultado, Angrboda havia apenas mergulhado a cabeça na visão antes de se afastar. Ela não havia submergido por completo, obtido todos os detalhes, contemplado o final amargo. E preferia manter as coisas daquele jeito.

Às vezes, quando Loki e Angrboda tinham certeza de que as crianças estavam dormindo, eles escapuliam e se deitavam perto do fogo. Na maior parte do tempo, estavam dormentes demais para fazer qualquer coisa além de se enrolarem um no outro e permanecerem sem dizer nada por algumas horas, ouvindo a neve cair e o vento soprar do lado de fora, escutando o crepitar do fogo, sentindo a quentura no rosto e nas mãos.

Não havia nada de especial em tais interações, mas a bruxa as valorizava mesmo assim. O tempo tinha pouco significado para ela antes da chegada das crianças e de Loki, mas os quatro haviam lhe trazido uma nova apreciação por aqueles pequenos momentos secretos que podiam parecer comuns para outras pessoas, mas que significavam cada vez mais para a bruxa sempre que ela os notava.

Jormungand passou a maior parte do inverno pendurado ao pescoço da mãe ou enrolado no seu peito, sugando o seu calor, e sem fazer muito mais que isso — quando não estava com ela ou próximo ao fogo, ficava letárgico. O caçula também não comia muito, mas, quando a primavera chegou, ele se tornou ativo e começou a crescer bastante. Jormungand também capturava comida sozinho na floresta, que estava ainda mais verde do que antes daquela primavera.

No início do verão, ele já era tão comprido quanto a altura do pai — o que, deve ser dito, era bastante longo de fato — e quase tão grosso quanto o pescoço de Angrboda. A bruxa suspeitava de que, se quisesse, Jormungand seria *mesmo* capaz de engolir uma pessoa inteira, ainda que, para o alívio dela, ele nunca tivesse tentado.

Ainda assim, ela ficava de olho — Hel seria o alvo mais fácil. Agora com 5 anos, a menina ainda era muito pequena. O cabelo preto e ondulado batia na cintura, e os olhos verdes pareciam enormes no rosto minúsculo e pálido. Ela era prestativa o bastante quando trabalhava no jardim com Angrboda, mas, fora isso, ficava perambulando pela clareira por puro tédio, manuseando o brinquedo de lobo para lá e para cá.

Jormungand ainda não começara a falar, mas, como tinha apenas 6 meses, Angrboda não estava muito preocupada. Às vezes, ele produzia sons na sua cabeça, mas apenas sílabas — nem mesmo o "mamãe", que fora a primeira palavra de Fenrir. Jormungand e o irmão lobo — cuja enorme cabeça de filhote agora batia no cotovelo de Angrboda — grunhiam, sibilavam e rosnavam um para o outro, mas de forma brincalhona, como fazem os irmãos.

Loki, é claro, servia apenas para incitá-los. Ele não havia se ausentado por mais do que um mês desde o fim do inverno. Angrboda ficava feliz por isso.

O cantor ainda mantinha distância. Ela fizera o melhor que podia para esquecer os horrores que tinha presenciado durante a visão daquela noite, mas se viu incapaz de bloquear o conhecimento de forma tão efetiva quanto desejava — a semelhança dos filhos com as criaturas que ela vira e a imagem do marido torturado sempre ficavam mais claras. Mas mesmo isso era empurrado para longe dos seus pensamentos quando Loki aparecia na porta da caverna, sorrindo, com uma nova história para contar. As crianças sempre corriam depressa para o pai, e ver o rosto do marido, ver os filhos felizes, deixava a bruxa contente.

Um dia, quando Loki e Hel estavam esparramados de bruços na grama da clareira, Angrboda entreouviu um trecho do que eles conversavam. A bruxa estava preparando o jantar, com Jormungand enrolado em sua cintura, a cabeça em seu ombro. Ele estava ficando muito pesado para ser carregado, mas ela não se importava.

"Não sei, Hel. Acho que Frigga tem a barba mais comprida." Foi o que ela ouviu Loki dizer.

"*Não*, papai. Ela é uma cabra *menina*. Ela não pode ter a barba mais longa", respondeu Hel, com toda a certeza de uma criança de 5 anos. "Odin tem a barba mais comprida, está vendo? Você disse que ele era o mais sábio de *todas* as cabras. *Isso* significa que ele tem a maior barba também."

"Acho que não. A de Frigga é mais comprida. Cabras meninas também têm barbas e chifres da mesma forma que os meninos."

"Bem, nesse caso, acho que Thor tem a barba mais comprida."

"Continuo achando que é Frigga."

"Bem, você está errado. Por que cabras meninas têm barbas e chifres?"

"Não tenho certeza, mas foi por isso que confundi tudo quando as nomeei. Você se lembra?"

"Mamãe disse que era porque você fazia coisas bestas."

"Ah, ela disse, é?"

"Disse. Ela falou que você fez de propósito porque é um idiota."

"Por que você está envenenando a mente da minha filha com essas mentiras perversas?", gritou Loki para o interior da caverna.

"Você não falou para Hel outro dia que as cicatrizes na sua boca vieram de uma briga com o esquilo que habita a Yggdrasil?", gritou Angrboda em resposta, e Jormungand encostou o topo da cabeça no queixo da mãe. Em geral, a bruxa interpretava aquilo como um sinal de que ele estava se divertindo.

"Foi uma luta verbal a princípio", contava Loki agora para Hel, pois Angrboda via da sua posição que a menina encarava o pai com um ar de suspeita. "E então o esquilo queria que eu parasse de falar, por isso atacou a minha boca com as suas pequenas garrinhas de esquilo." Loki dobrou os dedos em garra e fez cócegas na filha, e ela riu, gritou e rolou para longe dele.

Jormungand se desenrolou da mãe e foi deslizando se juntar a eles, o que fez com que Fenrir pulasse da sua posição encarapitada no alto da entrada da caverna para saltar no pai — e logo os quatro se dissolveram em uma massa estridente e contorcida. Por mais que Angrboda achasse a cena encantadora, ela lhes avisou que o almoço estava pronto, mas foi ignorada. A bruxa tentou mais duas vezes, obtendo o mesmo resultado. Então pegou um balde d'água, saiu da caverna e o despejou em cima deles.

"O almoço está pronto", disse ela, calma, antes de colocar o balde de lado. "Você está bem, Hel?"

A filha assentiu, sem fôlego. Por um momento, Angrboda vislumbrou uma pitada de azul nos lábios e na ponta dos dedos de Hel, mas a cor foi embora tão logo a garota se acalmou. Da sua parte, Hel parecia pouco se importar com aquela condição, mas Angrboda não podia evitar a preocupação. Ela supôs que devia ser o instinto materno.

"Fenrir, sacuda a água do corpo *antes* de entrar. Você também, Loki", falou ela para eles. Mas é claro que Loki esperou até estar bem na frente dela para sacudir o cabelo molhado no rosto da esposa, e Angrboda o golpeou com uma colher.

"Às vezes, sinto que estou criando quatro filhos em vez de três."

"Nós poderíamos *fazer* com que fossem quatro." Loki a agarrou pelos quadris e a puxou contra o próprio corpo.

À mesa, Hel deu uma risadinha antes de enfiar uma colherada de ensopado na boca. Fenrir e Jormungand estavam um de cada lado da irmã, mas, como já haviam enchido a barriga com suas respectivas caças mais cedo, nenhum deles comeu o ensopado — nem tinham qualquer vontade de comer algo que a mãe tivesse cozinhado, então Angrboda colocou um prato cheio de lascas de carne crua para que petiscassem.

Nenhum dos seus filhos tinha algo nem remotamente parecido com boas maneiras à mesa. Em geral, era menos enjoativo comer sem a presença deles, mas a bruxa não queria que os dois se sentissem excluídos.

"Mas só se for você a dar à luz dessa vez", falou Angrboda com brandura para Loki. "Então talvez não seja uma gosma molenga com olhos."

"Ou talvez seja, e aí terei de carregá-lo preso a uma faixa de pano."

"Você *ainda* carrega Hel em uma faixa de pano."

"É porque ela gosta mais de mim. Mas talvez essa gosma se torne tão grande que engula todos os Nove Mundos, e aí será o nosso fim."

"Está mesmo insinuando que os mundos vão acabar com um dos nossos filhos devorando tudo que existe?" Um arrepio subiu pela sua espinha, e Angrboda empurrou as lembranças da visão para o fundo da mente outra vez. Ela sabia que era melhor não lembrar ao marido sobre o que vira naquela noite, e, quando havia tentado contar para ele... bem, ela achava que não suportaria ser dispensada de novo, então manteve a boca fechada.

"Ainda acho que deveríamos treiná-los para devorar pessoas. Acho que Hel em particular seria muito boa nisso, mesmo com aquela boquinha. Veja como ela está devorando o almoço."

Angrboda o empurrou para fazer com que Loki se sentasse no banco.

"Por que não utiliza a sua boca *enorme* para outra coisa além de falar e come o seu almoço?"

"A minha boca é útil para muitas coisas além de..."

"E quantas vezes já pedi para não falar indecências na frente das crianças?", acrescentou a bruxa, porque ele ainda a segurava pelo quadril e Angrboda podia sentir um comentário grosseiro chegando.

"Acho que você me conhece muito bem", disse Loki, soltando-a. Depois, ele se virou e começou a fazer caretas para Hel, que riu com tanta vontade que quase se engasgou com a comida.

Por mais irritada que estivesse, Angrboda guardaria dias bons como aquele para sempre no coração, valorizando as memórias, pois algo lhe dizia que dias assim seriam poucos e fugazes.

Pouco depois daquele dia, Gerda apareceu à porta certa manhã, munida tanto de uma cesta de lã desfiada e sem tingimento quanto de um olhar de determinação que Angrboda nunca vira antes.

"Vim passar um tempo com Hel", falou Gerda como se não fosse nada. "Você diz que ela anda cansada de jardinagem, e a menina não pode se esforçar demais caminhando por aí. Então vou ensinar um ofício para que ela mantenha as mãos ocupadas. Eu a vi roendo aquele brinquedo de lobo que ela tem. Daqui a pouco não vai sobrar nada dele."

Angrboda deixou a jardinagem de lado e empurrou o seu chapéu de palha para trás a fim de enxergar Gerda com mais clareza. Depois olhou para Hel — que estava sentada com uma expressão triste, desenhando na lama com uma vareta enquanto os irmãos haviam saído para caçar — e depois para Gerda. A bruxa sem dúvida sabia costurar e tecer, mas não dava muita importância para isso.

"Por favor, fique à vontade", respondeu Angrboda, por fim. "O que você quer ensinar para ela?"

Gerda apenas sorriu.

"Posso arrastar um banco para o lado de fora?"

Angrboda assentiu. A giganta trouxe o banco e, em seguida, acenou para que Hel viesse se sentar ao lado dela. A menina arrastou os pés pela clareira e se aboletou junto à Gerda. Angrboda voltou a capinar o jardim, mas se manteve atenta à conversa.

"Chama-se *nalbinding*", explicou Gerda, retirando algo da sacola: um par de meias. Pareciam feitas do mesmo fio solto de lã que a mulher tinha na cesta, e uma das meias ainda estava inacabada. O fio preso a ela fora enfiado na maior agulha que Angrboda já vira, com metade da largura de um dedo e entalhada em madeira lisa.

"Que estranho", disse Hel, observando as meias. "Por que elas são tão grandes? São para um ogro?"

"Vou mergulhá-las na água e esfregar o tecido para deixar as fibras mais apertadas, de modo que a água mal possa entrar, e então elas ficarão no tamanho certo para uma pessoa. Está vendo?" A giganta voltou a enfiar a mão na sacola e retirou de lá uma luva tecida da mesma maneira, mas cuja costura parecia mais compacta — até mesmo sólida. Angrboda ficou impressionada.

Hel tomou a luva de Gerda e passou os dedinhos pela peça com curiosidade.

"Parece interessante. Gostei."

"É muito fácil", comentou Gerda com um sorriso. "Observe, você precisa apenas pegar este pedaço de lã aqui, enrolar no dedo e..."

Quando Gerda enfim foi embora naquela tarde, Hel havia se jogado com tanto fervor na tarefa que suas mãos não paravam quietas desde o instante em que a giganta lhe entregara a agulha e a lã. Angrboda agradeceu profusamente à mulher, ainda que parecesse um pouco cedo demais para fazê-lo — Hel não quis parar de trabalhar para comer e não se sentia tentada nem mesmo por bolos de aveia e mel.

"Você teceu um belo quadrado. O que isso deveria ser?", perguntou Angrboda mais tarde naquela noite, enquanto tentava levar todos para a cama. "Está na hora de dormir."

"Estou apenas *praticando*, mamãe", disse Hel. Relutante, a menina foi convencida a deixar a agulha e a lã de lado durante a noite. Embora Angrboda estivesse grata por Gerda ter dado a Hel algo para fazer, a bruxa temia que a amiga tivesse acabado de presentear a filha com uma nova obsessão.

Chegou um dia, no fim do verão, quando Loki já estava fora havia quase uma semana, em que Gerda apareceu para verificar o andamento do trabalho de Hel. Angrboda a convidou para passar a noite, de modo que a giganta não precisasse caminhar até sua casa no escuro. Ela aceitou de bom grado, pois já tinha medo de caminhar pelo Bosque de Ferro sozinha à luz do dia, quanto mais depois do pôr do sol.

Angrboda balançou a cabeça em compreensão, ainda que o Bosque de Ferro fosse seu lar havia muitos anos e ela se sentisse mais segura ali do que em qualquer outra região dos Nove Mundos. Ela ficava secretamente feliz por forasteiros ainda acharem o lugar assustador — significava que continuariam a deixá-la em paz. Aquilo era tudo que podia desejar.

"Faz duas semanas que não vejo Skadi", comentou Angrboda para Gerda. Era início da noite, e as duas mulheres estavam sentadas à mesa enquanto Fenrir e Jormungand brigavam na clareira, e Hel estava sentada na grama trabalhando no seu *nalbinding* aproveitando o que restava da luz do dia. "Já estou ficando quase sem cerveja."

"Andam dizendo em Jotunheim que algo está acontecendo em Asgard, ou pelo menos foi o que os meus pais ouviram. Talvez Skadi tenha sido chamada para o conselho; ela *faz parte* dos deuses agora, afinal de contas", disse Gerda. "Você pode perguntar o que está acontecendo para o seu marido quando ele voltar."

"Posso, mas quero saber o que está acontecendo *de verdade*. O que significa que provavelmente vou esperar para perguntar para Skadi em vez de Loki." *É provável que eu a veja primeiro, de todo modo.*

"Mas por quê?" Gerda quis saber.

Porque nunca sei quando ele está me contando a história toda, pensou Angrboda, mas preferiu responder:

"Loki tende a florear as coisas que conta. Skadi é muito mais direta nas narrativas."

"Por 'direta' você quer dizer 'enfadonha'?"

"Não, quero dizer *direta*. As histórias dela não são enfadonhas. Eu as ouvi durante um inverno inteiro e não fiquei entediada."

"As histórias dela são sempre sobre alvejar coisas e esquartejar pessoas. São histórias de homem."

"E o que são histórias de mulher, então?"

"Talvez as do tipo que o seu marido conta. Com gestos expansivos e tudo mais." Gerda pensou por um momento, mas, antes que Angrboda pudesse argumentar que histórias não precisavam necessariamente pertencer a um gênero, a amiga continuou: "Você fica incomodada pelo seu marido contar histórias de mulher? Ele *é* muito bonito, se me permite dizer, mas, considerando a vez em que eu o conheci e pelo que Skadi me conta... ele é um pouco esquisito".

Angrboda riu.

"Isso é um eufemismo."

"Sobre a beleza ou sobre ele ser peculiar?"

"Ambos."

"Por que está dizendo isso?"

Naquele instante, Angrboda ouviu o latido animado de Fenrir e o grito alegre de Hel. Alguns segundos depois, Loki apareceu na porta, carregando Hel em um braço —enquanto a menina se agarrava ao novelo de lã —, Jormungand enrolado no torso e Fenrir beliscando com empolgação os tornozelos do pai.

Loki usava um vestido e um véu, e Angrboda se debruçou por cima da própria tigela, quase se engasgando com uma risada diante daquela visão. Quando olhou para Gerda, viu que a boca da jovem estava escancarada, pingando ensopado sobre a mesa.

"É *por isso* que digo isso", falou ela para a amiga.

"Diz o quê?", perguntou Loki com inocência. Ele pôs Hel no chão e se desvencilhou de Jormungand, que saiu rastejando. A mais velha subiu na cama e retomou o *nalbinding*.

"Estávamos discutindo a sua masculinidade", respondeu Angrboda com o rosto sério, e Gerda cuspiu o pouco de ensopado que ainda restava na boca.

Loki olhou para o vestido e depois de volta para a esposa.

"Quer dizer o meu jeito masculino ou as minhas partes?"

"Estávamos conversando sobre o primeiro, mas provavelmente teríamos chegado ao segundo tópico mais cedo ou mais tarde", falou Angrboda, e Gerda ficou vermelha, dando tapinhas na cabeça de Fenrir para não precisar olhar para eles.

"Por que você sempre está tão disposta a falar sobre o que tem dentro da minha calça?", perguntou Loki. "Ou, no momento, sob o meu vestido."

Angrboda deu de ombros.

"É relevante para os meus interesses, considerando que você é pai dos meus filhos e tudo mais. Por que está vestido assim?"

"Sabe, essa deveria ter sido a primeira coisa a sair da sua boca: expressar alguma preocupação por ver o seu marido de vestido. Por que não está surpresa?"

"Não estou surpresa nem preocupada. Suspeito que seja apenas mais um dia na sua vida, meu amor. Embora, como falei, eu esteja curiosa para saber a história por trás disso tudo."

"Vocês dois sempre falam um com o outro dessa maneira?", perguntou Gerda em voz alta.

"Com certeza", disse Angrboda.

Loki ofereceu para Gerda o olhar mais doce que conseguiu produzir.

"Você se importaria de ficar de olho nesses três enquanto conto uma história para a minha esposa?"

"Não me importo nem um pouco", respondeu Gerda depressa, pois parecia ansiosa em não fazer mais parte daquela conversa.

"Não vamos demorar muito", falou Angrboda, dando um beijo de despedida nas crianças. Hel não esboçou a mínima reação, focada como estava no seu *nalbinding*, mas Jormungand mostrou afetuosamente a língua para ela.

Gerda estava ocupada coçando a barriga de Fenrir.

"Pretendo ajudar Hel com os bordados, então levem o tempo que precisarem", disse ela, e o casal partiu, com total intenção de fazer exatamente aquilo.

Loki levou Angrboda para a floresta que escurecia, e eles pararam perto de um riacho, que quase transbordava devido às chuvas de verão. Eles desceram tanto pelo terreno que ultrapassaram os limites do encanto protetor de Angrboda, mas, como eram somente os dois sem as crianças, ela disse a si mesma que estava tudo bem. Importava-se apenas com a sensação da sua mão na dele.

Quando estava prestes a perguntar outra vez sobre o vestido, Loki a puxou e a virou de lado, beijando-a como se não a visse havia muito tempo. Depois ele a tomou ali mesmo na margem gramada. Quando terminaram, suados e ofegates sob a lua cheia de verão, Angrboda se sentou e disse:

"Então, sobre esse seu vestido..."

"Ah!" Loki foi se sentar em uma grande rocha que se erguia do riacho. Angrboda foi para o lado dele, e o marido começou: "Então, certa manhã, Thor acordou e não conseguiu encontrar seu martelo, o Mjolnir".

"Como ele poderia ter perdido algo assim?"

"Thor não é exatamente o machado mais afiado de um arsenal. De qualquer forma, ele não conseguia encontrar o martelo e resolveu vir primeiro até mim, sabe-se lá por quê. Provavelmente pensando que eu o havia roubado."

"E você roubou?"

"Dessa vez, não! Bem, de qualquer maneira, Thor veio até mim, e nós decidimos que a culpa devia ser dos gigantes."

Angrboda franziu a testa.

"Essa foi a sua primeira conclusão lógica? O nosso povo?"

Loki abanou a mão.

"Não, não, veja, o martelo de Thor é usado quase que exclusivamente para matar gigantes. E ele não faz discriminações."

Observando a água logo abaixo, Angrboda permaneceu em silêncio e decidiu molhar os pés no riacho.

"Então falei que eu provavelmente deveria descobrir quem havia levado o martelo", continuou Loki, mergulhando também os pés na água. "Por isso fomos até Freya e pedimos a sua capa de falcão e..."

"Por qual motivo no mundo você precisaria da capa de falcão de Freya se é capaz de se transformar em pássaro por conta própria?"

Loki abriu a boca para responder, mas então fez uma pausa e deu de ombros.

"Foi porque você queria dificultar as coisas para ela?", arriscou Angrboda.

"Foi porque eu queria dificultar as coisas para ela", confirmou ele com prazer, "pois sei o quanto Freya detesta emprestar coisas. Mas ela me entregou a capa porque Thor pediu. Então voei até Jotunheim e encontrei esse gigante chamado Thrym, que afirmou ter roubado o martelo de Thor — sabe-se lá como — e disse que só o devolveria caso recebesse Freya como esposa. Voltei, e Thor me disse para não tirar a capa, pois, assim que eu me sentasse, já teria me esquecido de tudo..."

"Uma grande verdade, meu amor."

"Não é, *não*."

"Ah, é mesmo? Você lembra o que comeu no desjejum de hoje?"

"Eu tive um dia muito atribulado."

"Exatamente como pensei."

Loki fez uma careta para ela antes de continuar:

"Então eu contei a eles que Thrym estava com o martelo e que o trocaria por Freya, mas Freya recusou. O que foi bastante inconveniente para os deuses. Então eles convocaram um conselho para decidir o que fazer. E então Heimdall, o vigia, o meu arqui-inimigo..."

Angrboda ergueu as sobrancelhas.

"Você tem um arqui-inimigo?"

"Ele enxerga *tudo*, Boda. Ele é o que Odin seria caso decidisse ficar sentado para sempre na sua cadeira observando os Nove Mundos o tempo todo. Assim é Heimdall. Ele torna muito difícil andar escondido por Asgard. O que faço com frequência. Bem, de qualquer maneira, ele sugeriu que vestíssemos *Thor* como Freya e que o enviássemos para se casar com Thrym." Loki suspirou de forma melancólica. "Quem dera eu mesmo tivesse tido uma ideia tão brilhante."

"E Thor estava disposto a seguir com esse plano?"

"É claro que não. Ele disse que seria uma falha catastrófica de masculinidade, mas não com essas exatas palavras. Mas mandei que ele calasse a boca e fizesse aquilo logo de uma vez, e que eu iria acompanhá-lo como sua aia."

Angrboda bufou.

"E aí você colocou um vestido. Mas você é um metamorfo — já assumiu formas femininas antes, então por que simplesmente não se transformar em uma mulher?"

"Por que aí não teria *metade* da graça", respondeu Loki. "Então vestimos Thor e seguimos para Jotunheim, onde ele começou a agir como sempre, então tive que o acobertar. Aí, por fim, eles trouxeram o martelo como presente de casamento, Thor o pegou e matou todos os convidados."

Angrboda não disse nada.

"E foi assim que o filho de Odin recuperou o martelo", concluiu Loki, "e é também o motivo de eu estar usando um vestido. Isso foi no início da tarde, assim que voltamos a Asgard, vim para cá. Não é uma história ótima?"

"Ela termina com um salão cheio dos nossos parentes mortos", falou Angrboda em um tom sombrio.

Loki franziu a testa.

"Parentes? Aposto que não conhecíamos *nenhuma* daquelas pessoas. Eles eram dos piores tipos de gigante. Estúpidos, brutos, cruéis. Não são nossos parentes. Não são nossa família. Por que se importa com eles, afinal?"

Angrboda indicou os dois com um gesto.

"*Nós dois* somos gigantes. E, até onde sei, algumas dessas pessoas podem ter negociado com Skadi e Gerda ou podem ter sido salvas pelas minhas poções ou..."

"Ah, Skadi? Ela ficou *tão* furiosa quando descobriu que Thor havia matado todos no banquete... Estava prestes a marchar porta afora do salão quando Odin exigiu saber de que lado ela estava."

Angrboda não teve dificuldades para imaginar a cena.

"E o que foi que ela respondeu?"

"Não respondeu. E, acredite em mim, os Aesir acharam isso ainda mais preocupante. Mas Njord falou em nome dela, e por isso os deuses não lhe fizeram mal." Loki ergueu os olhos para a lua. "Ele explicou que Skadi é apenas muito apegada a esta terra e ao povo, por mais desagradáveis que alguns dos gigantes possam ser. Njord entende isso, pois ele sente o mesmo pelo mar. Talvez os dois não sejam uma combinação tão ruim no fim das contas."

Angrboda estava carrancuda, perdida em pensamentos. Loki deu uma olhada na sua expressão séria e mostrou a língua para a bruxa. Como resposta, ela o empurrou para a água e dobrou as pernas em direção ao peito para que ele não pudesse puxá-la junto.

Mas Loki não tentou fazer nada do tipo. Na verdade, ele nem mesmo voltou à superfície por instantes, e Angrboda estava honestamente começando a ficar preocupada com a possibilidade de que o marido tivesse se afogado quando ele apareceu, cuspindo um jato d'água na sua direção. Ela ergueu as mãos para bloquear os respingos e deu risada.

"Entre aqui", disse ele. O nível da água estava alto — batendo logo abaixo do osso da bacia, quando normalmente mal passava dos joelhos.

Angrboda escorregou para a água, sem tirar os olhos de Loki.

"Você vai aprontar alguma."

"Não, não vou", respondeu ele com inocência, e a bruxa balançou a cabeça.

Quando a esposa entrou por completo no riacho, Loki começou a espirrar água nela, rindo. Depois saltou à frente e a afundou, ao ver que gritava e recuava. No instante em que a bruxa voltou à superfície, Loki se abaixou bem a tempo de fugir do jato que ela tentou cuspir do mesmo modo que ele havia feito, então Angrboda espirrou água nele.

Em seguida, Loki a puxou para perto, e a bruxa passou a mão pela trilha fina de pelos no ventre do marido. Os lábios dele estavam no nível da testa dela, como sempre, e ele depositou um beijo bem ali.

"Já estamos vivos há um bom tempo", falou ele, de repente. "Quer dizer, mil anos atrás, nós já estávamos por aqui. Não como somos hoje, mas estávamos aqui. E, pelo menos para um punhado de deuses, algumas das suas formas já eram adoradas pelos humanos de Midgard mesmo naquela época, você não acha?"

Angrboda deu de ombros e depois assentiu.

"Isso te incomoda?"

"Um pouco", confessou Loki, afastando o cabelo comprido e molhado da bruxa do rosto dela. "É só que... Conheço você há tanto tempo, e ainda assim não parece tempo nenhum. Será que o resto dos nossos dias passará assim tão depressa? Será que vamos mudar de novo e de novo, como antes, ou será que estamos presos à forma que temos agora para sempre, porque mais pessoas conseguirão se lembrar de nós desse jeito?"

Angrboda não disse nada, inclinou a cabeça para observar Loki, e o nariz dele roçou no seu. A bruxa podia ver nos olhos do marido que aquilo o preocupava mais do que ele gostaria de admitir.

"O que eles pensarão de nós daqui a mil anos se as nossas histórias forem lembradas?", sussurrou ele. "Serei considerado o melhor entre os deuses, ou o pior?"

Ela segurou o rosto de Loki entre as mãos, passando o polegar pelos lábios arruinados.

"Não se preocupe com isso. Está fora do seu controle o que as pessoas pensarão de você daqui a mil anos. O que são mil anos para nós, afinal? Os humanos podem rezar para Odin, Thor e até mesmo para Skadi, mas todas essas pessoas vão morrer um dia, seja em batalha, de doença ou velhice. E então o que será dessas histórias de que você fala?"

"As pessoas morrem. As histórias continuam, na poesia e na música. Os relatos dos seus feitos. Dos seus deuses." Ele se afastou da bruxa, com raiva. "Por que não sou adorado como os demais? O que são os deuses se não forem cultuados? O que isso faz de mim? Reconhecido entre os deuses, mas não como *um deles. Nunca* como um deles."

"Isso é tudo que realmente importa para você?", indagou Angrboda. "Ser adorado e reconhecido? É realmente por isso que você faz as suas travessuras, só para ganhar atenção? Apenas para que as pessoas se lembrem de você em um futuro distante?"

"É melhor do que se esconder em uma caverna nas bordas do mundo, com medo de tudo", esbravejou Loki na cara da bruxa, as cicatrizes nos lábios retorcidas de desprezo. "Você não entende. Você *nunca* vai entender, porque tudo que eles lembrarão de você é o nome que deu a si mesma, Angrboda. Não saberão que já foi Gullveig, não saberão de mais nada. Conhecerão você apenas como a minha esposa e a mãe de monstros, porque você optou por não ser *nada além disso*."

Angrboda sentiu como se ele tivesse acabado de chutá-la no peito. Ela se perguntou o quanto o seu rosto estava vincado, porque a expressão cruel de Loki havia se dissolvido em um olhar de alarme.

"Eu não devia ter dito isso", falou ele, vacilante, estendendo a mão para tocar o braço de Angrboda. "Por favor..."

A voz da bruxa saiu muito calma quando ela se contorceu para se afastar. "Monstros?"

"Boda, eu..."

"*Monstros?*" Angrboda deu um tapa forte no rosto de Loki, saindo da água e colocando o vestido enquanto ele ainda cambaleava. "Você pode dizer o que quiser de mim. Mas deixe os nossos filhos *fora* disso..."

Mas então Angrboda escutou o uivo de Fenrir, e, alguns segundos depois, o lobo saltou do meio das árvores, Jormungand deslizando ao seu lado. A bruxa podia ouvir Gerda e Hel marchando pela vegetação rasteira, não muito distantes.

Mamãe, tem alguém aqui. Tem alguém na nossa floresta — posso ouvi-los, consigo sentir o cheiro deles, falou Fenrir para Angrboda, e ela o abraçou com força enquanto Jormungand roçava nos seus tornozelos.

Gerda e Hel apareceram um segundo depois, e a menina saltou para a mãe e se agarrou com força na sua cintura, choramingando.

"Vocês todos precisam voltar para trás da fronteira", disse Angrboda, sentindo uma apreensão crescente. Ela se esforçou para manter a voz calma. "*Agora*."

"Desculpa. *Desculpa*", falou Gerda, ofegante. "Todos saíram correndo de repente, chamou um atrás do outro. Tentei fazê-los voltar, mas..."

"Loki?", disse uma voz trêmula, e todos se viraram.

Das sombras do outro lado do riacho, surgiu uma mulher em um manto de penas. As roupas eram elegantes, como se ela tivesse acabado de sair de um banquete, e o cabelo cor de avelã estava preso e entremeado por fios de ouro.

Os olhos suaves e castanhos da mulher estavam enormes sob o luar, fixos diretamente na outra margem: nos filhos de Angrboda.

"O que você está fazendo aqui?", perguntou Loki para a recém-chegada, o pânico velado transparecendo no seu rosto.

"Eu me perdi", respondeu a mulher, desviando o olhar, devagar, das crianças para ele. "Segui você depois que deixou Asgard e peguei a capa de falcão de Freya emprestada. Eu só queria *saber*. Eu só queria finalmente ver por mim mesma. E agora parecia uma oportunidade tão boa quanto qualquer outra, com todos bêbados depois da vitória por recuperar o martelo de Thor. Todos, menos você." Ela deu alguns passos hesitantes. "Quem são... *eles*?"

Angrboda podia sentir Gerda se encolhendo para as sombras atrás dela, e seus braços se apertaram instintivamente ao redor dos filhos trêmulos.

Pois ela sabia quem era aquela mulher. Já a vira em sonho, e o rosto despertava imagens daquele pedaço de visão que tanto havia tentado bloquear: Loki amarrado. O tormento dele. A mulher ao seu lado.

A mulher que não era Angrboda.

"Quem *são* eles?", perguntou a mulher de novo.

Ainda no rio, Loki ergueu as mãos com as palmas para cima em sinal de rendição e deu um passo em direção a ela.

"Você sabe quem são. Contei a você sobre eles. Isso não é uma surpresa para ninguém."

Um instante de silêncio se passou, indicando o contrário.

"Sigyn", falou Loki para ela, "esta é Angrboda. E estes são os nossos filhos."

"Ela não sabe que também sou sua esposa?", indagou Angrboda em voz alta. "Você se refere a mim como tal, mas não me apresenta dessa forma?"

Loki estremeceu e olhou para a bruxa por cima do ombro.

"Ela sabe. Não menti para nenhuma de vocês. Essa é a verdade."

"Você não me contou sobre *a natureza* dos seus filhos", falou Sigyn, entredentes. "Acreditei que você estava sendo honesto comigo. Confiei em você para..."

Ela parecia assustada, e Angrboda não conseguiu evitar de perguntar, a voz alta, direta e fria:

"E *qual é* a natureza dos meus filhos?"

Sigyn se virou para ela como se a visse pela primeira vez. A sua expressão estava perfeitamente neutra, mas sabia que a mulher a avaliava.

A bruxa já tinha imaginado aquele encontro diversas vezes e sempre dissera a si mesma que, se um dia estivesse cara a cara com a outra esposa do marido — como tinha certeza de que aconteceria em algum momento —, levaria a situação com o máximo de graça e dignidade que pudesse reunir. Mas agora, naquele instante, Angrboda viu o próprio rosto se contorcer em desdém sob o escrutínio da outra mulher.

"E então?", insistiu a bruxa.

Diante daquele tom, o semblante de Sigyn se contorceu para espelhar o de Angrboda, e as duas se encararam em desprezo absoluto. Os filhos da bruxa perceberam a tensão de imediato e saíram em defesa da mãe: Fenrir deu um salto à frente, passando por Gerda, e rosnou, mostrando os dentes, e Jormungand sibilou e recuou como se estivesse prestes a dar o bote.

Aquilo pareceu influenciar o veredito final de Sigyn na direção do medo.

"Eles são selvagens", declarou ela, afastando-se da margem do rio. "Eles são... eles são *monstros*."

Angrboda enxergou tudo vermelho.

Em um instante, ela se livrou do aperto de ferro de Hel e se lançou para a água com a intenção de torcer o pescoço da mulher no outro lado do riacho, sem desejar outra coisa que não a rasgar em pedaços — mas Loki a agarrou pela cintura e a forçou a recuar de volta para a margem.

"Não faça isso", implorou ele. "Eu juro, ela não costuma ser desse jeito, está apenas assustada. Ela não sabe..."

"Tire as mãos de mim!", bradou Angrboda, debatendo-se. "Me *solte*, *me solte*! Não ouviu o que ela acabou de dizer?!"

Loki se encolheu, pois ele próprio dissera algo semelhante apenas alguns minutos antes.

"Você não entende..."

"*Já chega*", disse Angrboda. *Mãe de monstros*. As palavras dele eram imperdoáveis. Mas ouvir tal impressão sendo ecoada por uma estranha — por uma *deusa* — havia feito com que algo se rompesse dentro dela. Os dedos da bruxa se contraíam enquanto ela encarava a outra mulher, canalizando cada grama de fúria no seu coração.

Você chamou meus filhos de monstros...

Vou fazer você engolir essas palavras.

Ela fechou os olhos e ficou imóvel nos braços de Loki, vasculhando o fundo da mente em busca do lugar onde havia trancado todas as coisas aprendidas durante a visão do fim dos mundos. Quando o encontrou, a bruxa abriu a porta e deixou que o conhecimento fluísse através dela.

Com a cabeça baixa, a testa franzida e os olhos bem fechados, ela revirou tudo até encontrar o que estava procurando. E sorriu.

"Boda?", Loki a chamou com cautela. Ele afrouxou um pouco o aperto ao redor dela, mas não o suficiente para a bruxa se libertar caso quisesse atacar Sigyn outra vez. "Você está...?"

O cabelo molhado de Angrboda pendia do seu rosto, a cabeça ainda estava baixa e os olhos ainda fechados conforme ela se dirigia à mulher do outro lado do rio.

"Você pensa ter o direito de me julgar, de julgar os meus filhos, de julgar o meu *povo*", sibilou a bruxa. "Você e os seus deuses acreditam sempre ter direito sobre as coisas. Mas eu sei mais do que você... Então há algo que gostaria de compartilhar com você."

Angrboda jogou a cabeça para trás, e, ao abrir os olhos, suas pupilas e íris tornaram-se brancas, fazendo Sigyn arquejar e recuar um passo antes mesmo que a bruxa abrisse a boca.

E, quando Angrboda de fato falou, não foi apenas usando a própria voz — as palavras ecoaram em um sussurro rouco e profundo, a cacofonia dos mortos falando em uníssono ao seu lado.

"*Desespere-se, Sigyn*", falou a bruxa com aspereza, "*pois os seus deuses a abandonarão no fim.*"

"Loki", sussurrou Sigyn, "do que ela está falando?"

Loki havia soltado Angrboda e se afastado dela com a expressão confusa e preocupada. Mas então ele pareceu entender em um instante o que estava acontecendo — como se a memória do que a esposa havia contado sobre o *seid* tivesse voltado de repente. Ele agarrou a bruxa pelo braço e começou a sacudi-la.

"Pare com isso, Boda."

Ela o ignorou.

"Saber o futuro seria um fardo pesado demais." Era algo que Angrboda não desejaria a ninguém — ou melhor, a *quase* ninguém.

Mas, naquela noite, Sigyn havia se provado mais do que merecedora de tal fardo.

E, embora a bruxa soubesse o que estava por vir, resolveu compartilhar apenas um pedaço da profecia, e somente este:

"Os seus filhos sofrerão imensamente na mão dos deuses", entoou Angrboda, com a atenção ainda fixa em Sigyn. *"Deseja saber mais?"*

"Esse não é o caminho," falou Loki, chacoalhando-a com mais força. "Pare com isso!"

"Do que ela está falando, Loki?", perguntou Sigyn. "O que há de errado com ela? E por que os olhos dela estão assim?"

Angrboda ergueu a mão e apontou um dedo para a mulher, e Sigyn de repente guinchou e caiu de joelhos, enterrando as mãos no cabelo.

"Pare com isso *agora*... O que está fazendo com ela?", questionou Loki em um pânico crescente, segurando Angrboda pelos ombros, colocando-se entre as duas esposas. "Angrboda, por favor..."

Sigyn ainda chorava, mantinha os olhos fechados e balançava a cabeça como se o movimento pudesse fazer a visão ir embora.

"Não, não, não! Não quero ver, não quero saber!"

"Irmão matará irmão", entoou Angrboda, ignorando o marido por completo.

"Estou implorando a você." Loki parou de sacudi-la, mas manteve as mãos nos ombros dela enquanto se inclinava para baixo, sussurrando, pedindo: "Pare com isso".

Mas Angrboda continuou, sem prestar atenção.

Sigyn caiu encolhida no chão, soluçando.

"Faça com que isso pare... faça com que isso pare..."

"Angrboda, *pare!*". Uma nova voz se fez ouvir por trás de Sigyn.

O som fez com que Angrboda saísse abruptamente do transe e cambaleasse, recuperando o equilíbrio a tempo de ver Skadi emergindo por entre as árvores na margem oposta.

Por um momento, Skadi pareceu confusa, como se a cena não fosse o que ela esperava: Sigyn parecia ilesa, exceto por estar chorando baixinho, e tanto Angrboda quanto Loki estavam longe da mulher, de modo que era impossível que a tivessem machucado.

Não fisicamente, pelo menos.

Skadi se ajoelhou ao lado de Sigyn, sussurrou algumas palavras de conforto e ajudou a mulher a se levantar. Sigyn enxugou as lágrimas e começou a tremer violentamente, formando uma expressão que era uma mistura conflituosa de terror e vergonha.

"Está tudo bem com você?", perguntou Skadi para ela. Depois a giganta observou a outra margem do rio, vendo Gerda com as crianças e, por fim, Angrboda. A compreensão brotou no seu rosto. "Essa é... Sigyn, essa é a primeira vez que você encontra... as crianças?" *E a outra esposa* não precisou ser dito, pois aquela parte estava óbvia para todos os envolvidos.

Sigyn ergueu a cabeça e encarou Skadi com olhos magoados.

"Você *sabia*? Até você? E não pensou em me contar? Pensei que fosse minha *amiga*."

De repente, Angrboda sentiu um profundo vazio no peito, e o seu corpo ficou imóvel.

Determinada, Skadi olhou outra vez para o lado oposto do rio.

"Venha até aqui, seu cretino", disse ela chamando Loki com frieza enquanto mantinha Sigyn de pé em um aperto firme, "e leve a sua esposa para casa."

"Não me diga o que fazer", rosnou Loki, soltando Angrboda, que cambaleou para trás na margem gramada.

"Você *realmente* não vai querer discutir comigo agora", falou Skadi. A voz da giganta era baixa e perigosa, e, se não insinuava um assassinato, ao menos prometia um. "Você acabaria em pedaços."

O olhar de Loki era nada menos que odioso, tamanha a irritação por ver as próprias palavras sendo jogadas contra ele. Mas Loki se virou e olhou para Angrboda, que havia recuperado a compostura e agora o encarava sem nenhum remorso. Ele parecia prestes a dizer algo, prestes a repreendê-la, mas então a sua atenção a abandonou e foi parar em um ponto atrás dela, e ele arregalou os olhos.

Angrboda virou para ver o que ele estava olhando e arquejou ao lembrar: os filhos estavam presentes e tinham ficado ali durante toda aquela provação. Por um momento terrível, a bruxa achou que eles pudessem temê-la, que pudessem olhar para ela do mesmo jeito que Gerda olhava — repleta de medo, enojada, apavorada —, mas os olhos das crianças estavam fixos no pai. O rosto de Hel pingava catarro e lágrimas, e Fenrir e Jormungand encaravam Loki com algo não muito diferente de ressentimento.

Eles não estão incomodados pelo que fiz. Eles entendem os meus motivos.

Eles ouviram o que Sigyn falou.

Eles veem o pai indo com ela.

Ele partiu os seus corações.

Angrboda se colocou na frente dos filhos com os punhos cerrados ao lado do corpo. O seu vestido estava úmido na parte de cima, devido ao cabelo longo, e encharcado na parte de baixo por ela ter entrado no riacho. Ela encarou Loki na água com uma expressão maligna.

"Vá", disse ela.

"Boda..." Loki estendeu a mão para ela, impotente.

"*Vá*."

Então ele saiu do rio pelo outro lado, e Skadi retirou o próprio manto e o empurrou para Loki. Ele o vestiu a fim de cobrir a nudez e passou o braço de Sigyn por cima do ombro. A mulher fungou e se aninhou nos braços do marido.

"Eu vi Sigyn saindo atrás de você e resolvi deixar o banquete também, temendo o pior, já que ela estava com a capa", explicou Skadi para Loki em uma voz fria, mas tão baixa que Angrboda quase não a conseguiu ouvir.

"Parece que os seus medos eram justificados", respondeu ele em um tom correspondente.

"Se alguém perguntar, talvez eu volte esta noite. Talvez não." Skadi lançou um olhar para o outro lado do rio antes de agarrar Loki pelo colarinho. Ela era tão alta quanto ele, mas muito mais forte. "Se você se importa minimamente com Angrboda e com os seus filhos, não contará aos deuses onde estou. E não falará nada sobre esta noite."

Loki contraiu a mandíbula, mas assentiu. Ele olhou por cima do ombro, encarando Angrboda.

Ela foi a primeira a desviar o rosto. Em seguida, Loki e Sigyn desapareceram por entre as árvores.

Skadi atravessou o rio, e todos ficaram em silêncio por um momento. Angrboda sabia que as amigas deviam estar fervilhando com perguntas, mas estava grata por nenhuma das mulheres tê-las expressado naquele instante.

Por fim, ela disse, com a voz embargada:

"Skadi, Gerda, obrigada por esta noite. Mas eu gostaria de ficar sozinha com meus filhos neste momento. Vocês são bem-vindas para passar a noite na nossa casa, assim como prometi a Gerda, mas, se fizerem isso, nós quatro dormiremos do lado de fora."

"Angrboda", começou Gerda, tímida. Ela parecia menos assustada e mais preocupada agora. A jovem segurava o vestido com o qual Loki chegara e que depois havia sido deixado de lado, estendendo-o para Angrboda, para que a bruxa usasse o pano a fim de se secar. "Nós..."

Mas Skadi colocou a mão no ombro de Gerda e disse:

"Nós vamos dormir na clareira. Fique com a sua cama. Apenas precisaremos de algumas peles para deitar, só isso."

Angrboda se ajoelhou para pegar a filha no colo. Os braços de Hel se fecharam com força em torno do seu pescoço, e a menina fez o mesmo com as pernas na sua cintura. Ela chorava no cabelo úmido da mãe.

Em seguida, Angrboda pôs uma das mãos na cabeça de Fenrir e outra na de Jormungand e falou:

"Vamos para casa."

Skadi e Gerda se acomodaram na clareira conforme prometido, e, dentro da caverna, Angrboda trocou as roupas molhadas e foi se enrolar com as três crianças na cama. Hel estava agarrada a ela, com o rosto enterrado no seu peito, Fenrir pressionava o corpo contra a irmã e Jormungand rodeava todos eles, a cabeça descansando próxima às de Fenrir e Hel. Ele ainda não sabia falar, mas os olhos verdes estavam tristes.

"Ela disse que os meus irmãos são monstros", sussurrou Hel, apertando a estatueta de lobo, correndo os dedinhos nervosos pelas pontas desgastadas e roídas da figura. "Também sou um monstro, mamãe?"

"É claro que não. Nenhum de vocês é um monstro", falou a bruxa, beijando a testa da filha e penteando o cabelo preto. Jamais acreditem nisso."

Papai também disse isso. Ele mesmo falou que somos monstros, comentou Fenrir com melancolia.

"Ele não falou", disparou Hel. "Papai *nunca* diria algo assim."

Eu ouvi — ouvi papai dizendo com os meus próprios ouvidos!, choramingou Fenrir. *Mamãe, é verdade que você tem medo de tudo? É por isso que vivemos aqui sozinhos?*

Angrboda amaldiçoou em silêncio a audição aguçada do filho. *Se ele foi capaz de ouvir Sigyn se arrastando por entre as árvores, é claro que tinha ouvido parte da nossa conversa.*

A pior parte, por sinal.

Ela escolheu as palavras com cuidado, uma vez que os três a olhavam como se confiassem na mãe para manter o mundo deles de pé.

"Nós vivemos aqui porque, muito tempo atrás, algumas pessoas fizeram coisas ruins comigo."

Por causa do que você consegue fazer?, perguntou Fenrir, pois aquela fora a primeira vez que as crianças testemunharam Angrboda realizando aquele tipo de magia. *Como o que fez com aquela mulher?*

"O que foi que você *fez* com ela, mamãe?", perguntou Hel, baixinho.

Angrboda respirou fundo.

"Fiz com que ela visse uma coisa. Uma coisa terrível. Algo que ninguém deveria ver. Eu não podia permitir que ela entrasse no nosso bosque e falasse de vocês três daquele jeito. Então escolhi puni-la da pior maneira que consegui imaginar. Isso... não foi certo da minha parte, mas agi assim porque ela me deixou muito zangada com o que disse."

Não. Não foi ruim da sua parte. Seja lá o que ela viu e que a deixou tão chateada, ela mereceu, sussurrou Fenrir. *E o papai foi com ela porque acha que a mulher está certa sobre nós, não é?*

"Ela está errada", respondeu Angrboda com ferocidade. "Ambos estão. Não dê ouvidos para eles."

"Ela é uma das pessoas malvadas que machucaram você no passado?" O dedo de Hel mais uma vez se moveu até a cicatriz no peito da mãe. "Foi assim que ganhou isso, mamãe?"

"Foi", confirmou Angrboda. "Eles apunhalaram o meu coração e o deixaram na pira onde haviam me queimado. O papai o trouxe de volta para mim depois que o encontrou."

Ele trouxe?, quis saber Fenrir. *Como?*

"Ele apenas me devolveu o meu coração. E eu o coloquei de volta no peito, e agora ele bate, assim como o seu." Ela sorriu e acariciou o pelo do seu focinho. "Mas o que importa é que ele me deu vocês três."

Hel fungou e foi se aninhar ainda mais perto da mãe.

"Eu quero o papai."

Papai nos odeia, falou Fenrir.

"Cale a boca!", gritou Hel, chutando com as perninhas mortas enfiadas nas meias, o seu vestido de linho se amontoando ao redor dela. "Cale a boca, *cale a boca!*"

Depois disso, foi preciso ao menos uma hora para acalmá-los, mas Angrboda finalmente conseguiu, já bem tarde da noite. Hel não aceitou escutar sequer uma palavra vinda da mãe, optando, em vez disso, por tapar os ouvidos e soluçar. Mas, depois que os irmãos dormiram, a menina pareceu esgotar o choro e também pegou no sono, agarrada à mãe.

Angrboda se desvencilhou com gentileza de Hel e se levantou, indo para fora, onde Gerda e Skadi estavam acordadas, e sentando-se entre elas. Skadi havia pegado uma jarra de cerâmica com cerveja no estoque de Angrboda e agora tomava goles da canequinha de madeira que carregava presa ao cinto.

Quando a Caçadora lhe ofereceu a jarra, Angrboda a recebeu com gratidão e bebeu. Em seguida, passou o recipiente para Gerda, que tomou um longo gole.

"O que aconteceu hoje à noite?", perguntou Skadi, e Angrboda contou para elas o mesmo que havia contado para as crianças, só que em palavras mais adultas. E, assim como fizera com as crianças, ela preferiu não descrever em detalhes a visão que enviara para Sigyn.

Skadi e Gerda ficaram ouvindo, hipnotizadas, e Angrboda se preparou para responder perguntas sobre a visão e as suas habilidades — mas, para surpresa da bruxa, a conversa tomou um rumo diferente.

"Sigyn falou essas coisas?", perguntou Skadi, com a testa franzida. "Acho difícil de acreditar nisso."

"Você realmente a tem em tão alta conta assim?", questionou Angrboda com um tom rígido, sentindo o mesmo vazio no peito que experimentara ao ver Skadi demonstrando tanta ternura por Sigyn no rio.

A Caçadora estreitou os olhos, mas não os desviou da caneca.

"Há uma razão pela qual fiquei chateada em descobrir que Loki era o seu marido. Já é ruim o suficiente que Sigyn seja casada com ele, mas você também? Então, sim, vocês duas são minhas amigas e ambas merecem coisa melhor."

Angrboda não respondeu, mas decidiu deixar o assunto de lado. Skadi já tinha motivos mais que suficientes para detestar Loki — afinal, ele fora mais ou menos responsável pela morte do pai dela.

"De qualquer modo, o que foi que você a fez ver?", perguntou Skadi após terminar de beber sua cerveja. Gerda devolveu a jarra para que a prima reabastecesse a caneca.

"O destino dos filhos dela com Loki, e foi desagradável, como você deve ter percebido pela maneira como ela reagiu", falou Angrboda. As amigas não precisavam saber que a visão era parte de uma verdade ainda maior e mais terrível.

Skadi soltou um assobio baixo e ficou pensativa.

"Quando nos conhecemos, você *nunca* me deu uma resposta direta sobre conhecer o *seid*."

"Profecias raramente são mercadorias comercializáveis, minha amiga", disse Angrboda.

"Você realmente não sai muito de casa, não é?", comentou Skadi. "A sua habilidade é valiosa. Não se engane quanto a isso."

"Bem, é uma habilidade que detesto usar", respondeu Angrboda, sucinta. *Afinal, isso me fez ser morta mais de uma vez.*

As amigas apenas assentiram, o que a surpreendeu. Mas ela sabia que fazia sentido para as duas que Angrboda relutasse em usar aquela forma específica de bruxaria. Ela ficou grata por Skadi e Gerda não insistirem no assunto — afinal, a bruxa nunca falara sobre o seu passado com nenhuma delas, e aquela noite não seria o melhor momento para começar.

"Bem, acho que você tem problemas maiores do que isso agora", disse Skadi. "Não apenas deu a Sigyn motivos para odiá-la, mas agora ela também sabe do que você é capaz. Ela conhece o seu dom da profecia. E, se abrir a boca sobre o assunto para os Aesir, vai chamar principalmente a atenção de Odin."

O estômago de Angrboda se contorceu à menção do nome do deus, o que trouxe de repente a lembrança dos cânticos e das visões sobre o fim de todas as coisas.

Porém, mais importante que isso, a bruxa percebeu a gravidade do erro cometido naquela noite.

Se as visões não configurassem mera coincidência e seus filhos fossem de fato as criaturas da profecia, lutando contra os deuses na batalha final que ela previra, então Odin sem dúvida desejaria vê-los mortos para garantir a própria vitória.

Posso muito bem tê-los condenado à morte.

Eu não devia ter feito isso. Não devia ter feito nada disso. Foi tudo um erro. A lembrança dos lamentos de Sigyn a satisfizera por apenas um instante — e agora a mera lembrança das próprias ações naquela noite a deixava enojada.

"Quanto tempo acha que nós temos?", sussurrou Angrboda.

"Bem", respondeu Skadi, desconfortável, "isso depende inteiramente do tempo que o seu marido e a outra esposa dele conseguirem ficar de boca fechada."

Angrboda comprimiu os lábios.

"Então não é muito tempo."

"Não tenho certeza", falou Skadi. "Por mais que Loki seja um mentiroso escorregadio capaz de tudo para salvar a própria pele, sei que ele ama essas crianças. E sei disso porque ele manteve a natureza delas em segredo por todo esse tempo, mesmo para Sigyn. Se ele suspeitasse que estão em perigo e se importasse o suficiente com os filhos para não dizer uma palavra a seja lá quem for..."

"Talvez *essa* seja a forma com que ele demonstra amor. Que irritante." Gerda suspirou. "Mas aquela outra esposa dele, essa tal Sigyn..."

Angrboda deixou escapar uma exclamação estrangulada.

"Eu não devia ter perdido a paciência. Eu devia pelo menos *ter tentado* ser civilizada com ela. Isso é tudo culpa minha, *tudo* culpa minha. E agora os meus filhos estão condenados."

"Ela não estava sendo civilizada *com você*", disse Gerda, demonstrando uma ferocidade repentina. "Você perdeu a paciência porque a mulher olhou nos seus olhos e disse que os seus filhos eram monstros. Se eu tivesse esses poderes, teria feito o mesmo. Eu teria feito *pior*."

"Acredite em mim", falou Angrboda, sombria. "Desejei fazer pior."
Skadi balançou a cabeça em descrença.

"Sigyn é uma boa mulher e estava fora de si esta noite. Culpo Loki por isso; se ele a tivesse preparado, sinto que as coisas teriam sido muito diferentes. Acho que Sigyn teria ficado curiosa sobre as crianças e acho que ficaria feliz em conhecer você e os seus filhos caso lhe fosse dada a oportunidade. Não acho que ela pretendia dizer o que disse, Angrboda. Realmente não acho."

"Mas ela disse, e, pior, os meus filhos escutaram", lembrou Angrboda com tristeza, escolhendo não mencionar a parte em que o próprio Loki também os havia chamado de monstros. "Errei em não contar para eles que o mundo pode não os aceitar do jeito que são?"

Nenhuma das duas respondeu.

"Na perspectiva deles, tudo parecia normal", comentou Angrboda, com os olhos marejados. "E era assim que eu pretendia que continuasse. Eu, Loki, vocês duas e essa floresta; isso é tudo que eles conhecem. Eu devia ter dito desde o início que eles, de fato, são bem diferentes? Ou eu estava certa em deixá-los pensando que não havia nada de errado?"

Gerda ergueu a mão para apertar o seu ombro, sem palavras. Skadi passou um braço pelas costas da bruxa, e Angrboda se inclinou para a amiga e não conseguiu parar de tremer até ficar tão exausta que apenas caiu em um sono sem sonhos, com os últimos pensamentos conscientes voltados para Hel, Fenrir e Jormungand e para quanto tempo ainda teriam juntos.

Vou impedir isso, pensou ela antes de adormecer. *Farei o que for preciso.*

No fim do outono, Angrboda coletou os saquinhos de pedras encantadas e refez o feitiço que ocultava a casa. Ela o fortaleceu, derramando nele cada parte de si, desejando que o encanto funcionasse com cada fibra do seu ser.

Após muita deliberação, ela ajustou um pouco os detalhes da magia. Da primeira vez que criou o feitiço, Angrboda havia determinado que somente alguém que já visitara a caverna poderia encontrá-la. Portanto, existiam apenas três pessoas capazes de fazer isso: Loki,

Skadi e Gerda. Mas agora a bruxa modificara o encantamento para que, além de si mesma e das crianças, apenas Skadi e Gerda pudessem retornar à caverna.

Angrboda não contou isso para os filhos, pois eles continuavam angustiados por causa do pai e ela não sentia necessidade de deixá-los ainda mais aflitos. No entanto, a ausência de Loki parecia apenas reforçar nas crianças o que elas acreditavam ser a opinião dele: que os filhos *eram* monstros. Angrboda sabia que não tinha como vencer caso contasse para as crianças que mantinha Loki afastado ou caso o deixasse voltar para ficar com elas e continuar aquele teatro. Aquilo fora longe demais.

Pois não importava se Loki pretendera ou não dizer o que dissera, o fato era que tinha dito — e, para Angrboda, já bastava saber que tal pensamento existia em algum lugar, mesmo que apenas no fundo da mente dele. Aquilo, para ela, era intolerável.

Intolerável e devastador.

Os filhos iam se tornando mais distantes ao longo decada semana. Hel passava dias apenas sentada do lado de fora com as cabras, trabalhando com ímpeto no seu *nalbinding* e escondendo fosse lá o que tecia das vistas da mãe sempre que Angrboda se aproximava. Fenrir, agora com quase 4 anos, esgueirava-se pela floresta do nascer ao pôr do sol, e, quando a bruxa o repreendia por passar tanto tempo fora de casa e deixá-la assustada, o lobo apenas a encarava com uma expressão vazia.

E Jormungand, agora com pouco mais de 1 ano, passava cada vez mais tempo enrolado diante da lareira à medida que os dias iam esfriando. A essa altura, ele tinha o dobro do comprimento da mãe e era tão grosso quanto a cintura da bruxa. Jormungand ainda não falava, nem mesmo as poucas sílabas confusas de antes — era como se tivesse desistido. E não importava quanta persuasão Angrboda empregasse: ela não provocava nenhuma resposta da parte dele além de um sibilo ocasional.

Fenrir se sentia ameaçado pelo tamanho gigantesco do irmão, e eles passaram a brigar com frequência, e não da forma brincalhona de antes. Certa vez, Angrboda precisou usar magia para separá-los, pois Jormungand havia se enrolado em Fenrir, que por sua vez enterrara as presas na cauda do irmão. Hel observava tudo, sempre impassível, mas não sem que um lampejo de diversão sombria brilhasse nos grandes olhos verdes em função do espetáculo e do sangue.

Foi naquele momento que Angrboda percebeu, com uma consternação total e absoluta, que os filhos haviam levado a sério as palavras do pai. Ela sentiu como se a ferida milenar em seu coração tivesse sido aberta, engolfando-a na escuridão, e teve vontade de arrancar o coração do peito e atirá-lo ao fogo, por mais inútil que parecesse.

Mas fazer isso seria o mesmo que desistir, e agora os filhos precisavam mais que nunca da mãe.

"Vejo que você ainda cobre o seu cabelo. Isso significa que ainda se considera casada *com ele*?", perguntou Skadi durante uma manhã gelada em que apareceu com a sua rena. O animal transportava provisões para o inverno, que a giganta trocou com Angrboda pelas poções de afastar a fome: uma mercadoria sempre inestimável nos meses frios.

"É mais por hábito do que outra coisa", respondeu Angrboda, embora não soubesse o quão verdadeiro era aquilo. "Além disso, serve para manter o cabelo longe do rosto."

"Certo", disse Skadi. "Hábito. Por favor, diga que vai criar *o hábito* de me deixar assassinar Loki enquanto ele dorme."

"Surpreendentemente, ele tem *mesmo* o sono bastante pesado."

"Isso significa que posso...?"

"Não, não pode."

Skadi pareceu descontente com a resposta. Como uma espécie de pedido de desculpas, a bruxa ofereceu-lhe almoço e a Caçadora aceitou.

"Eles podem ficar além do seu controle muito em breve", comentou Skadi depois que as duas abordaram o assunto das crianças. "Quando eram menores, com certeza era mais fácil, mas agora estão maiores cada vez que os encontro."

"Não é o tamanho", respondeu Angrboda o mais baixo que pôde. "Foi o que aconteceu no rio aquela noite. Eles não são os mesmos desde então."

Skadi colocou as mãos nos ombros de Angrboda, baixando a voz.

"Até onde sei, nem o nojento do seu marido nem Sigyn deixaram escapar uma palavra sobre aquela noite a ninguém. Ainda assim, tome cuidado. Os deuses não jogam limpo. Sei disso por experiência própria."

"Eu entendo. Obrigada, minha amiga. Tomei precauções", falou Angrboda, e em seguida contou para a giganta sobre o encanto de proteção aprimorado.

Skadi assentiu e depois se remexeu, parecendo desconfortável — como se existissem mais coisas que ela desejasse falar, mas que não lhe competiam. Então a giganta apenas assentiu outra vez e disse:

"Vou avisar Gerda que ela ainda será capaz de encontrar você. E, caso precise de ajuda... Caso os seus filhos fiquem muito..."

"Vamos nos preocupar com isso quando chegar a hora", respondeu Angrboda. Skadi pareceu insatisfeita com a resposta, mas não insistiu no assunto.

Um dia, enquanto Angrboda costurava um novo par de meias para Hel, a filha entrou correndo na caverna, chorando de modo incontrolável. Quando a bruxa enfim conseguiu fazê-la falar, a menina bradou:

"Estão comendo as minhas cabras, mamãe! Estão *comendo as minhas cabras!*"

"*Quem* está comendo as suas cabras, Hel?"

Hel a encarou como se a cabeça da mãe tivesse acabado de se soltar e sair rolando pelo chão.

"Os meus *irmãos!*"

Até que as duas saíssem da caverna, três cabras já haviam sido devoradas, e o restante do rebanho tinha se espalhado pelo sopé das montanhas e pelas árvores retorcidas do Bosque de Ferro. Angrboda duvidava que fossem voltar.

A bruxa olhou para Fenrir e Jormungand. O primeiro roía a carne de um fêmur, enquanto o outro engolia um último pedaço enorme de cabra.

Hel fungou e se agarrou ao vestido da mãe. Angrboda se ajoelhou e passou o braço ao redor da garota. Em seguida, voltou a encarar os filhos.

"Por que fizeram uma coisa dessa?"

Porque já é quase inverno e não há comida suficiente, e nós estamos com fome, respondeu Fenrir com a inocência de uma criança. Mas havia um tom zombeteiro na sua voz. *Vamos perseguir o resto das cabras mais tarde para alimentá-la, mamãe.*

"Essas cabras não eram comida", falou Angrboda com frieza. "Elas eram os queridos animais de estimação da sua irmã, e nós as usávamos para produzir leite."

Você já as abateu no passado, comentou Fenrir. *Por que nós não podemos?*

Angrboda cerrou os punhos e teve de se esforçar para recuperar a calma. Ela estava acostumada a bater boca com Hel, mas era cada vez mais comum ser rebatida pelo filho do meio.

"Nós as abatemos com moderação. Entendo que estejam crescendo depressa e que sintam uma fome compatível, mas será que não podem caçar na floresta como sempre fizeram?"

Fenrir cuspiu o osso aos pés da mãe e se levantou. Quando Angrboda estava de pé, os olhos dele ficavam na altura do seu queixo, mas, como ela ainda estava ajoelhada ao lado de Hel, Fenrir olhava para a mãe perigosamente sob o focinho curto. Ele ainda tinha a aparência de um filhote que crescera demais.

Para começo de conversa, quase não havia comida nesta floresta, disse ele, e Jormungand sibilou em concordância, reposicionando a mandíbula. *Não há nada aqui, exceto por nós e alguns coelhos, e os limites do seu feitiço...*

"Foram ampliados, como você bem *sabe*. Isso não é desculpa", retrucou a bruxa, ficando de pé. Hel escondeu o rosto no vestido da mãe, e Angrboda acariciou o cabelo da menina, sem tirar os olhos dos filhos. "E Skadi já se ofereceu mais de uma vez para trazer caças maiores e suplementar o que vocês encontram na floresta. *Sempre* haverá mais comida para vocês. Só precisam pedir."

Fenrir não disse nada. Apenas passou por Angrboda e Hel, esgueirando-se de volta para a caverna, e Jormungand deslizou no encalço. Hel olhou para a mãe com uma expressão vazia e magoada, e a bruxa a abraçou e a conduziu para dentro.

Foi quando ela percebeu que, devido ao massacre das cabras, os seus dois filhos haviam finalmente atingido algum tipo de camaradagem fraterna: Jormungand e Fenrir dormiram juntos ao lado do fogo naquela noite. Mesmo que a cama estivesse ficando pequena para todos eles, Angrboda ainda odiava ver os filhos dormindo no chão. Da sua parte, Hel parecia feliz com a ausência dos irmãos, agarrando-se à mãe e à estatueta de lobo enquanto dormia.

E, quando enfim pegou no sono, Angrboda teve o pior sonho de todos.

O conselho dos deuses estava puro caos, e, pela primeira vez, Loki não queria fazer parte de nada daquilo.

Sua esposa estava em posição de destaque, encarando os Aesir com ar de determinação enquanto contava o acontecido no rio naquela noite. Ele tinha ficado à distância, encostado na parede da câmara, com os braços cruzados e o rosto encoberto por sombras.

Loki sabia ser o culpado pela esposa enfim ter procurado os deuses. Ele havia implorado para que ela mantivesse a boca fechada. Após o encontro de Sigyn com Angrboda, Loki desempenhara o papel de marido zeloso o melhor que pôde a fim de acalmá-la. Ele se manteve em Asgard. Deitou-se com ela, mimou-a, brincou com os filhos do casal. Pensou que seria fácil mantê-la quieta. Loki sempre achou que Sigyn o amava tanto que seria capaz de perdoar qualquer coisa.

Ele estava errado.

No final, ela enxergara através das suas mentiras. Ele supôs que tinha sido fácil fingir que pertencia somente a Sigyn antes de ela conhecer Angrboda cara a cara. Agora não havia como voltar atrás.

Ele a subestimara. Havia subestimado as duas.

Os Aesir ficavam cada vez mais furiosos conforme Sigyn falava, embora ela não tivesse relatado para eles o que Angrboda a obrigara a ver. Ela também não tinha contado aquilo para Loki — Sigyn manteve isso junto ao peito, o terrível segredo que quebrara o seu coração. Ela chorou ao contar sobre a dor que as visões indesejadas do futuro enviadas pela bruxa lhe causaram, e então ninguém pediu que a mulher entrasse em detalhes, desejando não perturbá-la ainda mais.

Ao menos por isso, Loki ficava grato, porque ele também não queria saber.

Todos os deuses haviam se reunido no Gladsheim, o salão do conselho — e até as deusas vieram em solidariedade à Sigyn, embora tivessem o próprio local de encontro. Conforme a gritaria ao redor aumentava, Loki quase desejou que Skadi não tivesse saído em uma expedição de caça com o deus Uller — embora tivesse certeza de que a reação da giganta àquilo tudo faria com que os deuses sem dúvida a expulsassem de Asgard. O amor que a giganta sentia por Angrboda não permitiria que ela ficasse em silêncio.

Da sua parte, Loki não disse nem uma palavra — ainda que isso não tivesse impedido o restante dos Aesir de atacá-lo, pois a natureza incomum dos seus filhos com Angrboda era, aos olhos deles, a parte mais assustadora do relato de Sigyn.

"Metamorfo. Pregador de peças. Pai de lobo."

"As travessuras foram longe demais dessa vez. Ele produziu um covil de monstros."

"É provável que ele mesmo tenha dado à luz."

"Não natural. Não viril."

"Nada de bom pode vir dele."

Quando Sigyn terminou e o alvoroço começou a cessar, Odin finalmente tomou a palavra. Ele e a esposa, Frigga, haviam permanecido sentados em silêncio em meio ao clamor dos outros deuses — Frigga parecendo preocupada e pensativa, Odin com uma expressão tão vazia quanto a do par de corvos empoleirados em cada quina da sua cadeira. Ele nem mesmo tinha se mexido, exceto para pentear ocasionalmente a barba grisalha e comprida enquanto pensava, e os seus olhos não pararam de acompanhar Sigyn nem mesmo uma vez.

"Você fez bem em trazer tais informações", falou Odin, por fim, a voz grave e baixa: uma voz que fez até mesmo os últimos sussurros flutuando pelo salão serem interrompidos de modo abrupto. Quando o Pai-de-Todos se dignava a falar, todos escutavam.

Sigyn assentiu e ficou de cabeça baixa enquanto os deuses sussurravam a decisão. Ela olhou de lado em um movimento mínimo — triste, mas resoluta — a fim de observar o marido nas sombras.

"Você não pode fazer isso", dissera ele mais cedo, implorando à esposa. "As crianças são inofensivas..."

"Não são as crianças. É ela. Preciso contar a eles o que ela fez comigo", respondera Sigyn, com as feições firmes. "Não posso mais manter isso em segredo. Sempre serei a sua esposa leal, mas também tenho outras lealdades." A expressão dela ficara mais suave. "Você não sabe o que ela me fez ver. Mesmo que eu não acredite que o que ela me mostrou vai acontecer, ela fez com que parecesse tão... real. Os deuses precisam saber que ela tem esse poder. Odin *precisa* saber..."

"Então conte para ele. Mas só para ele. Deixe os outros Aesir fora disso. Odin consegue ser razoável, mas você sabe como o restante deles costuma ser."

Ela balançara a cabeça.

"Não foi isso que Freya me aconselhou a fazer. Ela insistiu para que eu procurasse uma audiência com todos os deuses e deusas. Disse que todos deveriam saber, pela segurança de Asgard e dos reinos."

"E você confia mais no conselho de Freya do que no meu?"

"Neste momento?" A expressão dura havia retornado aos olhos de Sigyn. "Receio que sim."

E, no fim das contas, ele não fora capaz de impedi-la.

"Então, o que vamos fazer quanto à esposa-bruxa de Loki e essas crianças monstruosas deles?", Thor exigiu saber, falando alto. Os deuses ao redor dele preencheram o salão com as suas vozes barulhentas, e a mente de Loki voltou ao presente.

"Com certeza não podemos deixar que escapem impunes depois de terem causado tanta angústia à pobre Sigyn", concordou Tyr. "E as crianças podem ser perigosas..."

"E, com certeza", falou Freya, sobretudo para os ouvidos de Odin, os olhos brilhando de avareza à luz dos lampiões no salão, "devemos investigar a bruxa em si. Seja lá qual foi a visão que obrigou Sigyn a ver, talvez ela saiba mais. Talvez ela saiba..."

Mas Odin precisou apenas erguer a mão para calar todos. Ele se levantou do cadeirão elevado, dando a Loki um olhar de esguelha.

Loki saiu das sombras, erguendo as mãos.

"Irmão..."

"Venha comigo", disse Odin, deixando o salão para trás. Loki o seguiu em silêncio, sem olhar para nenhum dos presentes — nem mesmo para Sigyn, cujo olhar ele podia sentir a cada passo que dava. Assim que os dois cruzaram a soleira para o ar frio da noite, Loki fechou a porta, e os gritos voltaram a estourar no interior do salão.

Odin o conduziu através de Asgard até o salão de Valaskjalf, telhado forrado em palha prateada brilhando sob o luar. Loki prosseguiu sem dizer nada, ficando ao lado do irmão enquanto o mais elevado dos deuses se sentava na sua cadeira, de onde era capaz de enxergar todos os mundos. Os seus dois lobos, que descansavam ao pé da cadeira, ergueram a cabeça para saudar o retorno do dono e depois fixaram os olhos em Loki, que os ignorou.

"Irmão", falou Loki outra vez, incapaz de permanecer em silêncio por mais tempo. "Escute. As crianças..."

"Nunca pude vê-la antes", disse Odin. "Depois que ela escapou do incêndio, providenciei para que a única mulher em Vanaheim que realmente dominava o ofício do seid se juntasse a nós. E, embora Freya tenha de fato sido um triunfo, há coisas que nem mesmo ela consegue ver, muito menos as Nornes que chegaram no rastro da bruxa Gullveig."

Loki não sabia o que responder.

Odin recostou-se na cadeira.

"Quando Gullveig renasceu do fogo não apenas uma, mas duas vezes, entendi que ela era mais poderosa do que eu havia imaginado. Mas a comoção em Asgard que se seguiu à proclamação da guerra com os Vanir me impediu de rastreá-la quando ela se levantou da pira pela terceira vez." Ele olhou de lado para Loki com o seu único olho, azul-claro e frio como gelo. "Mas você a encontrou. Você sabia. Você sabia o que eu buscava e estava escondendo de mim."

Loki ergueu as mãos em súplica.

"Eu... eu sabia quem ela era, sim, mas não entendia do que ela era capaz. Não entendo nada sobre o seid, irmão. Ela manteve a extensão dos poderes escondida de mim. Até aquela noite — ela contou que as visões vinham durante o sono. Pensei que fossem apenas sonhos." Aquela não era toda a verdade, mas ele esperava que fosse o suficiente para convencer Odin a deixar o assunto de lado.

Ele não fez isso.

E o silêncio que se seguiu às palavras de Loki foi de fato sinistro.

"Era como eu temia", disse Odin ao se levantar, resignado. "Pensei que a fuga como Gullveig pudesse ter enfraquecido a determinação da bruxa, mas eu estava enganado. Se queimá-la três vezes não foi suficiente, como eu poderia comandá-la durante o sono? Não, parece que devemos tomar medidas mais drásticas..."

"Como assim?", perguntou Loki, mas então uma compreensão horrível o atingiu. O cantor nos sonhos de Angrboda, aquele que ela pensava ser Odin — ela estivera certa o tempo inteiro. "Irmão, você precisa me escutar", completou Loki, depressa. "Angrboda, ela não é..."

"É assim que ela se denomina agora? 'Proclamadora de tristezas'? É um nome adequado", comentou Odin, olhando para a frente.

"Ela não é uma ameaça a ninguém."

"Sigyn parece achar o contrário."

"Ela faria qualquer coisa para proteger os filhos. Ambas as minhas esposas fariam." Afinal de contas, por isso que Sigyn procurara os Aesir para começo de conversa, mesmo depois do que Angrboda lhe dissera naquela noite. "Os seus deuses a abandonarão no fim... irmão matará irmão... seus filhos sofrerão imensamente na mão dos deuses..."

"A sua prole não natural com a bruxa é outro assunto completamente diferente. Alguns estão clamando pela morte das crianças", disse Odin, gesticulando em direção ao Gladsheim — os gritos distantes que vinham do salão do conselho podiam ser ouvidos por toda Asgard.

Loki reprimiu um arrepio e estufou o peito.

"Os meus filhos com Angrboda também são parentes seus, de acordo com o nosso juramento de sangue. Matá-los faria de você um assassino dentro da própria família, e todos sabem que isso é verdade."

Odin suspirou e fez menção de ir embora.

"Sim, irmão, estou de mãos atadas para algumas coisas. Para o seu bem, eu gostaria que Sigyn tivesse trazido o assunto até mim em particular. Agora devo buscar o aconselhamento de Mimir e das Nornes."

"Irmão, por favor..."

Mas Odin já havia partido, deixando Loki com nada além de um arrepio gelado no seu rastro.

Odin foi primeiro ao poço de Urd em uma das três raízes da Yggdrasil, a Árvore dos Mundos. Lá encontrou as Nornes — Urd, Verdandi e Skuld, as três irmãs do destino — e contou-lhes a história de Sigyn. Ele também perguntou o que elas sabiam sobre os três filhos de Loki com a bruxa Angrboda.

As Nornes lhe contaram pouco, mas o suficiente.

"A mãe é de má índole, e o pai é ainda pior", disse Urd.

"Eles serão a causa de muitos malfeitos e desastres entre os deuses", falou Verdandi.

"Um grande mal é esperado desses três", concluiu Skuld.

"Como?", perguntou Odin. "Como isso vai acontecer?"

Mas as Nornes não disseram mais nada.

Então Odin agradeceu e foi até o poço de Mimir, que ficava na segunda raiz da Yggdrasil. Mimir fora decapitado como refém durante a guerra, mas Odin espalhara ervas na sua cabeça decepada e entoara um feitiço sobre *ela capaz de preservar o conhecimento e a sabedoria de Mimir e evitar que a carne apodrecesse. Mimir era o conselheiro mais valioso de Odin — seus conselhos sempre foram incomparáveis, tanto que Odin abrira mão de um olho a fim de beber da fonte de sabedoria de Mimir.*

Mas aquilo havia acontecido muito, muito tempo antes.

Quando Odin chegou àquele mesmo poço e contou tudo que tinha acontecido, o conselho de Mimir foi exatamente o que o Pai-de-Todos já esperava.

"Você não pode matar os descendentes do seu irmão de sangue", falou Mimir. "Mas pode capturá-los e colocá-los em um lugar onde causem menos dano."

Os olhos de Odin brilharam sob a aba larga do seu chapéu.

"E quanto à mãe?"

A mundos de distância, a mãe em questão acordou coberta de suor frio, o horror invadindo como gelo cada recanto de seu coração três vezes incinerado.

Eles estão vindo.

No anoitecer seguinte, Angrboda estava sentada na clareira com Hel, observando as estrelas, enquanto Fenrir e Jormungand permaneciam dentro de casa junto ao fogo. Hel não dissera uma palavra quando a mãe sugerira que elas fossem para fora, nem mesmo quando Angrboda agarrou uma pilha de cobertores e deixou a caverna. A menina apenas seguiu a mãe, sentou-se e cobriu-se. A noite estava bastante fria.

A cada momento acordada, Angrboda batalhava contra o pânico que subia feito bile em sua garganta. *Eles estão vindo. Eles estão vindo. Eles estão vindo.*

Mas ela fizera tudo em que podia pensar. Tudo que podia. O feitiço de proteção estava mais forte do que nunca, e ninguém, exceto pelas duas únicas pessoas nos Nove Mundos em quem confiava, sabia como encontrá-la.

Tudo que ela podia fazer agora era esperar e torcer para que os esforços não tivessem sido em vão.

Agir como se não houvesse nada de errado custou cada grama da sua força — algo que ela precisava fazer pelo bem dos filhos.

Angrboda e Hel ficaram sentadas em silêncio por algum tempo, e de vez em quando a bruxa esfregava as mãos para se aquecer, até que, de repente, Hel se remexeu e puxou um pequeno embrulho de algo que andara escondendo por entre os cobertores.

"O que você tem aí?", perguntou Angrboda.

"Fiz isso para você, mamãe", respondeu Hel. Pela primeira vez desde o seu nascimento, ela pareceu de repente tímida, entregando o que pareciam ser dois tubos feitos em *nalbinding*. "São como luvas, só que fiz de um jeito diferente para você. Fiz de um jeito que deixa os dedos livres para que você possa usá-los enquanto trabalha. Também tem um espaço para o seu polegar sair, está vendo?"

Angrboda experimentou as peças sem hesitar. Eram longas o suficiente para cobri-la desde a segunda articulação dos dedos até a metade do antebraço, e se encaixavam com tanta perfeição que permitiam qualquer amplitude de movimento. A bruxa girou os punhos e observou as próprias mãos.

"Eu queria que ficassem perfeitas", disse Hel, parecendo preocupada com a falta de reação da mãe.

"Elas são maravilhosas", sussurrou Angrboda, tocando e envolvendo a filha em um abraço repentino e sufocante.

"Acho bom você usar essas luvas", falou Hel, alto e se contorcendo.

"Vou tratá-las como tesouros", respondeu Angrboda. "Obrigada."

A menina produziu um ruído de irritação, mas a bruxa via que a filha estava secretamente muito satisfeita.

"Está vendo aquelas duas estrelas?", perguntou Angrboda, apontando para o céu quando as duas voltaram a se acomodar nos cobertores. "As mais brilhantes, bem ali?"

"As estrelas são *todas* brilhantes, mamãe. Estamos no limite dos mundos. Papai diz que tudo é mais brilhante por aqui." Hel parecia bem desinteressada, mas subiu no colo da mãe na tentativa de enxergar o que ela estava vendo. "O que tem elas?"

"São os olhos do pai de Skadi", explicou Angrboda, abraçando a filha com força. "Quando ele morreu, Odin transformou os seus olhos em estrelas para Skadi."

"Os deuses o mataram", comentou Hel, sem sorrir. "Eles o mataram e então deram a Skadi um pagamento injusto pela morte dele. Papai nos contou todas as histórias sobre os deuses. Eu os odeio."

Em seguida, Angrboda viu Fenrir enfiar a cabeça para fora da caverna, com as orelhas levantadas. Antes que ela pudesse perguntar o que ele estava ouvindo, Hel se virou e olhou para a mãe, e, naquele momento, Angrboda poderia ter jurado que a filha tinha a aparência de alguém com um milhão de anos ou mais.

"Eles são terríveis, quebram promessas e matam pessoas", disse Hel. "Não sei como alguém poderia admirá-los."

"Eu me pergunto isso o tempo todo", falou uma voz por entre as árvores, e Loki surgiu na clareira. Gerda estava ao seu lado.

O coração de Angrboda saltou ao vê-lo, e ela se lembrou do sonho — lembrou como Loki havia se sentido, como se ela estivesse dentro da mente do marido. Ele lutara por ela, apelara para Odin em seu nome — mas será que havia vencido? *Ele veio para nos alertar ou para liderar os deuses direto até a nossa porta?*

Hel gritou "Papai!" e correu para ele, mas Fenrir e Jormungand permaneceram carrancudos na entrada da caverna.

Loki pegou a filha nos braços, rindo. Angrboda foi para junto de Gerda e sussurrou em uma voz muito baixa e furiosa:

"*Por que* o trouxe até aqui?"

"Desculpe", falou Gerda, que segurava um novelo de lã nas mãos trêmulas. Ela parecia envergonhada ao se deparar com a ira de Angrboda. "Só vim trazer mais lã para Hel e..."

"Estou procurando vocês há *semanas*, Boda", disse Loki. "O que aconteceu?"

"Cortei você do meu feitiço de proteção", respondeu a bruxa, erguendo o queixo.

Loki pareceu cabisbaixo, e Hel se virou nos braços do pai e olhou para ela, demonstrando estar horrorizada.

"*Mamãe!* Por que faria uma coisa dessa?"

Porque não o queremos por perto. Ele acha que somos monstros, respondeu Fenrir da porta, e Angrboda ficou silenciosamente grata por um dos filhos partilhar da sua opinião. Quando ela se virou para Fenrir, os olhos do lobo indicaram que ele sentia o mesmo — que estava grato por sua mãe ter mantido o pai afastado. Jormungand inclinou a cabeça, como se concordasse.

"Isso não é verdade", falou Loki em um tom acalorado para o filho.

"Eu sabia!", disse Hel, abraçando-o pelo pescoço.

Eu ouvi você dizer isso, retrucou Fenrir, depois se retirou para o interior da caverna. Jormungand ofereceu a todos um olhar maldoso antes de seguir o irmão.

Gerda ficou olhando de um lado para o outro entre Loki e Angrboda, então disse:

"Vou guardar o novelo lá dentro e deixar que vocês tenham um momento a sós. Talvez eu possa tentar acalmar os meninos também."

"Eu ficaria grata", respondeu Angrboda, mas em seguida se virou para Loki. "Você, no entanto, precisa ir embora."

"*Não*, mamãe, ele vai *ficar*", disse Hel, agarrando-se ao pai.

"Gerda, se importaria de ficar de olho em Hel também?" perguntou Loki. "Eu gostaria de ter uma conversa em particular com a minha esposa."

"Você está de saída", falou Angrboda. *Mesmo que ele não tenha trazido os deuses até nós — quanto mais tempo permanecer aqui, menos seguros estaremos.* "Não há nada que você diga que eu tenha interesse em ouvir."

Hel chorou e esperneou, mas por fim Loki conseguiu fazer com que a menina o soltasse, entregando-a para Gerda, que a carregou para dentro.

Então Loki se virou para Angrboda e falou:

"Vamos descer até o riacho?"

"Ah, claro, porque tenho lembranças *muito queridas* de conversar no riacho", respondeu a bruxa. Ela não queria se afastar muito da caverna nem das crianças — não depois do que vira nos sonhos da noite anterior. Não sem saber se os deuses estavam espreitando por aquela mesma floresta, procurando por ela. "Não podemos conversar aqui?"

"Realmente quer que os seus filhos escutem cada obscenidade que você pretende jogar em mim? Fenrir consegue ouvir a grama crescer."

Angrboda tinha de dar o braço a torcer em relação àquilo. Com um último olhar na direção da caverna, ela suspirou.

"Tudo bem. Vá na frente. Mas seja rápido."

E assim ele a conduziu pelo mesmo caminho que costumavam fazer até o riacho. Depois de tantas vezes em que haviam ido até lá para buscar água, uma trilha realmente se formara, serpenteando por entre as árvores retorcidas. Agora, no fim do outono, as árvores arqueadas sobre a trilha eram minguadas e de cor laranja, e a lua estava enorme e amarela no céu.

Eles não desceram tanto pela margem do rio quanto fizeram na outra noite, pois Angrboda o fez parar na metade do caminho, reticente em aumentar ainda mais a distância entre ela e as crianças.

"Não quer se sentar nas pedras?", perguntou Loki.

Angrboda ergueu as mãos.

"Sobre o que você quer falar? Não tenho exatamente tempo sobrando para as suas bobagens. Estou ocupada tentando reparar o dano que as suas palavras causaram aos nossos filhos. Não tem sido uma tarefa fácil."

"Que palavras?", perguntou Loki, confuso. "A minha ausência nos últimos dias é culpa *sua*..."

"Fenrir falou a verdade mais cedo. Ele ouviu o que você disse naquela noite, sobre eu ser uma 'mãe de monstros'. E quem você acha que são esses monstros?"

O semblante de Loki murchou.

"Ah, *não*."

"Espero que esteja feliz consigo mesmo", disse Angrboda, cruzando os braços.

"Eu me sinto péssimo", falou ele, segurando os ombros da bruxa.

Angrboda não estava convencida.

"Você se sente péssimo por ter dito isso, por Fenrir ter escutado ou por ter sequer pensado em algo assim para começo de conversa?"

Loki refletiu.

"Pelas três coisas, na verdade."

Angrboda deu um passo para trás, e Loki a soltou. A bruxa estreitou os olhos para ele.

"E então, o que você tem para me dizer que não pode estar ao alcance dos ouvidos das crianças?"

Como resposta, ele deu um passo à frente, e Angrboda o encarou com desconfiança. Em seguida, em um movimento fluido, Loki pôs as mãos na cintura da bruxa, puxou-a para perto e a beijou. E, para rememorar uma época na qual as coisas não estavam tão destroçadas como agora, Angrboda cedeu. Ela correspondeu ao beijo e passou os braços em volta do pescoço dele.

Ela esperava que, quando o beijo terminasse, pudesse olhar nos olhos de Loki e ver que ele estava se divertindo, ou que estava pensativo, ou talvez tão arrependido quanto a bruxa desejava que estivesse.

Esperava que o marido se oferecesse para abandonar Asgard e ficar com ela, com as crianças. Esperava que talvez as coisas pudessem mudar. Tamanha a natureza do beijo.

Angrboda se afastou um pouco e murmurou contra os lábios de Loki, a raiva temporariamente suavizada:

"Ouvi o que você disse para Odin. Essa é a única razão pela qual vim até aqui com você esta noite. Vi Sigyn procurar os deuses e vi quando você nos defendeu. E depois vi Odin visitando as Nornes... e ouvi o que elas disseram..." Angrboda fechou os olhos e encostou a testa contra a bochecha de Loki. "Sei que você tentou. Em Asgard. Por nós. Eu gostaria tanto de perdoar e confiar em você, mas precisa entender que não posso incluí-lo outra vez no feitiço de proteção agora que os deuses sabem o que..."

Mas Loki ficou tenso nos seus braços, dizendo em uma voz estranha e estrangulada:

"Isso foi tudo que você viu? Nada depois disso?"

"Sim, foi tudo que vi. O que há de errado?" Quando Angrboda se afastou, encontrou nos olhos de Loki algo que nunca testemunhara antes — era como se o próprio chão sob os seus pés estivesse desabando. Ela tentou se afastar, mas ele a manteve presa nos seus braços.

"Sinto muito, Boda", sussurrou ele, roçando o nariz contra o dela como sempre fazia.

Angrboda desviou o rosto.

"Loki..."

"Sinto muito, muito mesmo", disse ele, de novo.

E foi então que ela ouviu Hel gritar.

A bruxa se libertou em um instante, olhando para Loki com tanto nojo e ódio que ele visivelmente se encolheu.

Ela poderia muito bem bater nele. Mas, em vez disso, correu — e, sem desacelerar, arrancou o lenço da cabeça e atirou-o na vegetação rasteira, permitindo que o cabelo voasse solto, pendendo longo e indomado atrás dela.

Pouco se importava em saber onde o lenço havia caído, ainda que tivesse sido um belo presente.

Ela não era mais casada.

Não precisaria mais dele.

Os seus pés a carregaram de modo automático pelo caminho de volta, um passo após o outro. Ela ouviu um sibilar alto, o ganido agudo de um lobo, a sua menininha assustada ainda berrando — seus punhos se cerraram, os pés se moveram ainda mais depressa...

"Mamãe, cuidado!" Ela ouviu Hel gritar, mas era tarde demais.

Assim que Angrboda entrou na clareira, um raio de luz dourada atingiu o seu rosto, fazendo-a cambalear para trás e bater a cabeça em uma árvore. Ela podia sentir o sangue escorrendo pela bochecha e não conseguia enxergar, pois a luz era tão forte que a havia deixado momentaneamente cega. A parte de trás da sua cabeça latejava, e ela sentia que também havia sangue escorrendo pelo couro cabeludo...

Ao lutar para recuperar o equilíbrio, a bruxa sentiu de repente uma corda ser passada por sua cintura e por seus braços, prendendo-a ao tronco — mas ela se contorceu até soltar os braços, temendo o pior para os filhos, que ela ainda ouvia lutando...

Em seguida, alguém atrás dela segurou a corda com mais força e garantiu que estivesse bem presa, depois segurou seus punhos e os amarrou atrás da árvore.

Não. Não. Não. Ela lutou o máximo que pôde, reunindo toda a força que conseguiu encontrar, mas sem sucesso. Então Angrboda fechou os olhos bem apertados e sussurrou alguns cânticos furtivos e apressados, despejando toda a energia nas palavras, mas era como tentar falar com uma pedra — era como se alguém tivesse colocado uma parede, um bloqueio para que a sua mágica não tivesse qualquer efeito no mundo ao redor.

Outra bruxa havia amaldiçoado aquelas amarras — Angrboda podia sentir a magia, de alguma forma tão familiar para ela que era como se conhecesse a pessoa que lançara os feitiços. O poder pulsou através das cordas ao redor dos seus pulsos e fortaleceu a outra corda em sua cintura, que a prendia à árvore.

A pessoa que fabricara aquelas amarras as havia enfeitiçado especificamente para contê-la. Para negar a magia *dela*. E não havia nada que pudesse fazer para combater aquilo.

Àquela altura, as estrelas haviam deixado os olhos de Angrboda, e a bruxa podia enxergar a cena diante dela à luz da lua.

A cena que sempre temera presenciar.

Um homem enorme de barba ruiva e olhos azuis como aço segurava a ponta de um grande saco que se contorcia e sibilava, o qual Angrboda sabia conter o seu caçula. Ela também sabia, pelo martelo no cinto, que o homem era Thor. Havia um segundo homem, de barba e cabelos escuros, com uma espada presa ao quadril; ele havia amordaçado Fenrir e passado uma coleira enorme e larga em volta do pescoço do lobo, segurando-o. Fenrir havia parado de ganir e olhava para a mãe com um semblante desolado. Angrboda percebeu no mesmo instante que aqueles deviam mesmo ser objetos mágicos, pois eram capazes de conter os seus filhos.

O terceiro homem — cabelo castanho, olhos dourados, ligeiramente menor que os dois primeiros e com a barba mais rala — parecia muito desconfortável na sua tarefa: segurar uma garotinha de 5 anos que esperneava e chorava.

"O que há de errado com essa aí, Frey?", perguntou Thor em voz alta, indicando Hel com um gesto. "Ela não parece um monstro."

Angrboda então reconheceu o homem que segurava a sua filha, pois Loki o havia mencionado certa vez, muito tempo atrás: era o irmão mais novo de Freya. Frey parecia mais incomodado a cada segundo que se passava.

"Não há *nada* de errado com ela", sibilou Angrboda. "Não há nada de errado com nenhum deles. Soltem todos agora mesmo. Façam o que quiserem comigo, mas deixem os meus filhos em paz."

"Infelizmente, não", disse o homem que segurava Fenrir, lançando um olhar pétreo para a bruxa.

"Estou surpreso de que o lobo não tenha dado mais trabalho, Tyr", falou Thor.

O rosto de Tyr permaneceu impassível. Angrboda já ouvira falar dele. Alguns diziam que era filho de um gigante; outros, que era filho de Odin. Naquela noite, ela estava inclinada a acreditar na segunda opção.

"Meus filhos são inocentes", disse Angrboda com veemência, mas o tom saiu desesperado e a voz falhou. "Não fizeram mal a vocês nem a ninguém. E, se os deixarem ficar aqui comigo, nunca farão. Eu prometo."

Thor bufou, segurando com firmeza o saco nas mãos protegidas por luvas. Embora Jormungand ainda se debatesse loucamente, o deus nem mesmo vacilou.

"Deixá-los com *você*? Nesse fim de mundo onde pode ensiná-los sabe-se lá o quê? Acho que não, bruxa. As criaturas vêm conosco."

"Se você cooperar, podemos até fazer a gentileza de matá-la antes de partirmos", disse Tyr.

Hel começou a soluçar ainda mais alto ao ouvir aquilo, e Angrboda não teve coragem de lhe dizer que tudo ficaria bem.

Isso faria de mim uma mentirosa, e a mentira é o ofício do pai dela.

"Talvez devêssemos fazer o que ela está sugerindo", disse Frey. "Pelo menos com a garota. Thor está certo: não parece haver nada de errado com ela."

"São as pernas dela, por baixo das meias. Estão mortas", disse uma voz feminina, e Freya saiu de trás da árvore à qual Angrboda estava amarrada. "Ou pelo menos foi o que a sua esposa nos contou, irmão."

Angrboda ergueu as sobrancelhas em choque ao contemplar a deusa — a sua antiga pupila, reconhecível mesmo após todo aquele tempo —, mas a surpresa rapidamente cedeu lugar ao desprezo.

É claro que é por isso que a energia dessas cordas me parece tão familiar.

É claro que ela sabia me amarrar.

Ela está familiarizada com a minha magia, então precisou se certificar de que eu não teria como revidar.

"Muito bem, *irmã*", falou Angrboda com frieza. Elas se chamavam assim no passado, em Vanaheim. Irmãs bruxas. Mas havia uma eternidade que não se tratavam desse modo e jamais o fariam outra vez. "Isto aqui é magia tecida com habilidade. Não esperava tal coisa de você."

Freya jogou o cabelo vermelho-sangue para o lado e sorriu.

"Quando o Pai-de-Todos me disse que seria contra você que eu iria lutar, vim preparada, *Gullveig*." O colar da deusa era da mesma cor dourada dos seus olhos, e ambos brilhavam ameaçadoramente ao luar. "Mas temo que hoje eu não seja a única aqui a já ter representado uma irmã para você."

"Você não pode me ajudar? Não pode acalmá-la? Você a *conhece*", dizia Frey para alguém que se escondia nas sombras.

"Talvez a sua nova esposa tenha esgotado as suas utilidades", comentou Thor com escárnio, "não, Frey?"

Angrboda se virou. Frey estivera pedindo a ajuda de uma mulher que acabara de sair da caverna e que parecia ativamente desejar desaparecer. Mas Angrboda também a conhecia, e esse reconhecimento surgiu acompanhado por uma onda sufocante de traição.

Era Gerda.

Ela está com o cabelo coberto agora, percebeu Angrboda, horrorizada, conforme a giganta se posicionou ao lado de Frey. *Não a vejo desde a última vez em que vi Loki, e eis o motivo. Ela está casada com um deles desde então. Eu devia ter imaginado. Devia ter suspeitado.*

"Me desculpe, me desculpe, me *desculpe*", falou Gerda, notando que Angrboda a encarava. A jovem tentou correr na sua direção, mas foi impedida por Freya. Mesmo assim, as palavras jorraram dela: "Foi repentino: um dia eu estava em Jotunheim e no outro já estava casada com Frey, e eu não tive escolha, foi tudo...".

"Isso não pode estar acontecendo", sussurrou Angrboda para si mesma.

"E Sigyn acabou contando para Odin sobre você e os seus filhos", prosseguiu Gerda, agora chorando, "e ela disse que também tinha me visto naquela noite, então ele perguntou o que eu sabia, e eu *não podia* mentir para ele e..."

"Essa bruxa parece tão selvagem quanto Sigyn descreveu", comentou Tyr.

"Eu me pergunto que tipo de giganta ela é", disse Thor, examinando Angrboda com os olhos semicerrados. "Ela pode não ser tão feia quanto algumas nem tão bonita quanto outras. É difícil até dizer *o que fazer* com essa aqui. Pode confiar que uma fêmea escolhida por Loki vai tentar nos confundir."

Fêmea, pensou Angrboda com desprezo. *Como se Loki não pudesse ter uma esposa ou uma amante porque ele é um animal, e eu também sou um animal.*

"Concordo. Olhe só para ela, sibilando e cuspindo do mesmo jeito que o filho-serpente", falou Tyr, mas não parecia estar confuso sobre qual *tipo* de giganta achava que Angrboda era.

"Acha que ela é louca?"

"Teria de ser, para se deitar com Loki por vontade própria."

"Ela não é Sigyn, isso é certo", falou Thor.

"Solte-me e vou mostrar *quão* diferente de Sigyn posso ser", cuspiu Angrboda. "Você não tem o direito de..."

"Quieta, bruxa, ou o meu martelo vai silenciar você", rosnou Thor.

Angrboda pôde apenas fulminá-lo com o olhar, pois acreditava plenamente naquela ameaça. Embora não soubesse dizer se estava com medo.

Contanto que continuasse respirando, havia uma chance de que pudesse convencê-los a parar com aquilo. Havia uma chance de que pudesse *fazer* alguma coisa. Mas as amarras estavam firmes — e quentes, queimando a pele desprotegida de seus pulsos.

"Por falar em Loki", disse Tyr, "*onde foi* que ele se meteu?"

"Estou bem aqui", respondeu Loki, sem emoção, subindo pela trilha. Ele olhou para Angrboda por uma fração de segundo — apenas o suficiente para que ela o visse, notando-a, a sua dor, os cabelos soltos, e pudesse mascarar depressa o próprio luto com uma expressão vazia — antes de desviar os olhos.

Angrboda percebeu então o quanto Loki realmente era o estranho no ninho quando comparado aos deuses ali presentes: Thor, Tyr e Frey eram grandes, musculosos e barbudos. Ainda que fosse alto — quase da mesma altura de Frey, o mais baixo dos três deuses —, Loki era franzino, flexível e barbeado, parecendo quase magricela em comparação. A expressão de infelicidade também contrastava com a evidente satisfação estampada nos rostos dos deuses e de Freya — embora Frey fosse mais uma vez a exceção, pois ainda parecia bastante desconfortável com aquele arranjo.

"*Papai!*", exclamou Hel ao avistar Loki, debatendo-se com mais violência ainda para se libertar de Frey. "Papai, socorro! Eles vão nos levar embora!"

Cale a boca, estúpida. Ele não vai nos ajudar, disse Fenrir. *Ele é um deles. É tão ruim quanto os outros.*

Os quatro deuses encararam o lobo de olhos arregalados.

"O bicho fala", disse Thor.

"Nas nossas cabeças", disse Tyr.

"Muito interessante", comentou Freya, mas Frey pareceu ainda mais perturbado.

"Podemos ir?", falou Loki. "Vocês já têm o que vieram buscar. Vamos embora deste lugar."

Hel arquejou diante daquelas palavras, e os olhos enormes ficaram ainda mais esbugalhados e se encheram de lágrimas de novo. Loki não olhou para a filha.

"Por que precisávamos dele para fazer isso, afinal?", perguntou Thor para Tyr. "Gerda não podia simplesmente ter nos guiado até aqui? Se Loki vai apenas ficar reclamando..."

"Precisávamos dele para distrair a mãe, lembra?", falou Tyr. "E ele falhou."

"Eu podia ter esmagado o crânio dela", murmurou Thor, parecendo quase desapontado por não ter tido tal chance.

"É isso mesmo? Você era a distração?", perguntou Angrboda para Loki. "Thor tem razão: ele podia ter dado cabo de mim, mas eles fizeram você fazer parte disso? Para piorar ainda mais as coisas?" Ela balançou a cabeça. "Vocês deuses são mesmo cruéis."

"Eu não tive escolha", falou Loki, baixinho. "Se eu quisesse permanecer entre os Aesir..."

"Entendo. Então *foi* escolha sua." Angrboda cuspiu aos pés dele. "Gostaria de poder conjurar palavras vis o suficiente para descrevê-lo."

Loki franziu os lábios com cicatrizes e desviou o olhar.

"Você não vai conjurar nada tão cedo, bruxa", disse Tyr. "Só porque Loki é irmão do Pai-de-Todos, não..."

"Você *não é* irmão dele", falou Angrboda para Loki, que não voltou a se virar para ela. "E eu não sou a sua esposa. Você me presta um desserviço ao levar as minhas crianças e me deixar viva para chorar por elas."

"Você faria bem em ficar calada", respondeu Loki com calma. Com súplica.

"Ela está pedindo por isso", disse Thor. "Vá em frente, então, Loki. Pegue a adaga de Tyr e acabe com a bruxa. Ela é *sua* esposa. Faça um favor a ela. Livre-a do sofrimento."

"*Já chega*", disse Freya, franzindo o nariz. "Lembrem-se do que o Pai-de-Todos nos disse. Deixem a bruxa em paz e vamos embora. É um mau agouro assassinar a esposa de um parente, sendo ela fêmea de troll ou não."

"Como quiser. De qualquer maneira, já estou cansado disso", falou Thor, içando a sacola por cima do ombro. "Vamos voltar para Asgard. Estou perdendo o melhor dos banquetes por causa dessa baboseira de crianças-monstro. E, Frey, mantenha essa menina *quieta*."

Hel deixou escapar um soluço alto, gritando:

"*Não!*"

Angrboda mais uma vez investiu contra as amarras, indignada com os gritos da filha.

"Diga a eles, Loki. Diga que os seus filhos não são monstros. Diga a eles que parem com essa loucura e que devolvam os meus bebês."

Loki olhou para a bruxa outra vez, mas a sua expressão era vazia. Tyr e Thor trocaram olhares de diversão enquanto Freya cruzava os braços e revirava os olhos. Frey pareceu ainda mais aflito, pois Gerda continuava chorando e Hel gritava, e ele era responsável pelas duas.

"Nós não machucamos ninguém", disse Angrboda, ainda apelando para Loki. As lágrimas agora começavam a correr livremente pelo seu rosto, e a bruxa tremia com extrema força que os deuses pudessem imaginar que ela ainda lutava para se soltar. "Nós *nunca* machucamos ninguém, e você sabe disso. Nós cuidamos da nossa vida. Diga a eles. *Por favor.*"

"Eu disse a você", respondeu Loki, "que sentia muito."

"Se você já teve algum amor por mim, você faria isso", sussurrou Angrboda. "Contaria para eles."

Mas ele não disse nada e deu as costas para ela outra vez.

Thor foi embora primeiro, arrastando o saco que se contorcia. Depois Tyr o seguiu, conduzindo Fenrir, que lançou à mãe um último e demorado olhar antes de ganir alto. Angrboda recomeçou a lutar, gritando "*Não, não, não*", e Gerda saiu correndo atrás de Tyr e Thor, incapaz de presenciar a cena que ajudara a criar.

Frey tinha dificuldade para pegar Hel no colo — a menina se contorcia com agressividade, tentando voltar para a mãe.

"Mamãe, vou ser boazinha, vou ser boazinha!", soluçou ela, estendendo os braços para Angrboda. "Não deixe que façam isso, mamãe! Prometo, nunca mais serei má! Vou ser boazinha com os meus irmãos e vou comer todo o meu jantar *todos os dias* e vou conversar mais, prometo! Até mesmo vou para a cama quando você mandar! Serei melhor! Prometo!"

"Não posso fazer isso", disse Frey, com o semblante desolado, mas sem deixar Hel escapar.

"*Venha*, irmão", Freya o chamou. "É apenas uma criança. Jogue-a por cima do ombro e acabe logo com isso."

Loki o empurrou de lado e disse, com a voz rouca:

"*Dê a menina para mim.*" Ele ergueu a filha nos braços, e Hel se agarrou ao pai como se a sua vida dependesse disso. Então Loki marchou para alcançar os outros deuses sem olhar para trás.

O último vislumbre que Angrboda teve da filha foram aqueles olhos verdes cheios de lágrimas enquanto ela gritava por cima do ombro do pai.

O peito de Angrboda começou a palpitar. Ela respirava com dificuldade, tentando não se dissolver em soluços. Parte dela ainda não acreditava no que acabara de acontecer, enquanto outra parte tentava ser forte pela filha — mas a filha havia sido levada, assim como os filhos, e a mente da bruxa estava desgovernada; aquilo *não podia estar acontecendo*.

Mas, à medida que lutava, começava a sentir que as amarras de Freya se afrouxavam. A esperança crescia no seu peito conforme a bruxa se esforçava mais, convocando cada partícula de magia dentro de si. As cordas produziam dolorosas linhas vermelhas nos seus pulsos enquanto ela se debatia — a sua cabeça latejava tão forte que Angrboda imaginava que o crânio ia explodir — ela podia sentir o sangue quente escorrer pelo nariz, serpenteando pelo lábio inferior e para dentro da boca, o gosto forte e acobreado na língua...

Hel ainda gritava. Angrboda também gritava...

"*Não, não, não.*"

De repente, Thor reapareceu na clareira. Ele lançou um olhar breve por cima do ombro, certificando-se de que os outros haviam seguido em frente, e depois estudou Angrboda com a mesma desconcertante falta de emoção com que Tyr e Loki haviam se apresentado mais cedo.

As amarras começavam a se soltar enquanto ela lutava. Thor percebeu aquilo, e a sua expressão endureceu.

Angrboda não notou o modo como o deus a olhou, como se a bruxa fosse um animal ferido que precisasse ser sacrificado por misericórdia. Ela estava perto, *tão perto*, de escapar, quase lá... Mas então Thor se moveu na sua direção.

"Você *é* diferente", disse ele, mais para si mesmo do que para Angrboda. "É diferente das outras esposas de gigante que matei, então não tenho certeza se acabar com a sua vida é mesmo a coisa certa a se fazer. Mas meu pai diz que não há outro jeito. Você é perigosa demais para continuar viva."

Ela ergueu os olhos arregalados para ele, implorando, gritando: "Por favor..."

Mas Thor ergueu o martelo bem alto e depois o trouxe para baixo, silenciando a bruxa com um golpe rápido na cabeça.

A última coisa que ela viu foi o breve olhar de incerteza que atravessou o rosto do deus antes que o golpe a acertasse e o Mjolnir entrasse em um contato fatal com a sua têmpora.

Crack.

Diante interrupção tão abrupta da voz de Angrboda, Hel parou de chorar e soltou um arquejo horrorizado — e até mesmo Loki hesitou, com um olhar de choque congelado no rosto. Fenrir parou de lutar contra o punho de ferro de Tyr e emitiu um uivo agudo e miserável. Jormungand começou a se debater com tanta força dentro do saco que quase escapou, mas Thor chegou no último instante e tomou o saco das mãos de Frey, que andara lutando com o embrulho durante a sua ausência.

"M-mamãe?", sussurrou Hel, quebrando o longo silêncio que se seguiu à repentina ausência dos gritos da mãe. A respiração da criança estava difícil, e as pontas dos dedos estavam azuis devido ao esforço.

"Shhh", sussurrou Loki em resposta. "Você precisa se acalmar, Hel, ou vai ficar doente. A sua mamãe vai ficar b..."

Mas a criança não pôde ser consolada.

"O que eles fizeram com ela? O que eles fizeram? Mamãe!", pranteou Hel, de novo e de novo. Os gritos ecoavam pela floresta vazia e morta enquanto eles caminhavam, e agora nem mesmo Loki era capaz de silenciá-la.

Angrboda caiu de joelhos e com o rosto direto no chão.

Ocorreu-lhe que talvez as amarras tivessem sido cortadas agora que ela estava morta, mas não — não era o caso. Ela estava com frio. Muito frio. Não estava respirando, e não sabia se era capaz de se mover, mas sentia o chão abaixo de si. A terra da clareira onde estava deitada de bruços. Sentiu algo úmido na lateral da cabeça, mas não era dor.

O que está acontecendo? Como eu...?

Mas então ela soube. Enojada, mas *soube*.

"Levante-se, Vidente", ordenaram, "e diga-me o que você sabe."

Os dedos da bruxa se fincavam na terra conforme ela lutava para erguer a cabeça, o cabelo desgrenhado repartido apenas o suficiente para que ela divisasse o homem de pé acima dela.

O mundo ao redor dele era incolor e mudo — como se estivesse vendo através de uma névoa —, completa e perturbadoramente silencioso, exceto pela voz do homem. Angrboda ainda estava bem diante da porta da sua casa, mas sabia que não podia realmente estar ali. As árvores do Bosque de Ferro pareciam mais cinzentas que nunca, como se todos os vestígios de cor tivessem sido lavados. As folhas se moviam lentas demais sob o vento. E, quando ela olhou por cima do ombro, seu corpo físico ainda continuava lá, amarrado à árvore e imóvel.

O homem era a única coisa que ela enxergava com alguma definição — ele era claro como o dia. Em outro mundo, havia um corvo empoleirado em cada um de seus ombros, e um par de lobos flanqueava os seus pés. Mas as criaturas pertenciam ao mesmo mundo que as árvores, a grama e a caverna, enquanto o homem era o único ser ali com ela. Ele tinha muitos nomes, mas nenhum lhe veio à mente.

Só havia os dois naquele lugar.

Angrboda ficou de joelhos e olhou para ele com uma expressão vazia, enxergando de alguma forma através dos seus olhos brancos e mortos. O homem usava uma capa de viagem, que escondia quaisquer características do seu corpo. Sua altura era imponente, ou mesmo extraordinária. A barba comprida estava grisalha, ainda com traços remanescentes de ruivo, e um olho azul e frio fixava-se nela por baixo da aba larga do seu chapéu alto e pontudo.

Foi quando o nome veio até ela: Odin.

Ele falou outra vez. Angrboda não o entendia — pelo menos não na superfície. Mas algo dentro da bruxa compreendia: ele finalmente havia vencido. Ela estava à beira do vazio agora, olhando para a escuridão sem fim logo abaixo.

As palavras de Odin a empurraram para além do limite e a arrastaram para o fundo, aos gritos em direção ao vazio. Os arredores desbotaram em preto — até mesmo o homem na frente dela desapareceu —, e outras imagens tomaram o seu lugar. Angrboda estava afundando. Caindo.

"O que você vê?", perguntou a voz, vinda de muito longe. E, contra a sua vontade, a bruxa começou a falar — palavras ancestrais, palavras sagradas.

E ela contou tudo a ele.

Então ela estava de volta ao Bosque de Ferro, escorada contra as amarras frouxas. Havia crostas de sangue sob o seu nariz e na lateral da cabeça, grudadas no cabelo. Um corte na têmpora oposta, de quando ela fora pega de surpresa pela primeira vez. Queimaduras nos pulsos por causa dos grilhões. Mas nenhuma dor. Apenas o frio.

Viva. Ainda viva. Ou tão viva quanto sempre estivera: de certa maneira.

E, por nove dias e nove noites, ela permaneceu amarrada à árvore.

Permaneceu ali na escuridão, em algum lugar entre a consciência e o esquecimento — algum lugar onde o vazio era reconfortante e nada poderia machucá-la, pois não precisava pensar nem sentir coisa alguma. Às vezes, parecia que a bruxa escutava vozes chamando, mas eram muito distantes e quase indistinguíveis, e ela *não se importava*, pois as vozes chamavam apenas o seu nome, e aquele nome não era mais do seu interesse.

Visões cintilavam diante de seus olhos quando ela emergia por tempo suficiente, pouco antes de voltar a afundar: *A pequena Hel em Asgard, usando um vestido verde refinado, longo o suficiente para cobrir as pernas e as meias grossas que a mãe havia costurado para ela. A menina estava cabisbaixa do lado de fora de um salão. Os olhos disparavam de um lado para o outro, e ela girava uma pedrinha entre os dedos, sem nem olhar para ela, cutucando a superfície com as unhas curtas.*

Não havia nalbinding *ou brinquedo de lobo para manter suas mãos ocupadas, e a mente da menina não se acalmava.*

De repente, uma bola veio rolando pela esquina do prédio, e Hel ofegou e saltou para se esconder nas sombras. Um jovem imberbe veio correndo buscar a bola. A menina podia ouvir os amigos dele gritando não muito longe. Ele tinha um pedaço de pau na mão e era loiro e de olhos brilhantes. Quando se abaixou para buscar a bola e percebeu a garota, ele sorriu.

"Ah! Olá."

Hel apenas engoliu em seco, e os seus pequenos ombros tremeram.

Ele inclinou a cabeça, preocupado.

"Você está bem?"

Hel ficou em silêncio.

"Você é nova por aqui?", perguntou ele. "Qual o seu nome? Acho que não nos conhecemos."

"Ei, vem logo!", gritou um dos outros rapazes. "Por que está demorando tanto? Caiu na boca escancarada do lobo?" Os outros riram.

Hel se enfureceu diante da menção ao irmão — ainda mais em tons tão zombeteiros. Ninguém podia falar da sua família daquele jeito. Se não tivesse tanto medo de tudo naquele estranho mundo dos deuses, ela andaria até lá e socaria aqueles garotos estúpidos bem na cara. Mas pelo menos as palavras deles, por mais desdenhosas que fossem, significavam que Fenrir ainda estava ali.

Era mais do que ela podia dizer com relação ao outro irmãozinho. Não tinha ideia do que haviam feito com Jormungand.

"Estou indo!", gritou o jovem por cima do ombro. Ele lançou a bola para cima e voltou a pegá-la, depois deu as costas para ir embora.

"Hel", disse ela. Quando o garoto se virou para perguntar o que ela queria dizer, a menina gaguejou: "O m-meu nome. É Hel".

"É um prazer conhecer você, pequena Hel", disse ele, abrindo um sorriso deslumbrante.

"Anda, Baldur!", gritou outro amigo do menino, e então mais alguns bradaram o seu nome. "Queremos terminar esta rodada antes que fique de noite! Você vai nos fazer perder!"

Baldur retirou algo do bolso — uma maçã dourada — e a lançou para Hel. A menina largou a pedra e capturou a maçã, surpresa, e ele sorriu para ela e disse:

"Bem-vinda a Asgard."

Bem naquele momento, o pai dela surgiu pela lateral do salão e disse:

"Hel? Aí está você." Os olhos de Loki pairaram entre ela e Baldur antes de pousarem no menino e se estreitarem. "Vá embora. Ela não tem tempo para brincar com você."

Os olhos de Baldur se estreitaram em resposta, mas apenas um pouco. Ele sabia que não devia discutir com o irmão de sangue do seu pai. O garoto assentiu apenas uma vez, deu outro sorriso fugaz para Hel e saiu correndo, dobrando a esquina para se juntar aos amigos.

Hel se virou para Loki quando este se ajoelhou diante dela, e a sua pequena voz estridente saiu trêmula conforme ela gesticulou com raiva, segurando a maçã.

"Papai! Nós estávamos conversando."

"Estavam? A mim pareceu um pouco unilateral", respondeu Loki. Ele tomou a maçã, jogando-a para longe, e, quando a menina produziu um som indignado, ele falou: "Não ia mesmo fazer bem algum para você".

Hel fez beicinho.

Loki sorriu de leve.

"Eu não esperava ter de falar sobre garotos com você antes de pelo menos mais dez invernos. Por outro lado, você já tinha um vocabulário completo antes do seu segundo aniversário, então..." No entanto, apesar do tom brincalhão, ele parecia abalado. Quase tanto quanto a filha.

Os Aesir confabulavam havia horas e enfim o tinham dispensado para proferir a sentença final em sigilo. Ele fazia parte dos deuses apenas quando lhes convinha — e, naquele caso, não convinha.

Hel fungou, percebendo a sua angústia. Ela nunca tinha visto o pai daquele jeito antes: tão nervoso, tão perto de ceder. Ele era capaz de manter a máscara de indiferença na frente dos deuses, é claro. Mas, na frente da única filha, Loki estava por fim começando a desmoronar.

"Papai", disse Hel, "o que vai acontecer comigo? Por que não me deixam ver os meus irmãos? Onde está a mamãe?" A menina engoliu em seco e contraiu o rosto afogueado, preparando-se para chorar. "Eu quero a mamãe! O que eles fizeram com ela?"

"Escute", disse ele, segurando-a pelos ombros e olhando a filha nos olhos. Era muito mais difícil mentir daquele jeito, mas ele precisava mentir. "A mamãe está bem. Os seus irmãos estão bem. Vai ficar tudo bem."

"Você promete?"

"Prometo. Só preciso que você seja valente. Seja valente e mantenha o queixo erguido. Contanto que faça isso, sempre se lembrará de quem você é. E o mesmo acontecerá com todos os outros."

Hel fungou.

"Lembrar de quem eu sou?"

"Isso. De quem você é. Às vezes, é tudo que temos, então você nunca deve permitir que alguém faça você sentir vergonha de quem é." Loki tamborilou dois dedos no queixo de Hel, fazendo-o subir. "Isso, muito bem. Você se parece com a sua mamãe." A voz dele falhou nas duas últimas palavras.

Na frente dos deuses, o seu rosto sério demonstrara apenas o que era esperado dele, e somente quando apropriado: a quantidade exata de raiva que um homem teria direito de sentir quando outros decidiam o destino dos seus filhos. Mas era diferente para Loki, pois ele sabia que não podia fazer nada. A sua raiva era um espetáculo, encobrindo algo que ele nunca poderia, que nunca iria, deixá-los ver.

Ela não suportava mais aquela visão. No seu corpo físico, a bruxa sentiu algo úmido congelar no rosto e se desesperou, pois as lágrimas significavam que de fato ainda estava viva. Aquilo, acima até mesmo do roubo dos seus filhos, parecia-lhe a maior injustiça: que não tivessem sido capazes de destruí-la e livrá-la da sua infelicidade.

Ela desejou tanto que todas as tristezas tivessem fim, que todas as lágrimas fossem gastas. Mas a bruxa não tinha tanta sorte.

Hel estava em algum lugar escuro agora, o vestido verde rasgado e manchado, as perninhas mortas vacilantes — ela estava com medo de tirar as meias e olhar a pele por baixo, pois se sentia um pouco estranha, ainda mais que de costume.

O homem no cavalo de oito patas a havia deixado ali, e a silhueta dele estava desaparecendo na névoa. Ela não sentia falta dele. Mesmo que estivesse completamente sozinha ali embaixo, preferia estar só do que na companhia dele. Ela o odiava. O povo dele havia levado a menina e os seus irmãos para longe da mamãe deles, e depois aquele homem a levara para longe do papai.

O chão tremeu sob seus pés e Hel gritou, pulando para longe e olhando ao redor em pânico. Não havia nada à vista, exceto por ainda mais neblina à distância — as pontes que eles haviam cruzado estavam tão distantes, mas talvez se ela continuasse em frente pudesse alcançar os penhascos longínquos e irregulares, talvez encontrasse uma caverna para fazer de abrigo durante a noite — mas era mesmo noite?

Não era sempre noite em Niflheim? Foi para lá que eles disseram a estar levando, embora Hel não estivesse morta. Mesmo que fosse apenas uma menina pequena e muito assustada. Mesmo que seu papai tivesse gritado por ela e a segurado por tanto tempo quanto pôde antes que o homem de um olho só a arrancasse das suas mãos, berrando algo, e seu papai tivesse berrado de volta, mas a garota não sabia o que eles disseram porque estivera berrando.

Algo agarrou o seu pé, e a menina gritou. Um esqueleto inteiro estava se arrastando para fora da terra, e havia outros mais adiante. A névoa começou a tomar formas sombrias, chegando perto, rondando a menina.

Não havia saída.

Hel lutou até que a coisa se afastasse de seu pé e se levantou, gritando. O esqueleto era feito de terra, animado pelas sombras, pois não havia corpos em Niflheim: apenas almas. E as outras figuras sombrias se aproximavam, as mãos sinistras estendidas para ela — o solo estava agitado como o mar durante uma tempestade, com coisas mortas se retorcendo por baixo da terra. Coisas que se erguiam.

Erguiam-se para pegá-la. Monstros na noite sem fim.

Então, de repente, duas formas sólidas se juntaram à briga: uma espreitando a menina pelo chão, a outra circulando pelo ar. Ela viu a mandíbula do lobo Garm, pingando saliva conforme se aproximava, e sentiu a lufada de ar produzida pelas asas de Nidhogg quando o dragão pousou.

Eles circulavam ao redor dela, os monstros e os mortos. As narinas do dragão ficaram dilatadas. O lobo rosnou. As sombras tentaram tocá-la, e Hel fechou os olhos com força e ergueu as mãos para enfrentá-las, mas os dedos deslizaram através das silhuetas esfumaçadas, e as sombras continuaram vindo. Hel não podia lutar contra elas, mas sentia o toque fantasmagórico daquelas coisas, e aquilo deixava a sua pele arrepiada. Por que ela sentia as sombras, mas não o contrário? Não era justo. Os seus joelhos começaram a ceder.

"Saiam de perto de mim!", gritou ela, girando de modo frenético, as mãos ainda estendidas. "Saiam daqui, saiam daqui, SAIAM DAQUI!"

Uma explosão de ar irrompeu em um círculo ao redor da menina, jogando as coisas mortas para trás.

Hel ficou ali parada, tremendo. Quando finalmente abriu os olhos, os mortos já estavam de pé outra vez, embora tivessem se retirado para formar um pequeno anel em torno dela. Até mesmo Nidhogg e Garm haviam parado de avançar. Eles pareciam confusos, talvez até um pouco assustados.

Garm limpou o focinho na pata e abaixou a cabeça, e as narinas de Nidhogg se dilataram outra vez, os olhos alaranjados queimando. Ele estava cauteloso.

Todos *eles estavam cautelosos com Hel agora.*

Talvez ela tivesse acabado de executar feitiçaria. Talvez a sua mamãe e aquela mulher horrível com o colar de ouro não fossem as únicas a conseguir fazer magia — talvez Hel também fosse capaz. Ela olhou para as palmas e depois de volta para os anfitriões de Niflheim.

E Hel ergueu o queixo.

A última coisa da qual Angrboda se lembrava era do que havia contado para Odin. A profecia. O fim.

Ela ficava vendo aquilo repetidas vezes, sem conseguir desviar os olhos.

Baldur, filho de Odin, deus brilhante de Asgard, é morto por um ramo de visco afiado até produzir um dardo mortal. Ele é atingido no coração pelo próprio irmão, e assim é o começo do fim.

Loki, preso em tormento — pelo quê? Ela não enxerga.

Três anos de inverno sem nenhum verão no meio. Em Midgard, os laços de parentesco e a ordem social começam a se romper. As guerras eclodem devido aos recursos minguantes. Muitos são mortos nesta era selvagem da espada dos homens.

Um som alto ecoa por todos os mundos, e os grilhões que prendem as forças do caos se rompem. Loki está livre, e assim também estão os seus filhos.

Os lobos que perseguem o sol e a lua finalmente alcançam a presa, e os mundos escurecem. Todas as estrelas se apagam.

Garm late alto aos portões de Hel. A Yggdrasil treme.

Os deuses marcham para a batalha contra os gigantes. Loki comanda o navio dos mortos. Os deuses e os gigantes lutam e matam uns aos outros. A Serpente de Midgard procura Thor, e o Grande Lobo mira Odin. Os quatro caem.

Surt vem pelo sul com sua espada flamejante e incendeia tudo.

Um novo mundo verde surge das cinzas, e o dragão Nidhogg circula acima.

A bruxa não viu mais nada enquanto tornava a afundar.

No Coração da Bruxa
Genevieve Gornichec

 TEMPO PASSAVA ENQUANTO ANGRBODA PERMANECIA ENTRE a vida e a morte. Uma eternidade poderia ter transcorrido sem que ela soubesse; o fim dos mundos poderia ter acontecido e pouco significaria para a bruxa, pois ela agora sabia o que estava por vir. Sabia de tudo. Ela não fora capaz de desviar os olhos daquela vez.

Vi os meus filhos morrerem.

Ela havia contado tudo para Odin, e agora lhe parecia que talvez o seu tempo como Angrboda estivesse encerrado — que ela deixaria aquele papel como fizera com Gullveig. E depois? Uma morte verdadeira, esperava ela. Já previra muitas mortes. Por que deveria permanecer viva e testemunhar o desenrolar de tudo?

Vou ficar aqui para sempre.

Nada mais importava. Não sem os filhos.

Não é justo com eles. Não fizeram nada para merecer isso. Não é assim que as coisas deveriam ser.

Algo formigou bem no limite da sua consciência: algo pequeno, mas afiado, como uma alfinetada.

Ah, mas talvez as coisas sejam assim, disse uma voz, tão suave que parecia ecoar nos recônditos mais profundos da sua mente. Era uma voz dolorosamente familiar, como se tivesse saído de um sonho que ela esquecera havia muito. *A pergunta é: o que você vai fazer a respeito disso?*

Nada. Não posso fazer nada. Não sou ninguém. Não sou nada. Apenas uma bruxa velha e triste de quem tiraram tudo. Traída pelo marido. Privada das suas crianças. Abandonada por todos.

Nem todos, respondeu a voz. *Você sabe disso. Mesmo agora, ela a está chamando. Consegue escutar?*

"Angrboda", gritou uma voz diferente. Mas estava abafada, como se a bruxa estivesse escutando embaixo d'água. "Angrboda, está aqui? Você está... Não. *Não!*"

A pontada no fundo da sua mente se transformou em um puxão — não do tipo que é forçado, não como o puxão de Odin quando ele a arrastou para fora e a forçou a afundar, e sim um toque gentil que a conduziu mais ou menos na direção da consciência.

"Não, não, não... Por favor... acorde..."

Vamos lá, disse a voz, e Angrboda se sentiu arrastada através da escuridão de um mar sem fim até um ponto de luz na superfície. A luz ia ficando mais forte conforme ela subia, mas a bruxa não conseguia ver quem ou o que a puxava.

Ela resistiu. Estava segura ali. Lá em cima era onde tudo dava errado. Embaixo, podia continuar sendo nada e ninguém pelo tempo que desejasse. *Nunca* precisaria voltar.

"Acorde", implorou uma voz feminina. Angrboda podia ouvi-la com mais clareza agora, podia ouvir a angústia contida nas palavras. "Por favor, *por favor*, acorde..."

É hora de se levantar, disse a voz, ainda guiando-a suavemente para o alto, e a luz ficou mais brilhante também. *Ela está esperando você.*

Logo a bruxa sentiu a sensação de formigamento causada pelos membros despertando, sentiu aqueles terríveis batimentos cardíacos outra vez, sentiu o cabelo caindo no rosto, a crosta de sangue ao redor das narinas e da boca. Ao emergir, deixou escapar um soluço agonizante, mas não abriu os olhos.

"Você está viva", disse a voz feminina, subindo uma oitava de alívio. Angrboda sentiu a mão calejada levantar o seu queixo com delicadeza quase se sentiu reconfortada por aquele toque. A bruxa tentou vagamente conectar aquela voz a uma pessoa.

Os dedos da outra mulher se moveram pelo rosto de Angrboda até a lateral da sua cabeça, afastando suavemente o cabelo da cratera sangrenta na têmpora da bruxa, bem onde o martelo de Thor atingira o alvo. A mulher soltou um arquejo estrangulado e uma torrente de imprecações ao ver aquilo, e o cérebro de Angrboda de repente encontrou um nome para a voz: *Skadi*.

Os braços e as pernas de Angrboda não se mexiam. Ela fechou os olhos com força. A cabeça latejava, *pulsava*, doendo tanto que a bruxa desejou ainda estar dormindo para não precisar sentir. Ela tentou murmurar algo, mas Skadi apenas disse:

"Shhh. Não fale. Preciso cortar as cordas. Ouvi dizer que Freya criou essas amarras especialmente para que *você* não pudesse rompê-las, mas me pergunto se isso vale para qualquer pessoa que tentar."

"Deixe-me aqui para morrer", disparou Angrboda, por fim. A voz era apenas um sussurro, soando estranha aos próprios ouvidos.

Ela escutou Skadi fazer pouco caso do pedido ao desembainhar a faca de caça.

"Cale a boca."

Ouviu-se o som da neve cedendo sob os sapatos de couro e o barulho das cordas se partindo — a faca de Skadi realmente deu conta da tarefa. Angrboda sentiu as amarras se afrouxando e pendeu para a frente, mas Skadi aparou a queda e a ergueu nos braços como se a bruxa fosse uma criança. As pálpebras de Angrboda tremiam enquanto Skadi a carregava para dentro da caverna, e ela teve um vislumbre da clareira e das árvores nuas mais adiante: todas cobertas por uma camada de neve, assim como ela.

Angrboda sentiu que estava sendo colocada na própria cama e ouviu os ruídos de Skadi acendendo o fogo na lareira no centro. Em seguida, sentiu que a sua roupa era cortada. Angrboda nem mesmo estranhou, pois o vestido estava rígido e congelado, e ela sabia que, se ainda estivesse com ele quando a peça descongelasse, a umidade só iria deixá-la com mais frio. Quando Skadi terminou e jogou de lado o que restava do vestido, a giganta passou a envolver a amiga em peles.

As mãos e os pés de Angrboda passaram a formigar de modo doloroso conforme a sensibilidade voltava aos membros. A bruxa ouviu água sendo despejada no caldeirão acima do fogo, e, pouco tempo depois, sentiu um pano úmido e aquecido ser esfregado com gentileza na sua têmpora, mas ela não abriu os olhos.

"Consigo ver seu crânio. Deveria estar quebrado. Como é que você ainda está viva?", murmurou Skadi. Após limpar o sangue da melhor forma que pôde, ela aplicou um tipo de cataplasma, com as mãos trêmulas — se de raiva ou de angústia, Angrboda não sabia dizer. O cataplasma era, sem dúvida, tirado da própria despensa de Angrboda. Skadi conhecia bem as tinturas da bruxa depois de tê-las negociado por tanto tempo.

Angrboda sentiu a mão retirar devagar o gelo do seu cabelo, depois dos cílios, e por fim as pontas ásperas daqueles dedos permaneceram na sua bochecha. A bruxa entreabriu os olhos e viu Skadi, com o rosto afogueado e castigado pelo vento, inclinada sobre ela.

A Caçadora retirou a mão, e um sorriso repleto de alívio repuxou os cantos da sua boca.

"Bem-vinda de volta aos Nove Mundos", disse ela. Skadi estivera sentada ao lado de Angrboda na cama, mas foi se acomodar no banquinho junto à cabeceira. Angrboda sentiu falta daquele calor logo de imediato, mas não disse nada — havia apenas uma coisa na sua mente.

Ela fechou os olhos outra vez e perguntou:

"O que aconteceu com os meus filhos?"

"Você deve descansar antes de ouvir a resposta para essa pergunta", disse Skadi. "Recupere um pouco das forças. Eles estão vivos — isso deve confortá-la. Durma um pouco, vou caçar alguma coisa para o jantar. Sei que você tem carne-seca na despensa, mas acredito que no seu estado um caldo lhe serviria melhor."

A última coisa que Angrboda queria fazer era comer.

"Já fiquei dormindo por bastante tempo. Não estou cansada."

"Mas você não estava dormindo, estava?", indagou Skadi, estudando a amiga. "Você estava... em outro lugar."

"Não estava. Eu estava dormindo", insistiu Angrboda. Mas a mentira soava fraca até para os próprios ouvidos, e ela sabia que Skadi não acreditava naquilo.

"Ninguém se cansa o suficiente para simplesmente *dormir* por nove dias e nove noites. Muito menos alguém que... que passou pelo que você acabou de passar, minha amiga."

Nove dias. Como ela pôde se permitir ficar no lugar escuro por tanto tempo? Se tivesse voltado antes... Se ao menos tivesse sido capaz de *fazer* alguma coisa.

Quando Angrboda não respondeu, Skadi apoiou as mãos nos joelhos e içou o corpo até ficar de pé.

"Vou caçar o jantar", disse ela, por fim, e depois lançou um olhar severo na direção da bruxa. "Não vá a lugar algum."

Angrboda apenas piscou para a giganta. Entre o ferimento na cabeça e o corpo semicongelado, ela mal conseguia se mover, muito menos falar. Mal conseguia levantar a cabeça, quanto mais sair da caverna por conta própria.

"Não foi isso que eu quis dizer, e você sabe", falou Skadi em uma voz sombria, vestindo o cafetã e prendendo-o com o cinto. "Eu não demoro."

Angrboda fixou os olhos no teto ao escutar Skadi saindo. A sua mente retornou para algumas das visões que ela experimentara enquanto estivera lá embaixo: Hel em Asgard. Depois Hel em Niflheim. A confusão da filha, o medo, o seu *poder*.

A bruxa fechou os olhos.

Eu estava vendo a verdade das coisas ou a minha mente enlutada estava me pregando uma peça?

Mas logo Skadi seria capaz de confirmar seus piores medos.

Da vez seguinte em que Angrboda abriu os olhos, Skadi estava erguendo a sua cabeça com cuidado para posicioná-la no próprio colo, segurando uma tigela de caldo diante dos seus lábios e incentivando-a a beber. Angrboda ainda não sentia fome, mas o alimento estava quente, e ela apreciou a calidez.

"O que aconteceu com os meus filhos?", perguntou ela de novo ao terminar a refeição.

Skadi depositou a tigela no banquinho ao lado da cama, sem tirar a cabeça de Angrboda do colo.

"Eu havia saído para caçar com Uller na ocasião; ele é enteado de Thor. Estávamos em Midgard até anteontem. Mas, assim que fiquei sabendo, pressionei Frey para que me desse detalhes do que aconteceu e vim direto para cá assim que ele me contou."

Angrboda assentiu. Frey era enteado de Skadi e fora o único entre os deuses a demonstrar qualquer desconforto diante das ações daquela noite.

Skadi fez uma pausa. Angrboda lhe ofereceu um olhar de expectativa, mas a outra mulher apenas desviou os olhos, cerrou os punhos e disse:

"Eu devia ter estado lá. Eu poderia ter *salvado* você, e as crianças também."

"Duvido muito disso", falou Angrboda com gentileza. "A mim pareceu que nada poderia detê-los. Não se martirize com tais pensamentos."

"Então você me perdoa?" Skadi baixou a cabeça depressa para encarar a bruxa. "Por não ter estado lá?"

"Minha amiga, não há o que perdoar. Eu juro. Agora, por favor, continue."

Skadi enxugou os olhos e pareceu recuperar a compostura.

"As crianças foram levadas até Odin", contou ela. "Jormungand foi lançado ao mar de imediato, e Frey jurou que viu seu filho ficar ainda maior enquanto eles o observavam. Então ele não está morto."

Angrboda assentiu outra vez, o rosto sem expressão. *Eu sei. A hora dele não chegou... ainda.*

Skadi inspirou fundo pelo nariz antes de continuar:

"Eles não têm muita certeza do que fazer com Fenrir, pois ele também cresceu nos últimos nove dias. Os deuses decidiram mantê-lo por perto em Asgard, onde podem ficar de olho nele até que se torne intratável demais. Ninguém chega perto dele a não ser o valente Tyr, que o alimenta, e seu marido não se atreve nem mesmo a entrar no campo de visão do lobo, com medo de que Fenrir o mate. O seu filho não tem amor algum pelo pai." Skadi ficou cabisbaixa. "Eu mesma tentei chegar perto dele, mas está claro que agora Fenrir me considera parte *deles*. Ele acha que eu traí você, assim como Gerda fez, mesmo que nada pudesse estar mais longe da verdade."

"E o que farão com ele depois, quando não aguentarem mais tê-lo por perto?", perguntou Angrboda, embora também já soubesse. Ela vira Fenrir se libertando de *algo* na sua visão.

"O seu marido ou o seu filho?"

"O meu filho", explicitou Angrboda. "Eu não tenho marido."

Skadi foi pega de surpresa, mas então um ar de aprovação lampejou no seu rosto antes de ser rapidamente substituído por uma expressão sóbria, mais condizente com a conversa.

"O que vai acontecer depois é apenas especulação."

"Jormungand lançado ao mar e Fenrir preso por tempo indefinido", murmurou Angrboda. Algo a incomodava. Mas então o seu estômago deu um nó, e a bruxa fez uma pergunta para a qual já sabia a resposta: "E quanto a Hel?".

Skadi respirou fundo.

"Frey disse que ela ficou quieta no caminho até Asgard porque estava sendo carregada por Loki. Ela não largou do pai nem por um segundo, e ele não falou com a menina exceto para consolá-la, o que pareceu funcionar até os deuses separarem as crianças. Depois de se livrarem de Jormungand e se certificarem de que Fenrir estava bem amordaçado, eles precisaram decidir o que fazer com Hel."

A giganta pareceu estar unindo forças para a próxima parte, e Angrboda aguardou.

"E então o próprio Odin arrancou a menina dos braços de Loki." Skadi finalmente olhou para a bruxa. "Eles a jogaram em Niflheim, com corpo e tudo. Pelo que entendi, Odin concedeu jurisdição para ela sobre os mortos, pois a própria Hel é uma semimorta."

"Óbvio", disse Angrboda, os olhos fechados. As últimas peças se encaixavam. Aquela era a visão dela sobre o fim dos tempos: a serpente gigantesca surgindo das ondas e o enorme lobo quebrando os grilhões enquanto todos os mundos sucumbiam ao caos. E o navio dos mortos, que eram súditos de sua filha, navegando para a batalha contra os deuses...

Só que agora ela vira o restante. O panorama completo, do início ao fim.

Ela vira as mortes de Odin e Thor. Vira Thor lutar com Jormungand e Fenrir engolir Odin por inteiro, vira ambos os filhos morrerem. Ela tentou forçar as imagens de volta para o fundo, tentou tirá-las da cabeça, mas era incapaz de esquecer. Ela *não iria* esquecê-las.

Parece que, quanto mais respostas recebo, mais perguntas tenho.

"Óbvio?", repetiu Skadi, confusa.

Angrboda apenas balançou a cabeça e não deu mais detalhes.

"Obrigada por me contar a verdade e... obrigada. Por cuidar de mim. Mas, se não se importar, eu gostaria de ficar um pouco sozinha." Ela engoliu em seco. "Eu só... preciso de tempo."

"Eu entendo. Não irei longe, no entanto. E acho bom não ir para nenhum lugar onde eu não possa te acordar", avisou Skadi, e foi com muita relutância que a giganta se levantou para que Angrboda pudesse descansar a cabeça enfaixada sobre um travesseiro.

"Não vou", respondeu Angrboda.

Skadi hesitou por um momento antes de assentir uma única vez e deixar a caverna. Assim que ouviu a amiga passar pela porta, a bruxa fechou os olhos, respirou fundo e pensou sobre a visão.

Ela contara para Odin o que ele desejava saber naquela noite. E, antes disso, implorara e *suplicara* aos Aesir para que deixassem os seus filhos em paz. Fosse lá o que as Nornes tivessem dito a Odin, nada daquilo aconteceria enquanto Hel, Fenrir e Jormungand permanecessem com ela. Angrboda estava certa disso. E assim, depois que Odin havia tomado a informação à força — no momento em que a bruxa estava vulnerável demais, destruída demais, *fraca* demais para impedi-lo —, ele também sabia.

Então por que não tinha devolvido seus filhos no instante em que descobrira o que estava para acontecer? Mesmo se Odin acreditasse que ela estava morta, por que não libertar as crianças e deixá-las com Loki, ou mesmo soltá-las na natureza para que se cuidassem sozinhas? Se Odin estava tão preocupado com o seu terrível destino, por que provocar inimizade exatamente com as criaturas que matariam o deus e o seu filho na batalha final?

Antes que Angrboda pudesse pensar mais sobre o assunto, ela se remexeu na cama e sentiu algo duro sob as peles no estrado. Enfiou a mão por entre as camadas a fim de recuperar o objeto: a tão amada estatueta de lobo de Hel, os contornos quase indistintos, as marcas de mordida desgastadas por pequenos dedos que manuseavam o lobo e o seguravam junto ao corpo.

Agarrando o brinquedo em um punho cerrado, Angrboda o pressionou contra o peito e sentiu o corpo inteiro tremer com soluços silenciosos conforme tudo que havia acontecido finalmente a atingia.

As suas crianças haviam desaparecido.

Não desapareceram, disse aquela voz familiar no fundo da sua mente, a mesma que a guiara de volta à consciência algumas horas antes.

"Elas estão perdidas para mim", sussurrou Angrboda em voz alta. "Se eu libertar os meus filhos, o fim começará. As minhas visões foram muito claras quanto a isso, e elas ainda não mentiram para mim."

E quanto à sua filha?

"Hel..." A bruxa segurou a estatueta de lobo com mais força. *Eu devia estar morta. Eu queria estar morta para poder estar com ela. Como é injusto que eu já tenha morrido tantas vezes, e ainda assim...*

Foi quando o pensamento a atingiu. *Talvez eu não precise morrer para alcançá-la. Talvez eu consigo chegar até ela do meu jeito, e aos meus filhos também.*

Ela fechou os olhos com força e respirou fundo para se acalmar. Esvaziou a mente, escutou a batida constante do coração. Aguardou para sentir a separação, para afundar e viajar como bem entendesse. Como sempre fizera.

Mas nada aconteceu.

Angrboda abriu os olhos e franziu a testa, confusa, mas conseguiu se convencer a manter a calma e tentar de novo. Porém, na segunda tentativa, em vez de nada, algo pior aconteceu: um lampejo de dor ardente por todo o seu corpo, chamas como as que a queimaram quando ainda era Gullveig, deixando a bruxa trêmula e confusa.

Ela fez uma última tentativa, e, assim que começou a deixar o corpo, a magia transportou tudo daquela noite de volta, trazendo consigo o aperto de ferro de Odin na sua alma conforme o deus a arrancava da forma física e a forçava para baixo, até o lugar sombrio, como se a segurasse embaixo d'água, tomando o que queria e fazendo com ela o que bem entendesse.

Angrboda sentiu um embrulho no estômago, a visão ondulou e ela pousou de volta no próprio corpo. Em seguida, uma conclusão doentia lhe ocorreu.

Ela havia — de alguma forma, fosse por limitações próprias ou por algum tipo de feitiço que Odin colocara sobre ela naquela noite — perdido a capacidade de realizar o *seid*.

Ainda sou uma profetisa mesmo sem a habilidade de prever?

Ainda sou uma mãe se os meus filhos desapareceram?

Ele tomou tudo de mim.

Ele e Loki.

Os pensamentos da bruxa se voltaram para Loki, e ela ferveu de ódio. *Quem dera ele nunca tivesse devolvido o meu coração, para começo de conversa. Ele merece sofrer do jeito que o vi sofrendo nas visões. Ele merece cada pedacinho de dor depois do que fez comigo.*

Mas, ao pegar no sono, Angrboda abriu mão daquela imagem, deixando-a desaparecer nos recônditos da mente: as amarras, a cobra, a tigela, *a dor*. Não precisava mais daquilo. Não precisava ficar acordada à noite pensando na visão, pois agora percebia que aquilo não era mais da sua conta, nem nunca fora da sua conta, na verdade.

Há um motivo para que eu não esteja ao seu lado durante o tormento.

E o motivo é você.

Em algum ponto entre o sonhar e o despertar, outra vez a voz falou com ela.

Você se lembra de como Odin ganhou o conhecimento das runas?, perguntou a voz. *Ele ficou dependurado na Yggdrasil por nove dias e nove noites. Sacrificou a si em prol de si mesmo.*

Angrboda não entendeu.

Você também foi um sacrifício. O que você aprendeu enquanto estava amarrada à sua árvore, Mãe-Bruxa? O que trouxe consigo que não tinha antes?

O quê, de fato, pensou Angrboda, carrancuda. *Desalento? Desespero?*

Não, disse a voz. *Eu.*

Mas quem é você? E por que soou tão familiar quando você me chamou de "Mãe-Bruxa"?

A voz não ofereceu uma resposta.

Angrboda acordou, tonta e desorientada. Permaneceu deitada por um tempo, tentando organizar os pensamentos. Mas as peças começavam a se encaixar na sua mente enevoada, e as imagens ficavam mais claras a cada vez que a bruxa respirava.

Odin não está tentando saber a profecia para evitar que ela se torne realidade — foi o que pensei no início, mas estava errada. Ele não pode evitar isso. Ele sabe que é inevitável. Mas então por que deseja estar ciente de todos os pequenos detalhes da própria morte, da morte dos seus familiares? Qualquer um não seria mais feliz sem saber? Pode alguém ser realmente tão impiedoso?

Não. Ele está reunindo informações porque precisa saber o máximo possível caso pretenda subverter a profecia de alguma forma, caso procure algum tipo de brecha para atingir os próprios fins.

O que significa que posso fazer o mesmo.

Mas a pergunta era *como*.

Angrboda não tinha uma resposta, mas conhecia alguém que talvez tivesse; só precisava encontrar essa pessoa, aquela que falava em sonhos — assim que descobrisse quem era essa pessoa, é claro.

Mãe-Bruxa. O nome ficou na sua mente. Fez com que ela pensasse na primeira vez em que viera ao Bosque de Ferro como Angrboda e encontrara as fundações de pedra a alguma distância da caverna. *Talvez seja um bom lugar para começar.* Mesmo que o lugar não rendesse nada, talvez houvesse pelo menos uma pista por lá que pudesse colocá-la na direção certa.

E, se isso também não desse em nada, então ela teria os Nove Mundos inteiros para vasculhar.

Suponho que seja melhor começar.

Ainda segurando a estatueta de lobo da filha, Angrboda se desvencilhou das camadas de peles e cobertores nas quais Skadi a havia enrolado com tanto zelo — a bruxa estremeceu quando o ar mais gelado atingiu sua pele nua, a despeito do calor vindo do fogo na lareira — e se esforçou para ficar sentada. Ela arrastou as pernas para fora do catre e se ergueu, depois foi se apoiando na mesa para chegar até o baú de roupas.

Após encontrar seu camisolão de linho sobressalente, ela o vestiu o mais cautelosamente que pôde e então jogou um vestido de lã por cima. O vestido que ela estivera usando, assim como a roupa de baixo de linho, havia sido cortado por Skadi em uma tentativa de não reabrir o ferimento na sua cabeça. Ela caminhou devagar e apanhou os retalhos do chão, satisfeita em poder consertar as roupas durante a jornada, contanto que se lembrasse de levar agulha e linha.

Enquanto Angrboda empilhava provisões no cesto de viagem, Skadi entrou na caverna, segurando dois coelhos mortos pelas patas traseiras. A mulher parou e ficou encarando a bruxa depois de fechar a porta.

"Mas o que você está *fazendo*?", disse Skadi.

"Saindo", respondeu Angrboda.

"E vai para *onde*?"

Angrboda balançou a cabeça, que trazia uma bandagem recém-feita amarrada no entorno.

"Você não acreditaria em mim se eu contasse."

Skadi depositou os coelhos mortos na mesa e cruzou os braços, aprumando-se em toda a sua altura — quase uma cabeça mais alta que Angrboda, que por sua vez já não era uma mulher baixa — e bloqueando a porta com eficiência.

"Experimente", disse ela.

As duas ficaram paradas se encarando até que Angrboda suspirou e se deixou cair na cadeira. Enquanto pensava em uma forma de explicar, passava o dedo ao longo do traçado de um dos redemoinhos que esculpira no braço da cadeira tantos anos antes, evitando o olhar de Skadi. Por sua vez, a Caçadora acomodou-se em um dos bancos, de costas para a mesa e de frente para Angrboda, seguindo com os olhos com o movimento do dedo da bruxa.

"Tem algo a ver com... com onde você estava? Nesses nove dias?", arriscou Skadi, pois Angrboda não falava. A giganta se inclinou para a frente e apoiou os cotovelos nos joelhos, entrelaçando os dedos. "Algo a ver com o *seid*? Você nunca explicou como aprendeu esse tipo de magia, e eu não quis insistir no assunto das outras vezes em que o tema surgiu."

"Não sei como eu sei", falou Angrboda, finalmente encontrando o olhar da amiga. "Não me lembro de muita coisa antes de chegar ao Bosque de Ferro pela primeira vez. Não me lembro de quase nada de Asgard, exceto pelo que fizeram comigo antes de fugir, e absolutamente nada anterior a isso."

Skadi se endireitou.

"Você esteve em Asgard? Quando?"

"Muito tempo atrás." Angrboda estremeceu ao rememorar aquilo. "Fui até lá, vinda de... algum lugar... e passei por Vanaheim durante o caminho. Ensinei o *seid* para eles. Freya foi a única dos Vanir a realmente pegar o jeito, e Odin foi o único dos Aesir. Mas suponho que tenha sido o suficiente para dar início a uma guerra..."

"*A guerra?*" Skadi olhou para ela. "Você... *Você* é Gullveig? Já a ouvi ser mencionada antes, e foi há tanto tempo que muito pouco é conhecido. A maior parte das pessoas acredita que Gullveig seja Freya, ou que *foi* Freya. Por causa do nome, entende? Uma deusa que conhece o *seid* e que tem fome por ouro se encaixa muito bem na descrição."

"Ótimo: deixe que pensem isso. Não quero ter nada a ver com os deuses", falou Angrboda com firmeza. "Eles apunhalaram o meu coração e tentaram me matar três vezes depois disso."

"E como foi que sobreviveu?"

Angrboda sempre havia se perguntado o mesmo, e, agora que alguém a questionava diretamente, a bruxa era forçada a admitir que não tinha a menor ideia.

"Eu não... eu não sei."

"E isso não deixa você incomodada? O fato de que voltou à vida não apenas depois de ter o coração apunhalado, mas também depois de ser queimada três vezes?"

A bruxa se remexeu na cadeira, desconfortável.

"Acho... acho que não."

Skadi parecia magoada.

"Por que não me contou nada disso antes?"

"Porque eu esperava que isso nunca mais fosse relevante", respondeu Angrboda. "O meu envolvimento com Odin e Freya e as minhas provações como Gullveig são tudo de que me lembro. Nada antes disso, nem o motivo de eu estar viajando até o reino dos deuses, para começo de conversa. E também há a questão da profecia..."

Skadi fez uma careta.

"Qual profecia? Aquela que obrigou Sigyn a ver na margem do rio ou uma diferente?"

Angrboda afundou na cadeira.

"O que mostrei para Sigyn naquela noite foi apenas uma peça de um quebra-cabeça muito maior. Tudo começou em uma noite quando eu ainda estava grávida de Hel e ela estava morrendo. Eu convoquei a sua alma de volta do além, e foi assim que ele me encontrou. Ele sentiu."

Skadi ergueu as sobrancelhas de surpresa, mas tudo que fez foi perguntar:

"Ele?"

"Odin. Ele começou a assombrar meu sono. Eu tive um sonho sobre como seria o fim dos mundos, mas não consegui enxergar tudo. Loki fez pouco caso, mas..."

"Deveria ter me contado", falou Skadi com veemência. "*Eu* não teria feito pouco caso."

"Peço desculpas", disse Angrboda, e falava sério. Ela prosseguiu, descrevendo como Odin a forçara até que ela acessasse a profecia que encerraria todas as outras. Ela explicou como resistira no início — que tinha visto o suficiente para saber que os filhos estariam envolvidos de alguma forma, mas que não vira como tudo terminava — até a noite em que Thor a matou e Odin a *obrigou* a enxergar, a *falar*.

No entanto, Angrboda manteve a questão do tormento de Loki para si mesma. Ele não era mais importante para ela, e outra menção ao seu nome não ajudaria a melhorar o humor da amiga.

Skadi avaliou a gravidade daquelas palavras.

"Então você sabe como eles vão morrer? Os filhos de Sigyn, e Fenrir e Jormungand? E... e os deuses?"

Angrboda assentiu.

"E quanto a mim?", perguntou Skadi, baixinho, após um longo instante. "Você chegou a ver como eu...?"

Angrboda abriu a boca para responder que, mesmo se *tivesse* visto, jamais contaria — mas então percebeu que *não sabia*. Ela revirou a mente em busca de qualquer vestígio da amiga nas visões, mas não encontrou nenhum.

"Eu... eu não sei", disse ela por fim.

Skadi claramente não acreditou na bruxa, mas tentou parecer indiferente.

"Tudo bem. Eu não queria saber mesmo."

"Não, realmente não sei", falou Angrboda, aprumando-se tão depressa na cadeira que sentiu uma *pontada* na cabeça. Ela se recostou outra vez e estremeceu, parando por um momento para recuperar o fôlego. "Eu não vi você morrer. E, se não vi, não é uma certeza de que vai acontecer, correto?"

"Quer dizer, não necessariamente", começou Skadi, "mas..."

"Talvez eu não tenha visto *tudo*", falou Angrboda. "Talvez as únicas coisas que vi foram as que estão decididas. É por isso que Odin queria saber o que ele não era capaz de mudar; assim ele também descobre o que *pode* ser mudado. Essa é a chave para encontrar uma brecha, não é?"

Skadi abriu a boca. Voltou a fechar. Deu de ombros.

"Então preciso focar no que não sei em vez do que sei", terminou Angrboda, falando depressa e raciocinando ainda mais rápido. *Mais perguntas do que respostas.* "Não sei como você morre, não sei como Hel..."

A bruxa fez uma pausa. *Hel. Eu não a vi em momento algum. Enxerguei Loki comandando um navio de almas mortas, mas não vi o rosto da nova governante deles a bordo. O que significa que ela pode nem mesmo estar na batalha final. O que significa...*

O que significa que ainda há esperanças para ela. Posso salvá-la... de algum jeito.

"Angrboda?" Skadi a chamou, pois os olhos da bruxa estavam arregalados ante a descoberta. "Você se importa de terminar os pensamentos em voz alta para que eu possa fazer parte do que seja lá em nome de Ymir esteja acontecendo?"

Angrboda se apoiou no braço da cadeira para tentar se levantar.

"Preciso de respostas. E, para encontrá-las, preciso ser capaz de realizar o *seid* outra vez e assim contatar Hel e os meus filhos. A partir daí, talvez possamos resolver tudo isso juntos."

"Você não consegue mais fazer o *seid*?", perguntou Skadi, franzindo a testa.

"Eu..." Angrboda mordeu a língua. "Eu tentei ontem à noite, mas não consegui. Algo está me impedindo; ou talvez eu mesma esteja fazendo isso, de modo inconsciente, por medo. Não sei. O *seid* é parte de mim, mas agora ele faz com que eu me sinta vulnerável. É como se minha mente estivesse tentando bloquear o que aconteceu, e, ao fazer isso, bloqueasse também a minha capacidade de viajar para fora do corpo."

Skadi pareceu pensativa.

"Por onde começamos então? Despertando a sua magia, contatando os seus filhos, salvando Hel ao subverter a profecia ou coisa do tipo?"

"*Nós* não começamos de lugar nenhum", disse Angrboda. Enfim ela conseguiu se colocar de pé, mas cambaleou. Quando Skadi saltou à frente e estendeu os braços para segurá-la, a bruxa ergueu uma das mãos para detê-la. "Preciso ir sozinha."

Skadi deixou os braços caírem.

"Por quê?"

"É algo que preciso fazer por conta própria", respondeu Angrboda. Ela pensou na voz, na presença que a guiara para fora do lugar sombrio e de volta à vida: *"O que trouxe consigo que não tinha antes? Eu"*.

Como foi que sobrevivi às minhas queimaduras? E por que ainda estou viva, mesmo depois de Thor ter me matado outra vez?

Quem sou eu de verdade?

Skadi não disse nada, mas seu rosto ficou vermelho de raiva. Ela parecia querer discutir, mas estava furiosa demais até mesmo para falar.

Angrboda se recompôs. Embora Skadi tivesse sido compreensiva até o momento, algo fazia Angrboda desejar manter a presença da voz estranha somente para si. Era algo mais íntimo do que poderia explicar a outra pessoa, e sabia que não podia esperar seguir em frente com sucesso se por acaso a fizessem sentir que toda aquela busca era uma tolice. Que ela estava perseguindo um fantasma — ou pior, uma alucinação.

Seja lá quem for essa pessoa, talvez ela saiba por que eu não morro, pois também sabe quem fui antes de ser Gullveig. E talvez essa seja a chave para entender como posso recuperar o meu seid, *alcançar os meus filhos e salvar a minha filha.*

"Além disso", falou Angrboda, "não fico sozinha faz um tempo. E você ainda tem Asgard e seus deveres como deusa, não tem?"

A expressão de Skadi ficou sombria.

"Os deuses morreram para mim no instante em que encontrei você amarrada àquela árvore."

"Mas os deuses não sabem disso, e você é reconhecida entre eles. Até mesmo adorada pelos habitantes de Midgard. Eu imploro, não jogue isso fora por minha causa."

"Nunca mais voltarei a Asgard", disse Skadi com ferocidade, inclinando-se para a frente e segurando a bruxa pelos ombros. "Os deuses poderiam muito bem morrer gritando nas chamas de Muspelheim e eu nem piscaria, contanto que pudesse continuar ao seu lado. Sei que não vai abandonar essa sua missão; e eu não lhe pediria isso. Mas você poderia vir para as montanhas comigo. Poderia passar algum tempo se recuperando e planejando no meu salão. Eu tomaria conta de você, e então poderíamos partir e fazer tudo que você deseja. Os mundos não vão acabar amanhã, vão?"

"Não, acredite em mim, muitos sinais ainda vão surgir", respondeu a bruxa de modo sombrio, voltando a pensar na visão. *Vi o filho de Odin, Baldur, ser assassinado pelo próprio irmão, vi Loki amarrado, vi três invernos ininterruptos e, em seguida, uma noite sem fim... para começar.*

"Então o que você tem a perder?", argumentou Skadi.

Angrboda ficou indecisa por um momento. Enxergou aquele futuro diante de si: Skadi abrindo mão da divindade, as duas vivendo juntas nas montanhas ou na caverna, oferecendo conforto uma à outra, mantendo-se aquecidas nos invernos frios e escuros.

Não seria uma vida ruim. Afinal, Skadi era mesmo uma das únicas pessoas capazes de lhe trazer paz. Parecia um belo futuro, as duas juntas como companheiras.

E talvez como algo mais, pensou Angrboda, engolindo em seco, pois a ideia lhe enviou uma onda de excitação até a boca do seu estômago. Ela ficou tentada. Ficou muito tentada. Depois de tudo que havia passado, não merecia a oportunidade de experimentar tamanha felicidade — mesmo que apenas por um curto período antes do início da sua missão?

"Não posso", respondeu Angrboda com a voz suave.

"DMe desculpe." Skadi tirou as mãos dos ombros da bruxa e se afastou, magoada. "Passei dos limites."

"Não passou. Você me entendeu mal", disse Angrboda. "Não é que eu não queira. É só que... tenho medo de que, se eu for com você para o seu salão, eu nunca mais vá embora."

E tenho tanto a fazer.

Skadi ergueu a cabeça depressa e sustentou o olhar da bruxa, questionando-a. O semblante de Angrboda não entregava nada — ela não sabia por quanto tempo ficaria longe, afinal de contas, e a última coisa que queria era Skadi esperando por ela da mesma forma que a bruxa sempre esperara por Loki.

Skadi se aprumou e desviou o olhar.

"Então parece que não posso impedir você. Quando vai partir?"

"O mais rápido possível", respondeu Angrboda, indicando o cesto já meio embalado.

"Pretende viajar a pé?"

A bruxa assentiu.

"Como vai se alimentar?"

"Vou procurar o que comer. Talvez, se eu passar por algum assentamento, consiga trocar meus serviços por um pouco de comida." Ela observou a mesa de trabalho — que Skadi construíra para ela havia tanto tempo —, abarrotada de potes de barro e recipientes de todos os tamanhos, além de cestas, jarras e itens embalados em linho. Depois, Angrboda olhou de relance para cima, até as ervas secas penduradas na estante de madeira no topo da caverna. "Acho que vou levar o máximo que puder no cesto e me virar para encontrar o restante."

"Não vai servir." Skadi balançou a cabeça e pegou um dos potes menores, tampado com uma rolha. "As pessoas vão reconhecer esta cerâmica; já a reutilizamos várias vezes. Isso dará credibilidade aos seus produtos."

"Mas é pesada demais para eu carregar. Seria mais fácil..."

"Se não vai me deixar ir junto, então pelo menos deixe que eu faça uma coisa por você", falou Skadi com veemência. Depois ela respirou fundo e acrescentou, em um tom mais moderado: "Volte para a cama e descanse. Não vá embora até amanhã, e até lá terei descoberto um jeito de deixar tudo isso mais fácil de carregar. Por favor. Faça essa única coisa por mim".

A bruxa concordou.

Angrboda estava rearrumando o cesto de viagem na manhã seguinte quando abriu a porta e encontrou uma carroça bem pequena, recém-construída, com as proporções ideais para que pudesse puxá-la com conforto pela haste. A carroça fora deixada ao lado do jardim esvaziado pelo inverno e cheirava a óleo de linhaça utilizado para selar a madeira recém-montada.

"Skadi?", chamou ela na direção da clareira, mas não obteve resposta.

Angrboda apoiou com cuidado suas coisas e saiu para investigar os arredores. Mas tudo que encontrou foram as pegadas leves de Skadi e as marcas das rodas da carroça.

Não havia mais nenhum sinal da giganta. Angrboda sabia, no seu íntimo, que a amiga havia partido, o que a deixava triste e aliviada ao mesmo tempo — a bruxa não estava muito ansiosa por aquele adeus em particular, e parte dela sabia que a carroça era a versão de Skadi de uma despedida.

Angrboda voltou ao interior da caverna e embalou duas caixas, envolvendo as cerâmicas com lã desfiada para evitar que quebrassem durante a viagem.

Um dos potes de barro fez barulho quando ela o sacudiu. Lá dentro, encontrou as contas de âmbar polido que Loki lhe dera e franziu a testa. Ela nunca pensara em se perguntar o que teria acontecido com o colar, porque Loki a havia presenteado com as contas na mesma noite em que os seus sonhos proféticos começaram — talvez ele ou Hel as tivessem escondido ali para lhe fazer uma surpresa mais tarde. Pensar em Loki fez com que Angrboda sentisse vontade de atirar as contas no fogo, mas ela já havia apagado a lareira, então, em vez disso, prendeu o colar no pescoço e o escondeu sob o capuz. As contas seriam um item valioso de troca caso precisasse.

Quando terminou de colocar as coisas na pequena carroça, Angrboda deu uma última olhada no interior da caverna. Aquele não era mais um lugar tão desolado quanto na época em que o encontrara, mas também não era mais um lar. Ela se perguntou por quanto tempo seu feitiço de proteção duraria depois que fosse embora. Perguntou-se por quanto tempo as coisas permaneceriam imperturbáveis, mas depois percebeu que aquilo não importava. Ela não estava deixando nada de valor para trás.

Angrboda inspirou fundo e fechou a porta.

E então partiu.

Primeiro, ela caminhou na direção das fundações de pedra. Parecia já fazer muito tempo desde que tropeçara nelas, mas, de algum modo, Angrboda sabia o caminho de volta, o que a deixou ainda mais certa de que o local continha algum significado em sua vida prévia.

Mas Angrboda mal havia deixado a caverna quando a sua cabeça começou a latejar, e ela se sentiu tão tonta que quase não conseguiu andar em linha reta, precisando buscar um galho caído para usar como bengala a fim de permanecer estável enquanto puxava a pequena carroça.

Quanto mais ela se aproximava de seu destino, mais silencioso o Bosque de Ferro parecia, assim como da última vez em que estivera lá. Quando Angrboda alcançou a clareira, o próprio ar havia estagnado, como se tentasse preservar aquele local em meio ao tempo.

Angrboda soltou a haste da carroça e se escorou na árvore mais próxima. *E agora?* Ela relembrou a primeira vez em que havia estado naquele lugar. Lembrou que pensara ter escutado vozes no vento, sentindo que era seguida por uma presença que vinha atrás dela e sussurrava "Mãe-Bruxa".

Ela fechou os olhos e tentou recordar, mas as suas memórias iam apenas até certo ponto — aquele era o grande problema. Mas talvez existisse algo de útil no que a bruxa *conseguia* lembrar.

"Dizem ter existido aqui uma bruxa que deu à luz os lobos que perseguem o sol e a lua, e que ela criou vários outros desse modo", dissera ela a Loki no dia em que eles se conheceram junto ao rio. Como ela sabia disso, quando mal se lembrava de qualquer outra coisa?

"Certo", respondera ele, porque também tinha escutado as histórias, e por isso a bruxa não se preocupara muito com o que lembrava ou deixava de lembrar. *"A Antiga e as suas crianças-lobo."*

E então as palavras de Skadi vieram até ela, as palavras do dia em que a Caçadora entrara na vida de Angrboda por causa de uma flecha perdida: *"Dizem que a bruxa que deu origem à raça dos lobos ainda está por algum lugar desta floresta. Ela é uma das gigantas ancestrais do bosque — supostamente, todas elas viveram aqui no Bosque de Ferro há muito, muito tempo"*.

Angrboda deslizou até ficar sentada, escorada na árvore, e olhou para as próprias mãos.

"Sou uma delas?", perguntou-se em voz alta. "Ou eu era... a mãe delas?"

A clareira não lhe ofereceu uma resposta.

Angrboda deixou as mãos caírem sobre o colo e suspirou. Ela inclinou a cabeça para trás, apoiando-se no tronco e observou o domo antigo e estéril de galhos cinzentos e retorcidos acima da sua cabeça, depois fechou os olhos.

"Ora, o que eu estava esperando, que a resposta fosse simplesmente cair do céu?"

A bruxa abriu um olho e espiou para cima como se esperasse exatamente aquilo. É claro que não era tão ingênua, mas mesmo assim ficou desapontada quando nada aconteceu.

Com outro suspiro, Angrboda puxou do cesto nas costas uma tira de carne-seca para mastigar, ainda que não estivesse com tanta fome. A noite começava a cair. A bruxa acendeu uma pequena fogueira e ponderou se não devia voltar para a caverna e se abrigar por lá naquela noite antes de partir rumo a horizontes mais amplos.

Mas para onde ela iria? Ela mastigou com tristeza aquele pedaço de carne-seca. Estivera certa de que encontraria uma pista ali — algo que a colocasse na direção correta.

Bem quando Angrboda começava a acreditar que tinha de fato imaginado tudo aquilo — as vozes, "Mãe-Bruxa", a própria presença na sua mente —, o vento aumentou. Os galhos das árvores começaram a balançar acima dela sob a luz do crepúsculo. Ela terminou de comer a carne e estava a segundos de apagar o fogo e voltar para a caverna quando avistou a menininha.

A princípio, ela pensou que fosse Hel, e seu coração saltou no peito. Mas não — a garota era um pouco mais velha, com cabelo ruivo-acobreado e olhos cinza, e não parecia notar Angrboda sentada ali observando. Estava circundando a clareira, olhando com atenção para as plantas que margeavam o limite das árvores.

Angrboda se animou.

"Olá?"

A garota a ignorou. Usava uma veste de lã grosseira e o que parecia ser uma capa de peles sobre os ombros, presa com um broche circular rústico. A menina tinha penas e pequenos ossos de animais trançados no cabelo, e o seu olhar era determinado. A bruxa não se lembrava de já ter visto alguém se vestir como ela.

Angrboda tentou se levantar abruptamente, mas cambaleou, com a cabeça latejando. Em vez disso, de quatro, aproximou-se da garota, as palmas e os joelhos amassando ruidosamente a vegetação coberta pela neve. A criança não ergueu os olhos.

"Vai ter de ir mais longe que isso para encontrar o salgueiro, querida", gritou uma voz feminina à distância, parecendo se divertir. Angrboda olhou freneticamente ao redor enquanto tentava determinar a localização da mulher — a voz não parecia vir de lugar algum.

"Quem é você?", sussurrou Angrboda, mas, ao se arrastar para a frente, ela notou algo perturbador: à luz do fogo, a menina não parecia mais tão sólida. A bruxa se recostou de repente e ficou apenas olhando ao perceber que estava vendo um fantasma. Era por isso que a garota não lhe dava atenção. Angrboda estava testemunhando algo que acontecera havia muito tempo.

"Vai estar mais perto do rio", continuou a voz incorpórea da mulher. "E seja rápida: Mãe-Bruxa vai mostrar a você como fazer um unguento curativo. Não a deixe esperando."

"Certo, certo." A garotinha suspirou e começou a se afastar de Angrboda. Os pequenos calçados de couro não deixavam pegadas na neve.

"Espere", Angrboda chamou a menina com a voz fraca, certa de que não receberia resposta.

Mas, para sua eterna e absoluta surpresa, a criança parou e olhou por cima do ombro, os olhos cinzentos como pedras fixos nos azul-esverdeados de Angrboda.

"Você já entendeu?", perguntou a garota.

"Estou começando a entender", respondeu Angrboda, embora pelo menos metade fosse mentira. "Mas para onde devo ir a partir daqui?"

A garota lhe ofereceu um sorriso travesso.

"Você sempre saberá onde me encontrar, Mãe-Bruxa."

Angrboda compreendeu que estava vendo uma manifestação da presença na sua mente, e seu coração saltou outra vez.

"Mas aí é que está. Eu *não* sei..."

Mas assim que piscou, a garotinha havia sumido.

Angrboda dormiu pouco e acordou com o sol. Ela comeu mais carne-seca e ponderou sobre o que havia visto na última noite. Tentou realizar o *seid* de novo, sem sucesso. Andou de um lado para o outro na clareira, apoiando-se pesadamente na bengala e resmungando consigo mesma. Tentando se forçar a lembrar mais coisas. Desejando que a presença na sua mente trouxesse de volta a garotinha fantasma da noite anterior, para que assim pudesse falar pessoalmente com a menina outra vez. Desejando algo, *qualquer coisa*, que lhe desse uma pista sobre o que fazer a seguir.

"*O que trouxe consigo que não tinha antes?*"

"*Você sempre saberá onde me encontrar...*"

"Seja lá quem for essa pessoa, ela com certeza parece confiante de que já tenho todas as respostas de que preciso", murmurou Angrboda consigo mesma. Ela parou no centro da clareira, perto das ruínas da lareira, e fechou os olhos. *Talvez eu devesse estar mais confiante também.*

"Eu sei onde encontrar você", declarou ela para a clareira deserta, sentindo-se boba. Mas depois a sua voz ficou mais firme. "Eu sei onde encontrar você. Eu sei onde..."

Ela sentiu um cutucão. Não muito forte, mas um empurrão semelhante ao que recebera quando estivera submersa, sentindo a presença gentil guiá-la de volta à superfície. Só que agora, quando abriu os olhos, a força a guiava para oeste. Uma pista. Um puxão na direção certa.

Venha me encontrar, disse a voz.

Angrboda buscou a carroça e começou a andar.

Demorou quase um dia inteiro até que ela saísse do Bosque de Ferro e se deparasse com o rio ao lado do qual descansara pela primeira vez após fugir de Asgard.

Ela quase podia se ver sentada na outra margem sob a sombra de uma árvore. A bruxa sem coração, a pele ainda se recuperando das queimaduras, a lã pesada protegendo-a do sol. Sem saber que sua vida estava prestes a mudar, que um homem se aproximaria, saído de lugar nenhum, e devolveria seu coração meio incinerado.

E depois o partiria por completo.

Angrboda afastou a lembrança de Loki da mente. Caminhou rio acima até encontrar um ponto raso no qual ela e a pequena carroça pudessem atravessar. Depois, continuou na direção de Jotunheim, seguindo o puxão fraco da presença.

Os dias se passaram. A presença, ao que parecia, tendia a ir e vir conforme ela viajava. Em alguns dias, a bruxa tinha uma ideia clara de para onde estava indo e sentia-se mais próxima que nunca de encontrar exatamente o que vinha procurando. Em outros dias, a perambulação parecia sem rumo nem esperança, e Angrboda se perguntava repetidas vezes se não deveria apenas voltar para a caverna e esperar pelo fim dos mundos.

Mas ela prosseguiu. Por fim, foi levada de Jotunheim até Midgard e de volta outra vez — pois aqueles dois mundos eram bastante próximos —, e em ambos os reinos ela foi recebida em lares aqui e ali, curando os doentes com suas poções e seus feitiços, curando feridas, ajudando em partos, aliviando a dor dos moribundos. Toda aquela vida de ajudar os necessitados parecia natural para a bruxa. Como se fosse algo que já fizera antes, em uma época anterior.

Quase sempre dormia sozinha sob a sua capa nas florestas ou nas montanhas. Ela trocava as poções e produzia novas conforme avançava, arrastando a pequena carroça. Não precisava mais da bandagem em torno da cabeça, mesmo assim mantinha a cabeça baixa e o capuz erguido para esconder a cicatriz.

Para onde quer que fosse, as pessoas cochichavam, e os cochichos em Midgard nem sempre eram gentis. Ela escutou por aí que a chamavam de "Heid", um nome que significava "Brilhante", ainda que a bruxa não tivesse certeza se a sua presença em Midgard era considerada positiva. Quando retornou a Jotunheim, foi para visitar os mercados, para se certificar de que suas poções estavam chegando às pessoas com quem Skadi negociava e que já contavam com os produtos havia muitos invernos.

Ao menos Skadi estivera certa sobre os potes de cerâmica. Em ambos os mundos, humanos e gigantes os reconheciam. Alguns chegavam a devolver para a bruxa antigos potes vazios, para que ela os reutilizasse quando lhes trouxesse algo novo. Quando acontecia de passar por um mercado ou assentamento pela segunda vez, as pessoas eram mais gentis com ela.

As pessoas também tentavam negociar itens refinados em troca dos serviços — mas a bruxa não aceitava nada, exceto um teto para passar uma noite de mau tempo ou algo para comer antes de ir embora. As únicas extravagâncias que tinha eram as contas de âmbar que ganhara de Loki, o cinto trançado feito por Gerda e a faca com cabo de chifre feita por Skadi, que ainda pendia do cinto de couro resistente que ela usava sob o cinto de Gerda. Ela também carregava um bornal preso a esse mesmo cinto, no qual mantinha o seu bem mais precioso: a estatueta de lobo que pertencia a Hel.

Em alguns dias, a sua cabeça doía tanto que a bruxa não conseguia andar, e se refugiava na floresta a fim de descansar. Em outros, mal conseguia cambalear até a aldeia seguinte antes de cair no chão. E havia ainda outros dias em que estava bem, em que os mundos eram belos e nada doía.

Em dias assim, ela se sentava na floresta e limpava a mente, tentando se comunicar outra vez com a presença ou dar uma nova chance ao *seid*. Esse último nunca tendia a seu favor, pois ela continuava a ser empurrada de volta ao corpo por diversas vezes, o que a deixava imensamente frustrada.

Chegou um dia no qual a bruxa estava viajando e teve a nítida impressão de estar sendo seguida. Ao mesmo tempo, o puxão da presença andava mais forte naquele dia, guiando-a para algum lugar com mais insistência do que o normal. Logo ela se viu no meio de uma floresta esparsa, com rochas empilhadas em montes cobertos de musgo.

O puxão cessou de repente quando ela alcançou um pequeno regato borbulhante. Angrboda franziu a testa e observou os arredores. Estava quase anoitecendo, e aquele não parecia um local adequado para acampar.

"Para onde você está me levando?", perguntou ela em voz alta.

Naquele instante, um lobo saltou da pilha de pedras atrás dela, e a bruxa se virou para encará-lo, surpresa. A criatura era quase tão grande quanto um cavalo. Ao olhar para o lobo, Angrboda podia notar que o animal era velho, marcado por cicatrizes que pareciam oriundas de espadas e lanças, com uma orelha rasgada e um focinho grisalho.

O lobo mostrou os dentes para ela e rosnou, falando com uma voz áspera e feminina que ecoou pela cabeça de Angrboda: *Você está espantando todos os outros animais da floresta com esse seu carrinho de mão velho. Imagino que, se não posso matar um cervo para o jantar, você vá ser uma boa substituta.*

Talvez fosse por ter um filho lobo, ou talvez por a sua tolerância para ser maltratada ter minguado ao longo da sua existência, mas Angrboda apenas abaixou o capuz e lançou um olhar fulminante para o animal.

"É uma carroça. E não é velha. Está nova em folha", disse a bruxa, dando um olhar de lado para o objeto em questão, que parecia um pouco mais desgastado. Muitas vezes, a carroça fazia com que Angrboda se perguntasse quanto tempo havia se passado desde que deixara o Bosque de Ferro.

Você consegue me ouvir? A loba parou de rosnar, analisando o rosto da bruxa. Ela se sentou e encarou a mulher antes de dizer, maravilhada: *É você.*

"É claro que consigo ouvir." O coração de Angrboda saltou. "Você me conhece?"

É claro que conheço, disse a loba, inclinando a cabeça para o lado. *Você não me conhece?*

"Você... você foi... quem me guiou até aqui? A..." Ela fez um gesto vago para indicar a própria têmpora. "A pessoa? Na minha cabeça?"

Não... A loba piscou uma vez, devagar, parecendo desapontada. *Não faço ideia do que está falando. Talvez não seja você, afinal.*

Angrboda engoliu o próprio desapontamento e insistiu:

"Talvez eu não seja quem?"

Mãe-Bruxa, respondeu a criatura. *A minha antiga companheira e a minha amiga querida.*

"Mas... eu acho que *sou*", disse Angrboda, dando um passo à frente, piscando para conter algumas lágrimas repentinas. "Eu apenas... eu não sei. Lamento não ser o que você estava esperando, mas preciso de respostas."

Você não se lembra nada de mim? As orelhas da loba murcharam.

Angrboda balançou a cabeça com tristeza.

Bem, disse a loba, *qual é a última coisa de que se lembra? O que aconteceu com você?*

"Acho que eu devia montar acampamento antes de lhe contar essa história", respondeu Angrboda. Ela estava cansada de ficar em pé e ansiava por tirar o saco de dormir do cesto nas suas costas e poder se sentar.

A loba olhou para ela, depois balançou a cabeça em uma confirmação. *Agora que você parou de se mover com esse carrinho de mão, tenho alguma chance de capturar o jantar. Volto logo.*

Assim que a criatura saiu, Angrboda encontrou um afloramento de rochas com uma saliência na qual podia acampar sem ficar exposta aos elementos. A bruxa arrastou a carroça o mais silenciosamente que pôde, acendeu o fogo e desembrulhou os cobertores para se sentar. Depois pegou o resto da carne-seca e comeu enquanto esperava.

A loba voltou algumas horas mais tarde, quando já estava escuro. Angrboda tinha começado a perder as esperanças no retorno da nova companheira e ficou imensamente aliviada quando a loba avançou e se sentou no lado oposto da fogueira, parecendo estar com um humor melhor do que antes.

E então, do que você se lembra?

"Fui para Asgard e Vanaheim", disse Angrboda. "Ensinei a minha magia para eles..."

Os olhos da loba se estreitaram, e ela perguntou bruscamente: *Você os ensinou a viajar?*

"Sim, e não sei por quê." Em seguida, Angrboda explicou as suas provações como Gullveig e a eventual fuga das mãos dos Aesir, assim como tudo que veio depois disso. De vez em quando, precisava fazer uma pausa e buscar um pouco de água no riacho para molhar a garganta, pois não se lembrava da última vez em que falara tanto, se é que já fizera aquilo alguma vez.

Já era tarde da noite quando Angrboda concluiu o relato. A loba ficou em silêncio por um longo período após a bruxa terminar de falar.

Então você voltou para casa depois de Asgard, disse a loba, por fim. *O lar no Bosque de Ferro, quero dizer. Você só não sabia o que a tinha levado até ali. E depois as coisas azedaram para você.*

"Acho que sim", afirmou Angrboda. "Quer dizer que o Bosque de Ferro... é o meu *lar*?"

É claro que é. Nós duas somos das Jarnvidjur.

"Jarnvidjur", repetiu Angrboda em um arquejo. As antigas gigantas da floresta. Ela lembrou das fundações de pedra, que por sua vez, é claro, despertaram as memórias da garota fantasma. "O que aconteceu com todas as outras?"

Como você nunca mais voltou, elas foram embora. Ou morreram. Foi há muito tempo. A loba balançou a cabeça, depois a descansou nas patas dianteiras. *Nem mesmo lembro por que você foi embora, mas fiquei para trás a fim de proteger as outras Jarnvidjur. Mas então elas se dispersaram ou morreram, e eu também fui embora.*

Angrboda sentiu uma dor repentina no peito, por razões que ela não conseguia muito bem descrever.

Está tudo tão nebuloso — estou tão velha, prosseguiu a loba. *Desejo apenas morrer agora.*

"Eu entendo", disse Angrboda, com sinceridade. "Posso perguntar qual é o seu nome?"

Acho que nunca tive um, e estou muito velha para me importar, respondeu a loba. *E como devo chamar você?*

"Nas minhas andanças, eles me chamam de Heid."

Mas esse não é o seu nome. Como chama a si mesma?

A bruxa pensou por um momento antes de dizer:

"Angrboda."

"Proclamadora de tristezas", disse a loba, achando graça. *Tem certeza de que não estava praticando o* seid *quando escolheu esse nome? Parece bem profético para mim.*

"Creio que não", respondeu Angrboda com um sorriso. Mas então ela ficou séria. "Quem dera eu pudesse praticar o *seid* agora... Isso me ajudaria a chegar ao fundo da questão."

Bem, eu posso ajudar. Muitas coisas ficaram claras para mim ao longo da sua história, comentou a loba. Ela ergueu a cabeça e sustentou o olhar de Angrboda. *A primeira é que essa tal presença — essa que a trouxe de volta quando você afundou demais — é você mesma.*

"Eu", repetiu Angrboda, sem acreditar.

Você, como costumava ser. Como deveria ser. Como Mãe-Bruxa. A mim parece que essa é a parte que você trouxe de volta à luz. A parte de si mesma que você perdeu como Gullveig, a parte da qual não consegue se lembrar. Ela — você — a conduziu até mim, a fim de nos reunir. Foi o seu próprio instinto que a trouxe aqui.

"Mas... não pode ser. Não pode... *ela* não pode... ser eu. Pode?"

Com certeza, respondeu a loba. *Diga, o que você sentiu enquanto estava lá embaixo?*

"Eu me senti confortável", sussurrou Angrboda. "Segura. E poderosa. Eu não queria nunca mais ir embora." A bruxa estremeceu. "No entanto, eu podia sentir o vazio logo abaixo de mim. Fico me perguntando o que teria acontecido se eu tivesse descido até lá por vontade própria e não sob o controle de Odin — se eu acolhesse o lugar. Mas a verdade é que tenho medo de descer de novo. Temo que dessa vez eu me perca lá embaixo."

Por quê? Tocar esse poder é atingir o seu verdadeiro potencial. Para voltar a ser você mesma. Não tenho dúvidas de que esse é o próximo lugar para onde a Mãe-Bruxa vai chamá-la, esse lugar bem dentro de si mesma onde o poder reside. Depois de tudo que acabou de me contar, você seria tola de não o aceitar.

"Bem, infelizmente para ela, quer dizer, para *mim*, não farei nenhuma viagem desse tipo tão cedo, já que continuo incapaz de realizar o *seid*."

Isso é preocupante, comentou a loba, pensativa. *Você precisa dele para alcançar o seu verdadeiro poder e precisa do seu verdadeiro poder para salvar sua filha.*

"Mas por que *preciso* desse poder para salvá-la? Nem mesmo sei *o que* vou fazer, quanto mais como devo fazer."

A loba voltou a descansar a cabeça nas patas e soltou um pequeno resmungo. *Diga-me novamente: como é que os mundos vão acabar?*

"Três anos de inverno", falou Angrboda, relembrando a visão, "nos quais haverá guerras e massacres por todos os mundos. Depois os lobos que perseguem o sol e a lua alcançarão as suas presas e mergulharão tudo no escuro. Yggdrasil vai tremer, e todos os laços do universo irão se partir." *Incluindo aqueles que seguram os meus filhos*, pensou ela, embora ainda não tivesse ouvido falar em Fenrir sendo amarrado ou Jormungand confinado a nenhum lugar além do fundo do oceano. "E depois os deuses e os gigantes irão para a batalha, e o gigante de fogo Surt queimará todos os reinos, a partir dos quais um novo mundo renascerá."

Ah, disse a loba. *Alguém vai sobreviver?*

Angrboda lutou contra a vontade de revirar os olhos.

"Alguns dos deuses mais jovens, sim. Mas não sei como eles..." Ela fez uma pausa. "Não sei como *eles* sobrevivem."

E a sua filha não vai para a batalha, não é?

"Não que eu tenha visto", respondeu Angrboda com cautela. "Mas ouça. Há algo mais. Vi Baldur, o filho de Odin, morrer; é isso que desencadeia tudo. Ele será morto por um dardo de visco disparado pela mão do próprio irmão. E, se eu vi isso, então Odin também sabe. E, se ele não está tentando evitar isso, então vai deixar o próprio filho morrer. Mas, enquanto o restante dos deuses serão mortos, Baldur retornará ao nascer do novo mundo. Odin ainda vai vencer, não é? Porque o filho dele sobreviverá. Mas *como*? Como *qualquer pessoa* sobrevive ao fogo de Surt? Deve queimar *todos* os reinos, mesmo o dos mortos."

Então é bom o fato de que a sua filha tenha uma mãe que já sobreviveu não apenas a uma incineração, mas a três, não é?

Angrboda encarou a loba através da fogueira. A loba devolveu o olhar.

"É isso", arquejou Angrboda. "Essa é a resposta. Eu só preciso... de algum tipo de proteção contra o fogo. Algum tipo de escudo ou..." Mas então a sua esperança minguou. "Como foi que sobrevivi às chamas enquanto era Gullveig, no entanto? Realmente morri três vezes ou apenas me protegi de algum modo?"

Essa seria uma boa pergunta para fazer a si mesma, comentou a loba em um tom seco, encarando a bruxa com os olhos enormes e pálidos à luz do fogo. *Talvez o próximo passo seja descobrir como recuperar o seu seid, e então você pode continuar a partir daí.*

"Você está certa, minha amiga", disse Angrboda. De repente, ela estava se sentindo muito cansada de todas as conversas e pensamentos que tivera naquele dia, ainda que sua mente fervilhasse com as possibilidades diante de si. "Parece que voltar para a minha caverna não me fará nenhum bem a esse respeito, e algo me diz para continuar seguindo este caminho."

É o seu instinto outra vez, Mãe-Bruxa. Confie nele.

Angrboda assentiu.

"Talvez isso signifique que há alguém por aí capaz de me ajudar a recuperar as habilidades, e eu só preciso encontrar essa pessoa." Ela fez uma pausa. "Você vem comigo?"

Suponho que seja melhor do que morrer, respondeu a loba em um tom cansado, fechando os olhos, *embora não tão melhor assim.*

A jornada de Angrboda prosseguiu, mas, depois que encontrou a loba, a presença da Mãe-Bruxa deixou de ser o que mais ocupava a sua mente. Talvez sentisse que o seu propósito fora cumprido ao guiá-la até a velha amiga — que, apesar de não ter as respostas que Angrboda buscava, pelo menos havia lhe indicado a direção correta. *Ou talvez*, pensou ela em mais de uma ocasião, *eu não possa mais senti-la porque eu sou ela e agora voltei a ser totalmente eu.* Mas, se aquilo fosse verdade, a bruxa não teria recuperado todas as memórias? Só restava a Angrboda ponderar.

E então ela e a loba viajaram através dos mundos, da mesma forma que antes, mas agora com uma noção melhor sobre o que estava procurando — mesmo sem a presença para guiá-la.

Tudo estava indo bem para Angrboda. Se fosse de verdade a Mãe-Bruxa, então era como a loba tinha dito: precisaria apenas do seu instinto como guia. Além disso, a loba era uma companheira de viagem muito mais substancial do que o fantasma nebuloso de sua vida anterior.

E assim elas seguiram. Sempre que a bruxa passava por áreas povoadas, a loba ficava longe o suficiente para não incomodar os habitantes, e Angrboda, além de trocar poções, passou a fazer perguntas. Ela perguntava se mais alguém havia passado em tempos recentes pelo lugar, alguém que afirmasse ser capaz de realizar magia ou que demonstrasse qualquer habilidade incomum. A maioria das pessoas apenas balançava a cabeça e dizia que ela era a única por ali — exceto pelas fraudes ocasionais que *diziam* conhecer feitiços ou usar runas para curar doenças, mas que apenas acabavam piorando as coisas. Angrboda precisaria de mais do que os dedos de uma das mãos para contar as vezes em que tateara sob o travesseiro de um enfermo e puxara de lá um chifre entalhado com as runas erradas, deixando a pessoa ainda mais doente.

Às vezes, quando passava por áreas onde não se sentia particularmente segura, Angrboda lançava um feitiço para se disfarçar de velha, ocasião na qual também enfeitiçava a loba para parecer um cão de caçar alces, e assim a criatura podia ficar ao seu lado. Quanto mais inofensivas pareciam, menores as chances de as pessoas se sentirem ameaçadas pelas recém-chegadas. Mas os momentos em que a própria Angrboda se sentia ameaçada eram raros e distantes entre si. Ela agora se deslocava pelos mundos com um propósito.

E a bruxa descobriu que, se agisse como se nada fosse capaz de tocá-la, parecia mesmo que nada o fazia.

É bom ver que você ainda está preparando as suas poções, comentou a loba certo dia enquanto caminhavam. *Mãe-Bruxa era antes de tudo uma curandeira. Fico feliz de ver que você ainda se lembra de como fazer essa mágica.*

"Isso e o *seid* são as únicas coisas que eu nunca poderia esquecer", admitiu Angrboda. "Ambos parecem fazer parte do próprio tecido da minha alma. Quer dizer, até agora."

Não desanime. Deve haver outros nos Nove Mundos que possam ajudá-la.

Angrboda parou por um momento e apertou a lateral da cabeça, estremecendo. Nos últimos dias, as dores vinham sem aviso, e ela ficava sem conseguir se mexer durante horas, sentindo tonturas e náuseas. Ainda precisava inventar uma poção que a livrasse daquilo.

Você sempre pode montar nas minhas costas, sugeriu a loba. *E eu poderia puxar esse seu maldito carrinho de mão.*

"É uma carroça", murmurou Angrboda. "E está tudo bem. Estou bem."

Você montava em mim, sabia? Nos velhos tempos.

"É mesmo?"

Coloque a bengala na minha boca.

A cabeça da bruxa doía demais para questionar, então ela obedeceu à companheira. A loba cerrou os dentes no galho. Angrboda esperava que ele fosse partir sob as poderosas mandíbulas da criatura, mas a bruxa arquejou, surpresa, quando, em vez disso, a bengala se transformou em um par de rédeas grossas apoiadas em cada lado da boca da loba.

Rédeas com uma padronagem feita para que parecessem serpentes: escamas verdes e amarelas e pupilas de âmbar.

Os olhos de Angrboda se arregalaram.

"Mas o quê...?"

Os lábios escuros da loba se afastaram para que Angrboda pudesse ver: um pequeno símbolo esculpido em um dos caninos. *É um antigo feitiço entre nós. Você não era a única das Jarnvidjur a possuir alguma magia, no fim das contas. Você mesma teceu essas rédeas. Lembra?*

Apesar da dor de cabeça, um sorriso repuxou os cantos da boca de Angrboda.

"Parece que lobos e cobras aparecem aonde quer que eu vá", ponderou ela.

Então, vai querer uma montaria?

"Acho que vou ficar bem. Só preciso descansar." Angrboda estendeu a mão para retirar as rédeas da boca da loba, e elas se transformaram outra vez em uma bengala assim que a criatura abriu as mandíbulas.

Ao cair da noite, a dor de cabeça havia diminuído. A bruxa montou acampamento e se sentou junto à fogueira em um silêncio contemplativo. A loba dormia de barriga para cima.

"Talvez eu *tenha* me protegido com um feitiço", murmurou Angrboda. Se aquele fosse o caso, teria sido algo instintivo — até mesmo inevitável. No fim, ela dificilmente havia escapado ilesa das chamas.

Um escudo talvez. Respirando fundo, ela fechou bem os olhos. Empurrou para longe o medo daquela pira ancestral na qual os deuses a haviam queimado e concentrou cada grama de energia em uma barreira ao redor da mão.

Depois, devagar e com os olhos ainda fechados, ela estendeu a mão para o fogo.

Por um momento de alegria, o feitiço se manteve. A bruxa sentiu o calor, mas era como se estivesse distante. As chamas lamberam a sua mão, mas não queimaram. Angrboda abriu os olhos de repente, e — possivelmente pela primeira vez em toda a sua existência — abriu um sorriso de triunfo.

"E pensar", a voz de Loki surgiu de súbito na sua mente, *"que você já foi uma bruxa poderosa que fazia coisas interessantes."*

Pensar nele quebrou a sua concentração, e Angrboda gritou de dor, puxando a mão do fogo no mesmo instante, apertando-a contra o peito. Quando enfim afastou a mão para examinar o dano, Angrboda soltou um silvo baixo entre os dentes cerrados ao fazer uma careta para os dedos cheios de bolhas.

É um bom começo, disse a loba, que encarava a mão da bruxa.

Angrboda se assustou com a voz da companheira.

"Não sabia que você estava acordada."

Você tem um unguento curativo para isso?

"É claro."

Ótimo, falou a loba com satisfação. *Então pode tentar de novo.*

Noite após noite, Angrboda praticava o feitiço. E, quanto mais praticava, mais se tornava claro para ela que precisaria de mais poder do que aquele que tinha no momento caso quisesse proteger a si mesma — que dirá outra pessoa — por um longo período.

Agora era mais importante que nunca encontrar uma maneira de realizar o *seid*, de alcançar aquela fonte de poder, alcançar a filha. Mas era apenas questão de superar o próprio medo no subconsciente ou havia algo mais? Havia outra coisa que a segurava?

Angrboda tinha motivos para acreditar que sim. Logo elas passaram por uma cidade mercantil à beira-mar em Midgard, onde se depararam com uma multidão reunida na costa, cumprimentando uma tripulação de exploradores que retornava. A bruxa viu ali uma oportunidade para trocar alguns dos seus produtos — homens vikings raramente voltavam para casa sem um arranhão. Mas então ela teve um vislumbre de cabelo acobreado abrindo caminho até a parte da frente da multidão e sentiu uma pontada de reconhecimento. *Será que a conheço?*

A mulher de cabelo acobreado atirou os braços ao redor de um dos marinheiros mais corpulentos, e, quando ele a levantou e girou, Angrboda pôde ver o rosto dela. O seu estômago afundou de decepção. Por um momento, ela pensara ter visto uma das Jarnvidjur: uma versão adulta do fantasma da menininha com quem havia falado no Bosque de Ferro. Mas aquilo não fazia sentido — fora apenas imaginação.

O que houve?, perguntou a loba, notando a expressão no rosto da bruxa.

"Nada", respondeu Angrboda, mas agora ela contemplava a multidão por inteiro, os habitantes da cidade e os exploradores que voltavam — conversando, rindo, gritando, chorando, se abraçando e dando tapinhas nas costas uns dos outros — e, por um momento, sentiu-se terrivelmente sozinha. "Eu só... pensei ter visto alguém que eu conhecia, só isso."

Elas realmente são *parecidas*, disse a loba, olhando para a mulher de cabelo cor de cobre. *Ela é uma das nossas Jarnvidjur. Uma descendente, talvez. Quem sabe onde todas elas foram parar depois do Bosque de Ferro?*

Angrboda inspirou de modo entrecortado, expressando em voz alta o sentimento que tivera desde a revelação da loba sobre as Jarnvidjur na noite em que se conheceram, aquele sentimento ao qual ela dera um nome: vergonha.

"Eu falhei com elas. Falhei com todas vocês. É minha culpa que eu não tenha um lar para voltar. É minha culpa tê-las esquecido. É minha culpa ter ido embora..."

Se eu tivesse ficado, talvez pertencesse a algum lugar, pensou a bruxa.

A loba estudou Angrboda com olhos perversamente inteligentes. *A culpa é uma coisa pesada, Mãe-Bruxa*, observou ela. *É melhor deixá-la para trás caso deseje seguir em frente.*

"Mas se eu tivesse ficado..."

Teria feito pouca diferença no fim. A loba deu um esbarrão com a cabeça peluda no ombro de Angrboda. *Então as Jarnvidjur ruíram sem você — é assim que as coisas são. Mesmo que tivesse acontecido há cem ou mil anos, teria acontecido em algum momento. Elas saíram de casa, encontraram novos amigos, formaram novas famílias. E você também.*

"Sim. E agora isso também está perdido", comentou Angrboda com amargura.

Perdido, mas não apagado, relembrou a loba. *Só porque esse tempo acabou, não significa que não tenha importância. O seu tempo com as Jarnvidjur, com Loki e os seus filhos, com Skadi...*

"E agora com você", disse Angrboda, acariciando o focinho da loba. Os seus olhos buscaram outra vez a mulher de cabelo acobreado, e algo agridoce floresceu no peito de Angrboda enquanto ela pensava nas Jarnvidjur por todos os mundos, todas com as próprias vidas — e ela, ainda uma velha bruxa com a sua loba, o mesmo que havia sido naquela época... porém muito mais.

"Obrigada", disse ela por fim. "Isso fez eu me sentir melhor."

A loba se afastou e comentou com rispidez: *Ótimo, porque essa é toda a validação que você vai conseguir de mim hoje. Agora venha. Vamos continuar.*

"Sim", murmurou Angrboda com um último olhar para as pessoas reunidas na praia, sentindo-se de alguma forma mais leve. "Vamos."

Ela e a loba estavam atravessando os ermos escarpados ao norte de Jotunheim quando se depararam com um vilarejo e decidiram fazer uma parada. Angrboda nunca visitara aquele estabelecimento, então, por segurança, transformou-se em uma velha e disfarçou a loba como cão de caça, e elas se aproximaram com a carroça.

Angrboda foi primeiro até a área da cozinha, nos fundos da enorme casa principal, pois sempre tivera mais sorte falando com as mulheres do que atravessando a porta da frente e se anunciando aos homens, como era apropriado. O dono do lugar se chamava Hymir, e, por acaso, ele estava oferecendo um banquete naquele dia. Angrboda ouvia as risadas enlouquecidas atravessando as paredes.

A esposa de Hymir, Hrod, estava organizando a criadagem, que entrava e saía do salão para reabastecer travessas e jarras de cerveja. Todos pareciam fatigados, e Hrod respondeu às perguntas da bruxa com brusquidão, pois estava muito ocupada. Então, depois que Angrboda confirmou com ela que não havia enfermos ou feridos no vilarejo que nem precisassem de ajuda, a bruxa decidiu não perguntar se alguém versado em magia passara por ali em tempos recentes.

"Mas podemos precisar de uma curandeira antes que a noite termine, considerando quanto esses homens estão bebendo", acrescentou Hrod, cansada. "Se quiser ficar e me ajudar a servir, seria um prazer fornecer o jantar e um teto para passar a noite."

Angrboda concordou.

"Posso parecer velha e encarquilhada, mas com certeza sou capaz de servir cerveja sem derramar."

"Excelente", disse Hrod. "Como você se chama?"

O nome "Heid" estava se tornando muito conhecido. Por uma fração de segundo, Angrboda se atrapalhou, mas por fim decidiu inventar alguma coisa. "Hyndla."

"Bem, Hyndla, a sua ajuda é muito apreciada", falou Hrod, entregando-lhe um jarro de cerâmica e a enviando para o serviço.

O salão de banquete era ainda mais barulhento por dentro e estava lotado de uma variedade de gigantes maior do que Angrboda vira em muito tempo: trolls das colinas, elfos sombrios, gigantes do gelo, gigantes das rochas e um ou dois anões estranhos, assim como um punhado de outros gigantes mais ou menos da mesma altura e corpo que ela, indistinguíveis de humanos ou deuses. O anfitrião, Hymir — um homem enorme —, estava sentado em um cadeirão alto, recontando em uma voz retumbante sobre a vez em que ele e Thor haviam tentado pescar a Serpente de Midgard.

Jormungand. Ela mal conseguiu manter o rosto neutro ao vagar pelo salão, enchendo canecas enquanto passava e ouvia a história. Thor havia chegado sob um nome falso e recebido a hospitalidade do lugar, mas rapidamente se aproveitou ao comer dois bois inteiros, e por isso Hymir sugeriu que eles fossem pescar a próxima refeição. Thor então matou outro boi de Hymir e usou a cabeça do animal para atrair a Serpente de Midgard para fora do oceano, então quebrou o barco de Hymir enquanto lutava para manter a Serpente presa na linha. Hymir terminou cortando a linha, mas isso não impediu Thor de aplicar um golpe no crânio da Serpente com seu martelo, instante no qual Hymir percebeu a real identidade do companheiro de pescaria.

Angrboda estava lívida.

Para piorar as coisas, depois Thor roubou o caldeirão de mais de um quilômetro de diâmetro de Hymir a fim de preparar cerveja suficiente para os deuses. No fim do relato, o salão inteiro estava tão furioso quanto Angrboda.

"Os Aesir são todos ladrões e enganadores", berrou um ogro, e todos no salão bradaram em concordância.

"Algo devia ser feito com relação a eles", gritou uma giganta de aparência cruel sentada a um canto, uma mulher com o dobro da altura de Angrboda e coberta de furúnculos.

Mas então, na parte da frente do recinto, uma voz muito familiar bradou:

"Eu tenho uma história para contar, caso vocês precisem de mais provas quanto à traição dos deuses."

O coração de Angrboda deu um salto quando ela se virou e viu Skadi subindo em um banco para se dirigir aos convidados. O rosto da mulher estava vermelho de bebida, e ela brandia a caneca enorme de cerveja como se fosse uma arma.

Fique calma, falou Angrboda para si mesma, embora seu coração estivesse de fato palpitando agora. *É apenas uma coincidência que ela esteja aqui. Não se deixe ser você notada.*

"Sente-se, Skadi Thiazidottir", disse Hymir com desdém. "Todos nós conhecemos a história de como os deuses mataram seu pai." O gigante se inclinou para a frente na cadeira e a observou. "E ainda assim você é uma deles. Por quê?"

Quando a multidão começou a vaiar, Skadi dispensou os convidados com um gesto e disse:

"*Pff...* Eu ia contar sobre como o Grande Lobo foi amarrado. É uma história próxima e muito querida para mim, embora eu só a tenha ouvido através de terceiros."

"Também conhecemos essa. Aconteceu já faz certo tempo", resmungou um troll das colinas. Alguns poucos no salão expressaram concordância, mas havia outros convidados pedindo para que Skadi continuasse.

"Os deuses roubaram da mãe: ele, o irmão e Hel, sabe?", prosseguiu Skadi, erguendo a voz para que alcançasse todos no local, ainda que as palavras estivessem arrastadas. "Amarraram a mãe e roubaram os filhos à noite. Mas acabou sendo uma ironia do destino, pois Fenrir cresceu tanto que os deuses sabiam que não podiam mantê-lo em Asgard por muito tempo. A única maneira de contê-lo era através da trapaça. Fenrir permitiu que os deuses tentassem prendê-lo porque sabia que conseguiria quebrar facilmente qualquer grilhão que os Aesir trouxessem. Então os deuses foram até os anões a fim de criar amarras especiais, feitas com a barba de uma mulher, as pegadas de um gato e outras baboseiras mágicas. O truque era que a coisa *não parecesse* forte, pois os deuses pensaram que assim poderiam enganar Fenrir, fazendo-o colocar os grilhões e dizendo que não haveria mal algum, pois o lobo já tinha rompido outros laços forjados em ferro.

"Mas Fenrir foi mais esperto do que aquilo tudo. Antes de concordar em pôr os grilhões, ele disse: 'Se é tão fácil assim de quebrar, então deixem que alguém coloque a mão na minha boca como um sinal de boa-fé de que vocês não estão me enganando'. E foi assim que Tyr perdeu a mão, e assim também que o Grande Lobo foi contido." Skadi ergueu a caneca. "O que quero dizer, amigos e parentes, é que nós gigantes já passamos a perna nos Aesir antes. Com certeza podemos fazer isso de novo."

Os gigantes reunidos irromperam em novos aplausos e zombarias, mas Angrboda permaneceu imóvel. Ela ainda não tinha escutado a história das amarras de Fenrir. *Então foi assim que o aprisionaram — naqueles mesmos grilhões dos quais eu o vi se libertar na minha visão.*

Ela viu Skadi descer da mesa e sentar-se outra vez no banco, observando enquanto uma criada reabastecia a caneca da amiga. Angrboda mal podia respirar enquanto digeria o que acabara de ouvir.

Era verdade, os seus filhos estavam exatamente onde deveriam estar para que a profecia se cumprisse.

"É ousado da sua parte contar no meu próprio salão a história de como o meu filho Tyr foi mutilado", falou Hymir assim que os convidados se acalmaram. "Mas a verdade é que ele é tão ruim quanto o resto dos Aesir e ajudou Thor a roubar o meu caldeirão."

Hymir é o pai de Tyr? Angrboda já escutara histórias conflitantes sobre a ascendência de Tyr no passado, mas ouvir a confirmação de que ele era um gigante a deixava irritada. *As nossas linhagens realmente não são tão divididas, e mesmo assim os Aesir se acham muito melhores do que nós.*

Skadi foi ficando mais embriagada com o passar da noite, mas, com Angrboda ainda disfarçada de velha, a Caçadora mal prestou atenção. Logo a casa principal começou a se aquietar, e vários gigantes moveram os bancos para delimitar um espaço no salão onde pudessem dormir. Skadi caiu desacordada de cara na mesa, e por isso o seu banco permaneceu no mesmo lugar.

Então essa é a sua Skadi, a mulher de quem você me falou. Parece que ela está afogando a dor com a bebida, comentou a loba-cão-de-caça conforme seguia nos calcanhares de Angrboda. *Isso deixa você incomodada?*

"Mais do que você imagina." Angrboda ficou tentada a se revelar para a Caçadora, mas só conseguia pensar no que aconteceria depois. Sabia que as primeiras palavras a deixar a boca de Skadi seriam um novo convite, e, mesmo após anos de labuta na estrada, Angrboda sabia, de coração, que não seria capaz de recusar uma segunda vez.

Além do mais, era uma questão de respeito. Skadi não quisera se despedir, e a missão de Angrboda ainda não estava concluída. Tinha mais o que fazer antes que as duas pudessem se encontrar de novo. E a bruxa não conseguia deixar de questionar se estava ficando sem tempo.

Ela dormiu na cozinha junto à criada naquela noite, encolhida ao lado do fogão com a loba ainda na forma de cão de caça, e as duas partiram antes de raiar o dia.

No dia seguinte, a cabeça de Angrboda estava pior do que nunca — um possível efeito colateral de suportar o barulho do banquete na noite anterior —, e a bruxa aceitou a oferta da loba para cavalgar nas suas costas depois de improvisar um arreio com uma corda sobressalente para que a criatura pudesse tracionar a carroça. Como Angrboda não tivera chance de negociar nada no salão de Hymir, elas pararam em um pequeno vilarejo para que a bruxa pudesse trocar os produtos por um pouco de peixe desidratado.

Os olhos dos moradores se arregalaram conforme ela se aproximava. Angrboda estava fraca demais para lançar um encanto e disfarçar a si e à companheira, mas os gigantes ali pareciam dispostos a negociar com ela de qualquer jeito, agradecendo quando a bruxa já estava indo embora. Angrboda teve a nítida impressão de que os moradores estavam felizes por se livrarem dela.

Depois que Angrboda e a loba estavam abastecidas e viajaram para o extremo oeste do salão de Hymir, elas se abrigaram em uma caverna pouco profunda, próxima a um rio. Angrboda praticou o feitiço de proteção mais algumas vezes, com níveis variados de sucesso, e, assim que tratou e enfaixou a mão, foi se sentar sobre o pelo desgrenhado da loba e adormeceu.

Era madrugada quando uma voz soou na entrada da pequena caverna: "Acorde, irmã. Preciso da sua sabedoria."

Angrboda se virou de imediato e se pôs sentada, carrancuda. Atrás dela, a loba se mexeu, mas não chegou a acordar, exausta da jornada daquele dia. A área de dormir das duas estava agora iluminada por uma única tocha, presa na mão de uma pessoa que Angrboda esperava nunca mais ter de encontrar de novo na sua vida excessivamente longa.

Era Freya. E, ao reconhecer o rosto de Angrboda, ela recuou, assustada.

"*Você*", sibilou ela. "Você está viva?"

"O que está fazendo aqui?" Angrboda ficou de pé em um instante, todos os pensamentos sobre descanso já esquecidos. Ela ficou tonta, como às vezes acontecia ao se levantar rápido demais, e a cicatriz na têmpora latejou por um momento, como se o ferimento ainda fosse recente. "Como foi que me encontrou?"

Freya parecia sem palavras, mas se recompôs depressa.

"Andei perguntando por aí", disse ela, dando de ombros, enrolando uma mecha do cabelo vermelho-sangue. "Estou procurando uma bruxa que monta um lobo usando serpentes como rédeas, mas não sabia que era você. Ao que parece, você tem muitos nomes agora."

"Tenho." As notícias sem dúvida viajavam rápido em Jotunheim. "Por que está aqui?"

"Já disse, preciso do conhecimento de uma feiticeira. E suponho que a feiticeira seja você, Angrboda, Bruxa de Ferro."

Os olhos de Angrboda se estreitaram à menção daquele nome.

Freya lhe ofereceu um sorriso venenoso.

"O apelido que Loki inventou andou se espalhando na sua ausência. Dizem que você morreu de tristeza e está enterrada no reino da sua filha. Você se tornou uma lenda desde que foi embora, irmã."

Angrboda ignorou aquilo. Ela não sabia que tipo de conhecimento Freya poderia querer, mas tinha a sensação de que sabia o que a mulher desejava que ela fizesse para obtê-lo. *Ela não poderia ter feito isso sozinha?*

Mas então a bruxa percebeu que Freya não fazia ideia de que ela não conseguia mais realizar o *seid*. Decidiu que poderia muito bem blefar a fim de adivinhar a verdadeira natureza daquela visita.

"Venha comigo para Asgard", disse Freya após refletir por um momento. "Talvez possamos pensar em algo. Chegar a um acordo."

"Não farei nada disso", respondeu Angrboda. O seu olhar recaiu sobre o companheiro de Freya: um pequeno javali em posição de alerta ao lado da deusa. Havia algo estranho nele, reparou a bruxa. Como se a pele animal não fosse a sua forma verdadeira. Não demorou muito para que somasse dois e dois. "É para lá que está levando esse aí, o seu amante disfarçado?"

"Você está enganada", disse Freya, mas a raiva brilhou no seu rosto por um segundo antes que ela a afastasse de vez. A deusa mudou de posição, desconfortável, e o seu famoso colar de ouro brilhou à luz da tocha. "Este é apenas um javali de guerra que os anões fizeram para mim. E eu gostaria de conhecer a linhagem do meu protegido, Ottar, para que ele possa reivindicar o seu trono em Midgard. Vai me dizer o que procuro saber ou não?"

"Por que não pergunta a Frigga? Dizem que a esposa de Odin conhece o destino de todos os homens." Angrboda suprimiu um sorriso malicioso, mas estava desconfiada. *Linhagem? Isso é tudo que ela deseja saber?* Quando Freya não respondeu, Angrboda suspirou e disse: "Bem, lamento desapontá-la, mas veio até aqui para nada. A verdade é que não sou capaz de realizar o *seid* desde a noite em que Thor me matou e Odin me forçou a obter o conhecimento do fim dos tempos. Então suponho que você precise ir a outro lugar para descobrir o que deseja".

Angrboda não fazia ideia de quanto Freya sabia sobre aquela noite — a mulher havia seguido em frente com os outros deuses e não presenciara o que tinha acontecido com ela. Portanto, a bruxa tentava avaliar a sua reação.

"É uma lástima", disse Freya, fingindo simpatia, "que você seja tão resistente a ponto de o Pai-de-Todos precisar recorrer outra vez à sua morte para enfim obter as informações de que precisa."

Então ela sabe. Angrboda endireitou o corpo. *Talvez também saiba por que não consigo realizar o seid.* Ali estava, exatamente o que a bruxa andara buscando todo aquele tempo: enfim, uma colega praticante de magia bem diante dela.

Caso pague o seu preço, talvez Freya esteja disposta a me ajudar. A ideia de pedir ajuda à deusa fez com que sentisse ânsia de vômito, mas, até onde Angrboda percebia, aquela era a única escolha que tinha.

"Você sabia que Loki tentou barganhar pela sua vida?", prosseguiu Freya quando Angrboda se manteve em silêncio, claramente confundindo a contemplação da outra bruxa com desespero, dignando-se a provocá-la ainda mais.

"Não fale de Loki para mim", grunhiu Angrboda.

Freya a ignorou.

"Foi tão triste... Ele concordou em distrair você para que eu pudesse amarrá-la enquanto capturávamos os seus monstrinhos, e ele ficou *muito* chateado quando Thor cravou o martelo na sua cabeça em vez disso, por ordem de Odin. Atrevo-me a dizer que o Trapaceiro nunca mais foi o mesmo."

"Então acrescente isso a todos os juramentos que os deuses quebraram", disparou Angrboda. "Então você sabe por que não consigo mais executar o *seid*? Odin fez alguma coisa comigo naquela noite? Ele... me prendeu de alguma forma no meu corpo e fez com que eu ficasse incapacitada de viajar?"

Freya agora a olhava com algo não muito diferente de pena.

"Nós mulheres somos destinadas a suportar tantas coisas...", falou Freya, baixinho, com tal sentimento que Angrboda quase experimentou uma pontada de empatia feminina por ela. "Não, ele não fez nada com você além do óbvio. Parece-me que é o medo que a está prendendo. Medo de ser forçada a afundar e permanecer lá embaixo. Tentei chegar tão fundo quanto você, mas não consigo. Ninguém consegue. Se me disser o que desejo saber, guiarei você o mais longe que eu puder. Temos um trato?"

"Eu aceito", respondeu Angrboda.

"Excelente." Freya curvou os lábios para o lado em um sorriso afetado. "Embora eu tenha certeza de que você se arrepende de ter ensinado o *seid* aos Aesir e aos Vanir no início dos tempos, parece que a coisa acabou se pagando a longo prazo, não é mesmo? Agora que uma das suas antigas aprendizes é a única pessoa capaz de ajudá-la...?"

"Apenas comece logo de uma vez", murmurou Angrboda.

Freya pousou a tocha sobre o que restava da fogueira a fim de reavivar as chamas e se ajoelhou diante da bruxa, os olhos dourados brilhando. O misterioso javali se acomodou ao lado dela. A deusa tirou um pequeno tambor do cinto e começou a tocá-lo em um ritmo lento — o ritmo de um batimento cardíaco —, entoando as palavras ancestrais que Angrboda havia lhe ensinado muito tempo antes.

Angrboda não precisava de tambores ou palavras faladas para realizar o *seid* por si mesma, mas, ao fechar os olhos, pôde sentir o poder do cântico. Parte dela se arrepiou de medo ao sentir que afundava e saía do próprio corpo. Ela começou a se fechar, a resistir.

O cântico de Freya ficou mais forte, e Angrboda sentiu o aperto da mulher. O seu corpo físico começou a entrar em pânico à medida que Freya a arrastava para baixo. E, embora o corpo da outra bruxa ainda permanecesse cantando no mundo material, Angrboda podia sentir a presença da deusa ali com ela, naquele lugar logo abaixo.

Mas então afundou ainda mais. Ela sentia Freya observando lá de cima, pairando próxima àquele pontinho de luz na superfície.

Está vendo?, disse Freya, por cima da própria voz que cantava. *Você só precisava de um empurrãozinho para abandonar o seu corpo. Como arrancar a bandagem de uma ferida.*

Eu sei. Angrboda percebeu que fora bem-sucedida. Ela estava de volta; de volta ao lugar onde permanecera durante nove dias e nove noites, de onde nunca quis sair. Havia precisado apenas do pequeno empurrão de Freya para quebrar o próprio bloqueio mental e agora estava ali. Ela podia se reconectar à Mãe-Bruxa. Podia entrar em contato com Hel. Podia acessar aquela fonte ampla de poder bem no fundo, inclinar-se outra vez sobre o precipício no qual Odin a forçara — mas desta vez ela estaria no controle. No controle de tudo.

Mas, primeiro, teria de se livrar de Freya.

Eu a forcei para baixo, mas não além disso, disse Freya, a voz sumindo. Ela havia parado de cantar. *O resto é com você. Lembre-se do nosso trato.*

E assim Angrboda o fez. Ela alcançou o que a outra bruxa queria saber, e o lugar escuro falou para ela. Os seus olhos se abriram, brancos e mortos, e Angrboda começou a falar a verdade sobre a linhagem de Ottar — mas então algo mudou. As palavras mudaram, as imagens mudaram. O lugar sombrio estava contando para ela, mais uma vez, sobre o fim dos mundos.

Ela fora mais longe do que pretendia e agora estava sendo convocada para ir mais fundo, de volta ao vazio.

A bruxa emergiu antes que o lugar escuro o puxasse, e os seus olhos voltaram ao normal. Freya a encarava. Angrboda olhou feio para a deusa e disse a contragosto:

"Obrigada."

Freya assentiu, levantou-se e tirou um chifre do cinto, murmurando algumas palavras sobre o objeto e depois entregando o chifre para o javali.

"Para que ele lembre os nomes que você falou. A linhagem dele", explicou a deusa. "Mas não o resto. O resto foi somente para os meus ouvidos."

"Você também precisa ir embora", disse Angrboda. Não estava surpresa em saber que o javali de Freya não era apenas um javali, mas sim o próprio Ottar disfarçado. De súbito, a bruxa se sentiu cansada, drenada. "Vá embora daqui. Você já recebeu o que queria."

"E ainda mais", disse Freya. "Você me contou sobre o Ragnarok. Não tanto quanto contou para Odin naquela noite, mas uma parte."

Ragnarok. A palavra significava "a ruína dos deuses".

"Pela sua expressão", comentou Freya, "suponho que seja a primeira vez que escuta o termo. Mas como pode ser se foi você mesma quem proferiu as palavras e as fez assim?"

Angrboda estremeceu.

"É apenas que é a primeira vez que ouço a minha visão ser chamada por esse nome." Ela cruzou os braços em uma tentativa de conter as mãos trêmulas. "Obrigada. De novo. Por me ajudar a recuperar o meu *seid*."

"Por nada. Espero que eu não me arrependa disso, embora tenha certeza de que é o que vai acontecer. Eu podia facilmente ter forçado você, do mesmo jeito que Odin fez..."

Angrboda revirou os olhos.

"Ah, vá embora. Volte para os seus inúmeros amantes."

"Se continuar a me insultar", rebateu Freya, "vou queimar esta caverna até que restem somente as cinzas."

"Todos os mundos vão queimar. Maldita seja você e malditos sejam os deuses. E maldito seja também o seu Ottar."

"Pelo menos Ottar irá prosperar enquanto os mortais ainda têm tempo", cuspiu Freya, e então virou de costas e saiu da caverna, o javali em questão colado no seu encalço.

Depois que a deusa foi embora, Angrboda se sentou com a coluna reta e deixou que os efeitos do que acabara de acontecer assentassem na sua mente.

Posso fazer o seid *de novo. Ainda sou eu mesma.*

E, com a habilidade recuperada, a bruxa tinha muito o que fazer. E a primeira coisa era visitar a filha.

Angrboda escorregou para fora do corpo — dessa vez com tanta facilidade que quase ficou tonta de alívio — e se esticou naquela forma até que pudesse tocar a Yggdrasil, e a árvore a levou para baixo, para baixo, para baixo.

Havia escuridão, gelo e neve soprada pelo vento, e a bruxa caminhava por uma trilha de pedras congeladas e efarelentas. Enquanto andava, Angrboda percebeu que o caminho era uma ponte e que, se olhasse para o lado, poderia ver rios caudalosos e vales desertos lá embaixo.

O seu cabelo fluía ao redor como se ela estivesse embaixo d'água. Embora o ambiente fosse preto, cinzento e desolado até onde a vista alcançava, a bruxa tinha a sensação de que não faltava nenhuma cor.

Ela sabia, sem ver por conta própria, que seus olhos estavam brancos, como sempre acontecia quando estava em transe. Quando estava em um lugar onde apenas os mortos deveriam estar.

Por fim, Angrboda alcançou a última ponte, forrada em ouro, e para além dela circulavam as almas dos mortos: os perversos, os azarados, os velhos, os jovens e os enfermos. Aqueles que não haviam morrido em uma batalha gloriosa, os que não tinham sido escolhidos e escoltados pelas valquírias até os salões dos caídos em Asgard.

Uma donzela pálida, vestida de preto, surgiu das sombras e barrou Angrboda ao final da ponte, de modo que ela não podia mais avançar.

"Sou Modgud, a guardiã da ponte. Apenas os mortos entram aqui", disse ela, estudando a bruxa. "Mas você... você não está morta nem viva. Que assuntos tem para tratar no reino de Hel?"

"Tenho assuntos a tratar com a minha filha", disse Angrboda. "Deixe-me passar."

Modgud a encarou por um longo momento antes de se afastar.

E assim Angrboda continuou pela trilha até alcançar muralhas enormes e um grande portão, por onde passou.

A bruxa logo se viu no salão da filha, sombrio e assustador, esculpido na lateral de um penhasco e iluminado por um brilho fantasmagórico que vinha de lugar nenhum. Hel, ao que parecia, tinha herdado o talento dramático do pai.

O interior do salão, no entanto, era surpreendentemente convidativo. Os mortos circulavam assim como faziam do lado de fora — posicionando grandes decorações douradas sobre uma mesa comprida, com taças, pratos e todo tipo de elegância, o doce aroma do hidromel enchendo o ar. Angrboda franziu a testa ao contemplar tais atividades. *Com certeza isso tudo não é para mim... é?*

A bruxa se dirigiu aos fundos do salão, onde uma jovem com um longo vestido preto estava sentada no cadeirão alto. Sua pele era branca, e o cabelo comprido, escuro feito piche e ondulado, caía quase até o chão enquanto ela permanecia sentada. Por baixo do vestido, as pernas da jovem estavam cruzadas, e Angrboda não conseguia ver a aparência dos seus pés.

No entanto, ela sabia que a mulher era Hel. Os olhos eram a dica mais óbvia: verdes e brilhantes, assim como os do pai, embora mais encovados. E tinha as mesmas olheiras da mãe, embora as da jovem fossem pretas, ao passo que as de Angrboda eram acinzentadas.

Contudo, por mais que Hel fosse parecida com Loki quando era criança, ela agora era a imagem cuspida da mãe — *gravitas* e tudo.

E encarava Angrboda com desprezo. Nas sombras por trás dela, silhuetas escuras se moviam: figuras desformes, algumas nem mesmo remotamente humanas. Os servos de Hel. As criações de uma menina.

Os seus únicos amigos naquele lugar profundo e sombrio.

Angrboda engoliu em seco, perdendo as palavras sob o olhar perverso da filha. Tudo que conseguiu oferecer foi um aceno de cabeça em direção aos esqueletos agitados, perguntando com a voz trêmula:

"Está esperando companhia?"

"Isso não é da sua conta", disse Hel, e Angrboda se assustou com a voz rouca e estridente da jovem. Mas também, da última vez que ouvira Hel falando, a filha ainda tinha 5 anos. "Então você finalmente morreu?"

A bruxa percebeu que não haveria ali exclamações de alegria nem abraços regados a lágrimas. Mãe e filha apenas olharam uma para a outra através do salão.

Hel a analisou por mais um momento antes do seu rosto pálido se abrir em um sorriso desdenhoso.

"Não, claro que não. Todo esse tempo, pensei que os deuses tivessem realmente matado você..."

"Até esta noite, eu não tinha como entrar em contato", explicou Angrboda. "Nem mesmo morrer me traria até aqui."

"Por muito tempo, pensei que você *estivesse* morta. Fiquei de luto por você", continuou Hel, como se não a tivesse escutado. "Até ergui um monumento em sua homenagem nos portões a leste. Mas nunca consegui encontrá-la no meu reino, então comecei a me perguntar..." Ela se inclinou para a frente, as mãos brancas agarrando as laterais da cadeira em um aperto mortal enquanto a jovem olhava de soslaio. "Você tem algumas explicações a dar, mãe."

Angrboda respirou fundo para encobrir os arrepios internos. Da última vez que Hel falara com ela, a bruxa ainda era a "mamãe".

Agora ela era "mãe", e, quando Hel falou, a palavra soou fria feito gelo.

"Eu não podia deixar o meu corpo como costumava fazer antes", disse Angrboda. "Não tinha nenhum modo de ver você ou de contatar os seus irmãos..."

"Uma história bem plausível", falou Hel. A expressão dela ficou distante, como se a jovem tentasse lembrar algo que ocorrera havia eras. "Esperei para encontrar você aqui. Esperei para sempre. Você estava morta. Pensei que estivesse somente perdida, mas você nunca veio. Eu sabia que o meu pai nunca viria atrás de mim, mas achava que você fosse diferente." Ela baixou a voz até o volume de um sussurro. "Ele nos chamou de *monstros*. Mas eu não sou um monstro. Os meus irmãos eram monstros, mas eu, não. Eu era apenas uma garotinha."

"Hel..."

"Você devia ter vindo atrás de mim, mãe", disse Hel, subindo o tom. Ela se levantou e olhou para Angrboda do alto do estrado.

"Hel, por favor..."

"Eu torcia para que você viesse. Mas você não veio."

"Se soubesse o que fizeram comigo, você não falaria dessa maneira", disse Angrboda, com a voz embargada. Aquilo não estava saindo de modo algum como a bruxa planejara.

"E *você* sabe o que fizeram *comigo*?", rebateu Hel. "Eu nunca deveria ter nascido, mas você... você precisava se intrometer. Sim, agora eu sei o que você fez, eu mesma vi. Os mortos sabem de tudo. Eu estava morrendo e você me trouxe de volta com a sua *magia*. Agora aqui estou eu, com poderes sobre a vida e a morte, mas com apenas uma meia-vida triste para chamar de minha, banida de todos os mundos, sozinha para sempre. Onde você esteve, mãe? Onde esteve enquanto eu *apodrecia*?"

Hel puxou a barra do vestido para o lado a fim de exibir as pernas: agora eram somente osso, com a carne cinza-azulada ainda presa em alguns pontos, unida por não mais do que um punhado de tendões e *muita* magia.

Angrboda encarou aquelas pernas. Era a única coisa que podia fazer.

"Ainda posso senti-las, sabe? E os seus unguentos funcionaram muito bem", disse Hel com malícia, voltando a cobrir as pernas com um floreio. "Infelizmente, não tive mais acesso a eles."

"Hel, eu... eu sinto muito. Mas você precisa me escutar. Finalmente achei um meio de viajar de novo, e isso... Você foi a primeira pessoa que eu quis ver." Angrboda tentou se firmar sob o olhar cruel da filha e continuou: "Eles me mataram naquela noite. A noite... a noite em que você e seus irmãos foram tirados de mim. Mas eu não morri. Mas também não consegui revidar, e Odin me obrigou a ver como tudo termina. Os deuses, os gigantes, todos os mundos. O Ragnarok...".

"Sim, sim, eu sei do Ragnarok. Vejo mais do que você imagina daqui. Sei do destino, assim como Frigga, Freya e as Nornes. Você não é especial para os deuses porque pode acessar esse conhecimento perigoso — você é a apenas a mais descartável para Odin. Quantas vezes vai deixar que os Aesir a matem antes de perceber isso, mãe?"

Angrboda trincou os dentes.

"Por que zomba tanto de mim?"

"Porque vejo através de você." Hel sorriu com escárnio, descendo do estrado. "Você, a velha bruxa sábia da floresta, que não faz mal a ninguém para que nenhum mal recaia sobre si. Você esquece que os seus inimigos atacam primeiro e atacam com mais força e não oferecem o mesmo respeito que você oferece a eles."

"Hel..."

A filha a rodeou como se fosse uma predadora, os ossos dos pés produzindo um barulho nada natural de *clac-clac* no chão de pedra.

"Logo irá começar. E aí o que você vai fazer? Voltar para a sua caverna e esperar o fim, quando então todos os mundos queimarão nas chamas de Surt? Você não passa de uma covarde."

"Você não está me *escutando*", disse Angrboda. "Não fiquei ociosa esse tempo todo. Venho tentando encontrar uma maneira de salvá-la. Eu *posso* salvar você."

"Aí está, intrometendo-se de novo, mãe. Já esqueceu o que aconteceu da última vez em que tentou me 'salvar'?" Hel indicou com um gesto as pernas cobertas. "Não quero nada disso. Eu..."

De repente, ela soltou um arquejo curto e vacilou, agarrando o peito.

"Hel?", falou Angrboda com preocupação, dando um passo em direção à filha.

"Deixe-me em paz", rosnou Hel. Ela retornou para a cadeira e se sentou pesadamente, curvada, dor e raiva estampadas nos olhos. A sua mão ainda estava no peito quando ela grunhiu: "Você não entende? *Não quero a sua ajuda*. Não quero *você*".

Angrboda pegou a estatueta de lobo — de alguma forma tangível, de alguma forma tão real quanto a própria Hel — e a estendeu para a filha. Hel olhou para o brinquedo, e a sua expressão vacilou, as linhas do rosto ficando levemente vincadas.

"Venha até mim quando o fim começar", sussurrou Angrboda. "Quando o seu pai vier até você, venha *até mim*. Protegerei você, eu juro. Pode ter me rejeitado como mãe, mas você ainda é a minha filha."

A máscara de ódio de Hel voltou ao lugar em um instante.

"Você não tem filha, bruxa, e eu não tenho pai. Vá embora. E leve esse pedaço inútil de madeira com você."

Incapaz de continuar encarando o rosto contorcido da filha, Angrboda fechou os olhos e se deixou flutuar para longe, agarrando-se à parte mais profunda de Yggdrasil — evitando por pouco o dragão Nidhogg enquanto ele mascava a raiz da Árvore, tentando mordê-la conforme a bruxa passava — subindo e subindo...

E então para baixo outra vez. Algo — ou *alguém* — havia sentido sua presença através da Árvore e agora a arrastava de volta. Por um momento, o coração de Angrboda saltou, pensando que talvez a filha tivesse mudado de ideia, mas então percebeu que estava no extremo oposto do reino de Hel.

Por que estou aqui? Ela se virou para olhar por cima do ombro as runas gravadas no batente: ESTE É O PORTÃO LESTE, DEDICADO À MINHA MÃE.

Ah, Hel... O estômago incorpóreo de Angrboda se contorceu conforme ela inspecionou os arredores, esperançosa.

Mas Hel não estava em lugar algum.

Quem iria me convocar para o meu próprio túmulo?

De repente, ela notou uma movimentação à distância. Percorrendo os campos por onde os mortos se arrastavam, uma figura sólida vinha na sua direção, montada no mais estranho dos cavalos.

Angrboda se manteve firme e esperou até que montaria e cavaleiro se aproximassem. Eles pararam a poucos metros da bruxa, e Angrboda reconheceu Sleipnir, o cavalo de oito patas que o marido dela parira havia eras.

Ela deu um passo à frente e ergueu a mão, como se pretendesse tocar a criatura, mas Sleipnir havia se tornado grande e feroz e não a reconheceu. O homem no seu dorso levantou a cabeça, e um olho azul glacial encarou a bruxa por baixo de um chapéu de aba larga.

Lá vamos nós de novo, pensou Angrboda com um suspiro interior.

O sentimento parecia mútuo.

"Disseram que uma mulher sábia foi enterrada aqui." Ele observou a inscrição no batente do portão e disse: "A maior parte das pessoas pensa que você morreu naquela noite, inclusive a sua filha. Talvez eu devesse ter desconfiado".

A minha filha conhece a verdade das coisas agora, pensou Angrboda, mas não disse nada e manteve a expressão o mais neutra que podia. Também lhe ocorreu que Freya não poderia já ter contado a Odin que a bruxa estava viva — afinal, a mulher acabara de sair de sua caverna. *Então como foi que ele me encontrou?*

Ela percebeu que a resposta era simples: havia usado a Yggdrasil para viajar, e a Yggdrasil pertencia a ele. Não era de se admirar que o deus a tivesse notado de imediato quando ela voltou a usar o *seid*.

A bruxa encarou Odin, fingindo estar confusa, e falou:

"Quem é este homem que me convocou até aqui?". *De novo*, ela quis acrescentar. "Foi uma estrada difícil a que percorri para chegar neste lugar, e estou morta há muito, muito tempo."

"Morta você esteve, muitas e muitas vezes, e mesmo assim eu a ergui outra vez, pois preciso do que você sabe. Sou Vegtam, o andarilho."

Angrboda quase revirou os olhos diante do nome falso, mas manteve o semblante inalterado.

"Conte-me: para quem o salão de Hel está sendo enfeitado?" ordenou o chamado Vegtam, puxando as rédeas de Sleipnir. "A quem ela dará as boas-vindas?"

Hel não havia respondido quando Angrboda fizera a mesma pergunta, mas, de repente, a bruxa se lembrou das palavras da filha: '*Vejo mais do que você imagina daqui. Sei do destino*'.

De súbito, ela sabia quem Hel estava esperando.

"Desespere-se, Vegtam", disse ela, virando a cabeça para ele, o rosto vazio mais uma vez, "pois Hel preparou o seu hidromel para Baldur, filho de Odin, que será morto por um ramo de visco. E agora que já lhe contei demais, devo ficar em silêncio."

"Não fique em silêncio. Quem será o assassino? Quem matará de verdade o filho de Odin?"

Por que ele está me perguntando outra vez se já lhe contei? Ele acha que a resposta vai mudar, ou pensa que existe mais para saber, mais sobre a morte de Baldur do que simplesmente ser perfurado por um dardo de visco?

"O irmão cego de Baldur, Hod", explicou ela, relembrando a visão, "que, por sua vez, será morto pela pessoa a vingar Baldur. Já lhe contei isso antes, e muito mais."

"Você vai me contar os detalhes da morte dele. Vai me contar tudo, para que assim eu possa fazer justiça por Baldur."

"A justiça", respondeu ela, com os lábios rachados formando um sorriso cruel, "será feita quando o seu filho entrar nos salões da minha filha, Odin, Pai-de-Todos."

"Você não é uma mulher sábia ou uma profetisa, Angrboda, Bruxa de Ferro, mãe de monstros", falou Odin em um tom frio, puxando as rédeas para fazer Sleipnir dar meia-volta.

"Você pode até ser um homem falso visitando um túmulo falso", disparou Angrboda em resposta, "mas a única verdade aqui está contida nas minhas palavras."

Ela sentiu o aperto de Odin afrouxar começou a se arrastar para cima e para longe. Antes que ele pudesse dizer qualquer coisa em resposta, Angrboda sorriu com perversidade e acrescentou:

"E tome cuidado: a sua desgraça se aproxima depressa."

Em seguida, ela acordou no seu corpo, com a estatueta de lobo ainda presa na mão, a mente cambaleando de emoções: satisfação sombria por ter finalmente dado a última palavra em um confronto com Odin e uma culpa terrível ao se lembrar de cada frase que Hel proferira para ela.

A bruxa se aninhou à loba e segurou a estatueta junto ao peito.

Vou consertar as coisas entre nós. Juro.

E farei isso me certificando de que você sobreviva ao Ragnarok.

Depois disso, Angrboda levou algum tempo para se recompor. A próxima coisa que gostaria de tentar era se comunicar com os filhos, mas o pensamento de que as coisas pudessem se desenrolar da mesma forma que acontecera com Hel era mais do que a bruxa conseguia suportar.

A despeito disso, ela tentou de qualquer maneira. Afundou e alcançou Yggdrasil, usando a Grande Árvore para observar um por um os lugares ocultos dos mundos, voltando para o corpo toda vez que sentia o menor indício da presença de Odin — felizmente, porém, ele não voltou a procurá-la. Na sua mente, Angrboda chamou os seus meninos, mas não viu nem escutou nada. Onde quer que estivessem — Jormungand nas profundezas do vasto oceano, Fenrir preso em algum local desconhecido —, estavam além do seu alcance.

Ela esperava poder vê-los mais uma vez antes que morressem. Os filhos sabiam o que estava por vir? Teriam aceitado o destino, ou ela deveria fazer mais por eles? Angrboda não tinha resposta para aqueles questionamentos — e, mesmo que os filhos sobrevivessem à batalha, mesmo que seus destinos *pudessem* ser alterados, a bruxa duvidava de que o escudo dela fosse amplo ou forte o bastante para proteger um lobo alto como o céu ou uma serpente grande o suficiente para envolver um mundo.

Com o passar dos dias, Angrboda trabalhou ainda mais para aperfeiçoar o escudo — agora conseguia proteger o braço inteiro durante vários minutos —, mas descobriu que enfrentaria problemas. Parecia tão fácil afundar, voltar para aquele vazio onde podia sentir o poder fluindo e tocá-lo. Usá-lo como escudo.

Mas, na realidade, sempre que chegava tão perto da borda quanto antes, ela se percebia hesitando. O poder pulsava, zumbia e acenava para ela, que se perguntava se, daquela vez, não seria capaz de voltar.

Ela quase tinha se perdido durante aqueles nove dias e nove noites amarrada à árvore, pairando na segurança daquele espaço entre a vida e a morte. E Freya a empurrara apenas o suficiente para que ela deslizasse pela superfície — Angrboda fora capaz de retornar sozinha. O mais longe que havia descido fora quando Odin a arrastara, o próprio conhecimento dele do *seid* servindo como uma linha de pesca, pronta para içá-la de volta assim que descobrisse o que precisava saber.

O poder que ela buscava jazia mais fundo naquele vazio do que a bruxa jamais fora. E se ela não conseguisse se arrastar de volta? Aquele pensamento a assustava mais do que tudo. Então Angrboda decidiu que só iria se aventurar por ali como último recurso.

Eu sou Angrboda, Bruxa de Ferro, pensou ela. *A Antiga, Mãe-Bruxa, aquela que gestou os lobos que perseguiram o sol e a lua. Antiga esposa de Loki e mãe tanto da governante dos mortos quanto das duas criaturas do caos, destinadas a provocar a ruína dos mesmos seres que arruinaram as nossas vidas.*

Posso fazer isso sozinha.

Apenas alguns dias depois, os deuses a alcançaram de novo — desta vez na forma de dois enormes corvos pretos. Os pássaros voaram até fazer um pouso dramático em um galho logo à frente de Angrboda e da loba, bloqueando a passagem.

"Você", disse um deles. "Bruxa."

"Os Aesir precisam da sua ajuda", disse o outro.

A loba rosnou para os corvos, mas Angrboda deu o suspiro longo e sofrido de alguém que já havia sido queimada, apunhalada, assassinada, traída, importunada por informações, despertada e, para variar, continuamente incomodada pelo mesmo grupo de pessoas que havia roubado seus filhos durante a noite. *Eles nunca vão me deixar em paz?*

Se os deuses são tão incríveis, por que precisam de mim?

"Eu não sabia que Odin enviava seus corvos para dispersar informações", falou Angrboda para os pássaros, que se chamavam Hugin e Munin: Pensamento e Memória. Eles voavam ao redor dos Nove Mundos todos os dias antes de retornar e contar ao mestre tudo que haviam visto. "Tive a impressão de que o trabalho de vocês era justamente o oposto."

"Um favor", explicou Hugin, "para aquele cuja morte você mesma previu."

Angrboda hesitou.

"É Baldur?"

Munin assentiu, confirmando as suspeitas dela.

"E foi pelas mãos do seu próprio marido que Baldur foi morto", disse Hugin.

"Não tenho marido", falou Angrboda, assim como falara para Skadi no passado, mas depois fez uma pausa. "Espere — *Loki* matou Baldur?" *Não foi isso que previ... o seu irmão o matava. Não Loki.*

A bruxa franziu a testa. *Eu vi... Eu vi Hod atirar o dardo de visco no coração de Baldur.*

Mas Hod é cego.

O que significa que alguém precisaria guiar a sua mão.

"Como foi que isso aconteceu?", perguntou Angrboda.

"O filho de Odin estava sonhando com a própria morte, e a mãe dele, Frigga, fez com que todas as coisas em todos os mundos jurassem não machucar o rapaz", disse Munin.

"Todas as coisas, exceto por um jovem ramo de visco, que Loki, o Impostor, afiou em forma de dardo para que Hod usasse e matasse o irmão", falou Hugin.

Odin sabia sobre o visco, pensou Angrboda. *Se ele queria realmente evitar a morte de Baldur, teria avisado Frigga para tomar precauções a mais.*

Mas algo ainda não se encaixava. Ela mesma não sabia que seria Loki o assassino de Baldur, então como Odin saberia? Loki estava sendo incriminado? Punido por um crime que não cometera?

Os olhos de Angrboda se estreitaram.

"Vocês mentem. Loki é muitas coisas, de fato. Mas assassino?"

"Você deve prestar um favor por um inocente", acrescentou Hugin, como se não a tivesse escutado.

Angrboda voltou a suspirar. *Acho que é isso o que ganho por discutir com pássaros.*

"Com o que exatamente precisam da minha ajuda?"

"Empurrar a pira de Baldur para a água", disse Hugin. "O barco não se move. Nem mesmo Thor consegue empurrá-lo. Os Aesir temem que esteja enfeitiçado."

"A sua segurança está garantida", concluiu Munin.

"Venha conosco, Hyrrokkin", disseram os corvos em uníssono, voando até o próximo galho e virando-se para olhá-la, como se comandassem que ela os seguisse.

Angrboda arqueou as sobrancelhas e se virou para a loba.

"Hyrrokkin. Ouviu isso? 'Defumada pelas chamas'. Esse é novo."

Em resposta, a companheira produziu um ruído perturbadoramente semelhante a um bufo de escárnio. *Não vamos realmente fazer isso, não é?*

"Bem, não tenho desejo algum de colocar os pés em Asgard de novo ou de fazer qualquer favor aos deuses. Mas não posso negar que estou tentada a aceitar a convocação."

A loba parecia cética. *Por quê? Tenho a nítida impressão de que você foi o último recurso deles...*

"Pelas minhas próprias razões egoístas", disse Angrboda, escondendo a carroça por trás de um aglomerado de árvores. Quando estava oculta o suficiente, ela enfiou a bengala na boca da loba, transformando-a de imediato em rédeas. "Para ver como Odin se sente ao ter o filho mais querido arrancado dele. Para vê-lo sofrer com os meus próprios olhos depois de tudo que ele fez comigo."

Mas ele sabia o que estava por vir e não impediu, comentou a loba.

"Isso não significa que ele não esteja de luto." Angrboda subiu nas costas da loba. "Além disso, com que frequência você comparece ao funeral de um deus?"

Elas seguiram os corvos para fora da floresta até uma praia rochosa e movimentada, onde estava reunido o grupo mais diverso que Angrboda já encontrara nos Nove Mundos: os Aesir, os Vanir, elfos da luz e elfos sombrios, anões, trolls, as valquírias de Odin e os *einherjar* — os seus guerreiros caídos — e até mesmo alguns gigantes que a bruxa vira antes. Angrboda puxou o capuz por cima do rosto para que ninguém a reconhecesse. Se fosse mesmo um feitiço a impedir a pira funerária de Baldur de se mover, ela precisaria de toda a força que pudesse reunir a fim de quebrá-lo e não sentia necessidade de desperdiçar a sua energia disfarçando-se como velha quando um capuz já lhe servia tão bem.

A multidão abria espaço para a bruxa e a loba como se fossem leprosas. As duas seguiram em linha reta até a praia, onde uma enorme embarcação estava ancorada, metade na areia e metade na água. Alguns poucos Aesir e um dos trolls estavam encostados na parte de trás, com as costas arqueadas e sem fôlego. Thor estava entre eles, parecendo furioso.

A bruxa desmontou da loba e retirou as rédeas da boca do animal — elas instantaneamente voltaram a ser uma bengala, a qual Angrboda usou para apoiar os passos pela areia escura que afundava sob os seus pés.

Ela caminhava em direção ao barco quando escutou a companheira rosnar às suas costas — e a bruxa se virou para ver que dois dos guerreiros *berserkers* de Odin haviam cruzado lanças entre ela e a loba e dois outros tinham lanças apontadas diretamente para a garganta da criatura.

"Isso é desnecessário", disse Angrboda com frieza, o capuz ainda ocultando o seu rosto.

Os *berserkers* não se moveram nem um centímetro.

Estou bem, disse a loba. *Apenas se apresse e faça o que eles querem para que possamos ir embora.*

Assim, Angrboda caminhou até o barco, e Thor deu um passo atrás, carrancudo. Ele olhou para o pai, e então Angrboda olhou para além de Thor e viu Odin, vestido não com a pesada capa de viagem e o chapéu com que normalmente o encontrava, mas com a elegância condizente ao mais elevado dos deuses. Ele a encarava com o único olho, e a bruxa podia ver a tristeza contida ali, ainda que não conseguisse sentir pena dele.

Ao lado de Odin estava uma mulher que Angrboda mal reconheceu do seu tempo em Asgard — a sua esposa, Frigga, vestida com as roupas mais bonitas que já tinha visto, o cabelo escuro trançado de forma elaborada, o rosto manchado de lágrimas, a dor crua e exposta.

Angrboda viu Frey, Freya e Tyr, todos parecendo enlutados. Ela também não conseguiu sentir pena deles.

Com uma das mãos pairando a centímetros do barco, Angrboda ergueu a cabeça de forma que as feições ficassem visíveis somente para o ângulo de Odin. Ela ergueu as sobrancelhas, fazendo uma pergunta. Ele assentiu.

A bruxa estendeu a mão para o barco e imediatamente sentiu o feitiço sob a ponta dos dedos. Vendo as runas gravadas na proa, Angrboda soube que fora Odin quem o lançara.

A bruxa virou o rosto para encará-lo.

"Que trapaça é essa?", sibilou ela.

"Não é nenhum truque", respondeu o Pai-de-Todos. "Apenas um meio para alcançar um fim. Assim como tudo que realizei na minha longa vida. Talvez você conheça a sensação."

Angrboda abriu a boca para discutir, mas então ouviu um ganido e se virou, percebendo que todas as cabeças estavam voltadas para onde os *berserkers* tentavam conter a loba. A criatura ganiu outra vez quando dois deles a derrubaram e mantiveram a lança na sua garganta. A loba mostrou os dentes, mas não se mexeu.

Depressa, falou a loba.

Angrboda se virou novamente para Odin, que a observava com um olhar insondável.

"Por quê?", perguntou ela. "Por qual motivo me chamou até aqui?"

"Porque você não viria de outra forma, e eu queria que você visse. Tudo está acontecendo exatamente do jeito que você disse que aconteceria. Estamos aqui como iguais: eu, o pai dos deuses, você, a mãe dos gigantes. Está preparada para o que vem a seguir?"

"Estou", mentiu Angrboda, erguendo o queixo. Com discrição, ela pegou a faca com cabo de chifre e riscou as runas na proa. Os movimentos da bruxa ficaram ocultos de Odin por causa da capa. "Você está?"

Ele ficou em silêncio, mas o seu único olho a acompanhou conforme Angrboda deu um leve empurrão no barco, que rolou pelos apoios de tora até o mar. Atrás deles, ela ouviu Thor gritar de raiva e descrença.

A Bruxa de Ferro e o Pai-de-Todos adentraram a parte rasa do mar no rastro da embarcação.

"Suponho que você não tenha feito nada *além* de se preparar", disse Angrboda.

"Fiz apenas o que tinha de fazer. Queria que você soubesse disso", respondeu ele, baixando os olhos para o barco e para o filho morto. "Plantas morrem, animais morrem. Homens morrem e os seus descendentes morrem. E assim, também, os deuses devem encontrar a morte, pois nem mesmo nós somos capazes de evitá-la."

"Mas você sequer tentou", afirmou Angrboda. A bruxa não perguntou a ele o motivo: ela já sabia.

Odin não ofereceu resposta. Quando Angrboda se virou e voltou para a praia, o deus colocou o seu famoso anel de ouro dentro do barco e se inclinou para sussurrar algo ao ouvido de Baldur.

"Devíamos matá-la", falou Thor em voz alta enquanto a bruxa passava. Angrboda não prestou atenção nele, mas aquele velho ferimento já curado na sua cabeça voltou a latejar, dolorido.

"Ela nos fez um favor", disse Frey, apoiado no seu javali dourado, Gullinbursti, enquanto a pira de Baldur era acesa e empurrada para o mar pelos *einherjar* de Odin. O próprio deus assistia, ainda em silêncio e com água até os joelhos.

O coração de Angrboda deu um salto quando outra voz se juntou à discussão.

"Deixe-a em paz", falou Skadi, ao lado de um homem de aparência mais velha, que Angrboda presumiu se tratar de Njord.

Após a mais breve das pausas, Angrboda retomou a caminhada, virando-se apenas o suficiente para corresponder ao olhar da giganta enquanto passava.

Os olhos de Skadi ficaram arregalados.

A bruxa inclinou a cabeça bem de leve, como se dissesse: *Agora. Agora eu terminei.*

Mas, antes que pudesse determinar se havia ou não sido compreendida, Angrboda se virou depressa, torcendo para que a Caçadora tivesse entendido a mensagem. Pois ao lado dela estavam duas mulheres nas quais Angrboda não podia confiar: a primeira era Gerda, parecendo muito infeliz, e a *outra* era Sigyn, cuja expressão era um misto de angústia e apreensão. Como se ela temesse que os deuses pudessem se voltar contra ela pelo que o marido havia feito.

Ela está certa em temer, pensou Angrboda, notando que os filhos de Sigyn não estavam presentes.

Angrboda manteve a cabeça baixa e continuou andando. Quando alcançou a loba, os *berserkers* ergueram as lanças e foram embora, permitindo que tanto mulher quanto criatura passassem.

Depois disso, a esposa de Baldur, Nanna, morreu de desgosto e foi colocada no barco para queimar também, assim como o cavalo de Baldur. E, com raiva, Thor também chutou um anão que passava para dentro da pira. Mas, àquela altura, Angrboda já havia montado na loba e desaparecido na floresta.

A loba encontrou o caminho até a carroça com bastante facilidade. Angrboda escorregou do seu dorso e pegou a bengala.

"Você já passou por muita coisa hoje, minha amiga. Eu puxo a carroça."

Para onde estamos indo?

"Para casa", respondeu Angrboda. Ela vinha pensando nisso nos últimos dias, desde o encontro com Freya. Não havia mais necessidade de viajar — já descobrira tudo que precisava saber. Seria bom, pensou ela, continuar praticando o feitiço na segurança e no conforto da sua caverna.

Parte da bruxa queria esperar para ver se Skadi a seguiria de imediato, mas outra parte queria ficar o mais longe possível de Asgard. Além disso, Skadi podia se atrasar nas obrigações com os Aesir — Loki continuava à solta, afinal de contas, e Angrboda não duvidava de que a Caçadora fosse gostar de participar da captura dele.

E, de repente, Angrboda também entendeu que, fosse Loki culpado ou não, ela sabia que ele iria sofrer — tinha visto com os próprios olhos — e agora sabia o porquê.

Aquilo embrulhou seu estômago — o pensamento em si, junto ao temor de perceber qual o primeiro lugar onde Loki se esconderia: o único lugar em que ele havia se sentido seguro, naquela caverna nos limites dos mundos.

Mas isso não a afastaria acovardada do próprio lar. E, se Loki de fato tivesse a audácia de buscar refúgio ali, então ele precisaria algumas explicações.

Por fim, elas cruzaram o rio para Bosque de Ferro, e Angrboda e a loba ficaram visivelmente mais relaxadas conforme iam sendo engolidas pelas árvores densas. A floresta — a floresta *dela* — não era mais tão verde quanto nos anos em que ela morara na caverna, criando os filhos, mas o lugar ainda parecia familiar. Ainda parecia *um lar*.

Parece o mesmo lugar que deixei para trás, disse a loba. *Cinza e morto.* Ela parou para farejar o ar, depois virou à direita. Angrboda franziu a testa e seguiu a criatura antes de perceber que estavam rumando para o sul, na direção das fundações de pedra. A loba trotou à frente, através dos arbustos, até chegar à clareira, onde se sentou pesadamente e curvou a grande cabeça peluda, quase como se fizesse uma reverência.

Angrboda chegou por trás da loba e tirou o capuz do rosto. Ficou ao lado da amiga, apoiando-se com todo o seu peso na bengala.

"Era aqui que elas moravam", falou ela, baixinho. "Todo aquele tempo atrás."

Era sim, disse a loba, virando a cabeça para olhar Angrboda nos olhos. *Você se lembra?*

"Mais do que antes, mas gostaria de poder me lembrar de tudo." A bruxa fechou os olhos com força. Havia superado a culpa pelas Jarnvidjur, mas não significava que tivesse deixado de lado todos os seus arrependimentos. Agora que estava ali, contemplando as ruínas e *sabendo*, em seu coração, de quem elas tinham vindo e o que ela era antes, a bruxa não podia deixar de pensar em como as coisas poderiam ter sido diferentes caso nunca tivesse partido, ou se as Jarnvidjur ainda tivessem estado ali no seu retorno...

"Fico me perguntando como é", sussurrou ela, "ter para quem voltar."

Mas você tem, lembrou a loba.

"Está falando de Loki?" Angrboda cuspiu, girando o corpo. "A minha casa não pertence mais a ele. Se Loki estiver lá quando voltarmos..."

Acalme-se. Não estou falando dele, explicou a loba, revirando os olhos. *Estou falando da sua Caçadora. Não aja como se não tivesse para quem voltar quando é muito provável que ela tenha atendido ao seu chamado e abandonado os deuses no instante em que o funeral de Baldur terminou, planejando retornar para cá. E, se Loki de fato veio buscar refúgio na sua caverna e cruzou o caminho da Caçadora, ela pode estar agora mesmo socando a cara dele na encosta de uma montanha. Não é um pensamento adorável?*

Angrboda sentiu o calor subir pelo rosto e estava prestes a responder, mas então sentiu uma lufada de ar às costas. Ela e a loba se viraram para testemunhar um falcão se transformando em uma pessoa, que por sua vez retirava uma capa de penas.

Primeiro, a bruxa pensou que fosse Freya e chegou a abrir a boca para mandá-la embora, mas, quando a silhueta se solidificou, viu que se tratava de Frigga.

Frigga, em suas roupas finas, o cabelo trançado em padrões intrincados, com uma tiara dourada na cabeça. Seu rosto era marcado e bonito, e ela era mais baixa e mais magra do que Angrboda. Mas havia certa severidade nela — embora talvez fosse apenas a aparência de uma mulher que acabara de perder o filho.

Angrboda conhecia bem a sensação.

Suponho que o meu feitiço de proteção tenha se esgotado, já que ela foi capaz de nos encontrar aqui.

"A sua filha, Hel, decretou que, se todas as coisas em todos os mundos chorarem por Baldur, então ele pode abandonar o reino dos mortos", falou Frigga para Angrboda, com o rosto austero esculpido em determinação. "Nós, deuses e deusas, estamos percorrendo os Nove Mundos para ver isso acontecer. Você derramaria uma lágrima por ele, para que então o meu filho possa voltar para mim?"

Tanto Angrboda quanto a loba permaneceram em silêncio.

"Havia uma megera em uma caverna que não queria prantear Baldur", continuou Frigga. Os seus olhos cinzentos, vermelhos de choro, estreitaram-se em fendas quando ela se aproximou mais alguns passos. "A megera disse: 'Deixe que Hel fique com o que tem'. Freya suspeitou que fosse você, Angrboda, Bruxa de Ferro, então eu vim até aqui para conversar pessoalmente. De mãe para mãe."

"Não era eu", respondeu Angrboda, "mas já chorei o suficiente pela perda dos meus filhos. Não tenho lágrimas sobrando para o seu. Então agora serão duas a não prantear Baldur."

Três, falou a loba, ainda que Frigga não fosse capaz de escutá-la.

Frigga fechou os olhos como se tivesse sofrido um golpe, depois os abriu de novo.

"Você não gostaria que alguém fizesse o mesmo caso fossem os seus filhos?"

"Se lágrimas pudessem salvar os meus filhos dos seus destinos, eu teria feito todos os mundos se debulharem", disse Angrboda após um momento. Uma lágrima escorreu pela sua bochecha, e a bruxa a limpou depressa. A loba a imitou. "Pronto. Está feito. Mas não foi apenas por Baldur."

"Será o suficiente", disse Frigga. "Obrigada." O olhar da deusa se demorou por um momento na bruxa e em sua companheira antes que ela vestisse a capa de falcão e voasse para longe.

Ao que parece, Loki não se arrepende do que fez, comentou a loba, *se ele está assim tão comprometido em manter Baldur morto.*

"*Deixe que Hel fique com o que tem*", murmurou Angrboda, e, de repente, a imagem de Loki tendo a cara esmagada na encosta de uma montanha não parecia mais tão doce. Ela sacudiu a cabeça, sem querer pensar nas implicações daquilo, e disse: "Venha. A minha casa não está muito longe".

Eu sei, disse a loba. *Vá na frente.*

Elas atravessaram a floresta em silêncio até a caverna. O coração de Angrboda doeu ao contemplar o vazio da clareira, a aridez do seu jardim — e então parou quando percebeu que a porta da caverna estava entreaberta. Nenhuma fumaça subia pelo buraco da chaminé e nenhuma luz podia ser vista lá dentro, mas ela sabia que o lugar não estava desabitado.

"Espere aqui", falou Angrboda para a loba ao seguir adiante.

Ao entrar, encontrou Loki afundado na cadeira dela.

Ele olhava para a lareira apagada como um homem que já morrera: olhos verdes vidrados, boca com cicatrizes apertada em uma linha fina, cotovelos nos apoios da cadeira e dedos longos e finos entrelaçados, como se estivesse pensando. A túnica verde-escura, no estilo de Asgard, estava suja e rasgada, e o rosto sem rugas estava abatido.

Havia quanto tempo estaria sentado ali, sem fogo, sem comida? Angrboda não se importava.

Ao vê-la, Loki ergueu o rosto, e os seus olhos se arregalaram quando ele saltou da cadeira.

"Eles disseram que você estava morta", disse Loki, a voz mal passando de um sussurro. Ele caminhou até ela. "Boda, andei procurando, mas... eles disseram que você estava... eles disseram... e, como um tolo, acreditei neles."

"Você acreditou", confirmou Angrboda sem emoção — embora, para ser justa, imaginasse que Skadi provavelmente preferiria atear fogo em si mesma antes de contar para Loki que a ex-esposa dele ainda respirava, e Freya e Odin haviam apenas acabado de descobrir.

Da sua parte, era provável que Odin tivesse os próprios motivos ocultos para não sair correndo até o irmão de sangue e compartilhar a informação. *Se Loki soubesse que eu estava viva, o que teria sido diferente?*

No entanto, aquilo não alterava os sentimentos de Angrboda em relação a ele, e a bruxa apenas perfurou Loki com o olhar até que ele murchasse diante do seu rosto.

"Eu matei Baldur", disse Loki com a voz fraca. Ele voltou a se largar na cadeira, as mãos tremendo. "Matei Baldur e depois me recusei a chorar, assim ele vai ficar com Hel. E os Aesir querem me matar."

"E com razão. Não é inteligente ficar aqui", respondeu a bruxa, insensível, enquanto tirava a capa de viagem e o capuz e os atirava na mesa junto com a bagagem. "Frigga em pessoa apareceu na minha floresta; o meu feitiço de proteção acabou. Não se engane, os deuses virão atrás de você. Assim como vieram atrás de mim todo aquele tempo atrás. Assim como vieram atrás dos nossos filhos. Graças a *você*."

Loki ficou de pé e tentou se aproximar dela mais uma vez.

"Boda..."

Mas a busca deu um passo atrás e ergueu as mãos. Ela sentiu como se o seu coração tivesse saltado para a garganta, pois, quando falou, a voz saiu rouca de raiva:

"Você", disse ela, "teve a audácia de vir até *aqui*?"

"Eu não tinha outro lugar para ir", falou Loki, desesperado. "Esta era a minha casa."

"Mas não é mais. Saia."

"Se é como você diz, eles logo estarão aqui. Você precisa me ajudar."

"Não farei isso. E, de qualquer forma, como eu poderia ajudá-lo? Você destruiu a sua própria família; traiu os seus próprios filhos. E ainda matou um filho de Odin. Você matou um descendente do seu irmão de sangue, o seu *próprio* parente. Não posso ajudá-lo. Não posso fazer nada."

"Você vai me deixar pedir desculpas? Eu *queria* fazer isso, mas era tarde demais porque você estava... pensei que você tinha morrido. Nunca achei que teria a chance."

"Não é a mim que você deve desculpas", rebateu Angrboda. "Os meninos estão além do meu alcance, mas visitei Hel. Ela não ficou feliz em me ver."

Loki se encolheu como se Angrboda tivesse batido nele.

"É mesmo? Como ela está?"

"Cruel, poderosa e solitária. E ela me culpa por tudo isso, quando deveria estar culpando *você*."

"Fiz o que pude por eles. Por todos eles. Por *você*."

"E tudo isso resultou em nada." Angrboda lembrou o que Freya havia lhe contado; que Loki tentara barganhar pela vida dela, mas descobriu que aquilo não diminuía a sua raiva.

"Eu sei. Mas *tentei*." Loki cerrou os punhos. "Os deuses fazem o que querem e não se preocupam com os outros."

"E isso não soa familiar para você?"

"O que está insinuando?"

Angrboda ergueu o queixo.

"Que não é preciso ser um deus para fazer ISSO. E você nunca foi um deus para mim, Loki."

Ele estava focado demais em si para prestar atenção na bruxa.

"Isso não muda o fato de que *sou* um deus. E o pior entre eles, ainda por cima. Sou aquele que fez o maior mal entre os Aesir, e, se não for por nada além disso, pelo menos vão se lembrar do meu nome. Já é mais do que se pode dizer de você." Quando Angrboda não respondeu, ele mudou para uma tática diferente. "Se você virar as costas para mim agora, estará me condenando à morte."

A bruxa balançou a cabeça e chegou mais perto.

"Não à morte. Embora eu tivesse prazer em condená-lo caso isso significasse que você estaria de joelhos no salão da nossa filha, implorando por perdão."

Loki também ignorou aquilo.

"Você tem o poder, não tem? Para me proteger?"

"Talvez eu tenha, mas não vou fazer isso" Ela sustentou o olhar de Loki. "Você estava certo. Eu me casei com você e fui mãe dos seus filhos. É tudo que há para mim. Isso é tudo de que vão se lembrar. Os mundos continuam, e você tem um papel a desempenhar no que está por vir."

"Um papel a desempenhar", ecoou Loki, olhando-a como se a visse pela primeira vez. "Boda, falei para você desde a primeira vez em que nos encontramos que não quero ter nada a ver com as suas profecias deprimentes. Faço o meu próprio caminho: escolho o meu próprio destino. Você não pode tirar isso de mim." O seu tom de voz se tornou suplicante. "Você *não deve* tirar."

"Então por que você fez isso?", sussurrou Angrboda. "Por que matou o filho do seu irmão?"

"Os deuses tiraram tudo de nós, Boda", sussurrou ele em resposta. "Achei que já era hora de tirar algo deles."

Lágrimas pinicaram os olhos de Angrboda diante daquelas palavras. *Mesmo sem saber o que ia acontecer, sem saber o que estava fadado a fazer... Loki fez isso de qualquer maneira.*

Ele pensa que tudo está sob o seu controle, sob o nosso controle, e eu o invejo pela sua ignorância.

E então outro pensamento a atingiu.

Deixe que Hel fique com o que tem.

"Tirou algo, ou alguém, deles", falou ela, devagar, "e deu para a nossa filha."

Loki ofereceu um sorriso pálido para ela.

"Viu? Todo mundo sai ganhando."

Algo naquilo a incomodava, algo que Angrboda não conseguia definir. Hel sempre fora a favorita de Loki. Ele havia realmente assassinado o filho favorito de Odin como um presente para a própria filha? Ele tivera apenas Hel em mente quando guiou aquele dardo rumo ao coração de Baldur? Ela procurou no rosto de Loki alguma pista de que ele a estivesse enganando, mas não conseguiu formar uma opinião.

E, antes que a bruxa pudesse perguntar, Loki enxergou a brecha, percebeu que ela havia amolecido. Ele chegou mais perto e falou, com a voz suave:

"Se você já teve algum amor por mim, você iria me ajudar agora."

Aquelas palavras, as suas próprias palavras na noite em que os filhos foram tomados, apunhalaram a bruxa como uma faca nas entranhas. Mas ela estava pronta para tal ameaça, pois também preparara uma.

"E se *você* já teve algum amor por *mim*", disse ela, com a voz fria, "iria entender por que não posso e não irei ajudá-lo. E iria embora."

Está destinado a enfrentar as consequências das suas ações, Loki Laufeyjarson. E não há nada que alguém possa fazer quanto a isso.

Loki sustentou o seu olhar por um longo momento, e Angrboda ficou surpresa por ele estar realmente levando as palavras a sério em vez de descartá-las como fizera naquela outra noite. Ele tocou a bochecha de Angrboda por um instante antes de baixar a mão, roçando a ponta do dedo sobre o alto da cicatriz da bruxa, que mal aparecia acima do decote do vestido.

"Às vezes, você ainda se pergunta se foi errado eu ter devolvido seu coração?", indagou ele.

Angrboda agarrou o pulso de Loki e o afastou.

"Você não tem permissão para me tocar. Não mais."

"Suponho que essa seja a minha resposta." Loki deixou a mão cair e deu um passo atrás, removendo todas as emoções do rosto. Então ele passou por ela e foi em direção à porta.

"Para onde você vai?", perguntou ela.

Ele deu de ombros e depois ajeitou a coluna, ainda de costas.

"Os deuses estão em um banquete à beira-mar no salão de Aegir. Devo passar por lá e oferecer a eles uma pequena amostra das minhas opiniões. Ou uma grande, quem sabe?"

"Será que *algum dia* vai aprender a manter a boca fechada, Astuto?", perguntou Angrboda, e, apesar de si mesma, um sorriso triste repuxou os cantos da sua boca quando ela enfim se virou para encará-lo.

Loki olhou para ela por cima do ombro, emoldurado pela luz fraca que vinha da soleira da porta, e os seus lábios marcados se contorceram em um sorriso malicioso.

"Pouquíssimo provável", respondeu ele.

E então foi embora.

Angrboda ficou sentada na sua cadeira por horas depois disso, girando de forma distraída a estatueta de lobo de Hel entre os dedos, questionando se havia feito a coisa certa. A loba era um tanto grande para se acomodar com conforto dentro da caverna — Angrboda tinha muito menos mobília da última vez em que a loba vivera com ela no Bosque de Ferro — e preferia ficar de guarda na clareira, abrigando-se no interior da casa apenas durante a noite.

Por fim, Angrboda acabou se levantando e foi acender o fogo no centro da lareira para recomeçar a praticar o seu feitiço. Em seguida, arrumou a cama e descarregou a carroça e o cesto de viagem. Ela foi ao lado de fora e posicionou algumas armadilhas para coelhos, e a loba conduziu as criaturas para a morte antes de sair em busca de presas maiores para alimentar-se, assim como Fenrir fazia tanto tempo atrás.

E então Angrboda permaneceu naquele estado estranho, onde tudo e familiar — a casa, a cama e o ensopado de coelho, preparado com raízes forrageadas em vez daquelas colhidas no seu jardim agora vazio — e mesmo assim tão diferente.

Skadi chegou à sua porta alguns dias depois.

Angrboda estava sentada em um banquinho junto ao fogo, reunindo energia a fim de fortalecer o escudo o suficiente para colocar os dois braços nas chamas, quando a Caçadora entrou. As duas mulheres ficaram se encarando, e Angrboda se levantou devagar, sem encontrar palavras.

Em toda a sua longa vida, a bruxa nunca ficara tão aliviada ao ver alguém, mas, agora que Skadi estava ali, ela não tinha ideia do que dizer.

"O seu lobo quase não me deixou passar", falou Skadi, parada de modo estranho logo após a soleira. Tinha um jarro de cerveja em uma das mãos e segurava dois coelhos sem cabeça e sem pele na outra. A Caçadora trocou o peso do corpo de um pé para o outro. "Você... queria que eu viesse até aqui, certo? Ou entendi errado aquele olhar que você me deu no funeral de Baldur?"

"Sim", falou Angrboda, depressa. Depois pigarreou. "Quer dizer, não, você não entendeu mal. Quero você aqui."

"Certo." Skadi entrou e colocou o jarro em cima da mesa. "Então você terminou o que se propôs a fazer?"

"Fiz o máximo que pude, e já era hora de voltar." Angrboda foi até o baú e tirou de lá duas canecas vazias. Depois, puxou a rolha do jarro e encheu as canecas de cerveja, passando uma delas para Skadi. A giganta estava sentada de costas em um dos bancos da mesa, de frente para o fogo. Angrboda depositou os coelhos no caldeirão, colocando um pouco da água de um balde para que a comida pudesse cozinhar, e adicionou lenha ao fogo. Skadi ficou em silêncio por todo aquele tempo, mas Angrboda podia sentir o peso do seu olhar.

"Ele veio aqui, não veio?", perguntou Skadi assim que Angrboda voltou a se sentar.

"Veio", respondeu Angrboda.

"E você o mandou embora?"

"Sim."

"Porque você já sabia o que ele havia feito?"

Como resposta, Angrboda encarou o fogo e fez, muito baixinho, uma pergunta para a qual já sabia o desfecho — pois sabia que ele estaria acorrentado ao tormento, mas não vira os acontecimentos que conectavam a morte de Baldur à punição de Loki:

"O que aconteceu com ele?"

Skadi se encostou na mesa.

"Ele foi a um banquete que os deuses estavam realizando nos salões de Aegir, provavelmente logo depois que saiu daqui. Eu estava presente. Ele forçou Odin a lhe arrumar um assento, citando o parentesco entre os dois, e depois insultou todos os convidados." Skadi franziu os lábios, se lembrando de alguns abusos verbais. "Os insultos atirados de volta só serviram para escorrer por Loki como água em uma folha. Mas depois Thor chegou e fez com que ele fosse embora sob ameaças de violência."

"Claro. Muito característico de Thor." Angrboda tentou com empenho esconder um sorriso sombrio, mas falhou. *Ainda assim, o deus foi esperto o bastante para perceber que, caso se engajasse com Loki em um combate verbal, perderia. Foi uma jogada inteligente da parte de Thor se agarrar ao seu ponto forte: a força bruta.*

"De fato", concordou Skadi. "De qualquer modo, Loki saiu e foi caçado. Em seguida, foi capturado e amarrado, não faz nem dois dias. Não sei se devo lhe contar o resto."

"Eu gostaria de saber."

Skadi suspirou.

"Ele foi levado para algum lugar distante, algum lugar em Midgard. Um dos seus filhos com Sigyn foi transformado em lobo, que então estripou o outro filho. Loki foi amarrado com as entranhas do segundo filho, que por sua vez foram transformadas em ferro. O lobo fugiu então." Ela pareceu desconfortável. "Não é de se admirar que Sigyn tenha reagido daquela maneira na noite junto ao rio se foi isso que você mostrou a ela..."

Angrboda assentiu com severidade.

"E depois?"

"Depois penduraram uma cobra acima da cabeça de Loki, pingando veneno no seu rosto", disse Skadi. "Ele se contorcia com tanta força que era como se Midgard inteira estivesse tremendo. Mas os Aesir permitiram que Sigyn ficasse com ele, com uma tigela para recolher o veneno. Mas fizeram isso com relutância, pois não acham que Loki mereça tanto. E eu também não. Mas pelo menos assim ele ficará distraído demais para tentar pensar em um plano de fuga. Foi necessário."

Angrboda digeriu aquelas informações. *Então foi desse jeito. Foi assim que a minha visão aconteceu.*

Skadi se inclinou para a frente e colocou a mão no braço da bruxa. "Você está bem?"

"Estou." Angrboda assentiu. "Obrigada."

"Pelo quê?"

"Por ter me contado tudo isso. E por ter voltado."

"É claro", disse Skadi. Ela parecia prestes a dizer outra coisa, mas, em vez disso, preferiu perguntar: "Então, suponho que a sua missão tenha sido um sucesso?".

Angrboda sorriu.

"Temos muito assunto para colocar em dia, minha amiga."

Skadi ficou sentada em silêncio durante o relato de Angrboda, que durou quase toda a noite. O único momento que a bruxa deixou de fora foi ter encontrado Skadi no banquete de Hymir. Àquela altura, os coelhos haviam cozinhado tanto que a carne se soltava dos ossos, e o jarro de cerveja havia secado.

"Então foi daí que veio o lobo", comentou Skadi depois que Angrboda terminou a história. "Você é ela. A bruxa que viveu aqui no passado distante, aquela que mencionei no dia em que nos conhecemos."

"Sou."

"Bem", disse Skadi, "então me parece que, se você é ela, é mais do que capaz de... Ora, de fazer seja lá o que está tentando fazer a respeito de tudo isso."

"Aprecio a sua confiança, minha amiga."

"Disponha. Volto já; preciso usar a latrina."

Skadi se levantou e abriu a porta — fazendo com que uma lufada incomum de ar frio invadisse a caverna. Confusa, Angrboda foi também até a soleira, onde a Caçadora havia parado bruscamente.

Angrboda logo entendeu por quê.

Havia neve. Pelo menos um metro, algo que não estava lá quando Skadi aparecera algumas horas antes.

O que não seria muito incomum se o auge do verão não tivesse acontecido havia um mês.

"*Fimbulwinter*", sussurrou Angrboda. Quando Skadi lançou para ela um olhar questionador, a bruxa explicou: "A morte de Baldur e o aprisionamento de Loki são o início do Ragnarok; é assim que estão chamando a minha profecia. E depois vêm três anos de inverno".

A loba, que parecia ter adormecido profundamente na clareira, levantou-se de repente e se sacudiu, jogando flocos úmidos de neve para toda parte. Depois olhou para as gigantas e disse, mal-humorada: *Suponho que não tenham espaço aí dentro, não é?*

Angrboda e Skadi se afastaram para permitir que a criatura passasse, e Skadi perguntou:

"Ela consegue falar?"

"Você consegue ouvir?" Angrboda ergueu as sobrancelhas. "Pensei que fosse apenas eu. E ela pensava o mesmo, por sinal."

A giganta deu de ombros.

"Sempre tive certa afinidade por lobos..."

Ah, gosto dessa aí, disse a loba, indo se acomodar perto da lareira. *Podemos ficar com ela?*

O inverno avançou depressa, e Skadi deixou a caverna antes que as passagens nas montanhas fossem bloqueadas pela neve. Angrboda não esperava vê-la outra vez por um bom tempo e ficou se perguntando o que faria durante três longos anos, sentada ali com a loba. *Trabalhar no meu feitiço, suponho.*

Skadi não havia pedido que Angrboda fosse com ela para as montanhas outra vez, e a bruxa tentou não se sentir desanimada com aquilo.

Mas a Caçadora fez algo inesperado: empacotou todas as provisões e posses que conseguiu do seu salão, carregou tudo em três trenós, calçou os esquis e guiou todas as renas montanha abaixo.

Angrboda não teria ficado mais chocada se a própria Freya tivesse aparecido de repente para se desculpar por mantê-la amarrada enquanto os deuses roubavam as suas crianças.

"Sei que você não me convidou para passar o inverno aqui, mas a sua loba o fez", disse Skadi, achando graça, enquanto Angrboda a observava boquiaberta da soleira. "Pelo que entendo, a casa é dela também."

"Isso deve ser tudo que você possui", balbuciou Angrboda.

"Tudo de valor, pelo menos. Você se importa de me dar uma ajuda ou está com a cabeça doendo hoje?"

"Você está... abrindo mão de Thrymheim?", murmurou Angrboda. "Por quê? Você não fez uma coisa dessa nem pelo seu marido."

"Um inverno de três anos seria difícil em qualquer lugar, mas temo que vá ser pior nas montanhas." Skadi deu de ombros, mas o olhar de diversão não abandonou o seu rosto. "É o fim dos tempos, minha amiga. E, embora eu não esteja preocupada com a nossa sobrevivência, não posso dizer o mesmo para o resto deste reino. Suponho que não ficará surpresa ao ouvir que os gigantes estão ficando inquietos e raivosos."

Angrboda se lembrou da visita ao salão de Hymir — da qual a Caçadora nada sabia —, mas então percebeu que a amiga se referia à própria profecia da bruxa.

Skadi prosseguiu.

"É da nossa natureza ser assim, mas tem ficado pior desde que Baldur foi morto e Loki foi aprisionado; ouvi o suficiente pelo caminho até aqui para pensar que os gigantes marchariam amanhã caso a maioria de nós não estivesse presa nas montanhas. Por muitos anos, tem sido uma coisa depois da outra com os Aesir, mas o castigo de Loki foi a gota d'água. Muitos acreditam que, ao matar Baldur, o Trapaceiro provou de uma vez por todas que está do nosso lado. Além disso, os insultos dele aos deuses no banquete de Aegir foram registrados em forma de poema por alguém que estava lá, talvez um criado, e a coisa está se espalhando. Pode imaginar como Jotunheim se sente ao ouvir alguém falando dos deuses dessa maneira? Loki não mediu palavras."

"Estão se reunindo em torno dele", murmurou Angrboda. "É uma desculpa esfarrapada, mas sempre fomos um tipo de povo combativo, não é?"

"Sim", disse Skadi. "Os gigantes aceitarão qualquer justificativa por uma chance de derrubar os deuses para sempre. Mas, se quisermos lutar, Jotunheim precisa sobreviver ao inverno."

"Também andei pensando nisso", falou Angrboda baixinho, optando por ignorar o uso da palavra "nós" usada por Skadi ao se referir aos gigantes marchando rumo ao Ragnarok — e à morte deles. "Você sempre foi a minha maior conexão com os mundos para além dessa floresta... Acredito que possamos encontrar um meio de ajudar. Como nos velhos tempos. Eu me pergunto se você poderia ir..."

"Até o salão de Gymir? Para ver quanto resta do antigo jardim de Gerda? Para que você volte a fazer poções contra a fome e eu possa distribuí-las por todas as partes de Jotunheim e Midgard?"

Angrboda piscou.

"Ora, sim. Exatamente."

"Por que você acha que estou com tanta pressa de descarregar essas coisas e seguir caminho?" Skadi desamarrou uma das cordas que prendiam os suprimentos ao primeiro dos trenós, entregando para Angrboda um saco de dormir grosso, forrado com peles. "Coloque isso no chão ao lado da sua cama; é onde vou dormir."

"Bobagem", falou Angrboda sem pensar. "Você vai dividir a cama comigo."

Skadi abriu a boca e tornou a fechá-la.

"Quer dizer... é grande o suficiente para nós duas dormirmos com conforto. Não vou ficar olhando você dormir no chão se as duas cabem muito bem em camas separadas por cima do mesmo estrado." Angrboda estava grata pelo seu rosto já estar corado devido ao vento cortante — ajudava a disfarçar o rubor subindo pelas bochechas.

"Certo", concordou Skadi, depois de finalmente encontrar a voz. "Coloque do lado da sua, então."

E assim, como no passado, Skadi viajou, indo e voltando com as renas e o trenó, e Angrboda ficou no Bosque de Ferro, trabalhando com os materiais que Skadi trazia para ela.

A primeira viagem de Skadi em busca de suprimentos foi, de fato, até o salão de Gymir. Os criados dos pais de Gerda continuavam a cultivar o seu jardim mesmo na ausência da jovem, e todas as plantas haviam sido colhidas, postas para secar e armazenadas assim que o inverno inesperado começara.

Gymir se desfez de tudo, cada folha e cada caule foram alojados no trenó de Skadi. Quando Angrboda expressou surpresa, Skadi comentou casualmente:

"Eles não precisam de muito."

Os meses se passaram. Angrboda contava o tempo pelas fases da lua, e logo os dias somaram um ano. À medida que o inverno perdurava, os fornecedores de Skadi iam minguando, forçando-a a cobrir mais terreno em sua busca. A loba costumava ir com ela, deixando Angrboda sozinha. Às vezes, Skadi ficava fora por semanas.

A bruxa se preocupava com as ausências, mas, no fundo, sabia que se existia uma mulher no cosmos capaz de cuidar de si mesma, essa mulher era Skadi Thiazidottir.

Suponho que sempre foi a minha sina esperar por alguém aqui, pensou ela. Nas vezes em que Skadi ficava e passava a noite, Angrboda mal conseguia dormir. Parecia-lhe que as duas estavam separadas por mais do que apenas as várias camadas de peles dos sacos de dormir individuais. Parte da bruxa gritava para que se virasse e tivesse a conversa que pretendia ter com Skadi havia muito tempo — uma conversa que explicaria a pontada de ciúme de Angrboda sentiu ao saber que Skadi se casara, e muito mais.

Ela sempre hesitava, no entanto, e, antes que percebesse, Skadi já havia partido outra vez.

Estou pensando demais, dizia a si mesma, mas ainda parecia congelada de medo. *Mas e se eu estiver interpretando as coisas errado? E se eu a compreendi errado desde o início? E se for tudo coisa da minha cabeça?*

Da sua parte, a loba permanecia quase sempre silenciosa e observadora durante tais ocasiões, mas às vezes oferecia olhares significativos para Angrboda quando Skadi estava de costas.

"Você pensa na sua prima Gerda?", perguntou Angrboda para Skadi certa noite, quando estavam sentadas frente a frente na mesa da bruxa. Skadi acabara de voltar de uma de suas longas viagens, com as bochechas ainda vermelhas de frio e uma tigela fumegante de ensopado nas mãos. A loba estava sentada em um canto, roendo a perna de alguma pequena criatura com cascos que matara mais cedo naquele dia.

"Não penso nela com muita frequência", admitiu Skadi. "Quando visitei o salão de Gymir para buscar suprimentos, a velha mãe de Gerda estava se arrastando de cabeça baixa pelo lugar. Ela fala de Gerda no passado, como se a filha tivesse morrido em vez de ter se casado.

No entanto, Gerda não está em uma situação muito boa em Asgard", acrescentou ela, e a sua expressão sombria desencorajou Angrboda a fazer mais perguntas.

A bruxa sentiu uma pontada mínima de pena em relação à velha amiga, mas preferiu ignorá-la, ajeitando a postura diante da própria tigela.

"Bem, Gerda fez a escolha dela."

"Ela não teve lá muita escolha com relação a se casar com Frey", comentou Skadi com cuidado. "E a partir daí foi só um pequeno passo até entregar você para os deuses, como foi pressionada a fazer. Não posso desculpar o que ela causou a você e à família dela, mas reconheço os motivos que a levaram a fazê-lo. Existe uma diferença entre entendimento e perdão. É possível ter um sem o outro."

"Humm", respondeu Angrboda, levando a tigela de ensopado à boca para tomar um gole do caldo. A bruxa sempre pensava em Gerda ao olhar para o seu cinto trançado, que havia se desgastado bastante ao longo das viagens e ficado sujo pelo tempo, não importava quanto a bruxa o lavasse. A peça fora realmente bem trabalhada para ter suportado todo aquele tempo. "Eu entendo", falou Angrboda após um instante. "Mas é como você disse: não posso perdoá-la. Espero nunca mais vê-la na vida."

Skadi ponderou sobre aquilo.

"Você não pode perdoar Loki e depois não perdoar Gerda."

Angrboda parou com a tigela a meio caminho da boca.

"Quem disse que perdoei Loki?"

"Eu não disse que perdoou, estou apenas *dizendo*." Skadi mudou de assunto, ajeitando-se no banco. "Fiquei conversando com Gymir por um bom tempo quando estive lá. Ele me falou que os gigantes estão começando a se reunir na cidadela de Utgard a fim de enfrentar o longo inverno juntos."

"E?" Angrboda tomou outro gole do ensopado. "Gymir foi para Utgard então?"

Skadi assentiu.

"Foi por isso que ele deixou você pegar tantas provisões nos depósitos."

A Caçadora assentiu mais uma vez.

"Ele e a esposa precisavam apenas do que seriam capazes de carregar até Utgard. E Gymir falou a verdade: muitos dos meus parceiros comerciais abandonaram os seus vilarejos e propriedades e rumaram para o norte, para a cidadela. Mais e mais a cada vez que me aventuro. Nos últimos tempos, tenho ido até Utgard para distribuir as poções e juntar novos mantimentos."

"É por isso que você anda demorando tanto nos últimos dias", falou Angrboda, com a testa franzida. Mas teve a sensação de que havia algo que Skadi não estava lhe contando. "Eles... sabem do Ragnarok? Ou os gigantes estão se amontando por conta própria?"

"Por enquanto, eles continuam abençoadamente ignorantes. E eu não vou contar nada. Não acreditariam em mim, de qualquer forma, pediriam provas." Skadi terminou o ensopado e cruzou os braços em cima da mesa, encarando Angrboda com seriedade. "Quando o longo inverno terminar e o fim tiver início, eles vão marchar contra os deuses. E eu vou com eles."

Angrboda tinha pressentido aquela declaração chegando, mas as suas entranhas viraram gelo mesmo assim.

"Por que você faria uma coisa dessa?", perguntou ela, lutando para manter a voz calma. A sua cabeça começou a latejar muito. Ela se sentiu tonta de raiva.

"O que mais eu posso fazer?" Skadi encolheu os ombros, e a pressão de Angrboda aumentou ainda mais. "Parece um desfecho adequado para mim, não é? Vou morrer lutando; lutando pela minha terra, lutando pelo meu *povo*. Lutando para vingar o meu pai."

"O seu pai já não foi vingado?", indagou Angrboda, entredentes.

Skadi fez uma careta: as palavras da bruxa haviam atingido um ponto sensível.

"Os deuses o assassinaram e me deram uma recompensa tola por sua morte", disse ela, erguendo a voz. "Terei uma vingança adequada e derrubarei tantos dos seus assassinos quanto for capaz."

Angrboda empurrou a tigela de ensopado para longe e entrelaçou os dedos sobre a mesa.

"Por favor, minha amiga, escute. Vi muita coisa, mas não vi o *seu* destino. Nem o meu. Vi a morte dos deuses, dos meus filhos e de muitos outros, mas não a nossa."

Skadi balançou a cabeça.

"Estamos seguras, claro, até que as chamas de Surt nos destruam."

Angrboda respirou fundo. A espada flamejante do gigante de fogo Surt, que estava destinado a matar Frey naquela batalha final, mergulharia todos os mundos em chamas.

Tudo acabaria em um piscar de olhos: o ato final do Ragnarok.

"Você sabe que estou trabalhando nisso", falou Angrboda. Ela não tinha ido muito longe com o seu feitiço de escudo, mas, de acordo com os seus cálculos, ainda teria mais dois anos para trabalhar. Dois anos antes do término do *Fimbulwinter*.

Dois anos para dissuadir a amiga daquela loucura.

Skadi voltou a balançar a cabeça.

"Não há nada que possa impedir isso, Angrboda. Não há poder no cosmos capaz de escapar ao que está por vir. Você mesma disse." Ela se levantou do banco. "Não quero brigar por causa disso. Já tomei minha decisão."

Angrboda se levantou também. "Você será morta assim como todos os outros. *Sabe* que estou trabalhando em um plano, em um *feitiço*, para manter Hel a salvo. E isso pode manter você a salvo também. Não precisa lutar..."

"Eu *quero* lutar."

"Então você vai morrer", respondeu Angrboda com frieza.

"Então pelo menos posso dizer que lutei", rebateu Skadi, gritando de repente. "E, pelo menos na morte, estarei livre da dor pela perda do meu pai e por todos os meus fracassos."

"Você não acredita que posso protegê-la disso?" A bruxa cerrou os punhos, lágrimas de raiva brotando em seus olhos. "Você não acredita em *mim*?"

Skadi a encarou: primeiro, incrédula, e depois tomada por uma fúria crescente.

"Você é uma completa idiota", falou ela em voz baixa, "se presume que isso tenha algo a ver com a sua pessoa. Não pode ficar com raiva de mim por desejar ser egoísta nessa *única coisa*. Não se trata de você ou dos seus sentimentos, por mais que esteja tentando distorcer as coisas. Porque a verdade é que fiz tudo por você, pelos deuses e pela minha família. E preciso fazer isso por mim mesma."

Com isso, Skadi avançou caverna afora em direção à neve, batendo a porta atrás de si, deixando Angrboda parada e estupefata no seu rastro.

A loba ergueu os olhos da perna de cabra e comentou: *Você é uma idiota, sabe.*

Angrboda não podia argumentar o contrário.

Com a partida de Skadi, não havia nada para Angrboda fazer a não ser trabalhar no feitiço. Em alguns dias, ela podia se inclinar sobre o fogo e nem mesmo chamuscava o cabelo. Em outros, quando não conseguia se concentrar o suficiente para proteger nem sequer a ponta dos dedos, ela se sentia cada vez mais perto do vazio.

Não era capaz de evitar. Olhar e *tatear* lá dentro acabava por levá-la até aquele lugar — aquela vastidão de poder que jazia diante da bruxa como se ela estivesse observando um poço profundo e escuro, com eras de energia primordial zumbindo sob a superfície.

Esperando.

Por ela.

Era o mesmo poder perigoso que ela utilizara para obter informações sobre o Ragnarok, mas nunca fora algo que ela escolhera, que estivesse sob o seu controle. Acessar aquele poder de boa vontade — aceitá-lo e *acolhê-lo* — era algo que a assustava mais que tudo. Mas Angrboda tinha a desagradável sensação de que, no fim, não teria escolha.

Uma vez que desse aquele mergulho, ela sabia que não voltaria à superfície.

Mas a bruxa continuou praticando mesmo assim. Apenas supor que explorar o poder do vazio fosse a resposta não era bom o bastante — se Angrboda tivesse apenas uma chance e aquilo não funcionasse, então tudo estaria perdido. Ela preferia depender das próprias habilidades e usar o vazio como último recurso.

O feitiço melhorava a cada dia, a ponto de Angrboda ter certeza de que seria capaz de proteger o corpo inteiro contra queimaduras.

E foi assim que, algumas semanas após a partida furiosa de Skadi, a bruxa se viu de pé na cadeira, descalça e usando o seu camisolão mais fino de linho, encarando a lareira no centro da caverna. Ela havia retirado o caldeirão para obter mais espaço, mas agora pensava duas vezes enquanto olhava para o fogo.

Precisa ser feito. De um jeito ou de outro. Precisarei fazer isso em algum momento.

Ela respirou fundo, reuniu cada grama de força que tinha para o feitiço e entrou na lareira.

As chamas batiam na barra do vestido, tão inofensivas quanto as ondas calmas da praia. A pele permaneceu ilesa, ainda que as brasas incomodassem a sola dos pés. E, durante todo o tempo, o lugar sombrio a chamava — seria tão fácil estender a mão e tocá-lo... Mas Angrboda ignorou o impulso e manteve a concentração fixa em sustentar a barreira ao seu redor.

Ela não saberia dizer por quanto tempo ficara ali antes de abrir os olhos e encontrar Skadi parada na soleira, observando-a com ares de extrema admiração.

Angrboda se engasgou de surpresa e tropeçou de lado para longe do fogo — ela se viu em queda livre por um instante e nos braços de Skadi no momento seguinte. As duas se encararam por vários segundos antes de a Caçadora colocá-la de pé e se afastar, parecendo envergonhada.

Um instante de silêncio se passou.

"Não ouvi a porta abrir", disse Angrboda, sacudindo de forma desajeitada as cinzas da bainha do vestido.

"Eu bati. Desculpe. Precisava esfriar a cabeça", respondeu Skadi, sentando-se em um banco e encarando o fogo. "Estava com medo de que, se voltasse aqui muito cedo, fosse o fim da nossa amizade."

"Entendo." Angrboda se sentou na cama e olhou para a giganta.

"Foi incrível o que você acabou de fazer. É nisso... que você tem trabalhado todo esse tempo? O seu feitiço para salvar Hel?"

"Sim." Angrboda mudou de assunto. "Eu... estou feliz por você ter voltado. Assim posso dizer que eu estava errada. Sobre o que falei antes. Me desculpe."

A cabeça de Skadi se virou para encará-la, as sobrancelhas erguidas acima dos olhos azul-claros. Ela parecia sem palavras por um momento, mas então suspirou e foi se sentar ao lado de Angrboda na cama.

"Pelo menos você admite. Ainda que, sabe, às vezes eu preferisse nunca ter conhecido você, pois me deixa frustrada."

Angrboda não tinha o que dizer em resposta. Mais um silêncio se passou entre as duas, menos tenso dessa vez.

"Tem algo que ando querendo lhe contar", falou Skadi, por fim, e, quando Angrboda se virou para olhá-la com um semblante questionador, viu que a expressão de Skadi parecia resoluta. "Fui eu quem colocou a cobra acima da cabeça do seu marido depois que eles o amarraram."

Angrboda nem mesmo se importou em corrigir a parte do "marido" antes que as visões da tortura de Loki surgissem de novo em sua mente, e os olhos da bruxa se arregalaram. Ela não tinha visto quem pendurara a cobra, apenas que o animal estava lá.

"Por que você faria isso?"

Skadi se voltou para o fogo.

"Eu queria vê-lo sofrer. Não apenas porque ele está sempre causando problemas. Não apenas porque ele matou Baldur. Não apenas como uma distração dolorosa para que ele não encontrasse um modo de fugir da punição. Eu queria vê-lo sofrer porque já vi você sofrendo muito por causa dele."

Angrboda não sabia o que dizer e se flagrou olhando também para a lareira.

"Falei para ele: 'Isto é por Angrboda e os seus filhos'", continuou Skadi. "E em seguida ele abriu a boca pela primeira vez desde que tinha sido capturado. Ele sussurrou para mim, de forma que ninguém mais pudesse ouvir, que não poderia ser por você, porque você jamais aumentaria o sofrimento dele dessa forma. E eu respondi: 'É por isso que devo fazê-lo'."

Seguiu-se um longo silêncio, durante o qual Angrboda percebeu que, embora com certeza estivesse pensando demais sobre o seu relacionamento com Skadi, ela definitivamente não estava interpretando mal os sinais. A confissão de Skadi acabava de provar aquilo.

"Obrigada", sussurrou Angrboda, e se virou para a giganta.

"Hã?" Skadi olhou-a surpresa, erguendo uma sobrancelha. "Por submeter o seu ex-marido à tortura corporal no seu nome e sem a sua aprovação?"

Angrboda segurou as mãos de Skadi.

"Por tudo. Por quase me acertar com uma flecha tantos anos atrás e por compartilhar sua comida e por depois construir móveis para mim. Você me tornou útil ao comercializar as minhas poções. Eu estava realmente desolada quando nos conhecemos, mas você se importou comigo."

A voz de Skadi estava muito suave.

"Ainda me importo com você."

"Eu sei", falou Angrboda.

"Sabe?", perguntou Skadi, lutando para decifrar a expressão da bruxa. Ela deve ter encontrado algo ali para encorajá-la, porque se aproximou e disse: "Loki teria amado você se pudesse, mas tudo que lhe trouxe foi sofrimento. Você sabe disso. Nós duas sabemos. Eu queria ser mais para você, Angrboda. Muito mais. Eu a amava naquela época. Ainda amo você. Amarei até morrer. E, mesmo depois, seja lá o que vier em seguida, ainda a amarei, mesmo que você seja uma idiota e tenha me usado da mesma forma que Loki usou você. Mas suponho que isso também faça de mim uma idiota".

"Somos ambas idiotas." O coração de Angrboda inchou no peito. "As coisas poderiam ter sido tão diferentes..."

"As coisas *ainda* podem ser diferentes", falou Skadi com ferocidade, inclinando-se para mais perto, apertando as mãos da bruxa.

"Mas o final permanece o mesmo", sussurrou Angrboda de volta.

"O final não importa. O que importa é como chegamos até lá. Enfrentar o que vem pela frente com o máximo de dignidade que pudermos reunir, aproveitando ao máximo o tempo que nos resta." E, com isso, Skadi estendeu as mãos, segurou o rosto de Angrboda e a beijou com séculos de desejo. E Angrboda apoiou as mãos nos ombros da outra mulher e retribuiu o beijo.

"Conceda o último desejo de uma mulher morta", sussurrou Skadi quando elas enfim se separaram, colocando as mãos trêmulas em cada lado do rosto da bruxa. "Deixe-me compartilhar a sua cama, compartilhar *de verdade*, esta noite e por todas as noites até o fim."

E Angrboda o fez.

Os meses que vieram depois disso pareceram quase um sonho, mas as duas sabiam que era apenas a calmaria antes da tempestade, a corda do arco que é esticada antes do lançamento. Mais um ano logo se passou, e depois outro, e esse período transcorreu mais depressa do que qualquer outro na vida de Angrboda, pois ela não sabia que era capaz de experimentar tanta felicidade. Skadi ia e vinha para trocar as suas poções, mas a giganta ficava fora cada vez menos conforme o inverno avançava. Angrboda estava feliz com isso — ela não queria desperdiçar um único momento, pois eles agora eram verdadeiramente finitos. A loba havia se cansado tanto de testemunhar o afeto entre as duas que passava a maior parte do tempo do lado de fora, a menos que o clima piorasse para além do habitual.

E, no auge do inverno, bem juntas sob a lã e as peles, com os membros entrelaçados, as gigantas conversavam sobre todas as coisas que tinham vindo antes e tentavam se esquecer das que ainda estavam por vir.

"Sinto saudades deles", sussurrou Angrboda certa noite, revirando a estatueta de Hel entre os dedos, assim como a menina costumava fazer. A bruxa tentara várias vezes alcançar os filhos, mas sem sucesso. E sempre que tentara visitar Hel de novo, Modgud barrara a sua passagem. Hel havia até acorrentado Garm, o seu cão de guarda, ao portão, a fim de manter a mãe afastada.

Estava claro para Angrboda que a filha não iria escutá-la e não a procuraria quando o Ragnarok começasse. E, se ela não conseguisse encontrar Hel, o feitiço em que vinha trabalhando durante tantos anos seria em vão.

Skadi percebeu a sua angústia e pôs uma mecha do cabelo de Angrboda para trás da orelha, os dedos roçando de leve a cicatriz na têmpora da bruxa — ela sempre ficava séria ao ver a marca, mas parecia mais calma agora que podia pressionar os lábios na cicatriz sempre que quisesse, como se com apenas mais um beijo pudesse fazê-la desaparecer.

Ah, como Angrboda desejava que fosse verdade...

"Também sinto saudades, e eu não achava que gostava de crianças até conhecer as suas. Às vezes penso que gostaria de ter tido filhos. Às vezes me assusta pensar que não estou deixando nada para trás nestes mundos. Que serei esquecida, como se nunca tivesse existido."

Angrboda já ouvira palavras semelhantes vindas de Loki, mas, por alguma razão, ouvir isso da boca de Skadi inflamou algo dentro dela.

"Esquecida?" Angrboda sentou-se na cama — ignorando a rajada de ar frio contra o seu torso nu — e olhou para a giganta, horrorizada. "Você? A mulher que apareceu em Asgard vestida em cota de malha, armada dos pés à cabeça e exigindo justiça pelo pai? *Esquecida?*"

Skadi não parecia convencida, então Angrboda se abaixou e pôs a mão no seu queixo. Ela estava tão bonita, pensou a bruxa, com o cabelo loiro quase branco para fora das tranças usuais, caindo sobre os travesseiros como a seda que uma vez trouxera para Angrboda. O cabelo de Skadi era espesso, mas muito mais macio do que parecia.

'*As pessoas morrem*', havia comentado Loki certa noite, muito tempo atrás. '*As histórias continuam, na poesia e na música. Os relatos dos seus feitos. Dos seus deuses.*'

"Você será lembrada por tudo que é e por tudo que fez", sussurrou Angrboda, encostando o nariz no de Skadi, afastando uma mecha de cabelo prateado do rosto dela. "Por sua bravura. Seu orgulho. Sua convicção. Não vejo como alguém poderia esquecer você."

"Se histórias são tudo que vou deixar para trás ao partir", sussurrou Skadi em resposta, "o que vai acontecer quando não restar ninguém para se lembrar delas? Parece-me que seremos todos esquecidos no final."

Angrboda se afastou, pairando sobre ela.

"Baldur vai sobreviver ao Ragnarok de alguma maneira. Acha que ele vai esquecer que você queria se casar com ele? Eu teria pago o meu peso em prata para ver *esse* arranjo."

"Você arruinou o clima", retrucou Skadi. "De qualquer forma, ele era novo demais para mim. Era o mais bonito, e eu suspeitava que era o menos terrível dos Aesir. Por isso Baldur foi a minha primeira escolha quando me ofereceram um marido." Ela agarrou o travesseiro mais próximo e o usou para golpear Angrboda, elevando a voz. "E não se esqueça de que todo esse incidente foi o mesmo em que o *seu* ex-marido amarrou os testículos a uma cabra para me fazer rir e selar o acordo com os deuses."

"Você está fugindo do assunto", rebateu Angrboda, arrancando o travesseiro da Caçadora. "E preciso lembrá-la de que você *riu*?"

Skadi lhe ofereceu um sorriso de desdém.

"Bem, você sabe que, uma vez que ele estava encenando algo que já aconteceu, isso significa...?"

"Que ele amarrou os testículos a uma cabra em mais de uma ocasião, sim. Eu sabia no que estava me metendo quando concordei em ser esposa dele, não se preocupe."

"Isso foi na época em que ele fazia qualquer coisa por uma risada. Antes..." Skadi pareceu culpada de repente. "Antes de você morrer."

O pensamento deixou Angrboda sóbria, e ela voltou a afundar no travesseiro, ainda segurando a estatueta de lobo. Skadi se acomodou ao lado dela outra vez e segurou a mão da bruxa para acalmá-la.

"Você está preocupada", disse ela. Não era uma pergunta.

"Hel me odeia. Pedi que viesse me encontrar quando o Ragnarok tivesse início, mas duvido que me ouça. *Posso* protegê-la, sei disso. O meu escudo está mais forte do que nunca. Mas..."

"Há alguém que ela *vá* ouvir?"

"Ninguém que possa alcançá-la, de qualquer maneira. A pessoa teria de morrer ou..." Angrboda voltou a se sentar conforme um pensamento a atingiu. "Loki."

Skadi arqueou uma sobrancelha e apoiou o cotovelo no travesseiro, descansando a bochecha na palma da mão. Ela olhou para a amante com desgosto.

"Precisa falar o nome dele na nossa cama?"

"Loki vai até Hel", falou Angrboda, animada. "Na minha visão, ele vai até lá para reunir os mortos e depois liderá-los em batalha no navio feito de unhas. Hel não vai me ouvir, mas talvez Loki possa convencê-la. Afinal de contas, ele tem jeito com as palavras."

"Humm, exceto que ele traiu você e fez com que fosse assassinada e depois fez com que Hel e os irmãos fossem tirados de você e tudo mais..."

"Mas ainda assim é o pai dela. Ele sempre foi o favorito dela, e vice-versa", admitiu Angrboda a contragosto. "Aposto que ela o ouviria."

"Você estaria apostando o início do apocalipse. Teria de libertar Loki para levá-lo até lá, e sabe o que vai acontecer quando ele ficar livre."

"Mas vale a pena tentar, não é?"

Skadi olhou para ela em um silêncio cético.

"Não sei como ele vai se libertar, mas vai acontecer de alguma forma, e os três invernos já estão quase acabando. Ele se soltará de um jeito ou de outro. Pode muito bem ser através de mim, para os meus próprios desígnios. Pela nossa filha."

"Então você já decidiu? Vai mesmo fazer isso?"

"Parece o único jeito."

"É só que..." Skadi fechou os olhos com força, puxando o braço que estava sob Angrboda e deitando a cabeça no travesseiro. Após um momento, ela deixou escapar um soluço baixo, e lágrimas escorreram por seu rosto conforme a expressão da giganta se desfez em desespero.

Angrboda não via Skadi chorar desde o dia em que ficara sabendo da morte do pai. A bruxa avançou e colocou a cabeça da Caçadora no colo, acariciando o seu cabelo.

"Eu quero mais tempo", sussurrou Skadi. "Só quero mais tempo..."

"Eu também." Angrboda deslizou de volta para os cobertores e a abraçou, sentindo as lágrimas da mulher contra a cicatriz no seu peito enquanto Skadi soluçava. Logo Angrboda estava chorando também.

"Mas pelo menos tivemos esse tempo", murmurou ela contra o topo da cabeça de Skadi. "Tem sido o mais feliz da minha vida, e lamento vê-lo acabar. Não existe ninguém com quem eu preferisse passar o inverno além de você."

Skadi precisou respirar fundo algumas vezes para se acalmar e depois passou os braços apertados ao redor da bruxa. Quando estava composta o suficiente para falar, a giganta disse:

"Você deve fazer isso logo. Hoje à noite se puder. Acabar logo com isso. Os três anos estão quase no fim, e você não quer que outra pessoa chegue até ele primeiro."

Angrboda sabia que aquela era a maneira de Skadi de aceitar sua decisão.

"Para onde o levaram?"

Naquela noite, depois que Skadi havia dormido profundamente, Angrboda escorregou para longe sem abandonar a segurança dos braços da amante.

Se ela não soubesse exatamente para onde ir, teria perdido a entrada da caverna — mal ficava visível na face do penhasco, exceto pela pequena saliência que se projetava da boca e pelo caminho traiçoeiramente estreito que conduzia até ela.

Mas a bruxa seguiu pela trilha através das rochas, subiu o penhasco e entrou, tão silenciosa quanto um túmulo, o cabelo solto e o camisolão que vestia flutuando ao seu redor sem produzir ruído. A bruxa caminhou cada vez mais para baixo naquela escuridão, sem sentir o frio ou a umidade nessa forma, a despeito de estar descalça, mas sabia que os habitantes da caverna estariam sentindo ambas as coisas e ficou com pena deles.

No entanto, Angrboda tinha um plano. Primeiro, barganharia com Loki, e, se ele aceitasse e concordasse em ir até Hel por ela, a bruxa o libertaria. Se recusasse, ela encontraria outro modo de entrar em contato com Hel e deixaria o ex-marido apodrecendo até... bem, ele estava fadado a se libertar de qualquer maneira, e Skadi estava certa: podia muito bem ser pela mão de Angrboda em troca do que ela queria.

Mas, quando ela alcançou o coração da caverna, a cena que a esperava ali era ainda pior do que aquela presenciada nas suas visões — de uma forma para a qual a bruxa não estava preparada.

À luz fraca de um punhado de braseiros a óleo espalhados no interior da caverna, ela podia ver Loki: ajoelhado no centro, dolorosamente magro, joelhos ensanguentados raspando no solo rochoso, os braços presos em amarras de ferro que se estendiam até se cravar nas paredes de pedra. Havia grilhões semelhantes nos ombros e ao redor do peito, prendendo-o ao chão da caverna. Ele estava inconsciente, vestido apenas com uma calça suja e rasgada na altura da coxa, o peito mal subindo e descendo, as costelas destacadas a cada respiração.

Mas aquela não era a pior parte.

O *rosto* dele. Tudo que Angrboda pôde fazer foi não recuar de horror ante o sangue fresco e as bolhas, camadas e mais camadas de velhas cicatrizes que começavam na ponte do nariz e depois se estendiam por ambas as bochechas até chegar nas orelhas. Angrboda podia ver quase todos os pontos onde o veneno da cobra havia caído e escorrido feito lágrimas, escavando rios vermelhos em seu rastro. Algumas gotas haviam até mesmo pingado no peito dele. Ela nunca vira Loki barbado porque ele sempre metamorfoseara os fios para que sumissem, mas, agora que ele não tinha mais energia para fazê-lo, o veneno havia removido tufos inteiros de cabelo do seu rosto, levando a pele junto.

Angrboda finalmente ergueu os olhos brancos na direção da cobra acima da cabeça de Loki. A criatura a encarou, com olhos odiosos cor de âmbar, e abriu bem a boca, com duas enormes gotas de veneno prontas para gotejar das presas expostas.

A bruxa devolveu o olhar com toda a força da sua raiva — ela ordenou que a cabeça da cobra fosse torcida para o lado, e o animal caiu morto no chão.

O *som* resultante da queda não tirou Loki do estado inconsciente, mas fez com que alguém se mexesse nas sombras bem à direita de Angrboda, e ela se virou para ver Sigyn rastejando até o brilho de um dos braseiros. O rosto da mulher era uma máscara de exaustão e tristeza enquanto ela tateava no escuro para encontrar a sua tigela — a mesma que ficava segurando acima da cabeça de Loki para recolher o veneno da cobra, a fim de dar a ele um pouco de alívio em meio à dor.

Ela tem feito isso durante todo o Fimbulwinter, pensou Angrboda. *Quase três longos anos.*

"Só dormi por um segundo", rouquejou Sigyn, com se não usasse a voz havia muito. Ela agarrou a tigela e começou a se levantar — mas congelou quando percebeu quem era a visitante.

Angrboda se aproximou de Loki e observou Sigyn com cautela. Tendo tido apenas uma outra interação com a mulher, Angrboda esperava gritos, soluços e acusações.

Mas tudo que encontrou foi uma resignação calma.

Sigyn lutou para ficar de pé, sem tirar os olhos da bruxa. Quando enfim se ergueu, ela endireitou a coluna e pigarreou, e Angrboda percebeu com um sobressalto que era quase 10 centímetros mais alta do que a mulher — Sigyn era menor do que parecera do outro lado do rio, uma era e meia atrás.

"Você estava certa", falou Sigyn, por fim. "Sobre o que você me mostrou naquela noite. Os meus filhos... Tentei escondê-los depois que Loki desapareceu, mas os deuses os encontraram do mesmo jeito, e eles... eles..."

"Eu sei", respondeu Angrboda, olhando de lado para os grilhões de Loki. Ainda que fossem de ferro, a bruxa sabia que eles haviam sido transformados a partir de coisas muito mais sinistras. "Eu não devia ter dito o que disse a você", continuou Angrboda, olhando de novo para Sigyn. "Foi errado da minha parte colocar esse conhecimento sobre os seus ombros, e por isso realmente sinto muito."

"Eu provoquei você", disse Sigyn, baixando os olhos para a tigela de cerâmica nas suas mãos. "Eu só estava com muita raiva."

"Mas eu devia ter tido mais juízo. Perdi a paciência. Pensei na pior maneira possível de revidar o que você... o que você disse sobre os meus filhos e fui em frente quando deveria ter dado um passo atrás e refletido melhor..."

"Foi ruim para ambas termos nos conhecido da maneira como aconteceu." Sigyn fechou os olhos. "No fim, nós duas perdemos as nossas crianças. Mas a diferença é que eu fui a causa de você perder as suas. Achei que estivesse fazendo a coisa certa. Sinto muito."

"Não", falou Angrboda. "Você não foi a causa. Acima de tudo, foram os Aesir os únicos responsáveis pelos crimes contra as nossas famílias."

A bruxa percebeu a verdade daquelas palavras no instante em que as pronunciou. Ela havia acusado Loki de ofendê-la, bem como ofendera os seus filhos, e o ex-marido de fato tomara algumas decisões terríveis — mas, no fim das contas, ele não era mais responsável pelo destino de Angrboda do que Sigyn ou Gerda.

De uma forma ou de outra, ela teria perdido as suas crianças.

De uma forma ou de outra, Odin conseguiria o que queria.

E Loki já sofrera o bastante por isso. A família inteira de Angrboda havia sofrido.

Um som, algo entre risada e soluço, escapou pela garganta de Sigyn antes de a mulher sussurrar:

"'*Desespere-se, Sigyn, pois os seus deuses a abandonarão no fim...*' Eu devia ter acreditado. Devia ter levado sua advertência mais a sério."

"Não foi uma advertência", respondeu Angrboda com tristeza. "Foi a minha vingança. Você não tinha motivos para confiar no que a obriguei a ver."

"Mas, ainda assim, se eu pudesse ter evitado..."

"Não havia maneira de evitar isso. Nada disso. Não se culpe."

Sigyn voltou a baixar os olhos para a tigela. E depois para a cobra morta no chão. Em seguida, de repente e com violência, ela arremessou o recipiente na parede da caverna, e ele se espatifou em um milhão de cacos.

Mesmo assim Loki não acordou.

"Ele nem sequer fala comigo", disse Sigyn com um grito estrangulado. "Ele não proferiu uma palavra desde que nos deixaram aqui. Sabe o que é isso? Eu o amei tanto... Ainda o amo. Sou leal. Estive ao lado dele até este momento."

"E não recebeu nada em troca além de tristeza", comentou Angrboda. "Posso entender. Não consigo imaginar como deve ter sido. Mas não existe mais nada para você nesta caverna."

"Existe enquanto ele estiver preso aqui", respondeu Sigyn com firmeza.

"O que não vai demorar muito."

Sigyn a encarou.

"Está pensando em libertá-lo?"

"Estou", disse Angrboda. Ela sabia no seu íntimo que Loki não estava em condições de fazer um acordo — teria de libertá-lo primeiro e se preocupar com isso depois. Era um risco que estava disposta a correr.

"Já tentei antes e não consegui nada. Mas, se você tiver sucesso, não sei o que isso significa para mim." Sigyn gesticulou para os cacos quebrados da tigela no chão. "Era este o meu único propósito? O que devo fazer agora?"

"Não sei", respondeu Angrboda. "Mas talvez vocês dois possam decidir isso juntos."

Sigyn levou um tempo para entender o que a bruxa queria dizer — um verdadeiro fim para a disputa entre elas —, mas, assim que percebeu, assentiu uma vez e estendeu a mão. Após uma breve hesitação, Angrboda correspondeu ao gesto, e as duas mulheres apertaram com força o antebraço uma da outra.

"Preciso fazer esta última coisa", disse Angrboda. "Não creio que vamos nos encontrar outra vez."

"Então faça", respondeu Sigyn, "e nos separamos como amigas."

Elas se soltaram, e Sigyn recuou enquanto Angrboda prosseguiu, ajoelhando-se ao lado de Loki e levando a mão fantasmagórica até a lateral do rosto dele. O toque frio enfim fez com que ele se mexesse. As suas pálpebras tremeram por um momento antes de se abrirem, e o coração de Angrboda afundou quando ela percebeu que o veneno o havia deixado cego de um olho.

Loki olhou para ela, perplexo.

"Às vezes você ainda se pergunta", sussurrou ela, "se foi errado ter devolvido o meu coração?"

A compreensão surgiu no rosto dele, e Loki respondeu com a voz rouca: "Nunca."

Angrboda estalou os dedos, e as amarras foram quebradas, um som tão alto que — mesmo no silêncio da caverna — pareceu ecoar por todos os mundos.

Porque havia ecoado.

A bruxa sabia que o caos lançaria a sua fúria além dos limites da caverna. Mas, naquele momento, ela pegou Loki nos braços quando ele caiu, segurando-o no colo como uma criança enquanto ele ofegava e se contorcia, o corpo sem saber o que fazer de si agora que não estava mais contido em uma posição estranha e dolorosa.

"O que... o que você está fazendo aqui?", perguntou ele entre inspirações profundas.

"Bem, vim lhe pedir que entregasse uma mensagem minha para Hel em troca da sua liberdade. Mas depois vi o estado em que você estava..." O rosto dela se contorceu de tristeza. "Foi uma coisa terrível o que fizeram com você. Pior do que eu imaginava."

Assim que a respiração de Loki voltou ao ritmo, ele encontrou forças para zombar:

"Que gentileza a sua. E eu aqui pensando que com certeza seria deixado para me contorcer de dor por toda a eternidade."

Angrboda olhou para ele.

"Você ainda não sabe o que está por vir?"

Loki negou com a cabeça e fechou os olhos.

"Não tenho a menor ideia. E prefiro manter as coisas assim."

"E para onde você vai? O que vai fazer?"

Loki abriu o olho bom para espiar a bruxa.

"Por que está me perguntando o que vou fazer se você já sabe?"

Angrboda lhe deu um pequeno sorriso.

"Porque você faz o seu próprio caminho e escolhe o seu próprio destino. Não posso tirar isso de você. Não devo."

O rosto dele ficou vincado de emoção diante daquelas palavras, mas Loki naturalmente disfarçou ao limpar a garganta.

"Humm. Muito bem, então. Não me conte. Não quero saber."

"Como preferir", disse Angrboda, ajudando-o a ficar de pé com o braço em volta dos ombros da bruxa.

Loki pareceu confuso.

"Espere. Você não está aqui de verdade. Como pode me tocar se está nessa forma?"

"Porque eu quis assim", explicou Angrboda. "A Vidente pode ser uma manifestação da minha própria alma, mas, no momento, preciso ser capaz de tocar você. Então posso."

"Humm", respondeu Loki após um momento, dando a ela um pequeno sorriso dolorido. "Eu me pergunto se algum dia você vai parar de me surpreender, Angrboda, Bruxa de Ferro."

Enquanto eles cambalearam em direção à entrada da caverna, Loki apoiado em Angrboda, Sigyn saiu das sombras sem dizer uma palavra e jogou o outro braço dele em volta dos ombros, aliviando um pouco o peso da bruxa.

Loki cambaleou, então parou e olhou para ela. Assim que se recompôs, ele conseguiu falar em um tom engasgado:

"Sigyn? Você... você ainda está aqui?"

"Até o amargo fim", respondeu ela.

"E tem sido amargo mesmo", murmurou ele, balançando a cabeça, mas os lábios arruinados ostentavam o mesmo sorrisinho de sempre conforme os três avançaram.

Eles chegaram à entrada da caverna e pararam na saliência, pois demoraria algum tempo para navegar o caminho perigosamente estreito que os levaria até a costa. Mas o oceano agitava-se com tanta ferocidade quanto na pior das tempestades, ainda que não houvesse nuvens no céu — embora o sol tivesse acabado de nascer, a lua cheia ainda era visível.

Mas os dois astros foram desaparecendo devagar, pouco a pouco. *Eclipsando.* Tanto o sol quanto a lua exibiam uma sombra lenta, constante e idêntica que se movia sobre eles, a luz desaparecendo a cada segundo. Levaria horas — talvez um dia — para que fossem engolidos por completo, mas, assim que desaparecessem, os mundos ficariam totalmente no escuro.

"Um eclipse *duplo*?", perguntou Loki com uma careta. "Isso é impossível..."

"Não é um eclipse", sussurrou Sigyn.

Angrboda tirou o braço de Loki do ombro e deu um passo à frente, os olhos brancos arregalados.

"Começou."

Começou no momento em que libertei você.

A quebra dos seus grilhões foi a quebra de todas as amarras.
Incluindo as dos nossos filhos.

"Aquele sonho que você teve", falou Loki atrás dela, baixinho, apoiando-se em Sigyn para ficar de pé. "Era isso, não era? Aquilo que Odin sempre quis saber. Enfim está acontecendo."

Angrboda assentiu. *Vi o sol e a lua escurecendo conforme os lobos que perseguiam os astros finalmente engoliam a sua presa.*

Vi...

O vento frio que soprara durante três anos havia enfim cessado, mas a agitação no oceano atingia um nível febril.

E então parou, muito de repente.

"O que está acontecendo?", perguntou Sigyn com a voz trêmula, mas Angrboda e Loki se entreolharam e souberam.

"Corra", falou Loki para Sigyn. "Desça pela trilha *agora*. Alcanço você depois. Prometo."

"Mas..."

"*Vá*. Confie em mim. Por favor."

Sigyn deu a Loki um último olhar e depois saiu correndo. Ela mal tinha chegado lá embaixo e se escondido entre as árvores quando uma criatura irrompeu das ondas, tão grande que — mesmo eles estando em uma saliência a muitos metros acima do nível do mar — Loki e Angrboda já estavam olhando para cima antes que a cabeça do animal saísse por completo da água. As escamas eram azul-esverdeadas, com uma crista pontiaguda correndo no alto da cabeça e descendo pelas costas. Aquilo — *ele* — os encarou com olhos verdes familiares e luminosos, exibindo uma boca cheia de dentes afiados.

Ele fora apenas uma pequenina cobra verde quando Angrboda dera à luz. Agora, sua cabeça parecia mais com a de um dragão.

"Pelos deuses", arquejou Loki. "Jormungand?"

Ao ouvir o nome, a criatura recuou, de modo a colocar ainda mais o corpo gigantesco fora d'água, e inclinou a cabeça para baixo na direção deles, com as narinas dilatadas.

Angrboda estava tão emocionada que nem conseguia falar. Mas uma das emoções que sentia era medo, sobretudo depois do seu confronto prévio com Hel — pois, se o caçula guardasse o mesmo rancor, então a bruxa com certeza seria engolida por inteiro.

E ela ainda tinha muito o que fazer.

Jormungand os estudou um pouco mais antes de recuar e soltar um berro gutural, tão alto que sacudiu as fundações da rocha sob os pés deles, e Angrboda e Loki se agarraram um ao outro para evitar a queda enquanto pedregulhos se soltavam da face do penhasco e se espatifavam no mar.

O rugido da Serpente de Midgard cessou abruptamente.

Conforme se agacharam na saliência, Loki falou para Angrboda pelo canto da boca:

"Então, ou isso aqui vai ser uma comovente reunião de família ou ele vai nos rasgar membro a membro. Por favor, diga que previu isso e que tem um plano."

"Eu tinha um plano, mas ele não envolvia isso", respondeu Angrboda.

A Serpente parecia ter perdido o interesse neles; ele deixou a cabeça pender para a esquerda, como se esperasse uma resposta ao rugido. Ao fazer isso, Angrboda ficou surpresa ao perceber que de um lado do crânio Jormungand tinha uma cicatriz em forma de cratera, semelhante à dela. A bruxa se lembrou da história de Hymir, sobre a vez em que Thor "saíra para pescar" a Serpente usando uma cabeça de boi, desferindo na criatura um golpe com o Mjolnir que deveria ter sido fatal — bem parecido com o que aplicara na bruxa na noite em que as crianças haviam sido levadas.

Orgulho e fúria incharam o peito de Angrboda, afastando momentaneamente o medo.

É preciso muito mais do que isso para nos derrubar, não é, meu filho?

Nenhum deles falou. Jormungand não se mexeu. Mas então o seu chamado foi atendido — do outro lado do litoral, uma silhueta enorme e peluda surgiu em uma curva e abriu caminho em direção a eles, cada passo fazendo a terra tremer.

Angrboda se afastou de Loki, ficando boquiaberta à medida que o filho do meio se aproximava. Fenrir estava cem vezes maior do que da última vez que o vira, o pelo mais escuro, o focinho mais comprido. E os *dentes...*

Quando a bruxa se aproximou da beira do penhasco, a cabeça de Jormungand moveu-se em direção a ela até que os dois estivessem a poucos metros de distância, os olhos quase na mesma altura, e uma voz infantil falou na cabeça de Angrboda: *Irmão.*

Lágrimas brotaram nos olhos da bruxa. Ela estendeu a mão trêmula para tocar as escamas lisas e úmidas no focinho do filho. Os olhos enormes se fecharam, como se ele estivesse saboreando o toque de outro ser vivo após tanto tempo no fundo do oceano.

Sozinho.

"Você consegue falar", sussurrou Angrboda.

Ele faz o melhor que pode, disse Fenrir, em um tom muito mais grave do que a voz de criança que a bruxa ouvia na sua cabeça tantos anos antes. Embora o lobo ainda estivesse um pouco distante, ela era capaz de escutá-lo com clareza. *É bom sermos estranhos o suficiente para nos comunicarmos através das nossas cabeças, ou nós dois poderíamos muito bem ter enlouquecido no confinamento.*

Enlouquecido, repetiu Jormungand. *Nós dois.*

"Tentei chamar os dois. Vocês me ouviram?", perguntou Angrboda com a voz fraca. "Vocês nunca me responderam. Tentei tantas vezes..."

Fomos colocados fora do seu alcance. Fora do alcance de qualquer um, explicou Fenrir. *Pode ter sido um ou outro feitiço que os deuses lançaram, ou talvez só estivéssemos longe demais.*

Fenrir estava acima deles agora, grande o suficiente para se sentar na costa rochosa e ainda assim manter a cabeça pairando perto de onde os pais se encontravam tão precariamente empoleirados.

Quanto tempo, mamãe, disse ele, piscando os grandes olhos verdes uma vez.

Mamãe, ecoou Jormungand.

"Sinto muito", disse Angrboda, as lágrimas brotando em seus olhos. *É isso — vai acontecer tudo de novo, assim como foi com Hel.* "Sinto muito por não ter sido capaz de impedi-los."

Uma enorme forma rosada avançou de repente na direção dela, e, antes que Angrboda percebesse, o seu corpo inteiro tinha sido *lambido* pelo filho-lobo colossal — ela estava coberta de baba com apenas um golpe de língua. Um momento depois, Jormungand se inclinou para a frente e encostou a grande cabeça nela, com gentileza, como costumava fazer quando ainda cabia no seu pescoço, só que dessa vez quase fazendo a mãe tropeçar.

Não havia nada que você pudesse fazer, disse Fenrir.

Angrboda quase soluçou de alívio, mas estava ocupada demais limpando a baba e a água do mar do rosto e do vestido.

O olhar de Fenrir recaiu sobre Loki. *Quanto a você, pai...*

Angrboda se posicionou na frente de Loki, bloqueando-o da vista das criaturas.

"Acreditem em mim, meus filhos. O seu pai sofreu muito nos últimos tempos. Não vou pedir que o perdoem, mas que pelo menos poupem-no da sua ira." *Embora suponha que deixar que o matem fosse uma maneira de enviar Loki até Hel...*

Faremos com que seja uma morte rápida, zombou Fenrir, recurvando o lábio superior sobre os dentes afiados e perversos. *Ele não vale o nosso tempo.*

"Fenrir, escute", falou Angrboda, fazendo uso do seu tom maternal mais autoritário. "O seu pai não é inocente, de forma alguma..."

"Não está ajudando", murmurou Loki por um dos cantos da boca cheia de cicatrizes.

"...mas ele não foi a causa de tudo isso", concluiu ela. "São os Aesir os reais merecedores da ira de vocês. Não ele."

Angrboda ouviu Loki deixar escapar um longo suspiro de alívio atrás dela.

Fenrir e Jormungand pensaram nas palavras dela, depois se entreolharam, e Fenrir falou: *Você está certa, mãe.*

"Não sei quanto a vocês dois, mas acabo de ser torturado por três anos pelos Aesir. Estou quase decidindo seguir para o norte e me juntar ao exército de Jotunheim em Utgard quando sair daqui", acrescentou Loki de forma prestativa por cima do ombro da bruxa. Ele apontou para o próprio rosto desfigurado. "Vingança e tudo mais. O que me dizem? Tenho certeza de que ficarão felizes em vê-los na cidadela."

"Como... como sabe que há um exército em Utgard?", perguntou Angrboda, lembrando-se do que Skadi tinha dito e arqueando uma sobrancelha para ele.

"Posso ter ficado preso em uma caverna, mas sei para onde os gigantes vão quando estão com fome. E a essa altura eles devem estar com raiva o suficiente para marchar contra os Aesir, que com certeza passaram este longo inverno rodeados de segurança e conforto, como sempre."

Angrboda encarou Loki.

"Tem *certeza* de que não ouviu a minha profecia?"

Utgard? Fenrir olhou para a mãe com curiosidade. *Ele está falando a verdade?*

"Está", confirmou Angrboda.

Então vamos para o norte nos juntar a eles, disse Fenrir. *E, se tivermos de lutar lado a lado com gente como ele para obter vingança contra os Aesir, então que assim seja.*

"Esse é o espírito", falou Loki em um tom encorajador. Mas o seu verniz forçado de alegria começava a descascar. A bruxa percebia, só de olhar para ele, que Loki ainda estava sentindo uma dor terrível.

Fenrir se virou mais uma vez para Angrboda e disse: *Lamento não termos mais tempo, mamãe. Mas sonhei com vingança por anos demais para desperdiçar outro momento.*

Vingança, sibilou Jormungand, estreitando os olhos.

Angrboda encostou o rosto no focinho de cada um deles por um instante a fim de se despedir. Quando se afastou para olhá-los, a bruxa sussurrou:

"Vão, meus meninos. E mostrem a eles do que vocês são feitos."

Diante disso, Fenrir soltou um uivo final e correu praia abaixo, e Jormungand desapareceu sob as ondas. A água se agitou conforme o caçula submergiu e depois ficou calma outra vez, a lua, que desaparecia não tendo efeito sobre as marés.

De fato, o oceano parecia assustadoramente imóvel na ausência da Serpente.

"Essa foi por pouco." Loki soltou um longo suspiro e caiu para trás na rocha.

Angrboda continuou no mesmo lugar, abalada. O seu coração amaldiçoado doía, e, por mais que limpasse as lágrimas silenciosas que escorriam pelo rosto, elas continuavam surgindo.

"Você acredita mesmo no que disse?", perguntou Loki para ela. "Sobre... sobre não me culpar? Por *tudo?*"

"Acredito", falou ela, ainda olhando na direção em que os filhos haviam partido.

Loki abriu a boca, tornou a fechá-la e depois disse:

"Bem, já que você acabou de me libertar dos meus três anos de tormento... Você disse algo sobre precisar que eu vá até Hel no seu nome. Pensei que tivesse dito que já havia falado com ela."

Angrboda quase tinha se esquecido daquilo após o encontro inesperado com Fenrir e Jormungand virou-se para encará-lo.

"Sim, falei, mas ela não vai me deixar vê-la de novo. Eu tentei", disse a bruxa, com um renovado tom de urgência na voz. "Mas você... Acho que ela deixaria você entrar caso consiga chegar lá. Preciso que fale algo para ela."

"Se eu conseguir chegar lá", ecoou Loki, intrigado. "Tudo bem, claro. O que precisa que eu diga a ela?"

Angrboda apoiou as mãos nos ombros magros de Loki e olhou bem nos seus olhos.

"Diga a Hel para vir até mim. Diga a ela que posso salvá-la. Faça com que acredite em você, a vida dela depende disso. Jure para mim que encontrará um caminho até Hel e que falará com ela."

"Eu juro."

"Jure pela sua vida e pela dela também."

"Eu juro. Eu juro", disse Loki. Ele inclinou a cabeça para o lado em um movimento quase felino. "Angrboda... você está desaparecendo."

Ela baixou os olhos para as mãos — que estavam ficando desbotadas, ainda que a bruxa não tivesse ordenado tal coisa.

"Preciso ir", falou ela, cerrando os dentes. "Ou posso não ser capaz de voltar. O meu meio de transporte está turbulento." As mãos da bruxa começaram a atravessar os ombros de Loki, e Angrboda as recolheu. "A Yggdrasil treme. O alinhamento dos mundos foi desfeito. As linhas que separam um reino do outro estão começando a se confundir, e temo que, em breve, nada separará nem mesmo os vivos dos mortos. Mas pelo menos isso tornará mais fácil para você chegar até Hel."

Loki assentiu, mas ainda pareceu preocupado.

"Boda..."

Angrboda sentiu o chão balançar sob os seus pés. A última coisa que ela viu foram as mãos de Loki estendidas em sua direção conforme caía fechou os olhos, preparando-se para o impacto.

Quando voltou a abri-los, na sua cama, as lágrimas escorriam em ambos os lados do rosto. Ela estava exausta, em pânico, tremendo, com frio... e sozinha. O alívio a invadiu ao perceber Skadi parada à porta, olhando para o lado de fora, o rosto voltado para o céu. Para além dela, a loba estava sentada na clareira, com a enorme cabeça peluda também inclinada para cima.

Angrboda caminhou até Skadi, que tomou um susto com a aproximação, mas depois passou o braço em torno dos ombros da bruxa. Nenhuma das mulheres desviou o olhar do sol e da lua que morriam.

A voz de Skadi falhou quando ela sussurrou:

"Você conseguiu. Está na hora."

"Eu sei", sussurrou Angrboda em resposta, chegando mais perto. "Eu sei."

Skadi passou as horas seguintes empacotando os poucos suprimentos que levaria com ela para Utgard. Enquanto isso, Angrboda batalhava para fazer o máximo possível de poções contra a fome usando os parcos recursos que lhe restavam. Ela acomodou todos os potes de cerâmica em uma grande caixa de madeira forrada com lã, e Skadi acomodou o máximo que pôde das poções no trenó.

"E com isso", falou Angrboda, com os ombros caídos, "fiz tudo que podia por Jotunheim."

"Você fez mais do que suficiente", respondeu Skadi, amarrando a última correia do trenó. "E o nosso povo será grato por isso." Ela tirou algo do bolso: a faca com cabo de chifre que Angrboda usava pendurada no cinto. "Você deixou isso aqui na mesa enquanto estava se vestindo, então eu a afiei para você depois de afiar a minha espada."

"Obrigada", falou Angrboda, desamarrando o cinto para passar a faca pela alça da bainha. Em seguida, ela olhou para a espada no quadril de Skadi e perguntou. "É a do seu pai?"

Skadi assentiu com um ar solene.

"E de ninguém mais."

A neve e o vento que as castigaram nos últimos três anos haviam parado, e o ar esquentava — ainda estava bastante frio, mas agora elas conseguiam ficar do lado de fora por mais do que algumas respirações antes de sentir um extremo desconforto. No entanto, assim como naquele penhasco à beira-mar, os mundos pareciam parados, silenciosos e à espera, de um jeito desconcertante.

Como uma corda de arco sendo esticada...

E, a qualquer momento, a flecha seria lançada.

"Para onde foi a sua loba?", perguntou Skadi, olhando em volta, no momento exato em que a criatura se materializou, saindo da floresta — e não estava sozinha.

Havia uma figura caminhando ao lado da enorme loba, cuja silhueta parecia oscilar, indo e voltando da mesma forma que Angrboda havia feito ao deixar Loki no penhasco. Ela reconheceu o homem como Baldur, o cabelo claro brilhando mesmo na luz fraca do sol que desaparecia.

Angrboda se arrepiou ao vê-lo, mas então o seu olhar se moveu para a mulher pendurada nas costas da loba, cujo rosto estava escondido por uma cascata ondulada de cabelo preto e espesso.

Eu os ouvi vagando pela floresta, disse a loba.

Baldur olhou primeiro para Skadi, cujo queixo estava caído, mas depois a sua atenção se voltou para Angrboda. Ele deu um passo na direção dela, com os braços abertos em súplica, e disse:

"Ainda bem que encontramos você."

A mulher no dorso da loba emitiu um ruído de desconforto. Baldur franziu a testa de preocupação, alternando o olhar entre ela e Angrboda. Em seguida, ele ergueu as palmas em sinal de rendição e falou:

"Por favor. Você precisa ajudá-la."

"O quê?", perguntou Angrboda, bem no momento em que a mulher levantou a cabeça e gemeu.

"Mãe?"

Angrboda congelou no lugar.

"Hel?"

Skadi já corria em direção à loba, descendo Hel da montaria e a colocando no chão em questão de segundos. Ela não conseguia ficar de pé sozinha, segurando-se em Skadi para obter apoio.

Angrboda poderia ter chorado de alívio. *Loki a convenceu.*

"É bom ver você, pequenina", disse Skadi, à beira das lágrimas.

"Eu gostaria de poder dizer o mesmo", respondeu Hel em uma voz fraca.

Skadi se virou para Baldur e exigiu saber:

"O que você fez com ela?"

"Nada além de tentar ajudar. Estou aqui e depois... depois não estou", respondeu Baldur, estendendo as mãos que oscilavam. "Às vezes eu conseguia segurá-la e ajudar. Mas em outras ela caía e..." Ele cerrou os punhos. "E não havia nada que eu pudesse fazer. Ainda estaríamos lá na neve se a sua loba não tivesse nos encontrado."

Angrboda se virou para a filha.

"Você não consegue mais andar?"

"As minhas pernas por fim me abandonaram", murmurou Hel, evitando olhar para a mãe.

"Mas antes", disse Angrboda, "quando nos encontramos, você parecia bem..."

"Isso foi antes", Hel falou, categórica. "Isso foi quando eu ainda era governante de um reino. Naquele lugar, as pernas mortas de uma garotinha funcionavam sem os unguentos curativos da mãe. Mas agora que elas apodreceram até os ossos..."

"Você... não é mais governante de um reino?", perguntou Skadi, mas Angrboda já sabia a resposta.

Os olhos verdes de Hel por fim se voltaram para a bruxa.

"O meu reino está vazio. Entreguei os mortos para o meu pai. Todos eles zarparam para se juntar aos meus irmãos e aos gigantes na luta contra os deuses. Não tenho mais poder sobre ninguém."

"O que explica isso", comentou Baldur, estendendo as mãos outra vez. "Eu estou... ficando cada vez mais sólido. Mais *vivo*. E o restante dos mortos também..." Ele engoliu em seco. "O meu irmão Hod foi com eles, para lutar. E eu... eu nem mesmo sei de que lado ele vai estar. Mas como podem os mortos voltarem à vida? Nada disso faz o menor sentido..."

"É claro que faz", disse Angrboda. Ela contou para eles o mesmo que havia explicado para Loki: "Com a Yggdrasil arrancada dos eixos, não há nada separando o mundo dos mortos e o dos vivos. Foi por isso que, para começo de conversa, os mortos conseguiram sair do reino de Hel".

Skadi compreendeu.

"Então os Nove Mundos estão transbordando uns nos outros porque a ordem natural do universo está um completo caos? E todos que já pereceram de uma morte não honrada estão agora lutando ao lado dos gigantes? Adorável."

Hel ergueu a mão para afastar o cabelo do rosto, e Angrboda se assustou com a aparência adoentada da filha: os traços magros, os olhos fundos e escurecidos, a respiração ofegante.

"Ela precisa descansar", falou Baldur, nervoso, e Angrboda percebeu, pela primeira vez, que a esposa dele, Nanna — que ficara tão chateada com a morte do marido que morrera de luto e fora colocada na mesma pira que Baldur —, estava notavelmente ausente da comitiva asgardiana de mortos-vivos de Hel.

"Ela vai descansar", disse Angrboda. "Vou cuidar dela."

Hel murmurou algo ininteligível, mas se permitiu ser carregada até a caverna por Skadi, que a colocou na cama. Baldur a seguiu e, uma vez lá dentro, plantou-se ao lado da cabeceira de Hel.

"Angrboda", chamou Skadi, puxando a bruxa para fora. "Está na minha hora de ir."

Angrboda sabia que ela estava certa. Ela estendeu a mão e acariciou a bochecha de Skadi, mas parou quando olhou por cima do ombro da giganta e viu a loba sentada ao lado do trenó da Caçadora.

As suas renas parecem ter fugido, disse a loba. *Espero que não se importe com uma cadela velha e grisalha no lugar delas.*

"Você pretende ir com Skadi?", perguntou Angrboda, mas descobriu que não estava surpresa. Mesmo que o seu escudo fosse forte o bastante para também proteger a loba também, a criatura estava velha e cansada.

Parece a coisa certa a fazer, respondeu a loba. *É uma maneira tão boa de morrer quanto qualquer outra. Pelo menos é melhor do que ser queimada viva.*

Angrboda não discordou.

"Acho que isso é um adeus, velha amiga", sussurrou a bruxa, e a loba lambeu o seu rosto antes de permitir que Skadi a prendesse ao trenó usando o velho arreio que Angrboda fizera para a pequena carroça, enterrada na neve já havia algum tempo.

Em seguida, Skadi se virou para Angrboda.

Lágrimas começaram a se formar nos olhos da bruxa antes mesmo de Skadi passar os braços ao redor dela, e as duas se agarraram uma à outra como se as suas vidas dependessem disso.

"Por favor, não vá." A voz de Angrboda era quase um gemido conforme as lágrimas molhavam o ombro de Skadi. "Posso proteger você. Eu *vou* proteger você. Basta ficar."

"Não posso", respondeu Skadi, a voz embargada de emoção. "Os mortos estão unindo forças com os gigantes. Não percebe o que isso significa? Vou encontrar o meu pai no campo de batalha e vou deixá-lo orgulhoso."

"Você já o deixou orgulhoso", argumentou Angrboda. "Quem não sentiria orgulho de você?"

Skadi segurou o rosto da bruxa com as duas mãos.

"Mesmo que você pudesse me proteger, isso seria à sua custa, não é?"

Em algum momento, sem perceber, Angrboda havia aceitado o fato de que iria queimar outra vez. Nunca lhe ocorrera tentar salvar a si mesma — o seu escudo era destinado apenas a Hel.

"Se esse for o caso", disse Skadi, "se eu ficar aqui com Hel sob a sua proteção... Acha que eu suportaria ver você morrer por minha causa também?" Ela balançou a cabeça. "Não. Nunca."

"É um bom argumento", admitiu Angrboda.

Skadi se inclinou e murmurou:

"Exato. Portanto, se existir uma vida depois dessa, é lá que vou encontrar você outra vez."

"E se não existir?" Angrboda conseguiu dizer. *Se eu for incapaz de morrer...*

"Então é o que é", sussurrou Skadi, beijando-a pela última vez. Angrboda se agarrou à giganta até que Skadi virasse para ir embora, com a mão escorregando para longe do alcance da bruxa mesmo quando esta se esticou para segurá-la. Ela não olhou para trás.

Quando Skadi e o trenó desapareceram da clareira, entrando na floresta, Angrboda caiu de joelhos e chorou.

Eu só... quero mais tempo...

Quando ela ergueu o rosto para o céu, viu que o sol e a lua já estavam quase extintos. A visão fez a bruxa se recompor, desacelerando a respiração, cambaleando para ficar de pé. Ela enxugou os olhos na roupa e olhou em direção à caverna.

A bruxa ainda tinha trabalho a fazer.

Quando Angrboda voltou para o interior da caverna, viu que Baldur havia puxado a sua cadeira esculpida para junto da cabeceira de Hel. Ele estava sentado lá, parecendo mais sólido a cada segundo, sem desviar os olhos do rosto de Hel.

Angrboda disse:

"Por favor, se puder me dar alguns momentos a sós com a minha filha, eu gostaria de deixá-la confortável e tirá-la desse vestido enlameado. Você pode ir buscar mais água no riacho? Fizemos um buraco no gelo; será fácil de encontrar."

Baldur se levantou, assentindo.

"Vou juntar lenha também." Quando ele se abaixou para pegar um balde de madeira, a sua mão passou direto pelo objeto, e Baldur acrescentou, timidamente: "Quer dizer, vou fazer o melhor que estiver ao meu alcance". Na segunda vez em que tentou segurar o balde, o jovem estava sólido o suficiente para erguê-lo e então deixou a caverna.

A porta se fechou, e o silêncio reinou.

Angrboda suspirou ao tirar as luvas sem dedos que Hel havia tecido em *nalbinding* para ela muito tempo atrás, pondo-as em cima da mesa. Restava um pouco de água no caldeirão sobre a lareira, que Angrboda andara usando para preparar as suas poções. Ela desceu o caldeirão para mais perto do fogo a fim de esquentá-lo, e, quando ficou satisfeita, separou alguns panos limpos, arrancou o vestido imundo de Hel e banhou o corpo da filha — ao menos a parte superior.

O rosto de Hel permaneceu cuidadosamente neutro por todo o tempo, e ela não disse uma única palavra.

"Você costumava ser assim quando era pequena, sabia?", comentou Angrboda, enfiando um vestido limpo sobre a cabeça de Hel, passando os seus braços pelas mangas e puxando o tecido para baixo a fim de cobrir o corpo da filha.

"Assim como?", quis saber Hel.

"Raivosa quando não conseguia fazer as coisas por conta própria", respondeu a bruxa, arrumando os cobertores e peles em torno de Hel. "Furiosa por estar indefesa."

Os olhos de Hel passaram da mãe para as luvas de *nalbinding* em cima da mesa, e ela fez uma careta.

"Você ainda usa essas velharias horrendas?"

"Quase nunca as tirei desde a noite em que você as entregou para mim. Elas resistiram tão bem quanto o cinto feito por Gerda", disse Angrboda, mas Hel apenas virou o rosto de modo que a bruxa não pudesse ver a sua expressão.

Por fim, quando Angrboda voltou à despensa e começou a vasculhar em busca de qualquer comida que tivesse sobrado, Hel se dirigiu a ela da cama, com a voz fraca:

"Eu estava com tanta raiva de vocês dois... Principalmente do papai. Quando ele enfim chegasse ao meu reino, eu planejava atirá-lo em um rio de gelo eterno ou em uma fenda bastante profunda. Mas, quando ele chegou, parecia péssimo, tanto que jogá-lo em um poço sem fundo soava como uma cortesia, e isso meio que tirou toda a graça da ideia."

Angrboda fez uma pausa e ofereceu à filha um sorriso pálido, tendo encontrado a grande sacola de carne-seca que andara procurando. A bruxa a levou para a mesa e disse:

"Ele teria usado a lábia para se safar de alguma forma. É o que ele faz."

"Ele fez isso ao me convencer a vir até aqui. Disse que eu devia lhe dar outra chance. Fico feliz que isso tenha acontecido em particular, assim Baldur não me viu chorando. Foi tão constrangedor", falou Hel, erguendo os olhos para o teto da caverna. "Papai disse que eu pareço com a mãe dele, Laufey. Foi dela que puxei esse cabelo escuro, enquanto você e ele têm os fios claros."

Angrboda se sentou na cadeira ao lado dela.

"Muito tempo atrás, ele me disse que não se lembrava da mãe."

"Ele falou que olhar para mim fez com que se lembrasse dela", sussurrou Hel. A jovem virou o rosto e encarou os olhos de Angrboda. "Suponho que vocês tenham feito as pazes, ou ele não teria vindo, não é?"

"De certo modo", respondeu Angrboda, colocando a mão na testa da filha. Gelada, gelada — a pele de Hel estava um gelo. "Depois do que o seu pai me fez, nutri muito ódio por ele durante um longo tempo. Mas, no final, percebi que somos vítimas do destino."

Hel desviou os olhos, mas não moveu a cabeça.

"Cheguei à mesma conclusão depois que papai me procurou. Obrigada por não ter contado para ele todas as coisas terríveis que eu disse a você. Por que quer me salvar depois da maneira como eu a tratei?"

Angrboda penteou o cabelo dela para trás.

"Porque sou sua mãe."

Quando Hel fechou os olhos com força, várias lágrimas desceram pelo seu rosto, e Angrboda as enxugou com a manga do vestido. Hel estava fraca demais para afastá-la, mas disse, angustiada:

"Não é justo. A minha vida inteira foi perdida lá embaixo, e, quando enfim podíamos nos encontrar, eu a mantive afastada... e agora estamos todos condenados..."

"Eu tenho um plano", sussurrou Angrboda. "Vou proteger você, Hel."

"Foi o que papai disse. Baldur não sabe de nada, no entanto. Mas veio comigo de qualquer maneira, para me ver chegar com segurança até você, caso pudesse me ajudar..." Hel fechou os olhos de novo, e dessa vez a sua voz começou a falhar. "Lamento desapontá-la, mãe, mas duvido que viverei o suficiente para testemunhar o Ragnarok... muito menos... sobreviver a ele..."

Angrboda reprimiu um soluço diante daquelas palavras. Hel havia apagado, com o peito mal subindo e descendo sobre a montanha de cobertores. Quando Baldur retornou com um balde d'água e alguns gravetos, encontrou a bruxa ali sentada, os olhos grudados na figura inconsciente de Hel, tentando avaliar o que havia de errado com a filha.

Será uma doença, ou algo pior?

"Como ela está?" Baldur se aproximou e foi se agachar ao lado de Hel. Ele olhou para a jovem, com a boca apertada em uma linha fina, e depois encarou a bruxa. Havia algo na sua expressão, algo nos olhos — de um cálido azul como o céu de verão, exatamente o oposto dos de Odin — que fez Angrboda hesitar. Então algo começou a incomodá-la.

E esse *algo* era, para começo de conversa, o fato de Baldur estar ali quando Angrboda esperava apenas por Hel. Quando só poderia *salvar* Hel.

"Ela está dormindo." Angrboda não tirou os olhos da filha. "Por que você está aqui?"

"Bem, como você disse, a Yggdrasil foi arrancada dos eixos, os mortos podem voltar e..."

"Não", disse ela, virando o corpo para encará-lo, "por que você está *aqui*?"

"Ela não teria conseguido chegar sozinha."

"E por que você se importa?" Angrboda estreitou os olhos. "E onde está a sua esposa? Ela não tinha morrido com você?"

"Tinha", admitiu Baldur.

"E onde ela está agora?"

Baldur respirou fundo e pareceu se acalmar.

"Se está tentando descobrir algum motivo secreto para eu ter escoltado sua filha até os seus cuidados, acho que não terá muita sorte."

Angrboda poderia ter dito inúmeras coisas a fim de refutar aquela afirmação, mas apenas suspirou.

"Bem, se você conhece Hel assim tão bem, o que acha que há de errado com ela?"

"É o coração. Bate de forma irregular e com muito esforço", respondeu ele, com tanta certeza que Angrboda deixou escapar um ruído surpreso, que por sua vez fez Baldur desviar os olhos de Hel e dar de ombros. "Ela é uma bruxa como você, minha mãe e Freya. Alguma vez ela exibiu os seus poderes quando era criança?"

"Nunca", disse Angrboda, carrancuda. *Isso não é verdade* — ela tivera aquela visão quando fora amarrada à árvore após o rapto das crianças: a visão de Odin depositando Hel em Nilfheim. Hel havia demonstrado o seu poder para as criaturas e as coisas mortas que vieram atrás dela no meio da noite.

Ela havia erguido o queixo e olhado para eles de cima.

E depois os reuniu e transformou todos em súditos.

"O poder de Hel está ligado ao reino dela", sussurrou Angrboda. "E o reino está vazio e destruído. E agora..."

Porém, a memória daquela visão se transformou de repente em outra que ocorrera um pouco antes: o filho mais novo de Odin atirando uma maçã dourada para a sua filha e exibindo um sorriso reluzente.

"É um prazer conhecer você, pequena Hel. Bem-vinda a Asgard."

"Ela andou piorando ao longo de todo o *Fimbulwinter*, desde que cheguei ao seu reino", explicou Baldur, com a voz tensa. "E tive que assistir a isso. Suspeito que ela carregue essa condição desde o nascimento, mas que o poder a mascarava. Até agora."

A respiração de Angrboda ficou presa na garganta. *A pequena Hel, correndo pela clareira, sem fôlego. As pontas dos dedos azuis.*

"Antes. Foi desde antes do seu nascimento." Angrboda ficou de pé de repente, cambaleando para a frente com pernas instáveis. "Preciso de um pouco de ar. Por favor, fique de olho nela."

"Sempre", disse Baldur. Ele a deixou passar e então tomou o seu lugar na cadeira.

Angrboda teve um vislumbre deles ao sair — Baldur estendendo a mão para acariciar o rosto de Hel, que acabou despertando com aquele toque. A bruxa parou para escutar.

"Você é um homem ridículo", falou ela com a voz rouca, "por ter me arrastado até aqui quando não precisava."

"Quem disse que eu não precisava?", repreendeu ele.

"Eu. *Eu* digo que não precisava."

"Bem, você está errada."

"Não me contradiga. Você ainda está meio que morto, o que significa que ainda sou sua governante."

"Você ainda é *meio que* a minha governante. Agora pare de falar e poupe energia."

"Não pode me dizer o que fazer."

"Não estamos mais no seu reino, então tecnicamente posso fazer o que bem entender."

Angrboda não conseguia mais suportar aquilo. Assim que a porta da caverna se fechou, ela caiu de joelhos na neve derretida da clareira.

Muitas percepções a atingiram de uma só vez.

A primeira era que havia uma razão pela qual Hel quase morrera no seu ventre, e as pernas da menina eram apenas a manifestação cruel do destino sobre a tolice de Angrboda. Havia uma razão *real* pela qual a bruxa precisara convocar a alma da filha de volta dos mortos antes mesmo de nascer, uma razão por que a própria Hel estivera morrendo desde o princípio. Talvez Baldur estivesse certo, talvez o coração de Hel não tivesse se formado como deveria — e, agora que ela estava crescida e não tinha magia para compensar aquilo, essa condição iria matá-la.

A segunda constatação era que Baldur havia chegado perto o suficiente de Hel para ouvir o seu coração bater. Para saber que algo não estava certo.

E então Angrboda soube, do jeito com que as mães simplesmente *sabem*, que seria inútil salvar Hel se não fosse para salvar Baldur também. Um Baldur muito mais jovem conquistara o coração da pequena Hel eras atrás com seu sorriso deslumbrante. Angrboda testemunhara por si mesma na sua visão.

Assim como Loki, que, de fato, estivera lá.

'Então por que fez isso? Por que matou o filho do seu irmão?'

'Os deuses tiraram tudo de nós, Boda. Achei que já era hora de tirar algo deles.'

E assim ele tinha feito. Loki tirou Baldur dos Aesir — e o entregou a uma jovem solitária sentada em um trono sombrio. Um ponto de calor para o ser frígido a governar o mais gelado dos mundos.

Angrboda não conseguia respirar.

Loki sabia exatamente o que estava fazendo o tempo todo — mas ele *sabia*? Por todo aquele tempo, ele fizera parte do esquema de Odin? Loki alegava não saber o que Angrboda tinha visto, o que dissera para Odin, mas — *mas* — ele *sabia*? *Loki e as suas muitas faces* — estariam ele e Odin fazendo Angrboda de tola?

É isso. Foi por isso que Odin não tentou impedir a morte de Baldur.

Angrboda raciocinava ajoelhada na lama enquanto as últimas lascas agonizantes do sol e da lua eram engolidas por lobos famintos.

Porque o lugar mais seguro para Baldur é ao lado de Hel.

Então seria assim que ele sobreviveria ao Ragnarok.

Deixe que Hel fique com o que tem.

"O seu pai lhe deu um grande presente, minha filha", murmurou Angrboda, encarando as próprias mãos pálidas e calejadas sob a luz que sumia. "Mas não significará nada se você não sobreviver para aproveitá-lo. Se *vocês dois* não sobreviverem para aproveitar. E por isso..."

Angrboda encostou o queixo no peito e observou a cicatriz entre os seios. O vestido azul-claro que usava fora modificado para a época em que amamentava Hel e Fenrir: o decote redondo se estendia abaixo do esterno. Ela não o havia levado nas suas andanças, portanto era uma das últimas peças que tinha e que não estava completamente arruinada. Precisava apenas de dois broches circulares delicados para manter o vestido fechado.

Aquela característica, naquele dia mais do que nunca, adequava-se aos seus propósitos. Sem hesitar, a bruxa desembainhou a faca recém--afiada no cinto.

Então devo fazer o que é preciso.

Quando a última luz se apagou nos Nove Mundos, Angrboda, a Bruxa de Ferro, prendeu a respiração.

A faca cortou.

E a corda do arco foi liberada.

Yggdrasil se contorceu, e ela observou tudo de lá.

Exércitos marchando para a planície de Vigrid, onde tudo terminaria. Primeiro chegam os deuses, com os brilhantes asgardianos às suas costas: os Aesir, os Vanir, os elfos, alguns anões. As valquírias. Os berserkers de Odin e os seus einherjar, as legiões caídas de Valhalla. Os homens de Freya, que constituem a outra metade dos caídos.

O exército dos deuses é uniforme. Eles parecem irradiar luz das cotas de malha reluzentes e dos escudos polidos.

Em comparação, seus oponentes parecem uma miscelânea carregando tochas, marchando da direção oposta: criaturas de todos as formas e tamanhos. Gigantes do gelo, trolls das colinas, ogros... alguns de tamanho humano, outros não. Seres de mundos diferentes se juntam a eles. Elfos sombrios e anões também marcham ao seu lado.

Ela não consegue ver Skadi nem a loba entre as fileiras. Ela não quer olhar. Talvez tenham chegado tarde demais a Utgard. Afinal de contas, acabaram de sair de Bosque de Ferro. Talvez o atraso possa poupá-las. Só resta à bruxa ter esperança.

Surt aparece com a sua espada flamejante, a ponte Bifrost quebra sob os pés de seu exército de gigantes do fogo conforme os soldados passam, unindo forças a Jotunheim e aliados.

Em seguida surge Loki, liderando um navio feito de unhas repleto até o topo de almas mortas, que se derramam assim que a embarcação alcança a costa — e da água atrás dele irrompe a Serpente de Midgard, com um rugido que faz sacudir os mundos, e o seu irmão, Fenrir, aparece ao lado, além das montanhas, e o chão treme a cada um dos seus passos galopantes.

Com os filhos às costas, Loki desfila até a frente do exército, desafiador — ele transformou o rosto para eliminar a barba, mas não as cicatrizes e as bolhas: essas ele porta com orgulho. Loki e o governante da cidadela de Utgard, Skrymir, trocam um cumprimento ao agarrar o braço um do outro, e ambos olham para oeste, para os inimigos do outro lado do campo.

"É um bom dia para morrer", esbraveja Skrymir.

"De fato", responde Loki com um sorriso perverso.

Do outro lado, Heimdall sopra o Gjallahorn, e a batalha começa.

Com fogo nos olhos, Fenrir vai direto até Odin e o engole por inteiro — junto do seu cavalo, Sleipnir, o próprio meio-irmão do Lobo — apenas para ser chutado na mandíbula pelo filho de Odin, Vidar, e o seu sapato lendário.

Vidar agarra a mandíbula superior de Fenrir e a despedaça. O Grande Lobo cai com um grito que rasga a própria alma da bruxa e depois morre.

Jormungand vai em busca de Thor, cuspindo veneno. Depois de uma luta, ele recebe um golpe fatal do grande deus de barba vermelha — no mesmo local do golpe anterior, amassando seu crânio por completo. Thor dá nove passos antes de ser morto pelo veneno, e a Serpente de Midgard cai no chão ao lado dele, esmagando integrantes de ambos os exércitos sob o corpo gigantesco.

Ela já viu tudo isso antes.

A bruxa finalmente avista Skadi nas costas da loba bem no instante em que a Caçadora fica sem flechas. No fim das contas, elas encontraram o caminho para a batalha.

Skadi joga o arco de lado e desembainha a espada do pai, Thiazi. Ele está no campo de batalha com a filha — os seus olhares se cruzam quando ele é empalado por uma lança e morre, de novo. Enfurecida, Skadi começa a lutar contra as valquírias que a cercam, derrubando várias delas antes de sofrer um golpe entre muitos outros, escorregando da montaria assim que a loba tem o coração transpassado por uma lança.

A Caçadora cai no chão, sangrando no campo de batalha durante vários minutos antes de morrer, bem ao lado do pai. Seus olhos azul-claros ficam vidrados enquanto ela encara o céu escuro e sem estrelas.

Por fim, a bruxa vê Loki enfrentando Heimdall, o guardião da já estilhaçada ponte Bifrost. Loki é rápido e evasivo — não é ágil o suficiente para evitar todos os golpes, mas desvia da maioria deles. Está cansado, está com dor, não teve tempo de se recuperar da punição.

Mas está com raiva o suficiente para que nada disso importe. Ele dá um golpe em Heimdall que inutiliza o braço direito do deus, e o sangue jorra em um corte profundo e fatal entre o pescoço e o ombro.

Heimdall cai de joelhos, deixando a espada escorregar da mão. Loki para e sorri em triunfo — mas aquele momento é tudo que Heimdall precisa para que consiga agarrar a adaga no cinto usando a mão boa e, então, avançar e cortar a garganta de Loki.

Ele cai e se perde em meio ao caos que o envolve.

E, por fim, do outro lado da planície, Surt vence Frey — que havia perdido sua espada dourada eras atrás e lutava apenas com um chifre de cervo. Com o oponente morto aos seus pés, Surt ergue a espada flamejante em direção ao céu com um grito poderoso. A espada fica mais brilhante, e o fogo se espalha a partir dela, engolfando os que ainda estavam vivos no campo de batalha.

Eles gritam ao queimarem.

As chamas começam a se espalhar pela planície de Vigrid em todas as direções, consumindo tudo pelo caminho.

E, enquanto Yggdrasil queimava, a bruxa escorregava de volta para o corpo e cambaleava nos próprios pés, segurando contra o peito o coração que ainda pulsava.

Quando Angrboda voltou para a caverna, Baldur recuou diante das suas mãos ensanguentadas e da mancha vermelha crescendo lentamente entre os seus seios, manchando o vestido azul-claro com um carmesim violento.

Ele ficou de pé no mesmo instante. Havia apenas preocupação e — nenhum medo — conforme ele observava o embrulho pulsante que Angrboda segurava contra o peito, envolto em uma tira de pano que ela rasgara da barra do vestido.

"Já aconteceu?", perguntou ele em voz baixa.

"Está feito, mas não terminado", respondeu a bruxa de forma vaga. "Os seus pais foram mortos, e agora o fogo de Surt virá até nós. Temos pouco tempo. Seremos os últimos a queimar, aqui na extremidade dos mundos."

"Então, no fim das contas, vamos morrer?", perguntou Baldur, de ombros caídos.

Angrboda olhou para ele com surpresa. *Ele veio até aqui sem saber que havia uma chance de ser salvo?* Então ela se lembrou de Hel dizendo: *Baldur não sabe de nada... veio comigo de qualquer maneira... para me ver chegar com segurança até você...*

A expressão preocupada de Baldur permanecia inalterada. Ou ele era extremamente talentoso em blefar ou *tinha mesmo* guiado Hel até ali sem nenhuma pretensão de sobreviver ao Ragnarok.

Ele realmente a ama.

"Não se eu puder evitar", disse Angrboda, por fim. "Por favor, afaste-se para que eu possa fazer minhas despedidas. Isso vai levar apenas um minuto."

Baldur aquiesceu e não fez mais perguntas.

Angrboda sentou-se ao lado da filha adormecida. A bruxa tirou o cinto trançado e o cinto de couro, sobre o qual a sua faca com cabo de chifre ensanguentada estava presa. Ela colocou todos os itens na mesa, ao lado de onde havia deixado as luvas sem dedos de *nalbinding* que retirara para cuidar de Hel. Após um momento de hesitação, ela tirou também o colar de âmbar que Loki lhe trouxera muito tempo atrás, colocando-o junto ao restante dos bens preciosos que ganhara ao longo dos anos.

Ela não precisava mais daquelas coisas.

Hel virou de lado, tremendo sob as camadas de roupa de cama, com os lábios e a ponta dos dedos em um tom preocupante de azul. Ela não se moveu, mas Angrboda podia sentir a sua respiração superficial contra a palma conforme afastava o cabelo do rosto da filha.

"Minha criança", falou a bruxa, em uma voz tão baixa que apenas Hel podia ouvi-la. "Sinto muito pelo que aconteceu com você. Mas quando acordar, você estará em um mundo melhor do que este. Eu vi."

A bruxa levantou as cobertas e deslizou o embrulho pulsante pela frente do vestido de Hel. A respiração da jovem acontecia em pequenos suspiros breves, o peito mal se movendo.

Depois de contemplar o rosto adormecido por mais um instante, Angrboda pôs a antiga estatueta de lobo sob o travesseiro da filha. O brinquedo estava desgastado por mordidas e mãozinhas preocupadas, mas agora também exibia novas marcas: runas manchadas pelo sangue acobreado que encharcou a faca quando Angrboda as entalhara poucos minutos antes na clareira.

Ela não estaria lá para ver o seu último feitiço concretizado, por isso incutira a estatueta com todo o poder que fora capaz de reunir. Podia ter esculpido as runas em qualquer coisa — um chifre ou um galho —, mas aquela estatueta também estava imbuída de toda a intenção amorosa de Loki quando fora esculpida para Hel eras atrás, e isso a tornava mais poderosa do que qualquer outro objeto que Angrboda considerasse usar para os seus desígnios.

Ela não precisava torcer para que a magia perdurasse depois que partisse. Ela sabia que funcionaria. *Tinha* de funcionar.

Com isso, Angrboda beijou a têmpora de Hel e cobriu a filha de novo, prendendo os cobertores e as peles com segurança ao redor daquele corpo frágil.

Depois a bruxa se virou para Baldur e foi até ele, segurando-o pelos ombros, oferecendo-lhe um olhar severo.

"Não toque nela", disse Angrboda. "Não a mova. Ela não vai despertar até que a magia tenha terminado o seu curso, nem um minuto antes disso. Se você a despertar antes de estar concluído, o feitiço vai falhar, e ela vai morrer." A bruxa cravou os dedos manchados nos bíceps de Baldur, o sangue seco descascando contra as mangas da roupa dele. "Você me entendeu?"

"Entendi. Não vou tocá-la." Baldur hesitou. "Mas o que você fez?"

Angrboda lhe deu um sorriso com a boca fechada.

"Talvez um dia você veja."

Ele piscou, confuso.

"Mas..."

"Não vou voltar", disse ela, libertando-o. "Sob nenhuma circunstância você irá se aventurar para fora desta caverna. Não até que o calor diminua e você possa ver a luz do nascer de um novo sol pelas frestas da porta."

Baldur entendeu o que ela estava prestes a fazer e pareceu chocado ao ver Angrboda se virar para ir embora.

"Obrigado", disse, com a voz embargada de emoção.

Angrboda não respondeu nada e nem mesmo olhou para trás.

Assim que saiu e fechou a porta, Angrboda olhou para oeste, para onde o inferno de Surt já alcançava a fronteira com o Bosque de Ferro. Uma parede de fogo cruzara o rio e estava consumindo as árvores cinzentas e retorcidas de sua antiga floresta. Pelas nuvens grossas de fumaça subindo pelo céu e as chamas alaranjadas à distância, Angrboda julgou ter apenas alguns minutos.

De repente, ela era outra vez Gullveig sobre a pira: a garganta obstruída pela fumaça, o calor no rosto, uma pontada no peito, bem onde ficava o coração.

Ela sentiu falta de ar por um momento, e as lembranças ameaçaram dominá-la. Os joelhos começaram a ceder, e a velha ferida na têmpora latejava de agonia.

Mas Angrboda respirou fundo e se recompôs, sem desgrudar os olhos do fogo.

É diferente desta vez.

O meu coração é muito mais do que foi um dia, mesmo que agora esteja batendo fora do meu peito.

E não vou queimar pela vontade dos deuses, mas por mim mesma.

A parede de fogo se aproximava cada vez mais. Dentro das nuvens de fumaça que se erguiam rumo à escuridão sem fim, a bruxa percebeu vestígios de *algo* subindo: minúsculos pontos brilhantes, flutuando cada vez mais alto até se separarem por completo da fumaça e se desintegrarem no céu sombrio.

Foi então que viu as sombras marchando até ela de dentro das labaredas, figuras fantasmagóricas que começavam a se dissolver conforme avançavam. Deuses, gigantes e todos os seres dos Nove Mundos. Mesmo à distância, ela conseguia perceber o alívio nos rostos. Estavam finalmente livres.

Apenas três almas conseguiram chegar até onde Angrboda estava.

A primeira foi a loba, que fez menção de encostar o focinho na bruxa, mas o nariz atravessou o corpo de Angrboda. *Tentei, Mãe-Bruxa. Tentei mantê-la segura.*

"Você foi gloriosa, minha amiga", respondeu Angrboda, com lágrimas ardendo nos olhos. "Fique em paz."

Sabe... Acho que vou ficar mesmo. Ela podia jurar que a loba sorria ao desaparecer.

A próxima a se aproximar foi Skadi, cuja mão passou direto pela bochecha de Angrboda quando a Caçadora tentou tocá-la. A bruxa se inclinou o mais perto que pôde sem atravessar a forma fantasmagórica da giganta.

"Eu disse que continuaria ao seu lado não importava o que acontecesse", sussurrou Skadi para ela, os rostos a apenas alguns centímetros de distância. "Então aqui estou."

"Preciso fazer isso sozinha", murmurou Angrboda de volta. "Não espere por mim."

"Mas eu sempre esperei."

Um soluço borbulhou pela garganta de Angrboda, e ela cobriu a boca com a mão, forçando-o de volta para baixo. Ela precisava de toda a concentração para o que estava por vir e não podia hesitar. Não podia se dar ao luxo de sentir culpa. Não agora.

"Você de fato esperou", disse Angrboda, por fim. "Mas não desta vez."

"Logo verei você de novo", afirmou Skadi, começando a se dissipar a partir dos pés, mas sorria como todos os outros.

"Logo", repetiu Angrboda, estendendo a mão enquanto os últimos sussurros da alma de Skadi se dissolviam na luz das estrelas. "Adeus."

Em seguida ela se foi, e Angrboda secou as lágrimas — cedo demais, pois o último fantasma era, é claro, Loki.

A parede de fogo estava a poucos metros de distância de engolfar a clareira quando ele entrou no seu campo de visão. Parecia exatamente como naquele dia em que devolvera o seu coração junto ao rio, aquele dia no começo dos tempos quando tudo havia mudado.

"Angrboda, Bruxa de Ferro", disse ele, com um vestígio travesso no sorriso. "Pretende resistir a *isso*?" Ele apontou para o inferno que se aproximava com o indicador por cima do ombro.

"Pretendo", respondeu ela, com mais calma do que sentia.

"Não está com medo?", perguntou Loki, pois agora estava ao lado dela, uma das mãos pairando a poucos centímetros do rosto da bruxa, como se desejasse poder tocá-la.

Angrboda lhe deu um sorriso tenso.

"Já passei por coisas piores. Você não devia ir embora?"

"Não quer que eu fique com você?", perguntou Loki, a cabeça inclinada de curiosidade.

"Você nunca ficou comigo", respondeu Angrboda com gentileza. "Vou suportar isso como suportei tudo mais nesta vida. Talvez nos encontremos na próxima."

"Mas e se não houver nada depois?" A voz de Loki quase não era audível em meio ao rugido do fogo por trás dele.

Angrboda pensou nos fantasmas sorrindo ao abandonarem aquele mundo em chamas. Pensou em Odin, Thor, Freya e os gigantes, todos se desintegrando e se tornando parte de tudo ao redor.

Ela vira um novo mundo surgir das cinzas dos Nove, e mesmo que os antigos deuses tivessem sumido, eles seriam parte de cada árvore, cada rocha, cada gota d'água e cada floco de neve. E o mesmo aconteceria com os gigantes, as valquírias e todos os outros que já viveram.

Incluindo ela.

"O que vem a seguir para seres como nós?", perguntou Loki.

Angrboda desviou os olhos do fogo e o encarou. Uma paz repentina recaiu sobre ela, diferente de tudo que já sentira antes.

"Eternidade", respondeu a bruxa, e, assim que Loki se inclinou para beijá-la, ele se foi, como se uma lufada gentil de vento o tivesse carregado rumo ao céu.

Então ela ficou sozinha.

O fogo se aproximava mais depressa, rugindo na sua fúria. Cada osso do seu corpo gritava para que ela subisse o escudo, *agora, faça isso — salve-se enquanto é tempo —*, mas, se a experiência havia ensinado algo, era que as suas explosões repentinas de força eram apenas temporárias. A menos que esperasse até o último segundo — até que as chamas estivessem diretamente sobre ela —, Angrboda não seria capaz de manter o escudo por tempo suficiente para a caverna sobreviver ao incêndio.

O seu rosto começou a ficar vermelho, a criar bolhas. O vestido ricocheteou e a bainha pegou fogo. Quando a ponta da sua trança também foi incendiada, o penteado se desfez, e o cabelo esvoaçou por trás dela.

E então, de súbito, era hora. Ela não podia mais esperar.

Assim que a parede de chamas a atingiu em cheio, a bruxa ergueu o escudo, fazendo-o cercar a casa e os seus ocupantes — mas, em instantes, Angrboda percebeu que não era páreo para o que estava enfrentando. Ela só praticara com o fogo da lareira, e aquilo era o equivalente a manter a mão sobre uma pequena vela em comparação a esse inferno.

Não, pensou ela, entrando em pânico quando as chamas começaram a lamber a porta de madeira atrás dela. O vestido, a pele e o cabelo queimavam, *escureciam*, o seu corpo gritando em agonia exatamente como havia feito na pira. *Não, não, não, não — não posso falhar — não posso...*

Tudo que lhe restava era um último recurso.

Afastando a dor, Angrboda tentou freneticamente alcançar aquele poço profundo de poder, que sempre a chamara, ao qual ela sempre havia resistido — agora precisaria usá-lo. Contra tudo pelo que havia lutado, no fim ela falharia por conta própria.

Era a única coisa que salvaria sua filha, aquele poder que a bruxa temera usar por tanto tempo.

Não posso fazer isso sozinha, pensou ela, estendendo a mão e se agarrando àquela escuridão logo além da consciência. *Não sou forte o bastante.*

Mas você é, respondeu a voz familiar da presença. Ela ecoou da parte mais profunda do poço primordial, do próprio início do tempo, e Angrboda finalmente — *finalmente* — reconheceu a voz como sendo sua. *Este poder é seu, Mãe-Bruxa. Sempre foi seu. Você só precisa estender a mão e pegá-lo.*

Angrboda o fez.

E o escudo brilhou com força enquanto as chamas a consumiam.

No Coração da Bruxa
Genevieve Gornichec

uando Hel despertou, era como se acordasse de um sono semelhante à morte.

Ela se sentou, rígida, gemendo, sentindo a luz do sol bater em seu rosto através de uma fresta na porta. O seu corpo parecia pesado, endurecido, os músculos gritando pela falta de uso. Ela puxou as pernas para fora da cama e...

Suas pernas. Suas *pernas*.

Hel quase gritou ao vê-las, plantando os pés no chão da caverna — pés com *músculos* e *pele*, não apenas ossos. Havia acontecido o mesmo com as pernas, *ambas* as pernas, pelo comprimento inteiro, até o ponto em que se encaixavam no quadril. Ela suspendeu o vestido e beliscou a carne da coxa, maravilhada. *Isto é real? Isto é...?*

Uma risada histérica escapou de sua garganta. Depois outra, e outra, até que ela não conseguiu mais parar.

Hel não se lembrava da última vez em que tinha rido.

Ela rodopiou pela caverna nas pernas novas, o riso se dissolvendo em gritinhos até ela desabar de volta na cama. Quando a sua cabeça atingiu o travesseiro, Hel sentiu um calombo por baixo, algo que não tinha notado no sono profundo. Ela enfiou a mão por baixo, e seus dedos roçaram na madeira gasta: um contorno familiar.

O seu humor afundou de imediato quando puxou o pequeno lobo de madeira. Ela o revirou nas mãos como fazia quando era criança, mas o brinquedo não era mais o mesmo — a *textura* não era mais a mesma, pois alguém havia entalhado runas na sua amada estatueta, que agora parecia estranha sob seu toque. Ela bateu o objeto na mesa, produzindo um *baque* que ecoou pela caverna vazia.

Caverna vazia.

Hel congelou no lugar e olhou em volta.

"Mãe?"

Nada. Cada item na caverna — incluindo os cobertores, seu rosto e seu cabelo — estava coberto por uma camada de cinzas e poeira, que Hel espanou de si mesma. Havia um conjunto de pegadas saindo pela porta, mas pareciam ser bastante antigas.

Ela foi até a porta e a abriu, erguendo de imediato um braço para proteger os olhos da luz ofuscante do sol e de um verde extraordinário.

Verde. Hel nunca vira o Bosque de Ferro com aquela cor — pelo menos não o Bosque *inteiro*. Quando ela era criança, a clareira e as árvores ao redor ficavam mais verdes a cada primavera, mas agora parecia que todas as árvores da floresta haviam rebrotado.

Os mundos não tinham queimado? Ou isso já é o que vem depois?

Por quanto tempo fiquei dormindo?

"Mãe?", chamou ela outra vez, saindo para a clareira. A sensação de grama sob os seus pés era quase suficiente para fazê-la chorar de alegria. "Mãe, onde você está? Baldur?"

Ninguém respondeu.

Assim como quando fora deixada em Nilfheim, uma criança de apenas 5 anos, Hel estava completamente sozinha.

Então, fez a sua casa no Bosque de Ferro, assim como a mãe havia feito uma era atrás.

Ela não tinha nada para vestir com exceção do que Angrboda deixara para trás, portanto foi obrigada a usar as roupas da bruxa: azuis tristes, lãs cinzentas e sem tingimento, linho cru. Ela usava os velhos cintos da mãe e a antiga faca com cabo de chifre, que estava embainhada e endurecida em sangue seco, mas ainda afiada e útil após uma boa limpeza. Hel colocou as contas de âmbar que encontrou — pois amava coisas brilhantes e nunca tinha visto a mãe usá-las —, mas depositou as luvas usadas em uma mesinha de canto para que pudesse ignorá-las. Por alguma razão, as luvas eram as lembranças mais prementes de Angrboda, tornando a ausência da mãe evidente de tal forma que doía até mesmo olhar para elas.

Hel limpou a poeira e as cinzas da caverna e começou a coletar lenha, frutinhas e cogumelos na floresta. Sempre tivera mais simpatia pelos animais do que por deuses, gigantes ou almas perdidas, mas, se quisesse comer, teria de montar armadilhas como Skadi havia lhe ensinado certa vez. Pelo menos até que o antigo jardim rebrotasse — tinha encontrado o estoque de sementes e ferramentas enferrujadas de Angrboda e feito uma tentativa de plantio.

Pelo que estimou ser o meio do verão, o jardim floresceu para além das expectativas mais selvagens de Hel, e ela emergiu da caverna certa manhã a fim de contemplar o lugar com satisfação.

"E pensar que já governei o reino dos mortos", ponderou ela em voz alta, examinando um nabo particularmente bonito.

Em seguida, ela avistou algo circulando bem lá no alto, uma silhueta familiar que ela reconheceu como Nidhogg: o dragão que fora uma das primeiras criaturas a enfrentar em Niflheim e que depois se tornou o seu súdito. Agora ele era apenas um lembrete do que havia sido.

Do que *ela* havia sido.

E pensar que já fui uma bruxa poderosa que fazia coisas interessantes. O seu humor havia azedado consideravelmente ao ver o dragão. *E agora estou aqui, sorrindo para um nabo. Ridículo.*

As estações passaram, e não havia sinal de Baldur. As pegadas que ela descobrira saindo da caverna ao acordar eram uma prova de que ele tinha sobrevivido — mas onde estava? A sua preocupação deu lugar à raiva e depois à apatia, assim como um outono frio deu lugar a um inverno ameno e, depois, a uma primavera branda.

Seja lá onde estiver, pensou ela, mal-humorada com o passar do tempo, *suponho que não se importe comigo do jeito que eu me importava com ele.* Hel não estava disposta a considerar que as pegadas pertencessem à mãe. *Ela nunca teria me abandonado.*

Um dia, Hel estava se banhando no riacho, com o cabelo trançado e jogado sobre o ombro, quando pensou ter avistado Angrboda, e seu coração deu um pulo — até perceber que era apenas o seu reflexo na água. Ela suspirou, desapontada, e começou a caminhar de volta para casa. *Para onde ela foi?*

Hel não teve muito tempo para refletir sobre aquilo, pois, quando retornou à caverna, havia alguém esperando por ela na clareira.

A sua respiração falhou. Ela o reconheceria em qualquer lugar, antes mesmo que ele virasse para olhá-la: o cabelo loiro brilhando ao sol, os olhos da mesma cor bonita do azul do céu, enrugando-se nos cantinhos sempre que ele sorria.

Ele estava sorrindo agora. Para ela.

Hel engoliu em seco, mas não falou nada, mantendo o rosto cuidadosamente neutro. Então, no fim das contas, ela não estava sozinha — não fora a única a sobreviver ao Ragnarok. Mil perguntas passavam por sua mente. *Onde você esteve? Por quanto tempo eu dormi? Onde está a minha mãe?*

"Dizem que uma bruxa vivia nesta floresta", falou Baldur, puxando conversa, quebrando aquele longo silêncio. "Muito, muito tempo atrás."

"Você está olhando para ela", respondeu Hel. Ela passou por ele, sentou-se no banquinho que havia posicionado na entrada da caverna e pegou o par de luvas que estava tecendo em *nalbinding*, assim como Gerda ensinara havia muito tempo. Ela retomou o trabalho, evitando de propósito o olhar de Baldur, e acrescentou: "Embora pareça não ter sobrado nenhuma magia nos mundos. Por onde você esteve?".

"Você está chateada comigo", observou ele. "Eu não a culpo. Mas acontece que há apenas um mundo agora, e nós não fomos os únicos a sobreviver."

"É mesmo?", falou Hel, disfarçando a mágoa na voz com desdém. "Suponho que agora você mantenha companhias mais interessantes. Eu devia ter imaginado."

"Não é nada disso" retrucou Baldur, alisando a capa por cima do ombro. Ao contrário das roupas elegantes com que havia morrido, ele agora usava roupas simples de viajante. "Nós reconstruímos Asgard, ou melhor, construímos Idavoll, bem onde Asgard ficava." Ele fez um gesto amplo que pareceu propositalmente fracassar. "Um lugar glorioso com telhados de palha dourada. Temos resgatado todo tipo de tralha das cinzas. Os filhos de Thor encontraram até mesmo o martelo do pai. E dois dos meus irmãos sobreviveram pulando no mar, até mesmo Hod conseguiu. Mais de nós sobreviveram ao Ragnarok do que eu imaginava. E tem uma cachoeira..."

"Que maravilha", falou Hel sem nenhuma emoção, baixando os olhos outra vez para as luvas que estava fazendo. "Então, o que traz você aqui após tanto tempo? O que poderia tê-lo arrancado do seu salão dourado?"

"Escute", disse Baldur, agachando-se até ficar na altura dos olhos dela. "Eu tive que deixar você."

"Por quê?", perguntou Hel com petulância.

"Porque sua mãe mandou que eu fizesse isso."

"Uma história bem plausível."

Hel fez menção de voltar ao *nalbinding*, mas Baldur se esticou e tomou as luvas da mão dela, com agulha e tudo. Quando Hel lhe deu um olhar furioso, ele balançou a cabeça.

"A sua mãe salvou nossas vidas, e ela ordenou que eu não movesse você. Ela me fez entender que, caso a tocasse, quebraria o feitiço que ela havia lançado para curar seu coração. Caso contrário, eu teria carregado você comigo. Sabe que eu teria", acrescentou ele, emocionado.

"O meu... coração?", perguntou ela, levando a mão ao peito. Hel havia notado a tenra mancha rosada na pele entre os seios ao acordar do longo sono, mas a marca tinha desaparecido logo depois, e ela pouco voltara a pensar no assunto. Tinha achado que talvez a dor tivesse passado com um pouco de ar fresco ou após sua longa soneca, assim como acontecia quando ainda era criança... Ela nunca imaginou que...

"Hel?", falou Baldur com preocupação, pois o semblante dela estava tenso.

"As minhas pernas também", sussurrou Hel, ficando de pé. "Ela curou as minhas pernas. Ela entalhou runas no meu lobo... Ela morreu, não foi?"

"Sim", respondeu Baldur, levantando-se também. "Ela morreu protegendo você. Protegendo *nós dois*."

Hel soltou um gemido, e seu peito começou a arfar em soluços secos. Ela empurrou Baldur para trás quando o jovem tentou abraçá-la.

"Mas como ela pôde ter me perdoado pelas coisas horríveis que eu falei para ela, assim sem mais nem menos? Não entendo..."

"Ela perdoou você do mesmo jeito que você a perdoou", explicou Baldur com gentileza. "Ela salvou nós dois. Não é prova suficiente? Quais foram as últimas palavras da sua mãe para você? Ela sussurrou no seu ouvido antes de sair da caverna."

"Como posso saber? Eu mal estava consciente na hora."

"*Pense*", disse Baldur, e pareceu a Hel que ele precisava saber mais do que ela estava disposta a lembrar. Ela se perguntou vagamente se ele mesmo tinha escutado as palavras e só precisava que ela as confirmasse.

Hel fechou os olhos e direcionou a mente ao passado.

"Ela disse: 'Minha criança, sinto muito pelo que aconteceu com você. Mas, quando acordar, você estará em um mundo melhor do que este. Eu vi'."

Baldur sustentou o seu olhar com firmeza e sussurrou:

"Essas palavras foram as mesmas que o meu pai usou antes de acender a minha pira."

"Isso é impossível", disse Hel.

"Ah, mas aqui estamos." Baldur sorriu outra vez enquanto se aproximava.

Um raio de esperança percorreu o coração recém-curado de Hel, mas ela se desvencilhou de Baldur. A esperança jamais fora útil para ela no passado. *A esperança é para os tolos.*

"Volte para Asgard, ou seja lá como estejam chamando agora", falou ela, com a voz rouca. "Deixe-me em paz. Não preciso de vocês nem de suas tolices de deuses."

"Não existem mais deuses, Hel. Somos todos apenas homens. E eu tinha esperança", disse ele, tomando as mãos dela entre as suas, "de que você pudesse voltar comigo."

Hel ficou surpresa e olhou furiosa para ele, mas não se afastou.

"Isso é muito ousado da sua parte, Baldur Odinsson. Não se esqueça de que já fui a sua rainha."

"E você pode ser a minha rainha outra vez, Hel Lokadottir, se vier comigo para Idavoll."

"Angrbodudottir", corrigiu Hel, olhando para as mãos dos dois entrelaçadas. Quando Baldur ofereceu um olhar questionador, ela disse: "O meu pai era Loki Laufeyjarson; ele usava o nome da mãe em vez do nome do pai, então farei o mesmo".

E, após um momento, ela acrescentou:

"Todos sabem que sou filha do meu pai. É da minha mãe que sempre parecem esquecer."

Baldur lhe deu um sorriso triste.

"Acho que ela ficaria orgulhosa em ouvir isso."

"Não vou para Idavoll com você", disse Hel, por fim parando de observar as mãos dele e erguendo os olhos para Baldur. "Não me atormente mais com os seus olhares furtivos. Eles são apenas porque sou a última mulher na terra e porque minhas pernas de cadáver estão curadas."

Ainda assim, ela não soltou as mãos dele.

"Pelo contrário, venho atormentando você com olhares furtivos já faz alguns anos e pretendo atormentá-la com eles por muitos anos mais", retrucou Baldur, com o rosto sério. "E eu gostaria de ver essas suas pernas para comprovar se você está falando a verdade sobre elas."

"Ah, tenho certeza de que você gostaria, mas não vai. Saia daqui."

"Além disso", continuou ele, ignorando-a, "você não é a última mulher na terra. Apenas a única cuja companhia eu desejo. Temo que a vida possa ser bastante monótona sem as nossas escaramuças intermináveis. Elas serviram bem para passar o tempo enquanto eu estava morto, não foi?"

"Esse é algum subterfúgio asgardiano para dizer que você estava com saudades?", perguntou Hel, erguendo uma sobrancelha.

"Possivelmente."

Hel balançou a cabeça, tentando abafar a sensação agradável que borbulhava no peito. As mãos dela pareceram se mover por vontade própria, soltando-se das dele para segurar Baldur pelo rosto, acariciando sua barba curta.

"O seu lugar é junto do seu povo."

"O meu lugar", disse ele, inclinando-se para mais perto e passando a mão pela cintura de Hel, "é com você. E, se o seu lugar é aqui, então o meu também é. Não vai se livrar de mim assim tão fácil."

"Seu homem ridículo", arquejou ela, e então os lábios de Baldur estavam sobre os dela, e Hel se viu completamente perdida em um momento com o qual sonhara desde que era muito pequena.

Se a esperança é para os tolos, então que seja.

Afinal, sou filha da minha mãe.

E assim Hel e Baldur criaram seus filhos em paz na floresta da extremidade do mundo, onde ela havia nascido. A família de Baldur deixava Idavoll para visitá-los por um tempo, e eles riam e comentavam todas as belezas e maravilhas daquele novo mundo, relembrando os deuses de outrora, os seus parentes. Os seus filhos — e os filhos de Idavoll — acabaram se espalhando por aí, misturando-se aos seres humanos por gerações, até que seus primeiros ancestrais não passassem de uma memória cultural distante.

E a vida continuou.

Todas as noites até o dia em que morreram, Hel e Baldur reuniam filhos, netos e bisnetos ao redor da lareira e contavam histórias de como eram as coisas antes, nos tempos em que deuses e gigantes caminhavam sobre a terra.

Eles contavam sobre Odin de um olho só e sua busca por conhecimento, sobre o poderoso Thor e seu martelo, sobre a bela e feroz Freya com seu precioso colar. Contavam histórias como as de Tyr perdera a mão, do roubo das maçãs douradas de Idun, das Nornes e da cabeça de Mimir, da trama de poesia e do trabalho intrincado dos anões, dos heróis mortais que já haviam se transformado em lenda muito antes do Ragnarok acontecer. Contavam sobre o casamento de Frey e Gerda e de como o deus perdera a espada, e também do quase casamento de Freya com um gigante ou dois, e sobre a construção do muro de Asgard.

Eles falavam de um lobo tão grande que suas mandíbulas escancaradas tocavam tanto o céu quanto a terra, e de uma serpente tão grande que era capaz de circundar o mundo. Falavam de gigantas ancestrais que viviam naquelas mesmas florestas.

Eles contavam sobre a ousada e corajosa Skadi, portando todas as suas armaduras e armas e marchando direto até a porta dos deuses para vingar o pai.

Eles falavam do belo e astuto Loki e de suas travessuras, charme e inteligência.

E, de vez em quando, algumas crianças voltavam correndo para casa após vislumbrar figuras se movendo pela floresta: uma mulher com túnica de homem, que empurrava os animais para armadilhas ou auxiliava na caçada; um homem ágil com olhos cor de grama, que sorria para elas enquanto corria por entre as árvores, como se andasse pelo ar, desafiando-as a persegui-lo; um homem com chapéu de aba larga, inclinando a cabeça com orgulho conforme elas passavam; ou uma mulher usando uma capa esfarrapada de viagem, oferecendo um sorriso sereno por baixo do capuz antes de desaparecer na névoa da manhã.

Certa vez, a própria bisneta de Hel veio tropeçando pela clareira a fim de se agarrar aos joelhos nodosos de Hel enquanto esta se levantava, deixando a jardinagem de lado. Baldur falecera alguns anos antes, deixando a esposa sozinha de novo na caverna, mas os filhos e as filhas nunca estavam longe — haviam fundado uma pequena aldeia na clareira onde as Jarnvidjur moravam. E a visitavam diariamente, trazendo bolos de aveia frescos embrulhados em linho, que uma criança apertava contra o peito, assustada.

"Não precisa temê-los, menina", disse Hel, curvando-se com muito esforço até a altura da garotinha. "Eles não desejam machucar você. Estão apenas cuidando de você."

"Mas você disse que os deuses e os gigantes estão mortos", protestou a criança.

"Mortos, sim, mas não se foram", respondeu Hel. "Nada morre. Não de verdade."

"Quem era a mulher? Aquela de capuz?" A garota era jovem, ainda não tinha memorizado todas as histórias.

Hel sorriu.

"Dizem que uma bruxa morava nestas florestas muito, muito tempo atrás", começou ela.

E isso é o que a menina contaria para os seus filhos, e o que eles diriam aos próprios filhos muito depois da partida daqueles que vieram antes:

Dizem que uma velha bruxa viveu ao leste, no Bosque de Ferro, e que deu à luz os lobos que perseguem o Sol e a Lua.

Dizem que ela foi até Asgard e foi queimada três vezes em uma pira, e que três vezes ela renasceu antes de fugir.

Dizem que ela amou um homem de lábios marcados e língua afiada, um homem que lhe devolveu o coração e muito mais.

Dizem que ela também amou uma mulher, uma noiva de deuses que empunhava uma espada, tão ousada quanto qualquer homem e ainda mais feroz.

Dizem que ela vagou, ajudando quem mais precisava, curando todos com poções e feitiços.

Dizem que ela se manteve firme até o final contra as chamas do Ragnarok, até ser consumida pela última vez, o seu corpo inteiro reduzido novamente a cinzas, exceto pelo coração.

Mas alguns dizem que ela ainda vive.

AGRADECIMENTOS

Escrever um romance pode ser uma empreitada solitária, mas o que vem depois é tudo menos isso. Gostaria de estender minha sincera gratidão às seguintes pessoas:

Para a minha agente, Rhea Lyons: obrigada por defender este livro, por ser minha maior líder de torcida e por ser tão paciente comigo e tão generosa nos seus conselhos. Nunca, nem em um milhão de anos, sonhei que teria uma agente tão apaixonada pelo meu trabalho e eu estaria totalmente perdida sem você.

Para minha editora, Jessica Wade, por continuamente me desafiar a tornar este livro melhor. Obrigada pelas ideias brilhantes, pela edição meticulosa e pela firme convicção de que eu poderia criar um final melhor para Angrboda sem comprometer minha visão sobre o que eu gostaria que esta história fosse. A velha bruxa e eu somos eternamente gratas pela sua orientação — não poderíamos ter navegado pelo Ragnarok sem você.

À equipe da Penguin Random House, com agradecimentos especiais a Miranda Hill, Alexis Nixon, Brittanie Black, Jessica Mangicaro, Elisha Katz e todas as pessoas que ajudaram a dar vida para *No Coração da Bruxa*. E a Adam Auerbach pela capa deslumbrante.

Para Kristin Ell, Angela Rodriguez, Emily DeTar Birt e Kirsten Linsenmeyer: vocês foram as primeiríssimas pessoas a colocar os olhos neste livro. Obrigada pelo incentivo, críticas e feedback — significou muito para mim que vocês tenham se apaixonado pela história de Angrboda, e isso me ajudou a seguir em frente quando as coisas ficaram difíceis.

Para Shannon Mullally, Mirria Martin-Tesone, Emma Tanskanen, Marisa Schamerhorn, Mel Campbell, Sarah Gunnoe, Jessica Lundi, Allen Chamberlin, Candyce Beal, Ryann Burke e Terryl Bandy: obrigada por terem me apoiado e por cuidarem de mim quando eu mais precisei.

Ao meu esquadrão de autoras locais: Andi Lawrencovna, Marj Ivancic e Darlene Kuncytes, pelas horas de riso, bons conselhos e até mesmo compaixão autoral.

Para a minha família viking, por manter o meu ânimo mesmo quando tudo o mais parecia sombrio: "Continue a mesma pessoa. Seja melhor".

Para a minha família no booktwitter pelo apoio desde o início. Obrigada especialmente a Kati Felix, Joshua Gillingham, Villimey Sigurbjörnsdóttir, Katie Masters, Siobhán Clark, S. Qiouyi Lu, Lizy, Miranda, Allie e muitos outros.

Para M. J. Kuhn, Hannah M. Long e o restante dos #debutsde2021: eu não escolheria outras pessoas para ter comigo enquanto seguíamos lado a lado por nossas respectivas jornadas. Conseguimos.

Para Merrill Kaplan, por fomentar o meu amor pelos mitos e sagas nórdicos e por responder às minhas perguntas muito específicas relacionadas ao romance sobre o nórdico antigo, tanto antes quanto agora. Escrevi o primeiro rascunho deste livro ao longo de três semanas enquanto deveria estar concentrada no meu trabalho final do seu curso de mitologia nórdica, e basta dizer que eu era uma pessoa diferente antes de pisar na sua sala de aula. *Takk fyrir*.

Para Daina Faulhaber: posso ser escritora, mas tenho dificuldade em encontrar palavras para descrever o que a sua amizade significa para mim. Obrigada não apenas pelo apoio constante a esta bruxa reclusa das cavernas (e a Angrboda), mas também por estar sempre disposta a tagarelar sobre mitologia nórdica comigo, por sempre me dizer o que eu preciso ouvir, mesmo quando é algo horrível, e por descer até aquela caverna a fim de tirar a minha foto de autora. Todo mundo merece uma amiga como você.

Para minha irmã, Bridget; minha mãe, Lisa; meu pai, Ron; meu tio, Rory, e para Vovó Jo e o restante da minha (enorme) família, por me abençoarem com uma vida inteira de apoio inabalável.

Ao meu avô, a quem este livro é dedicado, e que eu gostaria que estivesse aqui para lê-lo. Sueco de nascimento e americano por opção, ele me disse uma vez, em tom conspiratório, que sabia que os deuses antigos ainda estavam por aí. Embora eu nunca vá saber o que ele acha das minhas interpretações, só posso esperar que ele esteja orgulhoso.

E, por fim, a você, cara pessoa que lê: obrigada por dar uma chance para Angrboda.

APÊNDICE

Optei por anglicizar os nomes de lugares e pessoas do nórdico antigo neste romance, então é possível que eles apareçam com grafias diferentes em outras releituras e traduções da mitologia nórdica (por exemplo, Freyr em vez de Frey, Oðinn no lugar de Odin, Àsgarðr no lugar de Asgard). Os nomes na sua forma original em nórdico antigo encontram-se listados entre parênteses, quando relevante, indicados por "COMO EM".

Por favor, note que a *Edda em Prosa* e a *Edda Poética*, as duas principais fontes do que sabemos sobre a mitologia nórdica, foram as minhas bases para este romance. Cada tradução das Eddas é ligeiramente distinta, e as traduções usadas por mim encontram-se listadas abaixo. Todos os poemas mencionados estão compilados na *Edda Poética*.

PESSOAS

ANGRBODA: Uma giganta, mencionada pelo nome apenas uma vez em cada uma das Eddas, ambas as citações com relação a Loki e seus filhos. Alguns a conectam à "Antiga", que viveu no Bosque de Ferro e deu à luz os lobos que perseguem o sol e a lua: "parentes de Fenrir" (às vezes traduzido como "ninhada" ou "prole"), conforme atestado na *Edda Poética*. Também há motivos para conectá-la à vidente que Odin, viajando disfarçado como Vegtam, levanta da tumba no poema "Os Sonhos de Baldur" e a quem chama de "mãe de três [gigantes/trolls/ogros]".

HYNDLA: Uma giganta a quem Freya visita no poema "A Canção de Hyndla" a fim de pedir informações sobre a linhagem do seu amante. A giganta dá a informação com relutância e depois começa a recitar de súbito uma pequena profecia sobre o Ragnarok. Por algum motivo, Freya diz a Hyndla para tirar um dos seus lobos do estábulo e cavalgar ao lado da deusa até Valhalla.

HYRROKKIN: Uma giganta que aparece montada em um lobo com serpentes no lugar das rédeas, convocada pelos deuses para empurrar a pira funerária de Baldur até a água quando ninguém mais conseguia, conforme atestado na *Edda Poética*.

GULLVEIG/HEID: Uma bruxa misteriosa mencionada em estrofes do poema "A Profecia da Vidente" (COMO EM: *Völuspá*), no qual Gullveig aparece em Asgard logo após a sua fundação, é queimada três vezes pelos deuses e depois renasce três vezes antes de viajar como Heid para distribuir feitiços e praticar bruxaria (COMO EM: *seiðr*). Pouco se sabe sobre ela, mas muitos acreditam se tratar de Freya.

A VIDENTE: A mulher misteriosa que narra o poema "A Profecia da Vidente", às vezes na primeira pessoa e às vezes na terceira. Ela alega ter estado presente no início dos mundos e descreve em detalhes o Ragnarok, a ruína dos deuses.

Loki: Deus metamorfo da mitologia nórdica, cujo pai é considerado um gigante e cuja mãe, Laufey, é possivelmente uma deusa. Irmão de sangue de Odin, Loki é, de acordo com a *Edda Poética*, canonicamente bonito, astuto e imprevisível. Ele é conhecido sobretudo por colocar e tirar os deuses de apuros com os seus truques. Ele acaba por orquestrar a morte do filho de Odin, Baldur, e é confinado em tormento logo depois, lutando contra os deuses no Ragnarok. De acordo com o poema "A Canção de Hyndla", também é dito que Loki comeu o coração meio queimado de uma mulher e deu origem à raça dos trolls.

Skadi: Uma giganta famosa sobretudo por pegar em armas e marchar até Asgard a fim de exigir uma compensação após ter o pai assassinado pelos deuses. Em vez disso, ela recebe um marido entre os Aesir e uma "barriga cheia de risadas" como pagamento. Ela também é citada como aquela a pendurar uma cobra venenosa sobre a cabeça de Loki quando este é amarrado. Reconhecida entre os deuses após o seu casamento, Skadi é representada principalmente como a deusa da caça com arco.

Gerda: Uma giganta que é coagida a se casar com o deus Frey, conforme atestado no poema "A Jornada de Skirnir".

Hel: Governante do submundo nórdico, filha de Loki e Angrboda. Descrita como meio morta, é mais comumente retratada com um lado do corpo apodrecendo e o outro lado vivo. Ela é famosa por ter decretado que Baldur só poderia sair do seu reino caso todas as coisas nos mundos chorassem por ele, provando o quanto sentiam a sua falta.

Fenrir: O lobo gigante, filho de Loki e Angrboda. Os deuses tentaram prendê-lo várias vezes e falharam, e foi somente por meio de truques que conseguiram contê-lo — e por um alto preço (ele arrancou a mão de Tyr no processo). Fenrir está fadado a devorar Odin no Ragnarok.

Jormungand: A Serpente de Midgard, filho de Loki e Angrboda, tão grande que é capaz de circundar o reino de Midgard e morder a própria cauda. Ele está fadado a se libertar durante o Ragnarok, assim como o pai e o irmão, e a derrotar Thor.

Odin: O maior dos deuses nórdicos. Gosta de viajar disfarçado, com chapéu de aba larga e capa, e usa muitos nomes diferentes, entre eles Grimnir e Vegtam. As suas valquírias escolhem aqueles que perecem na batalha e os escoltam até Valhalla, o salão dos mortos de Odin, onde eles supostamente se banqueteiam e lutam todos os dias até o Ragnarok. Odin tem dois corvos, Hugin e Munin, que voam pelos mundos e relatam a ele tudo que veem.

thor: Filho de Odin com a giganta Jord/Fjorgyn. Ele é talvez o mais conhecido dos deuses nórdicos, tanto pelo seu temperamento trovejante quanto pelo martelo, Mjolnir.

freya (ou freyja): Sacerdotisa dos Vanir e praticante do *seid* (COMO EM: *seiðr*). Freya é mais comumente associada ao sexo e à guerra, recebendo metade dos mortos nos seus salões enquanto a outra metade vai para Odin em Valhalla. Os seus pertences mais famosos são o colar de ouro, Brisingamen, e a capa de penas, capaz de transformar quem a usa em falcão.

tyr: Possivelmente um dos filhos de Odin, Tyr é um deus associado com a guerra e a justiça. Ele teve a mão arrancada por Fenrir.

frey: Vanir e irmão de Freya, que se senta na cadeira Hlidskjalf de Odin, mesmo proibido de fazê-lo, a fim de contemplar os mundos. Ele tem um vislumbre da giganta Gerda e se apaixona por ela, dando a sua famosa espada para o seu servo,

Skirnir, como pagamento para que este convença Gerda a se casar com ele. Como resultado, Frey está fadado a ser morto pelo gigante de fogo Surt durante o Ragnarok. Ele também é associado à fertilidade.

sigyn: Esposa de Loki, Sigyn é famosa por segurar uma tigela a fim de coletar o veneno que escorre da serpente acima da cabeça de Loki enquanto o marido permanece preso.

frigga: Esposa de Odin e mãe de Baldur, que dizem conhecer o destino de todos os homens.

baldur (ou baldr, balder): Filho de Odin, morto pelo seu irmão cego, Hod (cuja mão foi guiada por Loki). O mais jovem, mais belo e mais amado dos deuses.

njord: Vanir, deus dos mares, pai de Frey e Freya e marido de Skadi.

as nornes: Enquanto uma norne é um espírito feminino associado com o moldar do destino, *as* Nornes são três divindades femininas parecidas com as Moiras da mitologia grega, que moram em um salão no Poço de Urd, em uma das três raízes da Árvore do Mundo, a Yggdrasil.

mimir: Um deus entregue como refém para os Vanir, que cortaram a sua cabeça e a enviaram de volta para Odin, que por sua vez a preservou magicamente para conservar a sua sabedoria. A cabeça de Mimir reside no Poço de Mimir, em uma das três raízes da Yggdrasil, o mesmo local em que Odin deixou o olho em troca de conhecimento.

heimdall: Guardião da Bifrost, a ponte arco-íris.

skrymir: Governante de Utgard, a cidadela dos gigantes em Jotunheim. Famoso por enganar Thor e Loki com tarefas impossíveis enquanto os dois estão se aventurando.

surt: Líder dos gigantes de fogo em Muspelheim, o reino de fogo.

Iduna: Deusa guardiã das maçãs douradas da imortalidade dos Aesir.

thiazi: Pai de Skadi, aquele que orquestra o sequestro de Iduna em busca das suas maçãs douradas e depois é morto pelos deuses.

RAÇAS

aesir (como em: _æsir;_ feminino: _ásynjur):_ O panteão nórdico dos deuses, sendo Odin o mais elevado entre eles. Os Aesir vivem em Asgard.

Vanir: Outra raça de deuses, associados à fertilidade e sabedoria, cujos membros mais notáveis (Njord, Frey e Freya) são essencialmente considerados parte dos Aesir após a guerra Aesir-Vanir. Os Vanir moram em Vanaheim.

Gigantes: Inimigos jurados dos deuses. "Gigante" era originalmente uma tradução incorreta para _jötun_

(plural: _jötnar_). Os gigantes vivem no mundo de Jotunheim. Os gigantes podem ser tanto grandes quanto pequenos, atraentes ou grotescos, a depender da história. Curiosamente, o primeiro gigante foi o ser primitivo Ymir, de quem até os deuses descendem.

Gigantes do gelo, gigantes do fogo e muitos tipos diferentes de **trolls, ogros** e outras criaturas são agrupados com frequência entre os gigantes.

Jarnvidjur: Gigantas que residem em Jarnvid.

LUGARES

Embora a cosmologia da mitologia nórdica seja por vezes difícil de definir, a existência de nove mundos é uma unanimidade.

asgard: Lar dos deuses nórdicos (os Aesir).

valhalla: O salão dos mortos de Odin.

yggdrasil: A Árvore do Mundo que conecta todos os mundos.

gladsheim: O salão de Odin onde os deuses se reúnem em conselho.

valaskjalf: O salão de Odin onde a cadeira Hlidskjalf está localizada, a partir de onde o deus pode se sentar e observar todos os mundos.

bifrost: A ponte arco-íris que conecta Asgard a Midgard.

jotunheim: A terra dos gigantes (COMO EM: *jötnar*).

jarnvid: "Bosque de Ferro", uma floresta a leste de Jotunheim.

utgard: A cidadela dos gigantes.

thrymheim: O lar de Skadi nas montanhas.

midgard: A "terra média", o reino mortal. Em alguns mapas, Jotunheim se localiza em Midgard.

nilfheim: Reino de gelo no qual se localiza o domínio de Hel, embora algumas fontes citem Hel/Helheim como um reino próprio.

vanaheim: O lar dos Vanir.

alfheim: O reino dos elfos, governado por Frey.

muspelheim: O reino do fogo, governado por Surt.

nidavellir: O lar dos anões.

svartalfheim: O lar dos elfos sombrios. Às vezes agrupado com Nidavellir.

Leituras complementares

edda poética:
The Poetic Edda. Traduzida por
Carolyne Larrington. Oxford, 1996.
The Poetic Edda. Traduzida por
Lee M. Hollander. Editora da
Universidade do Texas, 1962.
*The Poetic Edda: Mythological Poems,
Volume II*. Traduzida e comentada
por Ursula Dronke. Oxford, 1997.

edda em prosa,
por snorri sturluson:
The Prose Edda. Traduzida por
Anthony Faulkes. Everyman, 1987.
The Prose Edda. Traduzida por
Jesse Byock. Penguin, 2006.

releituras:
The Norse Myths, por Kevin Crossley-Holland.
Gods of Asgard, por Erik Evensen.
Norse Mythology, por Neil Gaiman.
*Norse Mythology: A Guide to the Gods, Heroes,
Rituals, and Beliefs*, por John Lindow (não
é uma releitura, mas uma extensa fonte
de pesquisa em forma de glossário).

GENEVIEVE GORNICHEC é formada em História pela Universidade Estadual de Ohio. Apaixonada pelo povo viking, estudou mitos nórdicos e lendas islandesas, que se tornaram fonte de inspiração para as histórias que escreve. Atualmente, mora em Cleveland, Ohio, nos Estados Unidos. *No Coração da Bruxa* é seu livro de estreia. Saiba mais em genevievegornichec.com.

MAGICAE é uma coleção inteiramente dedicada
aos mistérios das bruxas. Livros que conectam todos
os selos da **DarkSide® Books** e honram a magia
e suas manifestações naturais. É hora de celebrar
a bruxa que existe em nossa essência.

DARKSIDEBOOKS.COM

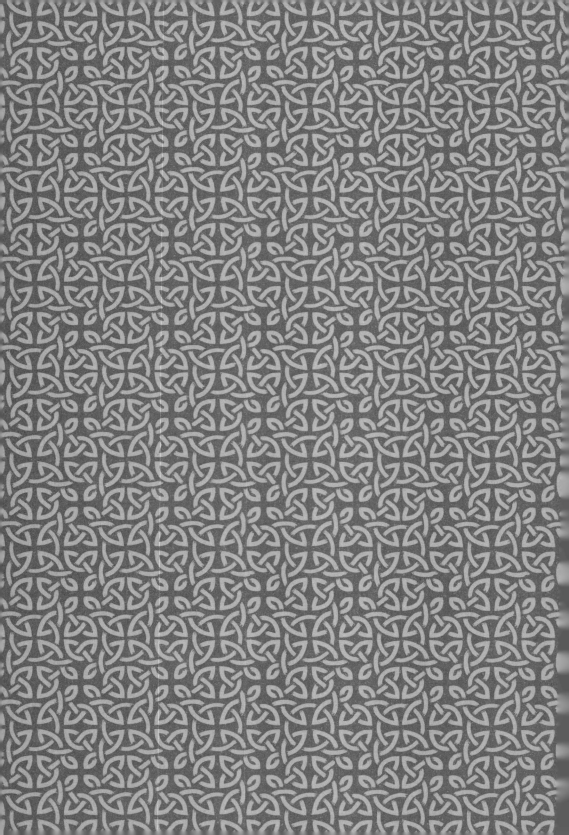